静山社ペガサス文庫

ハリー・ポッターと死《し》の秘《ひ》宝《ほう》〈7-4〉

J.K.ローリング 作　松岡佑子 訳

ハリー・ポッターと死《し》の秘宝《ひほう》7－4　もくじ

ハリー・ポッターと死《し》の秘宝《ひほう》7−4 ―人物紹介《じんぶつしょうかい》―

ハリー・ポッター
十七歳《さい》。緑《みどり》の目《め》に黒《くろ》い髪《かみ》、額《ひたい》には稲妻形《いなずまがた》の傷《きず》。幼《おさな》くして両親《りょうしん》を亡《な》くし、マグル（人間《にんげん》）界《かい》で育《そだ》った魔法使《まほうつか》い。闇《やみ》の帝王《ていおう》とは「一方《いっぽう》が生《い》きるかぎり、他方《たほう》は生《い》きられない」宿命《しゅくめい》にある

グリップフック
魔法界《まほうかい》の銀行《ぎんこう》グリンゴッツに勤《つと》めていた小鬼《ゴブリン》。ディーン・トーマスたちと逃亡生活《とうぼうせいかつ》を送《おく》っている

オリバンダー
ロンドンのダイアゴン横丁《よこちょう》に店《みせ》をかまえる、優秀《ゆうしゅう》な杖作《つえつく》り

ドローレス・アンブリッジ
魔法省《まほうしょう》の職員《しょくいん》。魔法大臣付上級次官《まほうだいじんつきじょうきゅうじかん》。かつてホグワーツで教師《きょうし》を務《つと》め、ハリーたちをあくどい罰《ばっ》則《そく》で苦《くる》しめた。ガマガエルのような大《おお》きな顔《かお》をし、頭《あたま》のてっぺんにリボンをつけている

ベラトリックス・レストレンジ
闇《やみ》の帝王《ていおう》に最《もっと》も忠実《ちゅうじつ》な死喰《しく》い人《びと》。ドラコの母《はは》、ナルシッサ・マルフォイの姉《あね》

ヘレナ・レイブンクロー
ホグワーツの創設者《そうせつしゃ》の一人《ひとり》、ロウェナ・レイブンクローの娘《むすめ》。ホグワーツの創設者《そうせつしゃ》はロウェナのほか、ゴドリック・グリフィンドール、ヘルガ・ハッフルパフ、サラザール・スリザリンの四人《にん》

カロー兄妹《きょうだい》
死喰《しく》い人《びと》のアミカスとアレクト。闇《やみ》の魔法使《まほうつか》いたちに乗《の》っ取《と》られたホグワーツで教師《きょうし》をしている

パイアス・シックネス
現魔法大臣《げんまほうだいじん》。ヴォルデモート陣営《じんえい》に操《あやつ》られ、純血主義《じゅんけつしゅぎ》の悪政《あくせい》を行《おこな》う

リリーとペチュニア
ハリーの母親《ははおや》リリーと、その姉《あね》で、後《のち》にハリーの育《そだ》ての親《おや》となったペチュニア

セブルス・スネイプ
ホグワーツ現校長《げんこうちょう》。騎士団《きしだん》のメンバーでありながら、ヴォルデモートに情報《じょうほう》を流《なが》す

ヴォルデモート（例《れい》のあの人《ひと》、トム・マールヴォロ・リドル）
闇《やみ》の帝王《ていおう》。ハリーにかけた呪《のろ》いがはね返《かえ》り、死《し》のふちをさまよっていたが、ついに復活《ふっかつ》をとげた

The
dedication
of this book
is split
seven ways:
to Neil,
to Jessica,
to David,
to Kenzie,
to Di,
to Anne,
and to you,
if you have
stuck
with Harry
until the
very
end.

この
物語を
七つに
分けて
捧《ささ》げます。
ニールに
ジェシカに
デイビッドに
ケンジーに
ダイに
アンに
そしてあなたに。
もしあなたが
最後まで
ハリーに
ついてきて
くださったの
ならば。

おお、この家を苦しめる業《ごう》の深さ、
そして、調子はずれに、破滅がふりおろす
血ぬれた刃、
おお、呻きをあげても、堪えきれない心の煩《わずら》い、
おお、とどめようもなく続く責苦《せめく》。

この家の、この傷を切り開き、膿《うみ》をだす
治療の手だては、家のそとにはみつからず、
ただ、一族のものたち自身が、血を血で洗う
狂乱の争いの果てに見出すよりほかはない。
この歌は、地の底の神々のみが、嘉《よみ》したまう。

いざ、地下にましますす祝福された霊たちよ、
ただいまの祈願を聞こし召されて、助けの力を遣わしたまえ、
お子たちの勝利のために。お志を嘉したまいて。

アイスキュロス「供養するものたち」より
（久保正彰訳『ギリシア悲劇全集Ⅰ』岩波書店）

死とはこの世を渡り逝くことに過ぎない。友が海を渡り行くように。
友はなお、お互いの中に生きている。
なぜなら友は常に、偏在する者の中に生き、愛しているからだ。
この聖なる鏡の中に、友はお互いの顔を見る。
そして、自由かつ純粋に言葉を交わす。
これこそが友であることの安らぎだ。たとえ友は死んだと言われようとも、
友情と交わりは不滅であるがゆえに、最高の意味で常に存在している。

ウィリアム・ペン「孤独の果実」より
（松岡佑子訳）

Original Title: HARRY POTTER AND THE DEATHLY HALLOWS

First published in Great Britain in 2007
by Bloomsbury Publishing Plc, 50 Bedford Square, London WC1B 3DP

Japanese edition first published in 2008

This book is published in Japan by arrangement with
the author through The Blair Partnership

第《だい》29章《しょう》　失《うしな》われた髪飾《かみかざ》り

「ネビル――いったい――どうして――？」

ロンとハーマイオニーを見《み》つけたネビルは、歓声《かんせい》を上《あ》げて二人《ふたり》を抱《だ》きしめていた。ハリーは、見《み》れば見《み》るほど、ネビルがひどい姿《すがた》なのに気《き》がついた。片方《かたほう》の目《め》は腫《は》れ上《あ》がり、黄色《きいろ》や紫《むらさき》のあざになっているし、顔《かお》には深《ふか》くえぐられたような痕《あと》がある。全体《ぜんたい》にぼろぼろで、長《なが》い間《あいだ》、厳《きび》しい生《せい》活《かつ》をしていた様子《ようす》が見《み》て取《と》れた。それでも、ハーマイオニーから離《はな》れたときのネビルは、傷《きず》だらけの顔《かお》を幸《しあわ》せそうに輝《かがや》かせて言《い》った。

「君《きみ》たちが来《く》ることを信《しん》じてた！　時間《じかん》の問題《もんだい》だって、シェーマスにそう言《い》い続《つづ》けてきたんだ！」

「ネビル、いったいどうしたんだ？」

「え？　これ？」

ネビルは首《くび》を振《ふ》って、傷《きず》のことなど一蹴《いっしゅう》した。

「こんなの何《なん》でもないよ。シェーマスのほうがひどい。今《いま》にわかるけど。それじゃ、行《い》こうか？

あ、そうだ」

ネビルはアバーフォースを見《み》た。

「アブ、あと二人《ふたり》来《く》るかもしれないよ」

「あと二人《ふたり》？」

アバーフォースは険悪《けんあく》な声《こえ》でくり返《かえ》した。

「何《なに》を言《い》ってるんだ、ロングボトム、あと二人《ふたり》だって？　夜間外出禁止令《やかんがいしゅつきんしれい》が出《で》ていて、村中《むらじゅう》に『夜鳴《よな》き呪文《じゅもん》』がかけられてるんだ！」

「わかってるよ。だからその二人《ふたり》は、このパブに直接《ちょくせつ》『姿《すがた》あらわし』するんだ」ネビルが言《い》った。

「ここに来《き》たら、この通路《つうろ》からむこう側《がわ》によこしてくれる？　ありがとう」

ネビルは手《て》を差《さ》し出《だ》して、ハーマイオニーがマントルピースによじ登《のぼ》り、トンネルに入《はい》るのを助《たす》けた。ロンがそのあとに続《つづ》き、それからネビルが入《はい》った。ハリーはアバーフォースに挨拶《あいさつ》した。

「何《なん》とお礼《れい》を言《い》ったらいいのか。あなたは僕《ぼく》たちの命《いのち》を二度《ど》も助《たす》けてくださいました」

「じゃ、その命《いのち》を大切《たいせつ》にするんだな」

アバーフォースがぶっきらぼうに言《い》った。

「三度《ど》は助《たす》けられないかもしれんからな」

ハリーはマントルピースによじ登《のぼ》り、アリアナの肖像画《しょうぞうが》の後《うし》ろの穴《あな》に入《はい》った。絵《え》の裏側《うらがわ》には、なめらかな石《いし》の階段《かいだん》があり、もう何年《なんねん》も前《まえ》からトンネルがそこにあるように見《み》えた。真鍮《しんちゅう》のランプが壁《かべ》にかかり、地面《じめん》は踏《ふ》み固《かた》められて平《たい》らだ。歩《ある》く四人《にん》の影《かげ》が、壁《かべ》に扇《おうぎ》のように折《お》れて映《うつ》っていた。

「この通路《つうろ》、どのくらい前《まえ》からあるんだ？」

歩《ある》きだすとすぐに、ロンが聞《き》いた。

「『忍《しの》びの地図《ちず》』にはないぞ。な、ハリー、そうだろ？ 学校《がっこう》に出入《でい》りする通路《つうろ》は、七本《ほん》しかないはずだよな？」

「あいつら、今学期《こんがっき》の最初《さいしょ》に、その通路《つうろ》を全部封鎖《ぜんぶふうさ》したよ」ネビルが言《い》った。「もう、どの道《みち》も絶対通《ぜったいとお》れない。入口《いりぐち》には呪《のろ》いがかけられて、出口《でぐち》には死喰《しく》い人《びと》と吸魂鬼《きゅうこんき》が待《ま》ち伏《ぶ》せしてるもの」

ネビルはニコニコ顔《がお》で後《うし》ろ向《む》きに歩《ある》きながら、三人《にん》の姿《すがた》をじっくり見《み》ようとしていた。

「そんなことはどうでもいいよ……ね、ほんと？ グリンゴッツ破《やぶ》りをしたって？ ドラゴンに乗《の》って脱出《だっしゅつ》したって？ 知《し》れ渡《わた》ってるよ。みんな、その話《はなし》で持《も》ちきりだよ。テリー・ブートなんか、夕食《ゆうしょく》のときに大広間《おおひろま》でそのことを大声《おおごえ》で言《い》ったもんだから、カローにぶちのめされた！」

「うん、ほんとだよ」ハリーが言《い》った。

ネビルは大喜《おおよろこ》びで笑《わら》った。

「ドラゴンは、どうなったの？」

「自然《しぜん》に帰《かえ》した」ロンが言《い》った。「ハーマイオニーなんか、ペットとして飼《か》いたがったけどさ――」

「大《おお》げさに言《い》わないでよ、ロン――」

「でも、これまで何《なに》していたの？ みんなは、君《きみ》が逃《に》げ回《まわ》ってるって言《い》ったけど、ハリー、僕《ぼく》はそうは思《おも》わない。何《なに》か目的《もくてき》があってのことだと思《おも》う」

「そのとおりだよ」ハリーが言《い》った。「だけど、ホグワーツのことを話《はな》してくれよ、ネビル、僕《ぼく》たち何《なん》にも聞《き》いてないんだ」

「学校《がっこう》は……そうだな、もう以前《いぜん》のホグワーツじゃない」ネビルが言《い》った。

話《はな》しながら笑顔《えがお》が消《き》えていった。

「カロー兄妹《きょうだい》のことは知《し》ってる？」

「ここで教《おし》えている、死喰《しく》い人《びと》の兄妹《きょうだい》のこと？」

「教《おし》えるだけじゃない」ネビルが言《い》った。「規律係《きりつがかり》なんだ。体罰《たいばつ》が好《す》きなんだよ、あのカロー兄《きょう》妹《だい》は」

「アンブリッジみたいに？」

「ううん、二人《ふたり》にかかっちゃ、アンブリッジなんてかわいいもんさ。ほかの先生《せんせい》も、生徒《せいと》が何《なに》か悪《わる》さをすると、全部《ぜんぶ》カロー兄妹《きょうだい》に引《ひ》き渡《わた》すことになってるんだ。だけど、渡《わた》さない。できるだけさけようとしてるんだよ。先生《せんせい》たちも僕《ぼく》らと同《おな》じくらい、カロー兄妹《きょうだい》を嫌《きら》ってるのがわかるよ」

「アミカス、あの男《おとこ》、かつての『闇《やみ》の魔術《まじゅつ》に対《たい》する防衛術《ぼうえいじゅつ》』を教《おし》えてるんだけど、今《いま》じゃ『闇《やみ》の魔術《まじゅつ》』そのものだよ。僕《ぼく》たち、罰則《ばっそく》を食《く》らった生徒《せいと》たちに『磔《はりつけ》の呪文《じゅもん》』をかけて練習《れんしゅう》することになってる」

「ええっ？」

ハリー、ロン、ハーマイオニーの声《こえ》が一緒《いっしょ》になって、トンネルの端《はし》から端《はし》まで響《ひび》いた。

「うん」ネビルが言《い》った。

「それで僕《ぼく》はこうなったのさ」

ネビルは、ほおの特《とく》に深《ふか》い切《き》り傷《きず》を指差《ゆびさ》した。

「僕《ぼく》がそんなことはやらないって言《い》ったから。でも、はまってるやつもいる。クラッブとゴイルなんか、喜《よろこ》んでやってるよ。たぶん、あいつらが一番《いちばん》になったのは、これが初《はじ》めてじゃないかな」

「妹《いもうと》のアレクトのほうは『マグル学《がく》』を教《おし》えていて、これは必須科目《ひっすかもく》。僕《ぼく》たち全員《ぜんいん》があいつの講《こう》義《ぎ》を聞《き》かないといけないんだ。マグルは獣《けもの》だ、まぬけで汚《きたな》い、魔法使《まほうつか》いにひどい仕打《しう》ちをして追《お》い立《た》て、隠《かく》れさせたとか、自然《しぜん》の秩序《ちつじょ》が今《いま》、再構築《さいこうちく》されつつある、なんてさ。この傷《きず》は——」

ネビルは、顔《かお》のもう一つの切《き》り傷《きず》を指《さ》した。

「アレクトに質問《しつもん》したら、やられた。おまえにもアミカスにも、どのくらいマグルの血《ち》が流《なが》れてるかって、聞《き》いてやったんだ」

「おっどろいたなぁ、ネビル」ロンが言《い》った。「気《き》のきいたセリフは、時《とき》と場所《ばしょ》を選《えら》んで言《い》うもんだ」

「君《きみ》は、あいつの言《い》うことを聞《き》いてないから」ネビルが言《い》った。

「君《きみ》だってきっとがまんできなかったよ。それより、あいつらに抵抗《ていこう》して誰《だれ》かが立《た》ち上《あ》がるのは、いいことなんだ。それがみんなに希望《きぼう》を与《あた》える。僕《ぼく》はね、ハリー、君《きみ》がそうするのを見《み》て、それに気《き》づいていたんだ」

「だけど、あいつらに包丁研《ほうちょうと》ぎがわりに使《つか》われっちまったな」

ちょうどランプのそばを通《とお》り、ネビルの傷痕《きずあと》がくっきりと浮《う》き彫《ぼ》りにされて、ロンは少《すこ》し、たじろぎながら言《い》った。

ネビルは肩《かた》をすくめた。

「かまわないさ。あいつらは純血《じゅんけつ》の血《ち》をあまり流《なが》したくないから、口《くち》が過《す》ぎればちょっと痛《いた》い目《め》を見《み》させるけど、僕《ぼく》たちを殺《ころ》しはしない」

ネビルの話《はな》している内容《ないよう》のひどさと、それがごくあたりまえだというネビルの話《はなし》の調子《ちょうし》と、どちらがより嘆《なげ》かわしいのか、ハリーにはわからなかった。

「ほんとうに危《あぶ》ないのは、学校《がっこう》の外《そと》で友達《ともだち》とか家族《かぞく》が問題《もんだい》を起《お》こしている生徒《せいと》たちなんだ。そういう子《こ》たちは、人質《ひとじち》に取《と》られている。あのゼノ・ラブグッドは『ザ・クィブラー』でちょっとズバズバ言《い》い過《す》ぎたから、クリスマス休暇《きゅうか》で帰《かえ》る途中《とちゅう》の汽車《きしゃ》で、ルーナが引《ひ》っ張《ぱ》っていかれた」

「ネビル、ルーナは大丈夫《だいじょうぶ》だ。僕《ぼく》たちルーナに会《あ》った——」

「うん、知《し》ってる。ルーナがうまくメッセージを送《おく》ってくれたから」

ネビルは、ポケットから金貨《きんか》を取《と》り出《だ》した。ハリーは、それがダンブルドア軍団《ぐんだん》の連絡《れんらく》に使《つか》った偽《にせ》のガリオン金貨《きんか》だと、すぐわかった。

「これ、すごかったよ」

ネビルはハーマイオニーに、ニッコリと笑顔《えがお》を向《む》けた。

「カロー兄妹《きょうだい》は、僕《ぼく》たちがどうやって連絡《れんらく》し合《あ》うのか全然《ぜんぜん》見破《みやぶ》れなくて、頭《あたま》に来《き》てたよ。僕《ぼく》たち、夜《よる》にこっそり抜《ぬ》け出《だ》して、『ダンブルドア軍団《ぐんだん》、まだ募集中《ぼしゅうちゅう》』とか、いろいろ壁《かべ》に落書《らくが》きしていたんだ。スネイプは、それが気《き》に入《い》らなくてさ」

「していた？」ハリーは、過去形《かこけい》なのに気《き》づいた。

「うーん、だんだん難《むずか》しくなってきてね」ネビルが言《い》った。

「クリスマスにはルーナがいなくなったし、ジニーはイースターのあと、戻《もど》ってこなかった。僕《ぼく》たち三人《にん》が、リーダーみたいなものだったんだ。カロー兄妹《きょうだい》は、事件《じけん》の陰《かげ》に僕《ぼく》がいるって知《し》ってたみたいで、だから僕《ぼく》を厳《きび》しく抑《おさ》えにかかった。それから、マイケル・コーナーが、やつらに鎖《くさり》でつながれた一年生《ねんせい》を一人《ひとり》解《と》き放《はな》してやっているところを捕《つか》まって、ずいぶんひどく痛《いた》めつけられた。それで、みんな震《ふる》え上《あ》がったんだ」

「マジかよ」上《のぼ》り坂《ざか》になってきたトンネルを歩《ある》きながら、ロンがつぶやいた。

「ああ、でもね、みんなにマイケルみたいな目《め》にあってくれ、なんて頼《たの》めないから、そういう目《め》立《だ》つことはやめた。でも、僕《ぼく》たち戦《たたか》い続《つづ》けたんだ。地下運動《ちかうんどう》に変《か》えて、二週間前《しゅうかんまえ》まではね。ところが、あいつらとうとう、僕《ぼく》にやめさせる道《みち》は一つしかないと思《おも》ったんだろうな。それで、ばあちゃんを捕《つか》まえようとした」

「何《なん》だって？」ハリー、ロン、ハーマイオニーが同時《どうじ》に声《こえ》を上《あ》げた。

「うん」

坂《さか》が急勾配《きゅうこうばい》になって少《すこ》し息《いき》を切《き》らしながら、ネビルが言《い》った。

「まあね、やつらの考《かん》が え方《かた》はわかるよ。親《おや》たちをおとなしくさせるために子供《こども》を誘拐《ゆうかい》するっていうのは、うまくいった。それなら、その逆《ぎゃく》を始《はじ》めるのは時間《じかん》の問題《もんだい》だったと思《おも》うよ。ところが――」

ネビルが三人《にん》を振《ふ》り返《かえ》った。その顔《かお》がニヤッと笑《わら》っているのを見《み》て、ハリーは驚《おどろ》いた。

「あいつら、ばあちゃんをあなどった。ひとり暮《ぐ》らしの老魔女《ろうまじょ》だ、特《とく》に強力《きょうりょく》なのを送《おく》り込《こ》む必要《ひつよう》はないって、たぶんそう思《おも》ったんだろう。とにかく――」

ネビルは声《こえ》を上《あ》げて笑《わら》った。

「ドーリッシュはまだ聖《せい》マンゴに入院中《にゅういんちゅう》で、ばあちゃんは逃亡中《とうぼうちゅう》だ。ばあちゃんから手紙《てがみ》が来《き》たよ」

ネビルはローブの胸《むね》ポケットをポンとたたいた。

「僕《ぼく》のことを誇《ほこ》りに思《おも》うって。それでこそ親《おや》に恥《は》じない息子《むすこ》だ、がんばれって」

「かっこいい」ロンが言《い》った。

「うん」ネビルがうれしそうに言《い》った。

「ただね、僕《ぼく》を抑《おさ》える手段《しゅだん》がないと気《き》づいたあとは、あいつら、ホグワーツには結局《けっきょく》、僕《ぼく》なんかいらないと決《き》めたみたいだ。僕《ぼく》を殺《ころ》そうとしているのか、アズカバン送《おく》りにするつもりなのかは知《し》らないけど、どっちにしろ、僕《ぼく》は姿《すがた》を消《け》すときが来《き》たって気《き》づいたんだ」

「だけど――」

ロンがさっぱりわからないという顔《かお》で言《い》った。

「僕《ぼく》たち――僕《ぼく》たち、まっすぐホグワーツに向《む》かっているんじゃないのか？」

「もちろんさ」ネビルが言《い》った。

「すぐわかるよ。ほら着《つ》いた」

角《かど》を曲《ま》がると、トンネルはそのすぐ向《む》こうで終《お》わっていた。短《みじか》い階段《かいだん》があって、その先《さき》に、アリアナの肖像画《しょうぞうが》の背後《はいご》に隠《かく》されていたと同《おな》じような扉《とびら》があった。ネビルは扉《とびら》を押《お》し開《あ》けてよじ登《のぼ》り、くぐり抜《ぬ》けた。ハリーもあとに続《つづ》いた。ネビルが、見《み》えない人々《ひとびと》に向《む》かって呼《よ》びかける声《こえ》が聞《き》こえた。

「この人《ひと》だーれだ！　僕《ぼく》の言《い》ったとおりだろ？」

ハリーが通路《つうろ》のむこう側《がわ》の部屋《へや》に姿《すがた》を現《あらわ》すと、数人《すうにん》が悲鳴《ひめい》や歓声《かんせい》を上《あ》げた。

「**ハリー！**」

「ポッターだ。**ポッター**だよ！」

「ロン！」

「**ハーマイオニー！**」

色鮮《いろあざ》やかな壁飾《かべかざ》りやランプや大勢《おおぜい》の顔《かお》が見《み》え、ハリーは頭《あたま》が混乱《こんらん》した。次《つぎ》の瞬間《しゅんかん》、ハリー、ロン、ハーマイオニーの三人《にん》は、二十人以上《にんいじょう》の仲間《なかま》に取《と》り囲《かこ》まれ、抱《だ》きしめられて背中《せなか》をたたかれ、髪《かみ》の毛《け》をくしゃくしゃにされ、握手攻《あくしゅぜ》めにあった。たった今《いま》、クィディッチの決勝戦《けっしょうせん》で優勝《ゆうしょう》したかのようだった。

「オッケー、オッケー、落《お》ち着《つ》いてくれ！」

ネビルが呼《よ》びかけ、みんなが一歩退《いっぽしりぞ》いたので、ハリーはようやく周《まわ》りの様子《ようす》を眺《なが》めることができた。

まったく見覚《みおぼ》えのない部屋《へや》だった。とびきり贅沢《ぜいたく》な樹上《じゅじょう》の家《いえ》の中《なか》か、巨大《きょだい》な船室《せんしつ》のような感《かん》じの大《おお》きな部屋《へや》だった。色《いろ》とりどりのハンモックが、天井《てんじょう》から、そして窓《まど》のない黒《くろ》っぽい板壁《いたかべ》に沿《そ》って張《は》り出《だ》したバルコニーからぶら下《さ》がっている。板壁《いたかべ》は、鮮《あざ》やかなタペストリーで覆《おお》われていた。タペストリーは、深紅《しんく》の地《じ》にグリフィンドールの金色《きんいろ》のライオンの縫《ぬ》い取《と》り、黄色地《きいろじ》にハッフルパフの黒《くろ》い穴熊《あなぐま》、そして青地《あおじ》にレイブンクローのブロンズ色《いろ》の鷲《わし》だ。銀《ぎん》と緑《みどり》のスリザリンだけがない。本《ほん》でふくれ上《あ》がった本棚《ほんだな》、壁《かべ》に立《た》てかけた箒《ほうき》が数本《すうほん》、そして隅《すみ》には大《おお》きな木《き》のケースに入《はい》ったラジオがある。

「ここはどこ？」

「『必要《ひつよう》の部屋《へや》』に決《き》まってるよ！」ネビルが言《い》った。

「今《いま》までで最高《さいこう》だろう？　カロー兄妹《きょうだい》が僕《ぼく》を追《お》いかけていた。それで、隠《かく》れ場所《ばしょ》はここしかないと思《おも》ったんだ。何《なん》とか入《はい》り込《こ》んだら、中《なか》はこんなになってたんだ！　最初《さいしょ》に僕《ぼく》が入《はい》ったときは、全然《ぜんぜん》こんなじゃなくて、ずっと小《ちい》さかった。ハンモックが一つとグリフィンドールのタペストリーだけだったんだ。でも、ダ《D》ンブルドア軍団《Aぐんだん》のメンバーがどんどん増《ふ》えるに連《つ》れて、部屋《へや》が広《ひろ》がったんだよ」

「それで、カロー兄妹《きょうだい》は入《はい》れないのか？」

ハリーは扉《とびら》を探《さが》して、ぐるりと見回《みまわ》しながら聞《き》いた。

「ああ」

シェーマス・フィネガンが答《こた》えた。

ハリーは、その声《こえ》を聞《き》くまでシェーマスだとわからなかった。それほど傷《きず》だらけで、腫《は》れ上《あ》がった顔《かお》だった。

「ここはきちんとした隠《かく》れ家《が》だ。僕《ぼく》たちの誰《だれ》かが中《なか》にいるかぎり、やつらは手《て》を出《だ》せない。扉《とびら》が開《ひら》かないんだ。全部《ぜんぶ》ネビルのおかげさ。ネビルはほんとうにこの部屋《へや》を理解《りかい》してる。この部屋《へや》に、必要《ひつよう》なことを正確《せいかく》に頼《たの》まないといけないんだ——たとえば、『カローの味方《みかた》は、誰《だれ》もここに入《はい》れないようにしたい』——そしたら、この部屋《へや》はそのようにしてくれる！　ただ、抜《ぬ》け穴《あな》を必《かなら》ず閉《し》めておけばいいのさ！　ネビルはすごいやつだ！」

「たいしたことじゃないんだ。ほんと」

ネビルは謙遜《けんそん》した。

「ここに一日半《にちはん》ぐらい隠《かく》れていたら、すごくお腹《なか》がすいて、それで、何《なに》か食《た》べるものが欲《ほ》しいって願《ねが》った。『ホッグズ・ヘッド』への通路《つうろ》が開《ひら》いたのは、その時《とき》だよ。そのトンネルを通《とお》っていったら、アバーフォースに会《あ》った。アバーフォースが僕《ぼく》たちに、食料《しょくりょう》を提供《ていきょう》してくれているんだ。なぜかこの『必要《ひつよう》の部屋《へや》』は、それだけはしてくれない」

「うん、まあ、食料《しょくりょう》は『ガンプの元素変容《げんそへんよう》の法則《ほうそく》』の五つの例外《れいがい》の一つだからな」

ロンの言葉《ことば》に、みんなあっけに取《と》られた。

「それで、僕《ぼく》たち、もう二週間近《しゅうかんちか》く、ここに隠《かく》れているんだ」シェーマスが言《い》った。「ハンモックが必要《ひつよう》になるたびに、この部屋《へや》は追加《ついか》してくれるし、女子《じょし》が入《はい》ってくるようになったら、急《きゅう》にとてもいい風呂場《ふろば》が――」

「――女子《じょし》がちゃんと体《からだ》を洗《あら》いたいと思《おも》ったから、現《あらわ》れたの。ええそうよ」

ラベンダー・ブラウンが説明《せつめい》を加《くわ》えた。ハリーはその時《とき》まで、ラベンダーがいることに気《き》づかなかった。あらためてきちんと部屋《へや》を見回《みまわ》すと、ハリーの見知《みし》った顔《かお》がたくさんいるのに気《き》がついた。双子《ふたご》のパチル姉妹《しまい》もいるし、そのほかにも、テリー・ブート、アーニー・マクミラン、アンソニー・ゴールドスタイン、マイケル・コーナー。

「ところで、君《きみ》たちが何《なに》をしていたのか、教《おし》えてくれよ」アーニーが言《い》った。

「うわさがあんまり多過《おおす》ぎてね、僕《ぼく》たち『ポッターウオッチ』で、何《なん》とか君《きみ》の動《うご》きに追《お》いつくようにしてきたんだ」

アーニーは、ラジオを指差《ゆびさ》した。

「君《きみ》たちまさか、グリンゴッツ破《やぶ》りなんか、していないだろう？」

「したよ！」ネビルが言《い》った。「それに、ドラゴンのこともほんとさ！」

バラバラと拍手《はくしゅ》が起《お》こり、何人《なんにん》かが「ウワッ」と声《こえ》を上《あ》げた。ロンは舞台俳優《ぶたいはいゆう》のようにおじぎした。

「何《なに》が目的《もくてき》だったの？」シェーマスが熱《あつ》くなって聞《き》いた。

三人《にん》は自分《じぶん》たちから質問《しつもん》することで、みんなの質問《しつもん》をかわそうとした。しかしその前《まえ》に、稲妻《いなずま》形《がた》の傷痕《きずあと》に焼《や》けるような激痛《げきつう》が走《はし》った。ハリーは、嬉々《きき》とした顔《かお》で知《し》りたがっているみんなに急《いそ》いで背《せ》を向《む》けた。

「必要《ひつよう》の部屋《へや》」は消《き》え去《さ》り、ハリーは荒《あ》れはてた石造《いしづく》りの小屋《こや》の中《なか》に立《た》っていた。足元《あしもと》のくさった床板《ゆかいた》がはぎ取《と》られ、穴《あな》が開《あ》いたその脇《わき》に、掘《ほ》り出《だ》された黄金《おうごん》の箱《はこ》がからっぽになって転《ころ》がっていた。ヴォルデモートの怒《いか》りの叫《さけ》びが、ハリーの頭《あたま》の中《なか》でガンガン響《ひび》いた。

ハリーは、全力《ぜんりょく》を振《ふ》りしぼってヴォルデモートの心《こころ》から抜《ぬ》け出《だ》し、ふらふらしながら自分《じぶん》のいる「必要《ひつよう》の部屋《へや》」に戻《もど》ってきた。顔《かお》からは汗《あせ》が噴《ふ》き出《だ》し、ロンに支《ささ》えられて立《た》っていた。

「ハリー、大丈夫《だいじょうぶ》？」ネビルが声《こえ》をかけていた。「腰《こし》かけたら？　たぶんつかれているせいじゃ――？」

「ちがうんだ」

ハリーはロンとハーマイオニーを見《み》て、ヴォルデモートが分霊箱《ぶんれいばこ》の一つがなくなっているのに気《き》づいたと、無言《むごん》で伝《つた》えようとした。時間《じかん》がどんどんなくなっていく。ヴォルデモートが次《つぎ》にホグワーツに来《く》るという選択《せんたく》をしたなら、三人《にん》は機会《きかい》を失《うしな》ってしまう。

「僕《ぼく》たちは、先《さき》に進《すす》まなくちゃならない」

ハリーが言《い》った。二人《ふたり》の表情《ひょうじょう》から、ハリーは理解《りかい》してくれたと思《おも》った。

「それじゃ、ハリー、僕《ぼく》たちは何《なに》をすればいい？」シェーマスが聞《き》いた。「計画《けいかく》は？」

「計画《けいかく》？」ハリーがくり返《かえ》した。

ヴォルデモートの激《はげ》しい怒《いか》りに再《ふたた》び引《ひ》っ張《ぱ》り込《こ》まれないようにと、ハリーはありったけの意思《いし》の力《ちから》を使《つか》っていたし、傷痕《きずあと》は焼《や》けるように痛《いた》み続《つづ》けていた。

「そうだな、僕《ぼく》たちは――ロンとハーマイオニーと僕《ぼく》だけど――やらなくちゃいけないことがあるんだ。そのあとは、ここから出《で》ていく」

今度《こんど》は、笑《わら》う者《もの》も「ウワッ」と言《い》う者《もの》もいなかった。ネビルが困惑《こんわく》した顔《かお》で言《い》った。

「どういうこと？『ここから出《で》ていく』って？」

「ここにとどまるために、戻《もど》ってきたわけじゃない」

ハリーは痛《いた》みをやわらげようと傷痕《きずあと》をさすりながら言《い》った。

「僕《ぼく》たちは大切《たいせつ》なことをやらなければならないんだ――」

「何《なん》なの？」

「僕《ぼく》——僕《ぼく》、話《はな》せない」

ブツブツというつぶやきがさざ波《なみ》のように広《ひろ》がった。ネビルは眉根《まゆね》を寄《よ》せた。

「どうして僕《ぼく》たちに話《はな》せないの？『例《れい》のあの人《ひと》』との戦《たたか》いに関係《かんけい》したことだろう？」

「それは、うん——」

「なら、僕《ぼく》たちが手伝《てつだ》う」

ダンブルドア軍団《ぐんだん》のほかのメンバーも、ある者《もの》は熱心《ねっしん》に、ある者《もの》は厳粛《げんしゅく》にうなずいた。中《なか》の二人《ふたり》が椅子《いす》から立《た》ち上《あ》がり、すぐにでも行動《こうどう》する意思《いし》を示《しめ》した。

「君《きみ》たちにはわからないことなんだ」

ハリーは、ここ数時間《すうじかん》の間《あいだ》に、この言葉《ことば》を何度《なんど》も言《い》ったような気《き》がした。

「僕《ぼく》たち——君《きみ》たちには話《はな》せない。どうしても、やらなければならないんだ——僕《ぼく》たちだけで」

「どうして？」ネビルが尋《たず》ねた。

「どうしてって……」

最後《さいご》の分霊箱《ぶんれいばこ》を探《さが》さなければと焦《あせ》り、少《すく》なくとも、どこから探《さが》しはじめたらいいかを、ロンとハーマイオニーの二人《ふたり》だけと話《はな》したいと焦《あせ》るあまり、ハリーはなかなか考《かんが》えがまとまらなかった。

額《ひたい》の傷痕《きずあと》は、まだジリジリと焼《や》けるように痛《いた》んでいた。

「ダンブルドアは、僕《ぼく》たち三人《にん》に仕事《しごと》を遺《のこ》した」ハリーは慎重《しんちょう》に答《こた》えた。「そして、そのことを話《はな》すわけには――つまり、ダンブルドアは、僕《ぼく》たちに、三人《にん》だけにその仕事《しごと》をしてほしいと考《かんが》えていたんだ」

「僕《ぼく》たちはその軍団《ぐんだん》だ」ネビルが言《い》った。「ダンブルドア軍団《ぐんだん》なんだ。僕《ぼく》たちはそこで全員結《ぜんいんむす》ばれている。君《きみ》たちが三人《にん》だけで行動《こうどう》していた間《あいだ》、僕《ぼく》たちは軍団《ぐんだん》の活動《かつどう》を続《つづ》けてきた――」

「おい、僕《ぼく》たちはピクニックに行《い》ってたわけじゃないぜ」ロンが言《い》った。

「そんなこと、一度《いちど》も言《い》ってないよ。でも、どうして僕《ぼく》たちを信用《しんよう》できないのか、わからない。この『部屋《へや》』にいる全員《ぜんいん》が戦《たたか》ってきた。だからカロー兄妹《きょうだい》に狩《か》り立《た》てられて、ここに追《お》い込《こ》まれてきたんだ。ここにいる者《もの》は全員《ぜんいん》、ダンブルドアに忠実《ちゅうじつ》なことを証明《しょうめい》してきた――君《きみ》に忠実《ちゅうじつ》なことを」

「聞《き》いてくれ――」

ハリーは、そのあと何《なに》を言《い》うのか考《かんが》えていなかったが、言《い》う必要《ひつよう》もなくなった。ちょうどその時《とき》、背後《はいご》のトンネルの扉《とびら》が開《ひら》いたからだ。

「伝言《でんごん》を受《う》け取《と》ったわ、ネビル！　こんばんは。あたし、三人《にん》ともきっとここにいると思《おも》ったもン！」

ルーナとディーンだった。シェーマスはほえるような歓声《かんせい》を上《あ》げてディーンにかけ寄《よ》り、無二《むに》の親友《しんゆう》を抱《だ》きしめた。

「みんな、こんばんは！」ルーナがうれしそうに言《い》った。「ああ、戻《もど》ってこられてよかった！」

「ルーナ」

ハリーは気《き》をそらされてしまった。

「君《きみ》、どうしたの？　どうしてここに――？」

「僕《ぼく》が呼《よ》んだんだ」

ネビルが、偽《にせ》ガリオン金貨《きんか》を見《み》せながら言《い》った。

「僕《ぼく》、ルーナとジニーに、君《きみ》が現《あらわ》れたら知《し》らせるって、約束《やくそく》したんだ。君《きみ》が戻《もど》ってきたら、その時《とき》は革命《かくめい》だって、僕《ぼく》たち全員《ぜんいん》そう思《おも》ってた。スネイプとカロー兄妹《きょうだい》を打倒《だとう》するんだって」

「もちろん、そういうことだもン」

ルーナが明《あか》るく言《い》った。

「そうでしょ、ハリー？　戦《たたか》ってあいつらをホグワーツから追《お》い出《だ》すのよね？」

「待《ま》ってくれ」

ハリーはせっぱ詰《つ》まって、焦《あせ》りをつのらせた。

「すまない、みんな。でも、僕《ぼく》たちは、そのために戻《もど》ってきたんじゃないんだ。しなければならないことがある。そのあとは――」

「僕《ぼく》たちを、こんなひどい状態《じょうたい》のまま残《のこ》していくのか？」マイケル・コーナーが詰《つ》め寄《よ》った。

「ちがう！」ロンが言《い》った。「僕《ぼく》たちがやろうとしていることは、結局《けっきょく》はみんなのためになるんだ。すべては、『例《れい》のあの人《ひと》』をやっつけるためなんだ――」

「それなら手伝《てつだ》わせてくれ！」ネビルが怒《おこ》ったように言《い》った。「僕《ぼく》たちも、それに加《くわ》わりたいんだ！」

またしても背後《はいご》で物音《ものおと》がして、ハリーは振《ふ》り返《かえ》った。とたんに心臓《しんぞう》が止《と》まったような気《き》がした。壁《かべ》の穴《あな》をよじ登《のぼ》ってきたのはジニーだった。すぐ後《うし》ろにフレッド、ジョージ、リー・ジョーダンが続《つづ》いていた。ジニーは、ハリーに輝《かがや》くような笑顔《えがお》を向《む》けた。ハリーは、ジニーがこんなに美《うつく》しいことを忘《わす》れていた。いや、これまで充分《じゅうぶん》に気《き》がついていなかった。しかし、ジニーを見《み》て、これほどうれしくなかったこともない。

「アバーフォースのやつ、ちょっといらついてたな」

フレッドは、何人《なんにん》かの歓迎《かんげい》の声《こえ》に応《こた》えるように手《て》を挙《あ》げながら言《い》った。

「一眠《ひとねむ》りしたいのに、あの酒場《さかば》が駅《えき》になっちまってさ」

ハリーは口《くち》をあんぐり開《あ》けた。リー・ジョーダンの後《うし》ろから、ハリーの昔《むかし》のガールフレンドのチョウ・チャンが現《あらわ》れ、ハリーにほほ笑《え》みかけていた。

「伝言《でんごん》を受《う》け取《と》ったわ」

チョウは、偽《にせ》ガリオン金貨《きんか》を持《も》った手《て》を挙《あ》げ、マイケル・コーナーのほうに歩《ある》いていって、横《よこ》に座《すわ》った。

「さあ、どういう計画《けいかく》だ、ハリー？」ジョージが言《い》った。

「そんなものはない」

ハリーは、急《きゅう》にこれだけの人間《にんげん》が現《あらわ》れたことにとまどい、しかも傷痕《きずあと》の激《はげ》しい痛《いた》みのせいで、状況《じょうきょう》が充分《じゅうぶん》に消化《しょうか》しきれていなかった。

「実行《じっこう》しながら、計画《けいかく》をでっち上《あ》げるわけだな？　俺《おれ》の好《この》みだ」フレッドが言《い》った。

「こんなこと、やめてくれ！」ハリーがネビルに言《い》った。

「何《なん》のために、みんなを呼《よ》び戻《もど》したんだ？　正気《しょうき》の沙汰《さた》じゃない――」

「僕《ぼく》たち、戦《たたか》うんだろう？」

ディーンが、自分《じぶん》の偽《にせ》ガリオン金貨《きんか》を取《と》り出《だ》しながら言《い》った。

「伝言《でんごん》は、こうだ。『ハリーが戻《もど》った。僕《ぼく》たちは戦《たたか》う！』だけど、僕《ぼく》は杖《つえ》がいるな――」

「持《も》ってないのか、**杖《つえ》を**――？」シェーマスが何《なに》か言《い》いかけた。

ロンが、突然《とつぜん》ハリーに向《む》かって言《い》った。

「みんなに手伝《てつだ》ってもらったら？」

「えっ？」

「手伝《てつだ》ってもらえるよ」

ロンは、ハリーとロンの間《あいだ》に立《た》っているハーマイオニーにしか聞《き》こえないように、声《こえ》を落《お》として言《い》った。

「あれがどこにあるか、僕《ぼく》たちにはわかってない。早《はや》いとこ見《み》つけないといけないだろ。みんなにはそれが分霊箱《ぶんれいばこ》だなんて言《い》う必要《ひつよう》はないからさ」

ハリーはロンとハーマイオニーを交互《こうご》に見《み》た。ハーマイオニーがヒソヒソ声《ごえ》で言《い》った。

「ロンの言《い》うとおりだわ。私《わたし》たち、何《なに》を探《さが》すのかさえわからないのよ。みんなの助《たす》けがいるわ」

ハリーがまだ納得《なっとく》しない顔《かお》でいると、ハーマイオニーがもう一押《ひとお》しした。

「ハリー、何《なに》もかも一人《ひとり》でやる必要《ひつよう》はないわ」

傷痕《きずあと》がうずき続《つづ》け、また頭《あたま》が割《わ》れてしまいそうな予感《よかん》がしながら、ハリーは急《いそ》いで考《かんが》えをめぐらせた。ダンブルドアは、分霊箱《ぶんれいばこ》のことはロンとハーマイオニー以外《いがい》の誰《だれ》にも言《い》うなと警告《けいこく》した。**秘密《ひみつ》とうそをな。俺《おれ》たちはそうやって育《そだ》った**。そしてアルバスには……天性《てんせい》のものがあった……――ハリーは、ダンブルドアになろうとしているのだろうか。秘密《ひみつ》を胸《むね》に抱《かか》え、信用《しんよう》することを恐《おそ》れているのか？　しかしダンブルドアはスネイプを信《しん》じた。その結果《けっか》どうなったか？　――一番高《いちばんたか》い塔《とう》の屋上《おくじょう》での殺人《さつじん》……。

「わかった」ハリーは二人《ふたり》に向《む》かって小声《こごえ》で言《い》った。

「よーし、みんな」ハリーが「必要《ひつよう》の部屋《へや》」全体《ぜんたい》に呼《よ》びかけると、話《はな》し声《ごえ》がやんだ。近《ちか》くにいる仲間《なかま》に冗談《じょうだん》を飛《と》ばしていたフレッドとジョージもぴたりと静《しず》かになり、全員《ぜんいん》が緊張《きんちょう》し、興奮《こうふん》しているように見《み》えた。

「僕《ぼく》たちはあるものを探《さが》している」ハリーが言《い》った。

「それは――『例《れい》のあの人《ひと》』を打倒《だとう》する助《たす》けになるものだ。このホグワーツにある。しかし、どこにあるのかはわからない。レイブンクローに属《ぞく》する何《なに》かかもしれない。誰《だれ》か、そういうものの話《はなし》を聞《き》いたことはないか？　誰《だれ》か、たとえば鷲《わし》の印《しるし》がある何《なに》かを、どこかで見《み》かけたことはないか？」

ハリーはもしやと期待《きたい》しながら、レイブンクローの寮生《りょうせい》たちを見《み》た。パドマ、マイケル、テリー、チョウ。しかし答《こた》えたのは、ジニーの椅子《いす》のひじにちょこんと腰《こし》かけていたルーナだった。

「あのね、『失《うしな》われた髪飾《かみかざ》り』があるわ。その話《はなし》をあんたにしたこと、ハリー、覚《おぼ》えてる？　レイブンクローの失《うしな》われた髪飾《かみかざ》りのことだけど？　パパがそのコピーを作《つく》ろうとしたんだもン」

「ああ、だけど失《うしな》われた髪飾《かみかざ》りって言《い》うからには――」

マイケル・コーナーが、あきれたように目《め》をぐるぐるさせながら言《い》った。

「失《うしな》われたんだ、ルーナ。そこが肝心《かんじん》なところなんだよ」

「いつごろ失《うしな》われたの？」ハリーが聞《き》いた。

「何百年《なんびゃくねん》も前《まえ》だという話《はなし》よ」

チョウの言葉《ことば》で、ハリーはがっかりした。

「フリットウィック先生《せんせい》がおっしゃるには、髪飾《かみかざ》りはレイブンクローと一緒《いっしょ》に消《き》えたんですって。みんな探《さが》したけど、でも」

チョウは、レイブンクロー生《せい》に向《む》かって訴《うった》えかけるように言《い》った。

「誰《だれ》もその手《て》がかりを見《み》つけられなかった。そうよね？」

レイブンクロー生《せい》がいっせいにうなずいた。

「あのさ、髪飾《かみかざ》りって、どんなものだ？」ロンが聞《き》いた。

「冠《かんむり》みたいなものだよ」テリー・ブートが言《い》った。

「レイブンクローの髪飾《かみかざ》りは、魔法《まほう》の力《ちから》があって、それをつけると知恵《ちえ》が増《ま》すと考《かんが》えられていたんだ」

「うん、パパのラックスパート吸《す》い上《あ》げ管《かん》は——」

しかし、ハリーがルーナをさえぎった。

「それで、誰《だれ》もそれらしいものを見《み》たことがないのか？」

みんなはまたうなずいた。ハリーはロンとハーマイオニーの顔《かお》を見《み》たが、自分《じぶん》の失望《しつぼう》が鏡《かがみ》のように映《うつ》っているのを見《み》ただけだった。長《なが》い間失《あいだうしな》われた品《しな》、そして手《て》がかりさえない品《しな》が、城《しろ》に隠《かく》された分霊箱《ぶんれいばこ》である可能性《かのうせい》はないように思《おも》われた……しかし、ハリーが別《べつ》な質問《しつもん》を考《かんが》えていると、チョウがまた口《くち》を開《ひら》いた。

「その髪飾《かみかざ》りが、どんな形《かたち》をしているか見《み》たかったら、ハリー、私《わたし》たちの談話室《だんわしつ》に連《つ》れていって、見《み》せてあげるけど？　レイブンクローの像《ぞう》が、それをつけているわ」

ハリーの傷痕《きずあと》がまた焼《や》けるように痛《いた》んだ。一瞬《いっしゅん》「必要《ひつよう》の部屋《へや》」がぐらついてぼやけ、暗《くら》い大地《だいち》がぐんぐん下《した》になり、大蛇《だいじゃ》が肩《かた》に巻《ま》きついているのを感《かん》じた。ヴォルデモートはまた飛《と》び立《た》ったのだ。地下《ちか》の湖《みずうみ》へか、このホグワーツ城《じょう》へか、ハリーにはわからなかった。どちらにしても、もう残《のこ》された時間《じかん》はほとんどない。

「あいつが動《うご》きだした」

ハリーはロンとハーマイオニーにこっそり言《い》った。ハリーはチョウをちらりと見《み》て、それからまた二人《ふたり》を見《み》た。

「こうしよう。あんまりいい糸口《いとぐち》にはならないと思《おも》うけど、でも、その像《ぞう》を見《み》てくる。少《すく》なくとも、その髪飾《かみかざ》りがどんなものかがわかる。ここで待《ま》っていてくれ、そして、ほら——もう一つのあれを——安全《あんぜん》に保管《ほかん》していてくれ」

チョウが立《た》ち上《あ》がったが、ジニーがかなり強《つよ》い調子《ちょうし》で言《い》った。

「ダメ。ルーナがハリーを案内《あんない》するわ。そうよね、ルーナ？」

「えぇエー、いいわよ。喜《よろこ》んで」

ルーナがうれしそうに言《い》い、チョウは失望《しつぼう》したような顔《かお》で、また座《すわ》った。

「どうやって出《で》るんだ？」ハリーがネビルに聞《き》いた。

「こっちからだよ」

ネビルはハリーとルーナを、部屋《へや》の隅《すみ》に案内《あんない》した。そこにある小《ちい》さな戸棚《とだな》を開《ひら》くと、急《きゅう》な階段《かいだん》に続《つづ》いていた。

「行《ゆ》く先《さき》が毎日《まいにち》変《か》わるんだ。だからあいつらは、絶対《ぜったい》に見《み》つけられない」ネビルが言《い》った。「ただ問題《もんだい》は、出《で》ていくのはいいんだけど、行《ゆ》く先《さき》がどこになるのか、はっきりわからないことだ。ハリー、気《き》をつけて。あいつら、夜《よる》は必《かなら》ず廊下《ろうか》を見回《みまわ》っているから」

「大丈夫《だいじょうぶ》」ハリーが答《こた》えた。「すぐ戻《もど》るよ」

ハリーとルーナは階段《かいだん》を急《いそ》いだ。松明《たいまつ》に照《て》らされた長《なが》い階段《かいだん》で、あちこち思《おも》いがけない所《ところ》に曲《ま》がり角《かど》があった。最後《さいご》に二人《ふたり》は、どうやら固《かた》い壁《かべ》らしいものの前《まえ》に出《で》た。

「ここに入《はい》って」

そう言《い》いながら、ハリーは「透明《とうめい》マント」を取《と》り出《だ》して、ルーナと自分《じぶん》にかぶせた。ハリーは壁《かべ》を軽《かる》く押《お》した。

壁《かべ》はハリーがさわるととけるように消《き》え、二人《ふたり》は外《そと》に出《で》た。振《ふ》り返《かえ》ると、壁《かべ》がたちまちひとりでにふさがるのが見《み》えた。そこは暗《くら》い廊下《ろうか》だった。ハリーはルーナを引《ひ》っ張《ぱ》って物陰《ものかげ》に移動《いどう》し、首《くび》からかけた巾着《きんちゃく》を探《さぐ》って「忍《しの》びの地図《ちず》」を取《と》り出《だ》した。顔《かお》を地図《ちず》にくっつけるようにして自分《じぶん》とルーナの点《てん》を探《さが》し、やっとそれを見《み》つけた。

「ここは六階《かい》だ」

ハリーは、行《ゆ》く手《て》の廊下《ろうか》から、フィルチの点《てん》が遠《とお》ざかっていくのを見《み》つめながらささやいた。

「さあ、こっちだ」

二人《ふたり》はこっそりと進《すす》んだ。

ハリーは、何度《なんど》も夜《よる》に城《しろ》の中《なか》をうろついたことがあったが、心臓《しんぞう》がこんなに早鐘《はやがね》を打《う》ったことはなかったし、無事《ぶじ》に移動《いどう》することに、これほどさまざまな期待《きたい》がかかっていたこともなかった。月光《げっこう》が四角《しかく》に射《さ》し込《こ》む廊下《ろうか》を通《とお》り、ひそかな足音《あしおと》を聞《き》きとがめて兜《かぶと》をキーキー鳴《な》らす鎧《よろい》のそばを通《とお》り過《す》ぎ、得体《えたい》の知《し》れない何《なに》かがひそんでいるかもしれない角《かど》を曲《ま》がり、「忍《しの》びの地図《ちず》」が読《よ》めるだけの明《あ》かりがある所《ところ》では地図《ちず》をたしかめながら、ハリーとルーナは歩《ある》いた。ゴーストをやり過《す》ごすために、二度《ど》立《た》ち止《ど》まった。いつ何《なん》どき障害《しょうがい》に出《で》くわしてもおかしくはなかった。ハリーは、ポルターガイストのピーブズを何《なに》より警戒《けいかい》し、近《ちか》づいてくるときの、それとわかる最初《さいしょ》の物音《ものおと》を聞《き》き逃《のが》すまいと、一足《ひとあし》ごとに耳《みみ》を澄《す》ました。

「こっちよ、ハリー」

ルーナがハリーのそでを引《ひ》き、らせん階段《かいだん》のほうに引《ひ》っ張《ぱ》りながら、声《こえ》をひそめて言《い》った。

二人《ふたり》は、目《め》の回《まわ》るような急《きゅう》ならせんを上《のぼ》った。ハリーは、ここには来《き》たことがなかった。やっとのことで扉《とびら》の前《まえ》に出《で》た。取《と》っ手《て》も鍵穴《かぎあな》もない。古《ふる》めかしい木《き》の扉《とびら》がのっぺりと立《た》っているだけで、鷲《わし》の形《かたち》をしたブロンズのドア・ノッカーがついている。

ルーナが色白《いろじろ》の手《て》を差《さ》し出《だ》した。腕《うで》も胴体《どうたい》もない手《て》が宙《ちゅう》に浮《う》いているようで、薄気味《うすきみ》が悪《わる》かった。ルーナが一回《かい》ノックした。静《しず》けさの中《なか》で、その音《おと》はハリーには大砲《たいほう》が鳴《な》り響《ひび》いたように聞《き》こえた。たちまち鷲《わし》のくちばしが開《ひら》き、鳥《とり》の鳴《な》き声《ごえ》ではなく、やわらかな、歌《うた》うような声《こえ》が流《なが》れた。

「不死鳥《ふしちょう》と炎《ほのお》はどちらが先《さき》？」

「ンンン……どう思《おも》う、ハリー？」

ルーナが思慮《しりょぶか》深げな表情《ひょうじょう》で聞《き》いた。

「えっ？　合言葉《あいことば》だけじゃだめなの？」

「あら、ちがうよ。質問《しつもん》に答《こた》えないといけないんだもン」ルーナが言《い》った。

「えーと、誰《だれ》か正《ただ》しい答《こた》えを出《だ》す人《ひと》が来《く》るまで、待《ま》たないといけないんだもン」

「まちがったらどうなるの？」

ルーナが言《い》った。

「そうやって学《まな》ぶものよ。でしょ？」

「ああ……問題《もんだい》は、ほかの誰《だれ》かが来《く》るまで待《ま》つ余裕《よゆう》はないんだよ、ルーナ」

「うん。わかるよ」ルーナがまじめに言《い》った。

「えーと、それじゃ、あたしの考《かんが》えだと、答《こた》えは、円《えん》には始《はじ》まりがない」

「よく推理《すいり》しましたね」

声《こえ》がそう言《い》うと、扉《とびら》がパッと開《ひら》いた。

レイブンクローの談話室《だんわしつ》には人気《ひとけ》がなく、広《ひろ》い円形《えんけい》の部屋《へや》で、ハリーが見《み》たホグワーツのどの部屋《へや》よりさわやかだった。壁《かべ》のところどころに優雅《ゆうが》なアーチ形《がた》の窓《まど》があり、壁《かべ》にはブルーとブロンズ色《いろ》のシルクのカーテンがかかっている。日中《にっちゅう》なら、レイブンクロー生《せい》は、周《まわ》りの山々《やまやま》のすばらしい景色《けしき》が眺《なが》められるだろう。天井《てんじょう》はドーム型《がた》で、星《ほし》が描《えが》いてあり、濃紺《のうこん》のじゅうたんも同《おな》じ模様《もよう》だ。テーブル、椅子《いす》、本棚《ほんだな》がいくつかあり、扉《とびら》の反対側《はんたいがわ》の壁《かべ》のくぼみに、背《せ》の高《たか》い白《しろ》い大理《だいり》石《せき》の像《ぞう》が建《た》っていた。

ルーナの家《いえ》で胸像《きょうぞう》を見《み》ていたハリーは、ロウェナ・レイブンクローの顔《かお》だとすぐにわかった。その像《ぞう》は、寝室《しんしつ》に続《つづ》いていると思《おも》われるドアの脇《わき》に置《お》かれていた。ハリーははやる心《こころ》で、まっすぐに大理石《だいりせき》の女性《じょせい》に近《ちか》づいた。像《ぞう》は物問《ものと》いたげな軽《かる》い微笑《びしょう》を浮《う》かべて、ハリーを見返《みかえ》していた。美《うつく》しいが、少《すこ》し威嚇的《いかくてき》でもあった。頭部《とうぶ》には、大理石《だいりせき》で、繊細《せんさい》な髪飾《かみかざ》りの環《わ》が再現《さいげん》されている。フラーが結婚式《けっこんしき》で着《つ》けたティアラと、そうちがわないものだ。小《ちい》さな文字《もじ》が刻《きざ》まれている。ハリーは「透明《とうめい》マント」から出《で》て、レイブンクロー像《ぞう》の台座《だいざ》に乗《の》り、文字《もじ》を読《よ》んだ。

「計《はか》り知《し》れぬ英知《えいち》こそ、われらが最大《さいだい》の宝《たから》なり！」

「つまり、おまえは文無《もんな》しだね、能無《のうな》しめ」

ケタケタというかん高《だか》い魔女《まじょ》の声《こえ》がした。ハリーはすばやく振《ふ》り向《む》き、台座《だいざ》からすべり降《お》りて床《ゆか》に立《た》った。目《め》の前《まえ》に猫背《ねこぜ》のアレクト・カローの姿《すがた》があった。ハリーが杖《つえ》を上《あ》げる間《ま》もなく、アレクトはずんぐりした人差《ひとさ》し指《ゆび》を、前腕《ぜんわん》のどくろと蛇《へび》の焼《や》き印《いん》に押《お》しつけた。

第《だい》30章《しょう》　セブルス・スネイプ去《さ》る

指《ゆび》が闇《やみ》の印《しるし》に触《ふ》れたとたん、ハリーの額《ひたい》の傷痕《きずあと》がこらえようもなく痛《いた》んだ。星《ほし》をちりばめた部屋《へや》が視界《しかい》から消《き》え、ハリーは崖《がけ》の下《した》に突《つ》き出《だ》した岩《いわ》に立《た》っていた。波《なみ》が周囲《しゅうい》を洗《あら》い、心《こころ》は勝利感《しょうりかん》に躍《おど》った――小僧《こぞう》を捕《と》らえた。

バーンという大《おお》きな音《おと》で、ハリーは我《われ》に返《かえ》った。一瞬《いっしゅん》、自分《じぶん》がどこにいるのかもわからずハリーは杖《つえ》を上《あ》げたが、目《め》の前《まえ》の魔女《まじょ》は、すでに前《まえ》のめりに倒《たお》れていた。倒《たお》れた衝撃《しょうげき》の大《おお》きさに、本棚《ほんだな》のガラスがチリチリと音《おと》を立《た》てた。

「あたし、DA《ディーエー》の練習《れんしゅう》以外《いがい》で誰《だれ》かを『失神《しっしん》』させたの、初《はじ》めてだもン」

ルーナはちょっとおもしろそうに言《い》った。

「思《おも》っていたより、やかましかったな」

たしかにそうだった。天井《てんじょう》がガタガタ言《い》いだした。寝室《しんしつ》に続《つづ》くドアのむこう側《がわ》から、あわててかけてくる足音《あしおと》が、だんだん大《おお》きく響《ひび》いてきた。ルーナの呪文《じゅもん》が、上《うえ》で寝《ね》ていたレイブンクロー生《せい》を起《お》こしてしまったのだ。

「ルーナ、どこだ？　僕《ぼく》、『マント』に隠《かく》れないと！」

ルーナの両足《りょうあし》がふっと現《あらわ》れた。ハリーが急《いそ》いでそばに寄《よ》り、ルーナが二人《ふたり》に「マント」をかけなおしたとき、ドアが開《ひら》いて部屋着姿《へやぎすがた》のレイブンクロー生《せい》がどっと談話室《だんわしつ》にあふれ出《で》た。アレクトが気《き》を失《うしな》って倒《たお》れているのを見《み》て、生徒《せいと》たちは、息《いき》をのんだり驚《おどろ》いて叫《さけ》んだりした。そろそろと、寮生《りょうせい》がアレクトを取《と》り囲《かこ》みながら近《ちか》づいた。野蛮《やばん》な獣《けもの》は、今《いま》にも目覚《めざ》めて寮生《りょうせい》を襲《おそ》うかもしれない。その時《とき》、勇敢《ゆうかん》な小《ちい》さい一年生《ねんせい》がアレクトにパッと近寄《ちかよ》り、足《あし》の親指《おやゆび》で尻《しり》をこづいた。

「死《し》んでるかもしれないよ！」一年生《ねんせい》が喜《よろこ》んで叫《さけ》んだ。

「ねえ、見《み》て」

レイブンクロー生《せい》がアレクトの周《まわ》りに人垣《ひとがき》を作《つく》るのを見《み》て、ルーナがうれしそうにささやいた。

「みんな喜《よろこ》んでるもンッ！」

「うん……よかった……」

ハリーは目《め》を閉《と》じた。傷痕《きずあと》がうずく。ハリーはヴォルデモートの心《こころ》の中《なか》に沈《しず》んでいくことにした。……トンネルを通《とお》り、最初《さいしょ》の洞穴《ほらあな》に着《つ》いた……こっちに来《く》る前《まえ》にロケットの安否《あんぴ》をたしかめることにしたのだ……しかし、それほど長《なが》くはかからないだろう……。

談話室《だんわしつ》の扉《とびら》を激《はげ》しくたたく音《おと》がして、レイブンクロー生《せい》はみんな凍《こお》りついた。扉《とびら》の向《む》こうで、鷲《わし》のドア・ノッカーからやわらかな歌《うた》うような声《こえ》が流《なが》れてくるのが聞《き》こえた。

「消失《しょうしつ》した物質《ぶっしつ》はどこに行《い》く？」

「そんなこと俺《おれ》が知《し》るか？　だまれ！」

アレクトの兄《あに》、アミカスのものだとすぐわかる、下品《げひん》なうなり声《ごえ》だった。

「アレクト？　**アレクト？**　そこにいるのか？　あいつを捕《つか》まえたのか？　扉《とびら》を開《あ》けろ！」

レイブンクロー生《せい》はおびえて、互《たが》いにささやき合《あ》っていた。すると、何《なん》の前触《まえぶ》れもなしに、扉《とびら》に向《む》けて銃《じゅう》を発射《はっしゃ》したような大《おお》きな音《おと》が、立《た》て続《つづ》けに聞《き》こえてきた。

「**アレクト！**　あの方《かた》が到着《とうちゃく》して、もし俺《おれ》たちがポッターを捕《つか》まえていなかったら。――マルフォイ一家《いっか》の二《に》の舞《まい》になりてえのか？　**返事《へんじ》をしろ！**」

アミカスは、力《ちから》のかぎり扉《とびら》を揺《ゆ》すぶりながら、大声《おおごえ》でわめいた。しかし、扉《とびら》は頑《がん》として開《ひら》かない。レイブンクロー生《せい》は全員《ぜんいん》あとずさりしていたし、中《なか》でもひどくおびえた何人《なんにん》かは、寝室《しんしつ》に戻《もど》ろうとあわてて階段《かいだん》をかけ上《あ》がりはじめた。いっそ扉《とびら》を吹《ふ》き飛《と》ばして、アミカスがこれ以上《いじょう》何《なに》かする前《まえ》に「失神《しっしん》」させるべきではないか、とハリーが迷《まよ》っていると、扉《とびら》の向《む》こうで、よく聞《き》き慣《な》れた別《べつ》の声《こえ》がした。

「カロー先生《せんせい》、何《なに》をなさっておいでですか？」

「この――クソッたれの――扉《とびら》から――入《はい》ろうとしているんだ！」

アミカスが叫《さけ》んだ。

「フリットウィックを呼《よ》べ！　あいつに開《あ》けさせろ、今《いま》すぐだ！」

「しかし、妹《いもうと》さんが中《なか》にいるのではありませんか？」マクゴナガル教授《きょうじゅ》が聞《き》いた。「フリットウィック先生《せんせい》が、宵《よい》の口《くち》に、あなたの緊急《きんきゅう》な要請《ようせい》で妹《いもうと》さんをこの中《なか》に入《い》れたのではなかったですか？　たぶん、妹《いもうと》さんが開《あ》けてくれるのでは？　それなら城《しろ》の大半《たいはん》の者《もの》を起《お》こす必要《ひつよう》はないでしょう」

「妹《いもうと》が答《こた》えねえんだよ、このばばぁ！　てめえが開《あ》けやがれ！　さあ開《あ》けろ！　今《いま》すぐ開《あ》けやがれ！」

「承知《しょうち》しました。お望《のぞ》みなら」

マクゴナガル教授《きょうじゅ》は、恐《おそ》ろしく冷《つめ》たい口調《くちょう》で言《い》った。ノッカーを上品《じょうひん》にたたく音《おと》がして、歌《うた》うような声《こえ》が再《ふたた》び尋《たず》ねた。

「消失《しょうしつ》した物質《ぶっしつ》はどこに行《い》く？」

「非存在《ひそんざい》に。つまり、すべてに」マクゴナガル教授《きょうじゅ》が答《こた》えた。

「見事《みごと》な言《い》い回《まわ》しですね」

鷲《わし》のドア・ノッカーが応《こた》え、扉《とびら》がパッと開《ひら》いた。

アミカスが杖《つえ》を振《ふ》り回《まわ》して扉《とびら》から飛《と》び込《こ》んでくると、残《のこ》っていた数少《かずすく》ないレイブンクロー生《せい》は、矢《や》のように階段《かいだん》へと走《はし》った。妹《いもうと》と同《おな》じように猫背《ねこぜ》のアミカスは、その青《あお》ぶくれの顔《かお》についている小《ちい》さな目《め》で、床《ゆか》に大《だい》の字《じ》に倒《たお》れて動《うご》かないアレクトを見《み》つけた。アミカスは怒《いか》りと恐《おそ》れの入《い》りまじった叫《さけ》び声《ごえ》を上《あ》げた。

「ガキども、何《なに》しやがった？」アミカスが叫《さけ》んだ。「誰《だれ》がやったか白状《はくじょう》するまで、全員《ぜんいん》『磔《はりつけ》の呪文《じゅもん》』にかけてやる——それよりも、闇《やみ》の帝王《ていおう》が何《なん》とおっしゃるか？」

妹《いもうと》の上《うえ》に立《た》ちはだかって、自分《じぶん》の額《ひたい》を拳《こぶし》でバシッとたたきながら、アミカスがかん高《だか》い声《こえ》で叫《さけ》んだ。

「やつを捕《つか》まえていねえ。その上《うえ》ガキどもが妹《いもうと》を殺《ころ》しやがった！」

「『失神《しっしん》』させられているだけですよ」

かがんでアレクトを調《しら》べていたマクゴナガル教授《きょうじゅ》が、いらいらしながら言《い》った。

「妹《いもうと》さんはまったく何《なん》ともありません」

「何《なん》ともねえもクソもあるか！」

アミカスが大声《おおごえ》を上《あ》げた。

「妹《いもうと》が闇《やみ》の帝王《ていおう》に捕《つか》まったら、とんでもねえことにならぁ！　こいつはあの方《かた》を呼《よ》びやがった。俺《おれ》の闇《やみ》の印《しるし》が焼《や》けるのを感《かん》じた。あの方《かた》は、俺《おれ》たちがポッターを捕《つか》まえたとお考《かんが》えにならぁ！」

「ポッターを捕《つか》まえた？」マクゴナガル教授《きょうじゅ》の声《こえ》が、鋭《するど》くなった。「どういうことですか？『ポッターを捕《つか》まえた』とは？」

「あの方《かた》が、ポッターはレイブンクローの塔《とう》に入《はい》ろうとするかもしれねえって、そんでもって、捕《つか》まえたらあの方《かた》を呼《よ》ぶようにって、俺《おれ》たちにそうおっしゃったのよ」

「ハリー・ポッターが、なんでレイブンクローの塔《とう》に入《はい》ろうとするのですか？　ポッターは私《わたし》の寮生《りょうせい》です！」

まさか、という驚《おどろ》きと怒《いか》りの声《こえ》の中《なか》に、かすかに誇《ほこ》りが流《なが》れているのを聞《き》き取《と》り、ハリーは胸《むね》の奥《おく》に、ミネルバ・マクゴナガルへの愛情《あいじょう》がどっと湧《わ》いてくるのを感《かん》じた。

「俺《おれ》たちは、ポッターがここに来《く》るかもしれねえ、と言《い》われただけだ！」カローが言《い》った。「なんでもへったくれも、ねえ！」

マクゴナガル教授《きょうじゅ》は立《た》ち上《あ》がり、キラキラした目《め》で部屋《へや》を眺《なが》め回《まわ》した。ハリーとルーナの立《た》っている、まさにその場所《ばしょ》を、その目《め》が二度《ど》行《い》き過《す》ぎた。

「ガキどもに、なすりつけてやる」

アミカスの豚《ぶた》のような顔《かお》が、突然《とつぜん》、ずる賢《がしこ》くなった。

「そうだとも。そうすりゃいい。こう言《い》うんだ。アレクトはガキどもに待《ま》ち伏《ぶ》せされた。上《うえ》にいるガキどもによ」

アミカスは星《ほし》のちりばめられた天井《てんじょう》の、寝室《しんしつ》のある方向《ほうこう》を見上《みあ》げた。

「そいでもって、こう言《い》う。ガキどもが、無理《むり》やり妹《いもうと》に闇《やみ》の印《しるし》を押《お》させた。だから、あの方《かた》はまちがいの知《し》らせを受《う》け取《と》った……あの方《かた》は、ガキどもを罰《ばっ》する。ガキが二、三人《にん》減《へ》ろうが減《へ》るまいが、たいしたちがいじゃねえだろう？」

「真実《しんじつ》とうそとのちがい、勇気《ゆうき》と臆病《おくびょう》とのちがいにすぎません」

マクゴナガル教授《きょうじゅ》の顔《かお》からすっと血《ち》が引《ひ》いた。

「要《よう》するに、あなたにも妹《いもうと》さんにも、そのちがいがわかるとは思《おも》えません。しかし、一つだけはっきりさせておきましょう。あなたたちの無能《むのう》の数々《かずかず》を、ホグワーツの生徒《せいと》たちのせいにはさせません。私《わたし》が許《ゆる》しません」

「何《なん》だと？」

アミカスがずいと進《すす》み出《で》て、マクゴナガル教授《きょうじゅ》の顔《かお》に息《いき》がかかるほどの所《ところ》まで、無遠慮《ぶえんりょ》に詰《つ》め寄《よ》った。マクゴナガル教授《きょうじゅ》は一歩《いっぽ》も引《ひ》かず、トイレの便座《べんざ》にくっついた不快《ふかい》なものでも見《み》るようにアミカスを見下《みお》ろした。

「ミネルバ・マクゴナガルよぅ、あんたが許《ゆる》すの許《ゆる》さないのってぇ場合《ばあい》じゃあねえぜ。あんたの時代《じだい》は終《お》わった。今《いま》は俺《おれ》たちがここを仕切《しき》ってる。俺《おれ》を支持《しじ》しないつもりなら、つけを払《はら》うことになるぜ」

そしてアミカスは、マクゴナガル教授《きょうじゅ》の顔《かお》につばを吐《は》きかけた。

ハリーは「マント」を脱《ぬ》ぎ、杖《つえ》を上《あ》げて言《い》った。

「してはならないことを、やってしまったな」

アミカスがくるりと振《ふ》り向《む》いたとき、ハリーが叫《さけ》んだ。

「クルーシオ！　苦《くる》しめ！」

死喰《しく》い人《びと》が浮《う》き上《あ》がった。おぼれるように空中《くうちゅう》でもがき、痛《いた》みに叫《さけ》びながらジタバタした。それから、本棚《ほんだな》の正面《しょうめん》に激突《げきとつ》してガラスを破《やぶ》り、アミカスは気《き》を失《うしな》い、くしゃくしゃになって床《ゆか》に落《お》ちた。

「ベラトリックスの言《い》った意味《いみ》がわかった」ハリーが言《い》った。頭《あたま》に血《ち》が上《のぼ》ってドクドク脈打《みゃくう》っていた。「本気《ほんき》になる必要《ひつよう》があるんだ」

「ポッター！」

マクゴナガル教授《きょうじゅ》が、胸元《むなもと》を押《お》さえながら小声《こごえ》で言《い》った。

「ポッター――あなたがここに！　いったい――？　どうやって――？」

マクゴナガル教授《きょうじゅ》は落《お》ち着《つ》こうと必死《ひっし》だった。

「ポッター、バカなまねを！」

「こいつは先生《せんせい》に、つばを吐《は》いた」ハリーが言《い》った。

「ポッター、私《わたし》は――それはとても――とても雄々《おお》しい行為《こうい》でした――しかし、わかっているのですか――？」

「ええ、わかっています」

ハリーはしっかりと答《こた》えた。マクゴナガル教授《きょうじゅ》があわてふためいていることが、かえってハリーを落《お》ち着《つ》かせた。

「マクゴナガル先生《せんせい》、ヴォルデモートがやってきます」

「あら、もうその名前《なまえ》を言《い》ってもいいの？」

ルーナが「透明《とうめい》マント」を脱《ぬ》ぎ捨《す》てて、おもしろそうに聞《き》いた。二人目《ふたりめ》の反逆者《はんぎゃくしゃ》の出現《しゅつげん》に圧《あっ》倒《とう》され、マクゴナガル教授《きょうじゅ》はよろよろとあとずさりし、古《ふる》いタータンチェックの部屋着《へやぎ》のえりをしっかりつかんで、かたわらの椅子《いす》に倒《たお》れ込《こ》んだ。

「あいつを何《なん》と呼《よ》ぼうが、同《おな》じことだ」ハリーがルーナに言《い》った。「あいつはもう、僕《ぼく》がどこにいるかを知《し》っている」

ハリーの頭《あたま》のどこか遠《とお》い所《ところ》で——焼《や》けるように激《はげ》しく痛《いた》む傷痕《きずあと》につながっているその部分《ぶぶん》で、ハリーは、不気味《ぶきみ》な緑《みどり》の小舟《こぶね》に乗《の》って暗《くら》い湖《みずうみ》を急《いそ》ぐヴォルデモートの姿《すがた》を見《み》ていた……あの石《いし》の水盆《すいぼん》が置《お》いてある小島《こじま》に、まもなく到着《とうちゃく》する……。

「逃《に》げないといけません」マクゴナガル教授《きょうじゅ》が、ささやくように言《い》った。

「さあ、ポッター、できるだけ急《いそ》いで！」

「それはできません」ハリーが言《い》った。

「僕《ぼく》にはやらなければならないことがあります。先生《せんせい》、レイブンクローの髪飾《かみかざ》りがどこにあるか、ご存《ぞん》じですか？」

「レ——レイブンクローの髪飾《かみかざ》り？　もちろん知《し》りません——何百年《なんびゃくねん》もの間《あいだ》、失《うしな》われたままではありませんか？」

マクゴナガル教授《きょうじゅ》は、少《すこ》し背筋《せすじ》を伸《の》ばして座《すわ》りなおした。

「ポッター、この城《しろ》に入《はい》るなど、狂気《きょうき》の沙汰《さた》です、まったく狂気《きょうき》としか――」

「そうしなければならなかったんです」ハリーが言《い》った。「先生《せんせい》、この城《しろ》に隠《かく》されている何《なに》かを、僕《ぼく》は探《さが》さないといけないんです。それは髪飾《かみかざ》りかもしれない――フリットウィック先生《せんせい》にお話《はな》しすることさえできれば――」

何《なに》かが動《うご》く物音《ものおと》、ガラスの破片《はへん》のぶつかる音《おと》がした。アミカスが気《き》づいたのだ。ハリーやルーナが行動《こうどう》するより早《はや》く、マクゴナガル先生《せんせい》が立《た》ち上《あ》がって、ふらふらしている死喰《しく》い人《びと》に杖《つえ》を向《む》けて唱《とな》えた。

「インペリオ！　服従《ふくじゅう》せよ！」

アミカスは、立《た》ち上《あ》がって妹《いもうと》の所《ところ》へ歩《ある》き、杖《つえ》を拾《ひろ》って、ぎこちない足取《あしど》りで従順《じゅうじゅん》にマクゴナガル教授《きょうじゅ》に近《ちか》づき、妹《いもうと》の杖《つえ》と一緒《いっしょ》に自分《じぶん》の杖《つえ》も差《さ》し出《だ》した。それが終《お》わると、アレクトの隣《となり》に横《よこ》たわった。マクゴナガル教授《きょうじゅ》が再《ふたた》び杖《つえ》を振《ふ》ると、銀色《ぎんいろ》のロープがどこからともなく光《ひか》りながら現《あらわ》れ、カロー兄妹《きょうだい》にくねくねと巻《ま》きついて、二人一緒《ふたりいっしょ》にきつく縛《しば》り上《あ》げた。

「ポッター」

マクゴナガル教授《きょうじゅ》は、窮地《きゅうち》におちいったカロー兄妹《きょうだい》のことなど、物《もの》の見事《みごと》に無視《むし》して、再《ふたた》びハリーのほうを向《む》いた。

「もしも『名前《なまえ》を言《い》ってはいけないあの人《ひと》』が、あなたがここにいると知《し》っているなら――」

その言葉《ことば》が終《お》わらないうちに、痛《いた》みにも似《に》た激《はげ》しい怒《いか》りがハリーの体《からだ》を貫《つらぬ》き、傷痕《きずあと》を燃《も》え上《あ》がらせた。その瞬間《しゅんかん》、ハリーは石《いし》の水盆《すいぼん》をのぞき込《こ》んでいた。薬《くすり》が透明《とうめい》になり、その底《そこ》に安全《あんぜん》に置《お》かれているはずの金《きん》のロケットがない――。

「ポッター、大丈夫《だいじょうぶ》ですか?」

その声《こえ》でハリーは我《われ》に返《かえ》った。ハリーはルーナの肩《かた》につかまって体《からだ》を支《ささ》えていた。

「時間《じかん》がありません。ヴォルデモートがどんどん近《ちか》づいています。先生《せんせい》、僕《ぼく》はダンブルドアの命令《めいれい》で行動《こうどう》しています。ダンブルドアが僕《ぼく》に見《み》つけてほしかったものを、探《さが》し出《だ》さなければなりません！　でも、僕《ぼく》がこの城《しろ》の中《なか》を探《さが》している間《あいだ》に、生徒《せいと》たちを逃《に》がさないといけません――ヴォルデモートのねらいは僕《ぼく》ですが、ついでにあと何人《なんにん》かを殺《ころ》しても、あいつは気《き》にもとめないでしょう。今《いま》となっては――」

「**僕《ぼく》が分霊箱《ぶんれいばこ》を攻撃《こうげき》していると知《し》った今《いま》となっては**」とハリーは心《こころ》の中《なか》で文章《ぶんしょう》を完結《かんけつ》させた。

「あなたは**ダンブルドア**の命令《めいれい》で行動《こうどう》していると?」

マクゴナガル教授《きょうじゅ》は、ハッとしたような表情《ひょうじょう》でくり返《かえ》し、すっと背筋《せすじ》を伸《の》ばした。

「『名前《なまえ》を言《い》ってはいけないあの人《ひと》』から、この学校《がっこう》を護《まも》りましょう。あなたが、その――その何《なに》かを探《さが》している間《あいだ》は」

「できるのですか？」

「そう思《おも》います」

マクゴナガル教授《きょうじゅ》は、あっさりと言《い》ってのけた。

「先生方《せんせいがた》は、知《し》ってのとおり、かなり魔法《まほう》にたけています。全員《ぜんいん》が最高《さいこう》の力《ちから》を出《だ》せば、しばらくの間《あいだ》は『あの人《ひと》』を防《ふせ》ぐことができるにちがいありません。もちろん、スネイプ教授《きょうじゅ》については、何《なん》とかしなければならないでしょうが――」

「それは、僕《ぼく》が――」

「――そして、闇《やみ》の帝王《ていおう》が校門《こうもん》の前《まえ》に現《あらわ》れ、ホグワーツがまもなく包囲《ほうい》されるという事態《じたい》になるのであれば、無関係《むかんけい》の人間《にんげん》をできるだけ多《おお》く逃《に》がすのが、賢明《けんめい》というものでしょう。しかし、煙《えん》突飛行《とつひこう》ネットワークは監視《かんし》され、学校《がっこう》の構内《こうない》では『姿《すがた》あらわし』も不可能《ふかのう》となれば――」

「手段《しゅだん》はあります」

ハリーが急《いそ》いで口《くち》を挟《はさ》み、ホッグズ・ヘッドに続《つづ》く通路《つうろ》のことを説明《せつめい》した。

「ポッター、何百人《なんびゃくにん》という数《かず》の生徒《せいと》の話《はなし》ですよ――」

「わかっています、先生《せんせい》。でも、もしヴォルデモートと死喰《しく》い人《びと》が、学校《がっこう》の境界周辺《きょうかいしゅうへん》に注意《ちゅうい》を集中《しゅうちゅう》していれば、ホッグズ・ヘッドから誰《だれ》が『姿《すがた》くらまし』しようが、関心《かんしん》を払《はら》わないと思《おも》います」

「たしかに一理《いちり》あります」

マクゴナガル教授《きょうじゅ》が同意《どうい》した。教授《きょうじゅ》が杖《つえ》をカロー兄妹《きょうだい》に向《む》けると、銀色《ぎんいろ》の網《あみ》が縛《しば》られた二人《ふたり》の上《うえ》にかぶさり、二人《ふたり》を包《つつ》んで空中《くうちゅう》に吊《つ》り上《あ》げた。二人《ふたり》はブルーと金色《きんいろ》の天井《てんじょう》から、二匹《ひき》の大《おお》きな醜《みにく》い深海生物《しんかいせいぶつ》のようにぶら下《さ》がった。

「さあ、ほかの寮監《りょうかん》に警告《けいこく》を出《だ》さなければなりません。あなたたちは、また『マント』をかぶったほうがよいでしょう」

マクゴナガル教授《きょうじゅ》は扉《とびら》までつかつかと進《すす》みながら、杖《つえ》を上《あ》げた。杖先《つえさき》から、目《め》の周《まわ》りにめがねのような模様《もよう》のある、銀色《ぎんいろ》の猫《ねこ》が三匹《びき》飛《と》び出《だ》した。守護霊《しゅごれい》はしなやかに先《さき》を走《はし》り、マクゴナガル教授《きょうじゅ》とハリーとルーナがらせん階段《かいだん》を下《お》りる間《あいだ》、階段《かいだん》を銀色《ぎんいろ》の明《あ》かりで満《み》たした。

三人《にん》が廊下《ろうか》を疾走《しっそう》しはじめると、守護霊《しゅごれい》は一匹《びき》ずつ姿《すがた》を消《け》した。マクゴナガル教授《きょうじゅ》はタータンチェックの部屋着《へやぎ》で床《ゆか》をすりながら走《はし》り、ハリーとルーナは「透明《とうめい》マント」に隠《かく》れて、そのあとを追《お》った。

三人《にん》がそこからさらに二階下《かいした》に降《お》りたとき、もう一つのひっそりした足音《あしおと》が加《くわ》わった。まだ額《ひたい》のうずきを感《かん》じていたハリーが、最初《さいしょ》にその足音《あしおと》を聞《き》きつけた。「忍《しの》びの地図《ちず》」を出《だ》そうと首《くび》から下《さ》げた巾着《きんちゃく》に触《ふ》れたが、その前《まえ》に、マクゴナガル教授《きょうじゅ》も誰《だれ》かがいることに気《き》づいたようだった。立《た》ち止《ど》まって杖《つえ》を上《あ》げ、決闘《けっとう》の体勢《たいせい》を取《と》りながら、マクゴナガル教授《きょうじゅ》が言《い》った。

「そこにいるのは誰《だれ》です？」

「我輩《わがはい》だ」低《ひく》い声《こえ》が答《こた》えた。甲冑《かっちゅう》の陰《かげ》から、セブルス・スネイプが歩《あゆ》み出《で》た。

その姿《すがた》を見《み》たとたん、ハリーの心《こころ》に憎《にく》しみが煮《に》えたぎった。スネイプの犯《おか》した罪《つみ》の大《おお》きさにばかり気《き》を取《と》られていたハリーは、スネイプの姿《すがた》を見《み》るまで、その外見《がいけん》の特徴《とくちょう》を思《おも》い出《だ》しもしなかった。ねっとりした黒《くろ》い髪《かみ》が、細長《ほそなが》い顔《かお》の周《まわ》りにすだれのように下《さ》がっていることも、暗《くら》い目《め》が、死人《しにん》のように冷《つめ》たいことも忘《わす》れていた。スネイプは寝巻《ねま》き姿《すがた》ではなく、いつもの黒《くろ》いマントを着《き》て、やはり杖《つえ》をかまえ、決闘《けっとう》の体勢《たいせい》を取《と》っていた。

「カロー兄妹《きょうだい》はどこだ？」スネイプは静《しず》かに聞《き》いた。

「あなたが指示《しじ》した場所《ばしょ》だと思《おも》いますね、セブルス」マクゴナガル教授《きょうじゅ》が答《こた》えた。

スネイプはさらに近《ちか》づき、その視線《しせん》はマクゴナガル教授《きょうじゅ》を通《とお》り越《こ》して、すばやく周《まわ》りの空間《くうかん》に走《はし》っていた。まるでハリーがそこにいることを知《し》っているかのようだ。ハリーも杖《つえ》をかまえ、いつでも攻撃《こうげき》できるようにした。

「我輩《わがはい》の印象《いんしょう》では」スネイプが言《い》った。「アレクトが侵入者《しんにゅうしゃ》を捕《と》らえたようだったが」

「そうですか？」マクゴナガル教授《きょうじゅ》が言《い》った。「それで、なぜそのような印象《いんしょう》を？」

スネイプは左腕《ひだりうで》を軽《かる》く曲《ま》げた。その腕《うで》に、闇《やみ》の印《しるし》が刻印《こくいん》されているはずだ。

「ああ、当然《とうぜん》そうでしたね」マクゴナガル教授《きょうじゅ》が言《い》った。「あなた方《がた》死《し》喰《く》い人《びと》が、仲間内《なかまうち》の伝達《でんたつ》手段《しゅだん》をお持《も》ちだということを、忘《わす》れていました」

スネイプは聞《き》こえないふりをした。その目《め》はまだマクゴナガル教授《きょうじゅ》の周《まわ》りをくまなく探《さぐ》り、まるで無意識《むいしき》のように振《ふ》る舞《ま》いながら、しだいに近《ちか》づいてきた。

「今夜廊下《こんやろうか》を見回《みまわ》るのが、あなたの番《ばん》だったとは知《し》りませんでしたな、ミネルバ」

「異議《いぎ》がおありですか？」

「こんな遅《おそ》い時間《じかん》に起《お》き出《だ》して、ここに来《こ》られたのは何故《なにゆえ》ですかな？」

「何《なに》か、騒《さわ》がしい物音《ものおと》が聞《き》こえたように思《おも》いましたのでね」マクゴナガル教授《きょうじゅ》が言《い》った。

「はて？　平穏《へいおん》そのもののようだが」スネイプはマクゴナガル教授《きょうじゅ》の目《め》をじっと見《み》た。

「ハリー・ポッターを見《み》たのですかな、ミネルバ？　何《なん》とならば、もしそうなら、我輩《わがはい》はどうあっても――」

マクゴナガル教授《きょうじゅ》は、ハリーが信《しん》じられないほどすばやく動《うご》いた。その杖《つえ》が空《くう》を切《き》り、ハリーは一瞬《いっしゅん》、スネイプが気絶《きぜつ》してその場《ば》に崩《くず》れ落《お》ちたにちがいないと思《おも》った。しかし、スネイプのあまりにも敏速《びんそく》な盾《たて》の呪文《じゅもん》に、マクゴナガルが体勢《たいせい》を崩《くず》していた。マクゴナガルは壁《かべ》の松明《たいまつ》に向《む》けて杖《つえ》を振《ふ》った。松明《たいまつ》が腕木《うでぎ》から吹《ふ》き飛《と》び、まさにスネイプに呪《のろ》いをかけようとしていたハリーは、落下《らっか》してくる炎《ほのお》からルーナをかばって引《ひ》き寄《よ》せなければならなかった。松明《たいまつ》は火《ひ》の輪《わ》になって廊《ろう》下《か》いっぱいに広《ひろ》がり、投《な》げ縄《なわ》のようにスネイプ目《め》がけて飛《と》んだ——。

次《つぎ》の瞬間《しゅんかん》、火《ひ》はもはや火《ひ》ではなく、巨大《きょだい》な黒《くろ》い蛇《へび》となった。その蛇《へび》をマクゴナガルが吹《ふ》き飛《と》ばし、煙《けむり》に変《か》えた。煙《けむり》は形《かたち》を変《か》えて固《かた》まり、あっという間《ま》に手裏剣《しゅりけん》の雨《あめ》となってスネイプを襲《おそ》った。スネイプは甲冑《かっちゅう》を自分《じぶん》の前《まえ》に押《お》し出《だ》して、かろうじてそれをよけた。手裏剣《しゅりけん》はガンガンと音《おと》を響《ひび》かせ、次々《つぎつぎ》と甲冑《かっちゅう》の胸《むね》に刺《さ》さった——。

「ミネルバ！」

キーキー声《ごえ》がした。飛《と》び交《か》う呪文《じゅもん》からルーナをかばいながらハリーが振《ふ》り返《かえ》ると、部屋着姿《へやぎすがた》のフリットウィック先生《せんせい》とスプラウト先生《せんせい》が、こちらに向《む》かって廊下《ろうか》を疾走《しっそう》してくるところだった。その後《うし》ろから、スラグホーン先生《せんせい》が巨体《きょたい》を揺《ゆ》すり、あえぎながら追《お》ってきた。

「やめろ！」

フリットウィックが、杖《つえ》を上《あ》げながらキーキー声《ごえ》で叫《さけ》んだ。

「これ以上《いじょう》、ホグワーツで人《ひと》を殺《あや》めるな！」

フリットウィックの呪文《じゅもん》が、スネイプの隠《かく》れている甲冑《かっちゅう》に当《あ》たった。すると甲冑《かっちゅう》がガチャガチャと動《うご》きだし、両腕《りょううで》でスネイプをがっちりしめ上《あ》げた。それを振《ふ》りほどいたスネイプが、逆《ぎゃく》に攻撃者《こうげきしゃ》たち目《め》がけて甲冑《かっちゅう》を飛《と》ばせた。ハリーとルーナが、横《よこ》っ跳《と》びに飛《と》んで伏《ふ》せたとたん、甲冑《かっ》は壁《かべ》に当《あ》たって大破《たいは》した。ハリーが再《ふたた》び目《め》を上《あ》げたときには、スネイプは一目散《いちもくさん》に逃《に》げ出《だ》し、マクゴナガル、フリットウィック、スプラウトがすさまじい勢《いきお》いで追跡《ついせき》していくところだった。スネイプは教室《きょうしつ》のドアからすばやく中《なか》に飛《と》び込《こ》み、その直後《ちょくご》に、ハリーはマクゴナガルの叫《さけ》ぶ声《こえ》を聞《き》いた。

「卑怯者《ひきょうもの》！　**卑怯者《ひきょうもの》！**」

「どうなったの？　どうなったの？」ルーナが聞《き》いた。

ハリーはルーナを引《ひ》きずるようにして立《た》たせ、二人《ふたり》で「透明《とうめい》マント」をなびかせながら廊下《ろうか》を走《はし》って、教室《きょうしつ》にかけ込《こ》んだ。がらんとした教室《きょうしつ》の中《なか》で、マクゴナガル、フリットウィック、スプラウトの三人《にん》の先生《せんせい》が、割《わ》れた窓《まど》のそばに立《た》っていた。

「スネイプは飛《と》び降《お》りました」

ハリーとルーナが教室《きょうしつ》にかけ込《こ》んでくると、マクゴナガル教授《きょうじゅ》が言《い》った。

「それじゃ、死《し》んだ？」

急《きゅう》に現《あらわ》れたハリーを見《み》て、フリットウィックとスプラウトが、驚《おどろ》きの叫《さけ》び声《ごえ》を上《あ》げるのも聞《き》き流《なが》して、ハリーは窓際《まどぎわ》にかけ寄《よ》った。

「いいえ、死《し》んではいません」マクゴナガルは苦々《にがにが》しく言《い》った。「ダンブルドアとちがって、スネイプはまだ杖《つえ》を持《も》っていましたからね……それに、どうやらご主人様《しゅじんさま》からいくつかの技《わざ》を学《まな》んだようです」

学校《がっこう》の境界《きょうかい》を仕切《しき》る塀《へい》に向《む》かって闇《やみ》を飛《と》んでいく、巨大《きょだい》なコウモリのような姿《すがた》を遠《とお》くに見《み》て、ハリーは背筋《せすじ》が寒《さむ》くなった。

背後《はいご》で重《おも》い足音《あしおと》がした。スラグホーンが、ハアハアと息《いき》をはずませて現《あらわ》れたところだった。

「ハリー！」

エメラルド色《いろ》の絹《きぬ》のパジャマの上《うえ》から、巨大《きょだい》な胸《むね》をさすり、スラグホーンがあえぎあえぎ言《い》った。「なんとまあ、ハリー……これは驚《おどろ》いた……ミネルバ、説明《せつめい》してくれんかね……セブルスは……いったいこれは……？」

「校長《こうちょう》はしばらくお休《やす》みです」

窓《まど》にあいたスネイプの形《かたち》をした穴《あな》を指差《ゆびさ》しながら、マクゴナガル教授《きょうじゅ》が言《い》った。

「先生《せんせい》！」ハリーは、額《ひたい》に両手《りょうて》を当《あ》てて叫《さけ》んだ。亡者《もうじゃ》のうようよしている湖《みずうみ》が足元《あしもと》をすべっていくのが見《み》え、不気味《ぶきみ》な緑《みどり》の小舟《こぶね》が地下《ちか》の岸辺《きしべ》にぶつかるのを感《かん》じた。殺意《さつい》に満《み》ちて、ヴォルデモートが舟《ふね》から飛《と》び降《お》りた――。

「先生《せんせい》、学校《がっこう》にバリケードを張《は》らなければなりません。あいつが、もうすぐやってきます！」

「わかりました。『名前《なまえ》を言《い》ってはいけないあの人《ひと》』がやってきます」

マクゴナガル教授《きょうじゅ》がほかの先生方《せんせいがた》に言《い》った。スプラウトとフリットウィックは息《いき》をのみ、スラグホーンは低《ひく》くうめいた。

「ポッターはダンブルドアの命令《めいれい》で、この城《しろ》でやるべきことがあります。ポッターが必要《ひつよう》なことをしている間《あいだ》、私《わたし》たちは、能力《のうりょく》のおよぶかぎりのあらゆる防御《ぼうぎょ》を、この城《しろ》に施《ほどこ》す必要《ひつよう》がありますす」

「もちろんおわかりだろうが、我々《われわれ》が何《なに》をしようと、『例《れい》のあの人《ひと》』をいつまでも食《く》い止《と》めておくことはできないのだが？」フリットウィックが、キーキー声《ごえ》で言《い》った。

「それでも、しばらく止《と》めておくことはできるわ」スプラウト先生《せんせい》が言《い》った。

「ありがとう、ポモーナ」

マクゴナガル教授《きょうじゅ》が礼《れい》を言《い》い、二人《ふたり》の魔女《まじょ》は、真剣《しんけん》な覚悟《かくご》のまなざしを交《か》わし合《あ》った。

「まず、我々《われわれ》がこの城《しろ》に、基本的《きほんてき》な防御《ぼうぎょ》を施《ほどこ》すことにしましょう。それから、生徒《せいと》たちを大広間《おおひろま》に集《あつ》めます。大多数《だいたすう》の生徒《せいと》は、避難《ひなん》しなければなりません。もし、成人《せいじん》に達《たっ》した生徒《せいと》が残《のこ》って戦《たたか》いたいと言《い》うなら、チャンスを与《あた》えるべきだと思《おも》います」

「賛成《さんせい》」

スプラウト先生《せんせい》はもうドアのほうに急《いそ》いでいた。

「二十分後《ぶんご》に大広間《おおひろま》で、私《わたし》の寮《りょう》の生徒《せいと》と一緒《いっしょ》にお会《あ》いしましょう」

スプラウト先生《せんせい》は小走《こばし》りに出《で》ていき、姿《すがた》が見《み》えなくなったが、ブツブツつぶやく声《こえ》が聞《き》こえた。

「『食虫蔓《しょくちゅうづる》』『悪魔《あくま》の罠《わな》』それに『スナーガラフの種《たね》』……そう、死喰《しく》い人《びと》が、こういうものと戦《たたか》うところを拝見《はいけん》したいものだわ」

「私《わたし》はここから術《じゅつ》をかけられる」

フリットウィックが言《い》った。窓《まど》まで背《せ》が届《とど》かず、ほとんど外《そと》が見《み》えない状態《じょうたい》で、フリットウィックは壊《こわ》れた窓越《まどご》しにねらいを定《さだ》め、きわめて複雑《ふくざつ》な呪文《じゅもん》を唱《とな》えはじめた。ハリーはザワザワという不思議《ふしぎ》な音《おと》を聞《き》いた。フリットウィックが風《かぜ》の力《ちから》を校庭《こうてい》に解《と》き放《はな》ったかのようだった。

「フリットウィック先生《せんせい》」

ハリーは、小《ちい》さな「呪文学《じゅもんがく》」の先生《せんせい》に近《ちか》づいて呼《よ》びかけた。

「先生《せんせい》、おじゃましてすみません。でも重要《じゅうよう》なことなのです。レイブンクローの髪飾《かみかざ》りがどこにあるか、何《なに》かご存《ぞん》じではありませんか？」

「……プロテゴ、ホリビリス、恐《おそ》ろしきものから、護《まも》れ――レイブンクローの髪飾《かみかざ》り？」

フリットウィックが、キーキー声《ごえ》で言《い》った。

「ポッター、ちょっとした余分《よぶん》の知恵《ちえ》があるのは、けっして不都合《ふつごう》なことではないが、このような状況《じょうきょう》で、それが役《やく》に立《た》つとはとうてい思《おも》えんが？」

「僕《ぼく》がお聞《き》きしたいのは――それがどこにあるかだけです。ご存《ぞん》じですか？　ごらんになったことはありますか？」

「見《み》たことがあるかじゃと？　生《い》きている者《もの》の記憶《きおく》にあるかぎりでは、誰《だれ》も見《み》たものはない！とっくの昔《むかし》に失《うしな》われた物《もの》じゃよ！」

ハリーはどうしようもない失望感《しつぼうかん》と焦《あせ》りの入《い》りまじった気持《きも》ちになった。それなら、分霊箱《ぶんれいばこ》は、いったい何《なん》なのだろう？

「フィリウス、レイブンクロー生《せい》と一緒《いっしょ》に、大広間《おおひろま》でお会《あ》いしましょう！」

マクゴナガル教授《きょうじゅ》はそう言《い》うと、ハリーとルーナについてくるようにと手招《てまね》きした。

三人《にん》がドアの所《ところ》まで来《き》たとき、スラグホーンがゆっくりとしゃべりだした。

「何《なん》たること」

スラグホーンは、汗《あせ》だらけの青《あお》い顔《かお》にセイウチひげを震《ふる》わせて、あえぎながら言《い》った。

「何《なん》たる騒《さわ》ぎだ！　はたしてこれが賢明《けんめい》なことかどうか、ミネルバ、私《わたし》には確信《かくしん》が持《も》てない。いいかね、『あの人《ひと》』は、結局《けっきょく》は進入《しんにゅう》する道《みち》を見《み》つける。そうなれば、『あの人《ひと》』をはばもうとした者《もの》はみな、由々《ゆゆ》しき危険《きけん》にさらされる――」

「あなたもスリザリン生《せい》も、二十分後《ぶんご》に大広間《おおひろま》に来《く》ることを期待《きたい》します」マクゴナガル教授《きょうじゅ》が言《い》った。「スリザリン生《せい》と一緒《いっしょ》にここを去《さ》るというなら、止《と》めはしません。しかし、スリザリン生《せい》の誰《だれ》かが、抵抗運動《ていこううんどう》を妨害《ぼうがい》したり、この城《しろ》の中《なか》で武器《ぶき》を取《と》って我々《われわれ》に歯向《はむ》かおうとするなら、ホラス、その時《とき》は、我々《われわれ》は死《し》を賭《と》して戦《たたか》います」

「ミネルバ！」スラグホーンは肝《きも》をつぶした。

「スリザリン寮《りょう》が、旗幟《きし》を鮮明《せんめい》にすべき時《とき》が来《き》ました」

マクゴナガル教授《きょうじゅ》が、何《なに》か言《い》おうとするスラグホーンをさえぎって言《い》った。

「生徒《せいと》を起《お》こしにいくのです、ホラス」

ハリーはまだブツブツ言《い》っているスラグホーンを無視《むし》してその場《ば》を去《さ》り、ルーナと二人《ふたり》でマクゴナガル教授《きょうじゅ》のあとを走《はし》った。教授《きょうじゅ》は廊下《ろうか》の真《ま》ん中《なか》で体勢《たいせい》を整《ととの》え、杖《つえ》をかまえた。

「ピエルトータム――ああ、何《なん》たること！　フィルチ、こんな時《とき》に――」

年老《としお》いた管理人《かんりにん》が、わめきながらひょこひょこと現《あらわ》れたところだった。

「生徒《せいと》がベッドを抜《ぬ》け出《だ》している！　生徒《せいと》が廊下《ろうか》にいる！」

「そうすべきなのです、この救《すく》いようのないバカが！」マクゴナガルが叫《さけ》んだ。「さあ、何《なに》か建《けん》設的《せってき》なことをなさい！　ピーブズを見《み》つけてきなさい！」

「ピ――ピーブズ？」フィルチは、そんな名前《なまえ》は初《はじ》めて聞《き》くというように言《い》いよどんだ。

「そうです、ピーブズです、このバカ者《もの》が！　この四半世紀《しはんせいき》、ピーブズのことで文句《もんく》を言《い》い続《つづ》けてきたのではありませんか？　さあ、捕《つか》まえにいくのです。すぐに！」

フィルチは明《あき》らかに、マクゴナガル教授《きょうじゅ》が分別《ふんべつ》を失《うしな》ったと思《おも》ったらしかったが、低《ひく》い声《こえ》でブツブツ言《い》いながら、背中《せなか》を丸《まる》めてひょこひょこ去《さ》っていった。

「では、いざ――ピエルトータム　ロコモーター！」すべての石《いし》よ、動《うご》け！」

マクゴナガル教授《きょうじゅ》が叫《さけ》んだ。

すると、廊下中《ろうかじゅう》の像《ぞう》と甲冑《かっちゅう》が台座《だいざ》から飛《と》び降《お》りた。上下階《じょうげかい》から響《ひび》いてくる衝撃音《しょうげきおん》で、ハリーは、城中《しろじゅう》の仲間《なかま》が同《おな》じことをしたのだとわかった。

「ホグワーツはおびやかされています！」マクゴナガル教授《きょうじゅ》が叫《さけ》んだ。「境界《きょうかい》を警護《けいご》し、我々《われわれ》を護《まも》りなさい。我《われ》らが学校《がっこう》への務《つと》めをはたすのです！」

騒々《そうぞう》しい音《おと》を立《た》て、叫《さけ》び声《ごえ》を上《あ》げながら、動《うご》く像《ぞう》たちはなだれを打《う》ってハリーの前《まえ》を通《とお》り過《す》ぎた。小《ちい》さい像《ぞう》も、実物《じつぶつ》よりも大《おお》きい像《ぞう》もあった。動物《どうぶつ》もいる。甲冑《かっちゅう》は、鎧《よろい》をガチャガチャいわせながら剣《つるぎ》やら、とげのついた鎖玉《くさりだま》やらを振《ふ》り回《まわ》していた。

「さて、ポッター」マクゴナガルが言《い》った。「あなたとミス・ラブグッドは、友達《ともだち》の所《ところ》に戻《もど》り、大広間《おおひろま》に連《つ》れてくるのです――私《わたし》はほかのグリフィンドール生《せい》を起《お》こします」

次《つぎ》の階段《かいだん》の一番上《いちばんうえ》でマクゴナガル教授《きょうじゅ》と別《わか》れ、ハリーとルーナは「必要《ひつよう》の部屋《へや》」の隠《かく》された入《いり》口《ぐち》に向《む》かって走《はし》りだした。途中《とちゅう》で、生徒《せいと》たちの群《む》れに出会《であ》った。大多数《だいたすう》がパジャマの上《うえ》に旅行用《りょこうよう》のマントを着《き》て、先生《せんせい》や監督生《かんとくせい》たちに導《みちび》かれながら大広間《おおひろま》に向《む》かっていた。

「あれはポッターだ！」

「ハリー・ポッター！」

「彼《かれ》だよ、まちがいない、僕《ぼく》、今《いま》ポッターを見《み》たよ！」

しかしハリーは振《ふ》り向《む》かなかった。そしてやっと「必要《ひつよう》の部屋《へや》」の入口《いりぐち》にたどり着《つ》き、魔法《まほう》のかかった壁《かべ》に寄《よ》りかかると、壁《かべ》が開《ひら》いて二人《ふたり》を中《なか》に入《い》れた。ハリーとルーナは、急《きゅう》な階段《かいだん》をかけ下《お》りた。

「うわ――？」

部屋《へや》が見《み》えたとたん、ハリーは驚《おどろ》いて階段《かいだん》を二、三段踏《だんふ》みはずした。満員《まんいん》だ。部屋《へや》を出《で》たときより、さらに混《こ》み合《あ》っている。キングズリーとルーピンが、ハリーを見上《みあ》げていた。オリバー・ウッド、ケイティ・ベル、アンジェリーナ・ジョンソン、アリシア・スピネット、ビルとフラー、それにウィーズリー夫妻《ふさい》も見上《みあ》げている。

「ハリー、何《なに》が起《お》きているんだ？」階段下《かいだんした》でハリーを迎《むか》えたルーピンが聞《き》いた。

「ヴォルデモートがこっちに向《む》かっているんだ。先生方《せんせいがた》が、学校《がっこう》にバリケードを築《きず》いている――スネイプは逃《に》げた――みんな、なんでここに？　どうしてわかったの？」

「俺《おれ》たちが、ダンブルドア軍団《ぐんだん》のほかのメンバー全員《ぜんいん》に、伝言《でんごん》を送《おく》ったのさ」フレッドが説明《せつめい》した。「こんなおもしろいことを、見逃《みのが》すやつはいないぜ、ハリー。それで、DA《ディーエー》が不死鳥《ふしちょう》の騎士《きし》団《だん》に知《し》らせて、雪《ゆき》だるま式《しき》に増《ふ》えたってわけだ」

「何《なに》から始《はじ》める、ハリー？」ジョージが声《こえ》をかけた。「何《なに》が起《お》こっているんだ？」

「小《ちい》さい子《こ》たちを避難《ひなん》させている。全員《ぜんいん》が大広間《おおひろま》に集《あつ》まって準備《じゅんび》している」ハリーが言《い》った。「僕《ぼく》たちは戦《たたか》うんだ」

ウオーッと声《こえ》が上《あ》がり、みんなが階段下《かいだんした》に押《お》し寄《よ》せた。全員《ぜんいん》が次々《つぎつぎ》とハリーの前《まえ》を走《はし》り過《す》ぎ、ハリーは壁《かべ》に押《お》しつけられた。不死鳥《ふしちょう》の騎士団《きしだん》、ダンブルドア軍団《ぐんだん》、ハリーの昔《むかし》のクィディッチ・チームの仲間《なかま》、みんながまじり合《あ》い、杖《つえ》を抜《ぬ》き、城《しろ》の中《なか》へと向《む》かっていた。

「来《こ》いよ、ルーナ」

ディーンが通《とお》りすがりに声《こえ》をかけ、空《あ》いている手《て》を差《さ》し出《だ》した。ルーナはその手《て》を取《と》り、ディーンについてまた階段《かいだん》を上《のぼ》っていった。

一気《いっき》に人《ひと》が出《で》ていき、階段下《かいだんした》の「必要《ひつよう》の部屋《へや》」には一握《ひとにぎ》りの人間《にんげん》だけが残《のこ》った。ハリーもその中《なか》に加《くわ》わった。ウィーズリーおばさんがジニーと言《い》い争《あらそ》っていた。その周《まわ》りに、ルーピン、フレッド、ジョージ、ビル、フラーがいる。

「あなたは、まだ未成年《みせいねん》よ！」

ハリーが近《ちか》づいたとき、ウィーズリーおばさんが娘《むすめ》に向《む》かってどなっていた。

「私《わたし》が許《ゆる》しません！　息子《むすこ》たちは、いいわ。でもあなたは、あなたは家《いえ》に帰《かえ》りなさい！」

「いやよ！」

ジニーは髪《かみ》を大《おお》きく揺《ゆ》らして、母親《ははおや》にがっしり握《にぎ》られた腕《うで》を引《ひ》き抜《ぬ》いた。

「私《わたし》はダンブルドア軍団《ぐんだん》のメンバーだわ――」

「――未成年《みせいねん》のお遊《あそ》びです！」

「その未成年《みせいねん》のお遊《あそ》びが、『あの人《ひと》』に立《た》ち向《む》かおうとしてるんだ。ほかの誰《だれ》もやろうとしないことだぜ！」フレッドが言《い》った。

「この子《こ》は、十六歳《さい》です！」ウィーズリーおばさんが叫《さけ》んだ。「まだ年端《としは》も行《い》かないのに！　あなたたち二人《ふたり》はいったい何《なに》を考《かんが》えてるのやら、この子《こ》を連《つ》れてくるなんて――」

フレッドとジョージは、ちょっと恥《は》じ入《い》った顔《かお》をした。

「ママが正《ただ》しいよ、ジニー」ビルがやさしく言《い》った。「おまえには、こんなことをさせられない。未成年《みせいねん》の子《こ》は全員《ぜんいん》去《さ》るべきだ。それが正《ただ》しい」

「私《わたし》、家《いえ》になんか帰《かえ》れないわ！」

目《め》に怒《いか》りの涙《なみだ》を光《ひか》らせて、ジニーが叫《さけ》んだ。

「家族《かぞく》みんながここにいるのに、様子《ようす》がわからないまま家《いえ》で一人《ひとり》で待《ま》っているなんて、たえられない。それに――」

ジニーの目《め》が、初《はじ》めてハリーの目《め》と合《あ》った。ジニーはすがるようにハリーを見《み》たが、ハリーは首《くび》を横《よこ》に振《ふ》った。ジニーは悔《くや》しそうに顔《かお》を背《そむ》けた。

「いいわ」

ホッグズ・ヘッドに戻《もど》るトンネルの入口《いりぐち》を見《み》つめながら、ジニーが言《い》った。

「それじゃ、もう、さよならを言《い》うわ、そして――」

あわてて走《はし》ってくる気配《けはい》、ドシンという大《おお》きな音《おと》がした。トンネルをよじ登《のぼ》って出《で》てきた誰《だれ》かが、勢《いきお》い余《あま》って倒《たお》れていた。一番手近《いちばんてぢか》の椅子《いす》にすがって立《た》ち上《あ》がり、その人物《じんぶつ》は、ずれた角縁《つのぶち》めがねを通《とお》して周《まわ》りを見回《みまわ》した。

「遅過《おそす》ぎたかな？　もう始《はじ》まったのか？　たった今知《いまし》ったばかりで、それで僕《ぼく》――僕《ぼく》――」

パーシーは、口《くち》ごもってだまり込《こ》んだ。家族《かぞく》のほとんどがいる所《ところ》に飛《と》び込《こ》むとは、予想《よそう》もしていなかったらしい。驚《おどろ》きのあまり長《なが》い沈黙《ちんもく》が続《つづ》き、やがてフラーがルーピンに話《はな》しかけた。緊張《きんちょう》をやわらげようとする、突拍子《とっぴょうし》もない見《み》え透《す》いた一言《ひとこと》だった。

「それで――ちーさなテディはお元気《げんき》でーすか？」

ルーピンは不意《ふい》をつかれて、目《め》をぱちくりさせた。ウィーズリー一家《いっか》に流《なが》れる沈黙《ちんもく》は、氷《こおり》のように固《かた》まっていくようだった。

「私《わたし》は――ああ、うん――あの子《こ》は元気《げんき》だ！」ルーピンは大《おお》きな声《こえ》で言《い》った。「そう、トンクスが一緒《いっしょ》だ――トンクスの母親《ははおや》の所《ところ》で」

パーシーとウィーズリー一家《いっか》は、まだ凍《こお》りついたまま見《み》つめ合《あ》っていた。

「ほら、写真《しゃしん》がある！」

ルーピンは、上着《うわぎ》の内側《うちがわ》から写真《しゃしん》を一枚取《まいと》り出《だ》して、フラーとハリーに見《み》せた。ハリーがのぞくと、明《あか》るいトルコ石色《いしいろ》の前髪《まえがみ》をした小《ちい》さな赤《あか》ん坊《ぼう》が、むっちりした両手《りょうて》の握《にぎ》り拳《こぶし》をカメラに向《む》けて振《ふ》っているのが見《み》えた。

「僕《ぼく》はバカだった！」

パーシーがほえるように言《い》った。あまりの大声《おおごえ》に、ルーピンは手《て》にした写真《しゃしん》を落《お》としかけた。

「僕《ぼく》は愚《おろ》か者《もの》だった、気取《きど》ったまぬけだった。僕《ぼく》は、あの――あの――」

「魔法省《まほうしょう》好《ず》きの、家族《かぞく》を捨《す》てた、権力欲《けんりょくよく》の強《つよ》い、大《おお》バカヤロウ」フレッドが言《い》った。

パーシーはゴクリとつばを飲《の》んだ。

「そう、そうだった！」

「まあな、それ以上正当《いじょうせいとう》な言《い》い方《かた》はできないだろう」

フレッドが、パーシーに手《て》を差《さ》し出《だ》した。

ウィーズリーおばさんはワッと泣《な》きだしてパーシーにかけ寄《よ》り、フレッドを押《お》しのけて、パーシーをしめ殺《ころ》さんばかりに抱《だ》きしめた。パーシーは母親《ははおや》の背中《せなか》をポンポンたたきながら、父親《ちちおや》を見《み》た。

「父《とう》さん、ごめんなさい」パーシーが言《い》った。

ウィーズリーおじさんはしきりに目《め》を瞬《しばた》かせてから、急《いそ》いで近寄《ちかよ》って息子《むすこ》を抱《だ》いた。

「いったいどうやって正気《しょうき》に戻《もど》った、パース？」ジョージが聞《き》いた。

「しばらく前《まえ》から、少《すこ》しずつ気《き》づいていたんだ」

旅行《りょこう》マントの端《はし》で、めがねの下《した》の目《め》をぬぐいながら、パーシーが言《い》った。

「だけど、抜《ぬ》け出《だ》す方法《ほうほう》がなかなか見《み》つけられなかった。魔法省《まほうしょう》ではそう簡単《かんたん》にできることじゃない。裏切《うらぎ》り者《もの》は次々投獄《つぎつぎとうごく》されているんだ。僕《ぼく》、アバーフォースと何《なん》とか連絡《れんらく》が取《と》れて、つい十分前《ぷんまえ》に彼《かれ》が、ホグワーツが一戦交《いっせんまじ》えるところだと密《ひそ》かに知《し》らせてくれた。それでかけつけたんだ」

「さあ、こんな場合《ばあい》には、監督生《かんとくせい》たちが指揮《しき》をとることを期待《きたい》するね」ジョージが、パーシーのもったいぶった態度《たいど》を見事《みごと》にまねしながら言《い》った。「さあ、諸君《しょくん》、上《うえ》に行《い》って戦《たたか》おうじゃないか。さもないと大物《おおもの》の死喰《しく》い人《びと》は全部《ぜんぶ》、誰《だれ》かに取《と》られてしまうぞ」

「じゃあ、君《きみ》は、僕《ぼく》の義姉《ねえ》さんになったんだね？」

ビル、フレッド、ジョージと一緒《いっしょ》に階段《かいだん》に急《いそ》ぎながら、パーシーはフラーと握手《あくしゅ》した。

「ジニー！」ウィーズリーおばさんが大声《おおごえ》を上《あ》げた。

ジニーは、仲《なか》なおりのどさくさ紛《まぎ》れに、こっそり上《うえ》に上《あ》がろうとしていた。

「モリー、こうしたらどうだろう？」ルーピンが言《い》った。「ジニーはこの部屋《へや》に残《のこ》る。そうすれば、現場《げんば》にいることになるし、何《なに》が起《お》こっているかわかる。しかし、戦《たたか》いのただ中《なか》には入《はい》らない」

「私《わたし》は――」

「それはいい考《かんが》えだ」

ウィーズリーおじさんが、きっぱりと言《い》った。

「ジニー、おまえはこの『部屋《へや》』にいなさい。わかったね？」

ジニーは、あまりいい考《かんが》えだとは思《おも》えないらしかったが、父親《ちちおや》のいつになく厳《きび》しい目《め》に出会《であ》って、うなずいた。ウィーズリー夫妻《ふさい》とルーピンも、階段《かいだん》に向《む》かった。

「ロンはどこ？」ハリーが聞《き》いた。「ハーマイオニーはどこ？」

「もう、大広間《おおひろま》に行《い》ったにちがいない」

ウィーズリーおじさんが振《ふ》り向《む》きながら、ハリーに答《こた》えた。

「来《く》る途中《とちゅう》で二人《ふたり》に出会《であ》わなかったけど」ハリーが言《い》った。

「二人《ふたり》は、トイレがどうとか言《い》ってたわ」ジニーが言《い》った。「あなたが出《で》て行《い》ってまもなくよ」

「トイレ？」

ハリーは、「必要《ひつよう》の部屋《へや》」から外《そと》に向《む》かって開《ひら》いているドアまで急《いそ》いで歩《ある》き、トイレの中《なか》をたしかめた。からっぽだった。

「ほんとにそう言《い》ってた？　トイ――？」

その時《とき》、傷痕《きずあと》が焼《や》けるように痛《いた》み、「必要《ひつよう》の部屋《へや》」が消《き》え去《さ》って、ハリーは高《たか》い錬鉄《れんてつ》の門《もん》から中《なか》を見《み》ていた。

両側《りょうがわ》の門柱《もんちゅう》には羽《はね》の生《は》えたイノシシが立《た》っている。暗《くら》い校庭《こうてい》を通《とお》して城《しろ》を見《み》ると、煌々《こうこう》と明《あ》かりがついていた。ナギニが両肩《りょうかた》にゆったりと巻《ま》きついている。彼《かれ》は、殺人《さつじん》の前《まえ》に感《かん》じる、あの冷《つめ》たく残忍《ざんにん》な目的《もくてき》意識《いしき》に憑《つ》かれていた。

第《だい》31章《しょう》　ホグワーツの戦《たたか》い

魔法《まほう》のかかった大広間《おおひろま》の天井《てんじょう》は暗《くら》く、星《ほし》が瞬《またた》いていた。その下《した》の四つの寮《りょう》の長《なが》テーブルには、髪《かみ》も服《ふく》もくしゃくしゃな寮生《りょうせい》たちが、あるいは旅行《りょこう》マントを着《き》て、あるいは部屋着《へやぎ》のままで座《すわ》っていた。ホグワーツのゴーストたちが、あちこちで白《しろ》い真珠《しんじゅ》のように光《ひか》っている。死《し》んでいる目《め》も生《い》きた目《め》も、すべてマクゴナガル教授《きょうじゅ》を見《み》つめていた。教授《きょうじゅ》は、大広間《おおひろま》の奥《おく》の、一段高《だんたか》い壇《だん》上《じょう》で話《はな》し、その背後《はいご》にはパロミノのケンタウルス、フィレンツェをふくむ、学校《がっこう》に踏《ふ》みとどまった教師《きょうし》たちと、戦《たたか》いに馳《は》せ参《さん》じた不死鳥《ふしちょう》の騎士団《きしだん》のメンバーが立《た》っていた。

「……避難《ひなん》を監督《かんとく》するのはフィルチさんとマダム・ポンフリーです。監督生《かんとくせい》は、私《わたし》が合図《あいず》したら、それぞれの寮《りょう》をまとめて指揮《しき》をとり、秩序《ちつじょ》を保《たも》って避難地点《ひなんちてん》まで移動《いどう》してください」

生徒《せいと》の多《おお》くは、恐怖《きょうふ》ですくんでいたが、ハリーが壁伝《かべづた》いに移動《いどう》しながら、ロンとハーマイオニーを探《さが》してグリフィンドールのテーブルを見回《みまわ》しているとき、ハッフルパフのテーブルから、アーニー・マクミランが立《た》ち上《あ》がって叫《さけ》んだ。

「でも、残《のこ》って戦《たたか》いたい者《もの》はどうしますか？」

バラバラと拍手《はくしゅ》が湧《わ》いた。

「成人《せいじん》に達《たっ》した者《もの》は、残《のこ》ってもかまいません」マクゴナガル教授《きょうじゅ》が言《い》った。

「持《も》ち物《もの》はどうなるの？」レイブンクローのテーブルから女子《じょし》が声《こえ》を張《は》り上《あ》げた。「トランクやふくろうは？」

「持《も》ち物《もの》をまとめている時間《じかん》はありません」マクゴナガル教授《きょうじゅ》が言《い》った。「大切《たいせつ》なのは、みなさんをここから無事避難《ぶじひなん》させることです」

「スネイプ先生《せんせい》はどこですか？」スリザリンのテーブルから女子《じょし》が叫《さけ》んだ。

「スネイプ先生《せんせい》は、俗《ぞく》な言葉《ことば》で言《い》いますと、ずらかりました」

マクゴナガル教授《きょうじゅ》の答《こた》えに、グリフィンドール、ハッフルパフ、レイブンクローの寮生《りょうせい》たちから大歓声《だいかんせい》が上《あ》がった。

ハリーは、ロンとハーマイオニーを探《さが》しながら、グリフィンドールのテーブルに沿《そ》って奥《おく》に進《すす》んだ。ハリーが通《とお》り過《す》ぎると寮生《りょうせい》が振《ふ》り向《む》き、通《とお》り過《す》ぎたあとにはいっせいにささやき声《ごえ》が湧《わ》き起《お》こった。

「城《しろ》の周《まわ》りには、すでに防御《ぼうぎょ》が施《ほどこ》されています」

マクゴナガル教授《きょうじゅ》が話《はな》し続《つづ》けていた。

「しかし、補強《ほきょう》しないかぎり、あまり長《なが》くは持《も》ちこたえられそうにもありません。ですから、みなさん、迅速《じんそく》かつ静《しず》かに移動《いどう》するように。そして監督生《かんとくせい》の言《い》うとおりに――」

マクゴナガル教授《きょうじゅ》の最後《さいご》の言葉《ことば》は、大広間中《おおひろまじゅう》に響《ひび》き渡《わた》る別《べつ》の声《こえ》にかき消《け》されてしまった。かん高《だか》い、冷《つめ》たい、はっきりした声《こえ》だ。どこから聞《き》こえてくるのかはわからない。周囲《しゅうい》の壁《かべ》そのものから出《で》てくるように思《おも》える。かつてその声《こえ》が呼《よ》び出《だ》したあの怪物《かいぶつ》のように、声《こえ》の主《あるじ》は何世紀《なんせいき》にもわたってそこに眠《ねむ》っていたかのようだった。

「おまえたちが、戦《たたか》う準備《じゅんび》をしているのはわかっている」

生徒《せいと》の中《なか》から悲鳴《ひめい》が上《あ》がり、何人《なんにん》かは互《たが》いにすがりつきながら、声《こえ》の出所《でどころ》はどこかとおびえて周《まわ》りを見回《みまわ》していた。

「何《なに》をしようがむだなことだ。俺様《おれさま》には敵《かな》わぬ。おまえたちを殺《ころ》したくはない。ホグワーツの教《きょう》師《し》に、俺様《おれさま》は多大《ただい》な尊敬《そんけい》を払《はら》っているのだ。魔法族《まほうぞく》の血《ち》を流《なが》したくはない」

大広間《おおひろま》が静《しず》まり返《かえ》った。鼓膜《こまく》を押《お》しつける静《しず》けさ、四方《しほう》の壁《かべ》の中《なか》に封《ふう》じ込《こ》めるには大《おお》き過《す》ぎる静《しず》けさだ。

「ハリー・ポッターを差《さ》し出《だ》せ」

再《ふた》びヴォルデモートの声《こえ》が言《い》った。

「そうすれば、誰《だれ》も傷《きず》つけはせぬ。ハリー・ポッターを、俺様《おれさま》に差《さ》し出《だ》せ。そうすれば、学校《がっこう》には手《て》を出《だ》さぬ。ハリー・ポッターを差《さ》し出《だ》せ。そうすれば、おまえたちは報《むく》われる」

「真夜中《まよなか》まで待《ま》ってやる」

またしても、沈黙《ちんもく》が全員《ぜんいん》を飲《の》み込《こ》んだ。その場《ば》の顔《かお》という顔《かお》が振《ふ》り向《む》き、目《め》という目《め》がハリーに注《そそ》がれた。ギラギラした何千本《なんぜんぼん》もの見《み》えない光線《こうせん》が、ハリーをその場《ば》にくぎづけにしているようだった。やがてスリザリンのテーブルから誰《だれ》かが立《た》ち上《あ》がり、震《ふる》える腕《うで》を上《あ》げて叫《さけ》んだ。

「あそこにいるじゃない！　ポッターはあそこよ！　誰《だれ》かポッターを捕《つか》まえて！」

それがパンジー・パーキンソンだと、ハリーにはすぐわかった。

ハリーが口《くち》を開《ひら》くより早《はや》く、周囲《しゅうい》がどっと動《うご》いた。ハリーの前《まえ》のグリフィンドール生《せい》が全員《ぜんいん》、ハリーに向《む》かってではなく、スリザリン生《せい》に向《む》かって立《た》ちはだかった。次《つぎ》にハッフルパフ生《せい》が立《た》ち、ほとんど同時《どうじ》にレイブンクロー生《せい》が立《た》った。全員《ぜんいん》がハリーに背《せ》を向《む》け、パンジーに対峙《たいじ》して、あちらでもこちらでもマントやそでの下《した》から杖《つえ》を抜《ぬ》いていた。ハリーは感激《かんげき》し、厳粛《げんしゅく》な思《おも》いに打《う》たれた。

「どうも、ミス・パーキンソン」

マクゴナガル教授《きょうじゅ》が、きっぱりと一蹴《いっしゅう》した。

「あなたは、フィルチさんと一緒《いっしょ》に、この大広間《おおひろま》から最初《さいしょ》に出《で》ていきなさい。ほかのスリザリン生《せい》は、そのあとに続《つづ》いて出《で》てください」

ハリーの耳《みみ》に、ベンチが床《ゆか》をこする音《おと》に続《つづ》いて、スリザリン生《せい》が大広間《おおひろま》の反対側《はんたいがわ》からぞろぞろと出《で》ていく音《おと》が聞《き》こえた。

「レイブンクロー生《せい》、続《つづ》いて！」マクゴナガル教授《きょうじゅ》が声《こえ》を張《は》り上《あ》げた。

四つのテーブルからしだいに生徒《せいと》がいなくなった。スリザリンのテーブルには完全《かんぜん》に誰《だれ》もいなくなったが、レイブンクロー生《せい》が列《れつ》をなして出《で》ていったあとには、高学年《こうがくねん》の生徒《せいと》の何人《なんにん》かが残《のこ》ったし、ハッフルパフのテーブルにはさらに多《おお》くの生徒《せいと》が残《のこ》った。グリフィンドール生《せい》は大半《たいはん》が席《せき》に残《のこ》り、マクゴナガル教授《きょうじゅ》が壇《だん》から降《お》りて、未成年《みせいねん》のグリフィンドール生《せい》を追《お》い立《た》てなければならなかった。

「絶対《ぜったい》にいけません、クリービー、行《い》きなさい！　ピークス、あなたもです！」

ハリーは、グリフィンドールのテーブルにまとまっているウィーズリー一家《いっか》の所《ところ》に急《いそ》いだ。

「ロンとハーマイオニーは？」

「見《み》つからなかったのか――？」ウィーズリーおじさんが心配《しんぱい》そうな顔《かお》をした。

しかし、おじさんの言葉《ことば》はそこでとぎれた。キングズリーが壇《だん》に進《すす》み出《で》て、残《のこ》った生徒《せいと》たちに説明《せつめい》しはじめたのだ。

「真夜中《まよなか》まであと三十分《ぷん》しかない。すばやく行動《こうどう》せねばならない！　ホグワーツの教授陣《きょうじゅじん》と不死《ふし》鳥《ちょう》の騎士団《きしだん》との間《あいだ》で戦略《せんりゃく》の合意《ごうい》ができている。フリットウィック、スプラウトの両先生《りょうせんせい》とマクゴナガル先生《せんせい》は、戦《たたか》う者《もの》たちのグループを最《もっと》も高《たか》い三つの塔《とう》に連《つ》れていく——レイブンクローの塔《とう》、天文台《てんもんだい》、そしてグリフィンドールの塔《とう》だ——見透《みとお》しがよく、呪文《じゅもん》をかけるには最高《さいこう》の場所《ばしょ》だ。一方《いっぽう》、リーマスと——」キングズリーは、ルーピンを指《さ》した。「アーサー」今度《こんど》は、グリフィンドールのテーブルにいるウィーズリーおじさんを指《さ》した。「そして私《わたし》の三人《にん》だが、いくつかのグループを連《つ》れて校庭《こうてい》に出《で》る。さらに、外《そと》への抜《ぬ》け道《みち》だが、学校側《がっこうがわ》の入口《いりぐち》の防衛《ぼうえい》を組織《そしき》する人間《にんげん》が必要《ひつよう》だ——」

「——どうやら俺《おれ》たちの出番《でばん》だぜ」

フレッドが、自分《じぶん》とジョージを指差《ゆびさ》して言《い》った。キングズリーがうなずいて同意《どうい》した。

「よし、リーダーたちはここに集《あつ》まってくれ。軍隊《ぐんたい》を分《わ》ける！」

「ポッター」

生徒《せいと》たちが指示《しじ》を受《う》けようと壇上《だんじょう》に殺到《さっとう》して、押《お》し合《あ》いへし合《あ》いしている中《なか》を、マクゴナガル教授《きょうじゅ》が急《いそ》ぎ足《あし》でハリーに近《ちか》づいてきた。

「何《なに》か探《さが》し物《もの》をするはずではないのですか?」

「えっ? あ――」ハリーが声《こえ》を上《あ》げた。「あっ、そうです!」

ハリーは、分霊箱《ぶんれいばこ》のことをすっかり忘《わす》れていた。この戦闘《せんとう》が、ハリーがそれを探《さが》すために組織《そしき》されているということを、忘《わす》れるところだった。ロンとハーマイオニーの謎《なぞ》の不在《ふざい》が、ほかのことを一時的《いちじてき》に頭《あたま》から追《お》い出《だ》してしまっていた。

「さあ、行《い》くのです。ポッター、行《い》きなさい!」

「はい――ええ――」

目《め》という目《め》が自分《じぶん》を追《お》っているのを感《かん》じながら、ハリーは大広間《おおひろま》から走《はし》りだし、避難中《ひなんちゅう》の生徒《せいと》たちでまだごった返《がえ》している玄関《げんかん》ホールに出《で》た。生徒《せいと》たちの群《む》れに流《なが》されるままに、ハリーは大理石《だいりせき》の階段《かいだん》を上《のぼ》り、上《のぼ》りきった所《ところ》からは、人気《ひとけ》のない廊下《ろうか》に沿《そ》って急《いそ》いだ。緊迫《きんぱく》した恐怖感《きょうふかん》で、ハリーの思考《しこう》は鈍《にぶ》っていた。ハリーは気《き》を落《お》ち着《つ》けて、分霊箱《ぶんれいばこ》を見《み》つけることに集中《しゅうちゅう》しようとした。しかし頭《あたま》の中《なか》は、ガラス容器《ようき》に囚《とら》われたスズメバチのようにむなしくブンブンうなるばかりで、助《たす》けてくれるロンとハーマイオニーがいないと、どうも考《かんが》えがまとまらなかった。ハリーは、誰《だれ》もいない廊下《ろうか》の中《なか》ほどで歩調《ほちょう》をゆるめて立《た》ち止《ど》まり、主《あるじ》のいなくなった像《ぞう》の台座《だいざ》に腰《こし》かけて、首《くび》にかけた巾着《きんちゃく》から「忍《しの》びの地図《ちず》」を取《と》り出《だ》した。ロンとハーマイオニーの名前《なまえ》は、地図《ちず》のどこにも見当《みあ》たらなかった。もっとも今《いま》は、「必要《ひつよう》の部屋《へや》」に向《む》かう群《む》れの点《てん》がびっしりとついているので、二人《ふたり》の点《てん》が埋《う》もれている可能性《かのうせい》もある、とハリーは思《おも》った。ハリーは、地図《ちず》を巾着《きんちゃく》にしまい、両手《りょうて》に顔《かお》をうずめて目《め》を閉《と》じ、集中《しゅうちゅう》しようとした……。

ヴォルデモートは、僕《ぼく》がレイブンクローの塔《とう》に行《い》くだろうと考《かんが》えた。

そうだ。確固《かっこ》たる事実《じじつ》、そこが出発点《しゅっぱつてん》だ。ヴォルデモートは、アレクト・カローをレイブンクローの談話室《だんわしつ》に配備《はいび》した。そのわけはただ一つだ。ヴォルデモートは、分霊箱《ぶんれいばこ》がその寮《りょう》に関係《かんけい》していると、すでにハリーが知《し》っていることを恐《おそ》れたのだ。

レイブンクローとの関連《かんれん》で考《かんが》えられる唯一《ゆいいつ》の品《しな》は、失《うしな》われた髪飾《かみかざ》りらしい……だが、その髪飾《かみかざ》りが分霊箱《ぶんれいばこ》になりえたのだろうか？　レイブンクロー生《せい》でさえ、何世代《なんせだい》にもわたって見《み》つけられなかったその髪飾《かみかざ》りを、スリザリン生《せい》であるヴォルデモートが見《み》つけた？　そんなことがありうるだろうか？　どこを探《さが》せばよいかを、いったい誰《だれ》が教《おし》えたのだろう？　生《い》きている者《もの》の記憶《きおく》にあるかぎりでは、誰《だれ》も見《み》た者《もの》はないというのに？

生《い》きている者《もの》の記憶《きおく》……。

ハリーは、両手《りょうて》で覆《おお》っていた目《め》をパッと見開《みひら》いた。そして勢《いきお》いよく台座《だいざ》から立《た》ち上《あ》がり、最後《さいご》の望《のぞ》みをかけて、今来《いまき》た道《みち》を矢《や》のようにかけ戻《もど》った。大理石《だいりせき》の階段《かいだん》に近《ちか》づくにつれて、「必要《ひつよう》の部屋《へや》」に向《む》かって行進《こうしん》する何百人《なんびゃくにん》もの足音《あしおと》がだんだん大《おお》きくなってきた。監督生《かんとくせい》が大声《おおごえ》で指示《しじ》を出《だ》し、自分《じぶん》の寮《りょう》の生徒《せいと》たちをしっかり取《と》り仕切《しき》ろうとしていた。どこもかしこも、押《お》し合《あ》いへし合《あ》いだった。ザカリアス・スミスが、一年生《ねんせい》を押《お》し倒《たお》して列《れつ》の前《まえ》に行《い》こうとしているのが見《み》えた。あちこちで低学年《ていがくねん》の子供《こども》たちが泣《な》き、高学年《こうがくねん》の生徒《せいと》たちは必死《ひっし》になって友達《ともだち》や弟妹《きょうだい》の名前《なまえ》を呼《よ》んでいた。

ハリーは白《しろ》い真珠《しんじゅ》のような姿《すがた》が、下《した》の玄関《げんかん》ホールに漂《ただよ》っているのを見《み》つけ、騒《さわ》がしさに負《ま》けないように声《こえ》を張《は》り上《あ》げて呼《よ》んだ。

「ニック！　**ニック！**　君《きみ》と話《はなし》がしたいんだ！」

ハリーは生徒《せいと》の流《なが》れに逆《さか》らって進《すす》み、やっとのことで階段下《かいだんした》にたどり着《つ》いた。グリフィンドール塔《とう》のゴースト、「ほとんど首無《くびな》しニック」が、そこでハリーを待《ま》っていた。

「ハリー、おなつかしい！」ニックは両手《りょうて》でハリーの手《て》を握《にぎ》ろうとした。ハリーは、両手《りょうて》を氷水《こおりみず》に突《つ》っ込《こ》んだように感《かん》じた。

「ニック、どうしても君《きみ》の助《たす》けが必要《ひつよう》なんだ。レイブンクローの塔《とう》のゴーストは誰《だれ》？」

ほとんど首無《くびな》しニックは、驚《おどろ》くと同時《どうじ》に、ちょっとむっとした顔《かお》をした。

「むろん、『灰色《はいいろ》のレディ』ですよ。しかし、何《なに》かゴーストでお役《やく》に立《た》つことをお望《のぞ》みなのでしたら――？」

「そのレディじゃないとだめなんだ――どこにいるか知《し》ってる？」

「さよう……」

群《む》れをなして移動《いどう》する生徒《せいと》の頭上《ずじょう》をじっと見《み》ながら、ニックがあちらこちらと向《む》きを変《か》えると、ひだえりの上《うえ》で首《くび》が少《すこ》しぐらぐらした。

「あそこにいるのがそのレディです、ハリー。髪《かみ》の長《なが》い、あの若《わか》い女性《じょせい》です」

ニックの透明《とうめい》な人差《ひとさ》し指《ゆび》の示《しめ》す先《さき》に、背《せ》の高《たか》いゴーストの姿《すがた》が見《み》えたが、レディはハリーが見《み》ていることに気《き》づいて眉《まゆ》を吊《つ》り上《あ》げ、固《かた》い壁《かべ》を通《とお》り抜《ぬ》けて行《い》ってしまった。

ハリーは追《お》いかけた。消《き》えたレディを追《お》って、ハリーも扉《とびら》を通《とお》って廊下《ろうか》に出《で》ると、その通路《つうろ》の一番奥《いちばんおく》をスイスイすべりながら離《はな》れていくレディが見《み》えた。

「おーい――待《ま》って――戻《もど》ってくれ！」

レディは、床《ゆか》から十数《すう》センチの所《ところ》に浮《う》かんだまま、いったん止《と》まってくれた。腰《こし》まで届《とど》く長《なが》い髪《かみ》に、足元《あしもと》までの長《なが》いマントを着《き》たレディは、美《うつく》しいようにも見《み》えたが、同時《どうじ》に傲慢《ごうまん》で気位《きぐらい》が高《たか》いようにも思《おも》えた。近《ちか》づいてみると、話《はなし》をしたことこそなかったが、ハリーが何度《なんど》か廊下《ろうか》ですれちがったことのあるゴーストだった。

「あなたが『灰色《はいいろ》のレディ』ですか？」

レディはうなずいたが、口《くち》をきかなかった。

「レイブンクローの塔《とう》のゴーストですか？」

「そのとおりです」無愛想《ぶあいそう》な答《こた》え方《かた》だった。

「お願《ねが》いです。力《ちから》を貸《か》してください。失《うしな》われた髪飾《かみかざ》りのことで教《おし》えていただけることがあったら、何《なん》でもかまいません、知《し》りたいのです」

レディの口元《くちもと》に、冷《つめ》たい微笑《びしょう》が浮《う》かんだ。

「お気《き》の毒《どく》ですが」レディは立《た》ち去《さ》りかけた。「それはお助《たす》けできませんわ」

「**待《ま》って！**」

叫《さけ》ぶつもりはなかったのに、怒《いか》りと衝撃《しょうげき》に打《う》ちのめされそうになっていたハリーは、大声《おおごえ》を出《だ》した。レディは止《と》まって、ふわふわとハリーの前《まえ》に浮《う》かんだ。腕時計《うでどけい》に目《め》をやると、真夜中《まよなか》まであと十五分《ふん》だった。

「急《きゅう》を要《よう》することなんだ」ハリーは激《はげ》しい口調《くちょう》で言《い》った。「もしその髪飾《かみかざ》りがホグワーツにあるなら、僕《ぼく》は探《さが》し出《だ》さなければならない。今《いま》すぐに」

「髪飾《かみかざ》りを欲《ほ》しがった生徒《せいと》は、あなたが初《はじ》めてではない」レディはさげすむように言《い》った。「何《なん》世代《せだい》にもわたって、生徒《せいと》たちがしつこく聞《き》いた――」

「よい成績《せいせき》を取《と》るためなんかじゃない！」

ハリーはレディに食《く》ってかかった。

「ヴォルデモートにかかわることなんだ――ヴォルデモートを打《う》ち負《ま》かすためなんだ――それとも、そんなことには、あなたは関心《かんしん》がないのですか？」

レディは赤《あか》くなることはできなかったが、透明《とうめい》のほおが半透明《はんとうめい》になり、答《こた》える声《こえ》が熱《あつ》くなっていた。

「もちろんありますわ――なぜ、ないなどと――？」

「それなら、僕《ぼく》を助《たす》けて！」

レディの取《と》り澄《す》ました態度《たいど》が乱《みだ》れてきた。

「それ――それは、そういう問題《もんだい》ではなく――」レディが言《い》いよどんだ。「私《わたし》の母《はは》の髪飾《かみかざ》りは――」

「あなたのお母《かあ》さんの？」

レディは、自分《じぶん》に腹《はら》を立《た》てているようだった。

「生《せい》ありしとき」レディは堅苦《かたくる》しく言《い》った。「私《わたし》は、ヘレナ・レイブンクローでした」

「あなたがレイブンクローの娘《むすめ》？　でも、それなら、髪飾《かみかざ》りがどうなったのか、ご存《ぞん》じのはずだ！」

「髪飾《かみかざ》りは、知恵《ちえ》を与《あた》える物《もの》ではあるが――」

レディは、明《あき》らかに落《お》ち着《つ》きを取《と》り戻《もど》そうと努力《どりょく》していた。

「はたしてそれが、あなたにとって、『あの人《ひと》』を倒《たお》す可能性《かのうせい》を大《おお》いに高《たか》める物《もの》かどうかは疑問《ぎもん》です。自《みずか》らを『卿《きょう》』と呼《よ》ぶ、あのヴォ――」

「もう言《い》ったはずだ！　僕《ぼく》はその髪飾《かみかざ》りをかぶるつもりはない！」

ハリーは激《はげ》しい口調《くちょう》で言《い》った。

「説明《せつめい》している時間《じかん》はない――でも、あなたがホグワーツのことを気《き》にかけているなら、もしヴォルデモートが滅《ほろ》ぼされることを願《ねが》っているなら、その髪飾《かみかざ》りについて何《なん》でもいいからご存《ぞん》じのことを、話《はな》してください！」

レディは宙《ちゅう》に浮《う》いたままハリーを見下《みお》ろして、じっとしていた。失望感《しつぼうかん》がハリーをのみ込《こ》んだ。もしレディが何《なに》か知《し》っているのなら、フリットウィックかダンブルドアに話《はな》していたはずだ。二人《ふたり》とも、レディにハリーと同《おな》じ質問《しつもん》をしたにちがいないのだから。ハリーは頭《かぶり》を振《ふ》って、きびすを返《かえ》しかけた。その時《とき》、レディが小《ちい》さな声《こえ》で言《い》った。

「私《わたし》は、母《はは》からその髪飾《かみかざ》りを盗《ぬす》みました」

「あなたが——何《なに》をしたんですって？」

「私《わたし》は髪飾《かみかざ》りを盗《ぬす》みました」

ヘレナ・レイブンクローがささやくようにくり返《かえ》した。

「私《わたし》は、母《はは》よりも賢《かしこ》く、母《はは》よりも重要《じゅうよう》な人物《じんぶつ》になりたかった。私《わたし》はそれを持《も》って逃《に》げたのです」

ハリーは、なぜ自分《じぶん》がレディの信頼《しんらい》を勝《か》ち得《え》たのかわからなかったが、理由《りゆう》を聞《き》くのはやめた。ただ、レディが話《はな》し続《つづ》けるのを、聞《き》きもらすまいと耳《みみ》を傾《かたむ》けた。

「母《はは》は、髪飾《かみかざ》りを失《うしな》ったことをけっして認《みと》めず、まだ自分《じぶん》が持《も》っているふりをしたと言《い》われています。髪飾《かみかざ》りがなくなったことも、私《わたし》の恐《おそ》ろしい裏切《うらぎ》りのことも、ホグワーツのほかの創始者《そうししゃ》たちにさえ秘密《ひみつ》にしたのです」

「やがて母《はは》は病気《びょうき》になりました——重《おも》い病《やまい》でした。私《わたし》の裏切《うらぎ》り行為《こうい》にもかかわらず、母《はは》はどうしてももう一度《いちど》だけ私《わたし》に会《あ》いたいと、ある男《おとこ》に私《わたし》を探《さが》させました。かつて私《わたし》は、その男《おとこ》の申《もう》し出《で》をはねつけたのですが、ずっと私《わたし》に恋《こい》していた男《おとこ》です。その男《おとこ》なら、私《わたし》を探《さが》し出《だ》すまではけっしてあきらめないことを、母《はは》は知《し》っていたのです」

ハリーはだまって待《ま》った。レディは深《ふか》く息《いき》を吸《す》い、ぐっと頭《あたま》をそらせた。

「その男《おとこ》は、私《わたし》が隠《かく》れていた森《もり》を探《さが》し当《あ》てました。私《わたし》が一緒《いっしょ》に帰《かえ》ることを拒《こば》むと、その人《ひと》は暴《ぼう》力《りょく》を振《ふ》るいました。あの男爵《だんしゃく》は、カッとなりやすいたちでしたから、私《わたし》に断《ことわ》られて激怒《げきど》し、私《わたし》が自由《じゆう》でいることを嫉妬《しっと》して、私《わたし》を刺《さ》したのです」

「あの男爵《だんしゃく》？　もしかして――？」

「『血《ち》みどろ男爵《だんしゃく》』。そうです」灰色《はいいろ》のレディは、着《き》ているマントを開《ひら》いて、白《しろ》い胸元《むなもと》に一か所黒《しょくろ》く残《のこ》る傷痕《きずあと》を見《み》せた。

「自分《じぶん》のしてしまったことを目《ま》のあたりにして、男爵《だんしゃく》は後悔《こうかい》に打《う》ちひしがれ、私《わたし》の命《いのち》を奪《うば》った凶《きょう》器《き》を取《と》り上《あ》げて、自《みずか》らの命《いのち》を絶《た》ちました。この何世紀《なんせいき》というもの、男爵《だんしゃく》は悔悟《かいご》の証《あか》しに鎖《くさり》を身《み》につけています……当然《とうぜん》ですわ」

レディは、最後《さいご》の一言《ひとこと》を、苦々《にがにが》しくつけ加《くわ》えた。

「それで……髪飾《かみかざ》りは？」

「私《わたし》を探《さが》して森《もり》をうろついている男爵《だんしゃく》の物音《ものおと》を聞《き》いて、私《わたし》がそれを隠《かく》した場所《ばしょ》に置《お》かれたままです。木《き》のうろです」

「木《き》のうろ？」ハリーがくり返《かえ》した。「どの木《き》ですか？　どこにある木《き》ですか？」

「アルバニアの森《もり》です。母《はは》の手《て》が届《とど》かないだろうと考《かんが》えた、さびしい場所《ばしょ》です」

「アルバニア」

ハリーはまたくり返《かえ》した。混乱《こんらん》した頭《あたま》に、奇跡的《きせきてき》にひらめくものがあった。レディが、ダンブルドアにもフリットウィックにも話《はな》さなかったことを、なぜハリーに打《う》ち明《あ》けたのかが、今《いま》こそわかった。

「この話《はなし》を、誰《だれ》かにしたことがあるのですね？　別《べつ》の生徒《せいと》に？」

レディは目《め》を閉《と》じてうなずいた。

「私《わたし》は……わからなかったのです……あの人《ひと》が……おせじを言《い》っているとは。あの人《ひと》は、まるで……理解《りかい》してくれたような……同情《どうじょう》してくれたような……」

そうなのだ、とハリーは思《おも》った。トム・リドルなら、自《みずか》らには所有権《しょゆうけん》のない伝説《でんせつ》の品物《しなもの》を欲《ほ》しがるという、ヘレナ・レイブンクローの気持《きも》ちを、たしかに理解《りかい》したことだろう。

「ええ、リドルが言葉巧《ことばたく》みに秘密《ひみつ》を引《ひ》き出《だ》した相手《あいて》は、あなただけではありません」

ハリーはつぶやくように言《い》った。

「あいつは、その気《き》になれば、魅力的《みりょくてき》になれた……」

そうやって、ヴォルデモートはまんまと、灰色《はいいろ》のレディから、失《うしな》われた髪飾《かみかざ》りのありかを聞《き》き出《だ》したんだ。遠《とお》く離《はな》れたその森《もり》まで旅《たび》をして、隠《かく》し場所《ばしょ》から髪飾《かみかざ》りを取《と》り戻《もど》したんだ。おそらくホグワーツを卒業《そつぎょう》してすぐ、「ボージン・アンド・バークス」で働《はたら》きはじめるより前《まえ》だったろう。

それに、その隔絶《かくぜつ》されたアルバニアの森《もり》は、それから何年《なんねん》もあとになって、ヴォルデモートが十年《ねん》もの長《なが》い間《あいだ》、目立《めだ》たず、じゃまされずにひそむ場所《ばしょ》が必要《ひつよう》になったとき、すばらしい避難場《ひなんば》所《しょ》に思《おも》えたのではないだろうか？

しかし、髪飾《かみかざ》りがいったん貴重《きちょう》な分霊箱《ぶんれいばこ》になってからは、そんなありきたりの木《き》に放置《ほうち》されていたわけではない……ちがう。髪飾《かみかざ》りはひそかに、本来《ほんらい》あるべき場所《ばしょ》に戻《もど》されたのだ。ヴォルデモートが戻《もど》したにちがいない――。

「――ヴォルデモートが就職《しゅうしょく》を頼《たの》みにきた夜《よる》だ！」ハリーは推理《すいり》し終《お》わった。

「え？」

「あいつは、髪飾《かみかざ》りを城《しろ》に隠《かく》した。学校《がっこう》で教《おし》えさせてほしいと、ダンブルドアに頼《たの》みにきた夜《よる》に！」

声《こえ》に出《だ》して言《い》ってみることで、ハリーにはすべてがはっきりわかった。

「あいつは、ダンブルドアの校長室《こうちょうしつ》に行《い》く途中《とちゅう》か、そこから戻《もど》る途中《とちゅう》で、髪飾《かみかざ》りを隠《かく》したにちがいない！ ついでに、教職《きょうしょく》を得《え》る努力《どりょく》をしてみる価値《かち》はあった――それがうまくいけば、グリフィンドールの剣《つるぎ》も手《て》に入《い》れるチャンスができたかもしれなかったから――ありがとう。ありがとう！」

当惑《とうわく》しきった顔《かお》で浮《う》かんでいるレディをそこに残《のこ》したまま、ハリーはその場《ば》を離《はな》れた。玄関《げんかん》ホールに戻《もど》る角《かど》を曲《ま》がったとき、ハリーは腕時計《うでどけい》をたしかめた。真夜中《まよなか》まであと五分《ふん》。最後《さいご》の分《ぶん》霊箱《れいばこ》が何《なに》かはわかったものの、それがどこにあるかは、相変《あいか》わらずさっぱりわからない……。

何世代《なんせだい》にわたって、生徒《せいと》が探《さが》しても見《み》つけられなかった、ということは、たぶん髪飾《かみかざ》りはレイブンクローの塔《とう》にはない――しかし、そこにないなら、どこだ？　永久《えいきゅう》に秘密《ひみつ》であり続《つづ》けるような場所《ばしょ》として、トム・リドルは、ホグワーツ城《じょう》にどんな隠《かく》し場所《ばしょ》を見《み》つけたのだ？

必死《ひっし》に推理《すいり》しながらハリーは角《かど》を曲《ま》がったが、その廊下《ろうか》を二、三歩《ぽ》も歩《ある》かないうちに、左側《ひだりがわ》の窓《まど》が大音響《だいおんきょう》とともに割《わ》れて開《ひら》いた。ハリーが飛《と》びのくと同時《どうじ》に、窓《まど》から巨大《きょだい》な体《からだ》が飛《と》び込《こ》んできて反対側《はんたいがわ》の壁《かべ》にぶつかった。何《なん》だか大《おお》きくて毛深《けぶか》いものが、キュンキュン鳴《な》きながら到着《とうちゃく》したばかりの巨体《きょたい》から離《はな》れて、ハリーに飛《と》びついた。

「ハグリッド！」

ひげもじゃの巨体《きょたい》が立《た》ち上《あ》がったのを見《み》て、ハリーは、じゃれつくボアハウンド犬《けん》のファングを引《ひ》き離《はな》そうと苦戦《くせん》しながら、大声《おおごえ》で呼《よ》びかけた。

「いったい――？」

「ハリー、ここにいたか！　無事《ぶじ》だったんか！」

ハグリッドは身《み》をかがめて、ろっ骨《こつ》が折《お》れそうな力《ちから》で、ちょっとだけハリーを抱《だ》きしめ、それから大破《たいは》した窓辺《まどべ》に戻《もど》った。

「グロウピー、いい子《こ》だ！」

ハグリッドは窓《まど》の穴《あな》から大声《おおごえ》で言《い》った。

「すぐ行《い》くからな、いい子《こ》にしてるんだぞ！」

ハグリッドの向《む》こうの夜《よる》の闇《やみ》に、炸裂《さくれつ》する遠《とお》い光《ひかり》が見《み》え、不気味《ぶきみ》な、泣《な》き叫《さけ》ぶような声《こえ》が聞《き》こえた。時計《とけい》を見《み》ると、真夜中《まよなか》だった。戦《たたか》いが始《はじ》まっていた。

「オーッ、ハリー」

ハグリッドがあえぎながら言《い》った。

「ついに来《き》たな、え？　戦《たたか》う時《とき》だな？」

「ハグリッド、どこから来《き》たの？」

「洞穴《ほらあな》で、『例《れい》のあの人《ひと》』の声《こえ》を聞《き》いてな」ハグリッドが深刻《しんこく》な声《こえ》で言《い》った。「遠《とお》くまで響《ひび》く声《こえ》だったろうが？『ポッターを俺様《おれさま》に差《さ》し出《だ》すのを、真夜中《まよなか》まで待《ま》ってやる』。そんで、おまえさんがここにいるにちげえねえってわかった。何《なに》がおっぱじまっているかがわかったのよ。ファング、こら、離《はな》れろっちゅうに。そんで、加《くわ》わろうと思《おも》ってやってきた。俺《おれ》とグロウピーとファングとでな。森《もり》を通《とお》って境界《きょうかい》を突破《とっぱ》したっちゅうわけよ。グロウピーが、俺《おれ》とファングを運《はこ》んでな。あいつに、城《しろ》で降《お》ろしてくれっちゅうたら、窓《まど》から俺《おれ》を突《つ》っ込《こ》んだ。まったく。そういう意味《いみ》じゃあなかったんだが。ところで――ロンとハーマイオニーはどこだ？」

「それは――」ハリーが言《い》った。「いい質問《しつもん》だ。行《い》こう」

二人《ふたり》は廊下《ろうか》を急《いそ》いだ。ファングはそのかたわらを跳《と》びはねながらついてきた。廊下《ろうか》という廊下《ろうか》から、人《ひと》の動《うご》き回《まわ》る音《おと》が聞《き》こえてきた。走《はし》り回《まわ》る足音《あしおと》、叫《さけ》ぶ声《こえ》。窓《まど》からは、暗《くら》い校庭《こうてい》にまた何本《なんぼん》もの閃光《せんこう》が走《はし》るのが見《み》えた。

「どこに行《い》くつもりだ？」

ハリーのすぐ後《うし》ろからドシンドシンと床板《ゆかいた》を震《ふる》わせて急《いそ》ぎながらハグリッドが息《いき》を切《き》らして聞《き》いた。

「はっきりわからないんだ」

ハリーは、行《い》き当《あ》たりばったりに廊下《ろうか》を曲《ま》がりながら言《い》った。

「でも、ロンとハーマイオニーは、どこか、このあたりにいるはずだ」

戦《たたか》いの最初《さいしょ》の犠牲者《ぎせいしゃ》が、すでに行《ゆ》く手《て》の通路《つうろ》に散《ち》らばっていた。いつも職員室《しょくいんしつ》の入口《いりぐち》を護衛《ごえい》していた一対《いっつい》の石《いし》の怪獣像《ガーゴイル》が、どこか壊《こわ》れた窓《まど》から流《なが》れてきた呪《のろ》いに破壊《はかい》され、残《ざん》がいが床《ゆか》でピクピクと力《ちから》なく動《うご》いていたのだ。ハリーが胴体《どうたい》から離《はな》れた首《くび》の一つを飛《と》び越《こ》えたとき、首《くび》が弱々《よわよわ》しくうめいた。

「ああ、俺《おれ》にかまわずに……ここでバラバラのまま横《よこ》になっているから……」

その醜《みにく》い顔《かお》が、突然《とつぜん》、ゼノフィリウスの家《いえ》で見《み》たロウェナ・レイブンクローの大理石《だいりせき》の胸像《きょうぞう》を思《おも》い出《だ》させた。あのばかばかしい髪飾《かみかざ》りをつけた像《ぞう》――それから、白《しろ》い巻《ま》き毛《げ》の上《うえ》に石《いし》の髪飾《かみかざ》りをつけた、レイブンクローの塔《とう》の像《ぞう》……。

そして、廊下《ろうか》の端《はし》まで来《き》たときに、三つ目《め》の石《いし》の彫像《ちょうぞう》の記憶《きおく》が戻《もど》ってきた。あの年老《としお》いた醜《みにく》い魔法戦士《まほうせんし》の像《ぞう》……その頭《あたま》にハリー自身《じしん》がかずらをかぶせ、その上《うえ》に古《ふる》い黒《くろ》ずんだティアラを置《お》いた――。ファイア・ウィスキーを飲《の》んだような熱《あつ》い衝撃《しょうげき》が体《からだ》を貫《つらぬ》き、ハリーは転《ころ》びかけた。

ついにハリーは、自分《じぶん》を待《ま》ち受《う》けている分霊箱《ぶんれいばこ》のありかを知《し》った……。

誰《だれ》も信用《しんよう》せず、一人《ひとり》で事《こと》を運《はこ》んだトム・リドルは、傲慢《ごうまん》にも、自分《じぶん》だけがホグワーツ城《じょう》の奥深《おくぶか》い神秘《しんぴ》に入《はい》り込《こ》むことができると思《おも》ったのだろう。もちろん、ダンブルドアやフリットウィックのような模範生《もはんせい》は、あのような場所《ばしょ》に足《あし》を踏《ふ》み入《い》れることはなかった。しかし、この自分《じぶん》は、学《がっ》校《こう》の誰《だれ》もが通《とお》る道《みち》から外《はず》れた所《ところ》をさまよった——ここに、ハリーとヴォルデモートだけが知《し》る秘《ひ》密《みつ》があった。ダンブルドアが見《み》つけることのなかった秘《ひ》密《みつ》を、とうとうハリーは見《み》つけたのだ——。

その時《とき》、ネビルと、ほかに六人《にん》ほどの生徒《せいと》を連《つ》れて嵐《あらし》のように走《はし》り去《さ》るスプラウト先生《せんせい》に追《お》い越《こ》され、ハリーは我《われ》に返《かえ》った。全員《ぜんいん》が耳当《みみあ》てをつけ、大《おお》きな鉢《はち》植《う》え植物《しょくぶつ》のような物《もの》を抱《かか》えている。

「マンドレイクだ！」

走《はし》りながら振《ふ》り返《かえ》ったネビルが、大声《おおごえ》で言《い》った。

「こいつを城壁《じょうへき》越《ご》しにあいつらにお見舞《みま》いしてやる——きっといやがるぞ！」

どこに行《い》くべきかがわかったハリーは、全力《ぜんりょく》で走《はし》った。その後《うし》ろを、ハグリッドとファングが早《はや》がけでついてきた。次々《つぎつぎ》と肖像画《しょうぞうが》の前《まえ》を通《とお》り過《す》ぎたが、絵《え》の主《あるじ》たちもハリーたちと一緒《いっしょ》に走《はし》っていた。肖像画《しょうぞうが》の魔法使《まほうつか》いや魔女《まじょ》たちが、ひだえりや中世《ちゅうせい》の半《はん》ズボン姿《すがた》で、あるいは鎧《よろい》やマント姿《すがた》で、互《たが》いのキャンバスになだれ込《こ》んではぎゅう詰《づ》めになり、城《しろ》のあちこちで何《なに》が起《お》きているかを大声《おおごえ》で知《し》らせ合《あ》っていた。その廊下《ろうか》の端《はし》まで来《き》たとき、城全体《しろぜんたい》が揺《ゆ》れた。大《おお》きな花瓶《かびん》が、爆弾《ばくだん》の炸裂《さくれつ》するような力《ちから》で台座《だいざ》から吹《ふ》き飛《と》ばされたのを見《み》て、ハリーは、先生《せんせい》たちや騎士団《きしだん》のメンバーがかけた呪文《じゅもん》より破壊的《はかいてき》でもっと不吉《ふきつ》な呪《のろ》いが、城《しろ》をとらえたことを悟《さと》った。

「大丈夫《だいじょうぶ》だ、ファング——大丈夫《だいじょうぶ》だっちゅうに！」

ハグリッドが叫《さけ》んだが、図体《ずうたい》ばかりがでかいボアハウンド犬《けん》は、花瓶《かびん》の破片《はへん》が榴散弾《りゅうさんだん》のように降《ふ》ってくる中《なか》を、一目散《いちもくさん》に逃《に》げ出《だ》した。ハグリッドは怖気《おじけ》づいた犬《いぬ》を追《お》って、ハリーを一人残《ひとりのこ》し、ドタドタと走《はし》り去《さ》った。

ハリーは杖《つえ》をかまえ、揺《ゆ》れる通路《つうろ》を押《お》し進《すす》んだ。その廊下《ろうか》の端《はし》から端《はし》まで、小柄《こがら》な騎士《きし》の絵《え》のカドガン卿《きょう》が、鎧《よろい》をガチャつかせ、ハリーへの激励《げきれい》の言葉《ことば》を叫《さけ》びながら、絵《え》から絵《え》へと走《はし》り込《こ》んでついてきた。カドガン卿《きょう》のあとからは、太《ふと》った小《ち》さなポニーがトコトコとかけてきた。

「ほら吹《ふ》きにゴロツキめ、犬《いぬ》に悪覚《あくとう》め、追《お》い出《だ》せ、ハリー・ポッター、追《お》い払《はら》え！」

廊下《ろうか》の角《かど》をすばやく曲《ま》がった所《ところ》で、フレッドと、リー・ジョーダン、ハンナ・アボットらの少《しょう》数《すう》の生徒《せいと》たちが、城《しろ》に続《つづ》く秘密《ひみつ》の抜《ぬ》け穴《あな》を隠《かく》している像《ぞう》の、主《あるじ》のいない台座《だいざ》のそばに立《た》っているのを見《み》つけた。全員《ぜんいん》が杖《つえ》を抜《ぬ》き、隠《かく》された穴《あな》の物音《ものおと》に耳《みみ》を澄《す》ましている。

「打《う》ってつけの夜《よる》だぜ！」

城《しろ》がまた揺《ゆ》れたとき、フレッドが叫《さけ》んだ。ハリーは高揚感《こうようかん》と恐怖《きょうふ》がまじり合《あ》った気持《きも》ちで、そのかたわらをかけ抜《ぬ》けた。次《つぎ》の廊下《ろうか》を全力疾走《ぜんりょくしっそう》しているときに、あたりがふくろうだらけになった。ミセス・ノリスが威嚇的《いかくてき》な鳴《な》き声《ごえ》を上《あ》げながら、前脚《まえあし》でたたき落《お》とそうとしていた。ふくろうを収《おさ》まるべき場所《ばしょ》に戻《もど》そうとしていたにちがいない……。

「ポッター！」

アバーフォース・ダンブルドアが、杖《つえ》をかまえて、行《ゆ》く手《て》に立《た》ちふさがっていた。

「俺《おれ》のパブを、何百人《なんびゃくにん》という生徒《せいと》がなだれを打《う》って通《とお》り過《す》ぎていったぞ、ポッター！」

「知《し》っています。避難《ひなん》したんです」ハリーが言《い》った。「ヴォルデモートが——」

「——襲撃《しゅうげき》してくる。おまえを差《さ》し出《だ》さなかったから。うん」

アバーフォースが言《い》った。

「耳《みみ》が聞《き》こえないわけじゃないからな。ホグズミード中《じゅう》があいつの声《こえ》を聞《き》いた。しかし、スリザリンの生徒《せいと》を二、三人《にん》、人質《ひとじち》に取《と》ろうとは、誰《だれ》も考《かんが》えなかったのか？　無事《ぶじ》に逃《に》がした子《こ》の中《なか》には、死喰《しく》い人《びと》の子供《こども》たちもいる。何人《なんにん》か、ここに残《のこ》しておくほうが利口《りこう》だったのじゃないか？」

「そんなことで、ヴォルデモートを止《と》められはしない」ハリーが言《い》った。「それに、あなたのお兄《にい》さんなら、そんなことはけっしてしなかったでしょう」

アバーフォースはフンとうなって、急《いそ》いでハリーと反対方向《はんたいほうこう》に去《さ》っていった。

あなたのお兄《にい》さんなら、そんなことはけっしてしなかった……そう、それはほんとうのことだ。ハリーは再《ふたた》び走《はし》りだしながら、そう思《おも》った。長年《ながねん》スネイプを擁護《ようご》してきたダンブルドアだ。生徒《せいと》を人質《ひとじち》に取《と》ることなど、けっしてしなかっただろう……。

最後《さいご》の曲《ま》がり角《かど》を横《よこ》すべりしながら曲《ま》がったとたん、ロンとハーマイオニーが目《め》に入《はい》った。安《あん》心感《しんかん》と怒《いか》りで、ハリーは叫《さけ》び声《ごえ》を上《あ》げた。二人《ふたり》とも両腕《りょううで》いっぱいに、何《なに》か大《おお》きくて曲《ま》がった汚《きたな》い黄色《きいろ》い物《もの》を抱《かか》え、ロンは箒《ほうき》を小脇《こわき》に抱《かか》えていた。

「いったい、どこに消《き》えていたんだ？」ハリーがどなった。

「『秘密《ひみつ》の部屋《へや》』」ロンが答《こた》えた。

「秘密《ひみつ》の――えっ？」

二人《ふたり》の前《まえ》でよろけながら急停止《きゅうていし》して、ハリーが聞《き》き返《かえ》した。

「ロンなのよ。全部《ぜんぶ》ロンの考《かんが》えよ！」

ハーマイオニーが、息《いき》をはずませながら言《い》った。

「とってもすごいと思《おも》わない？　あなたが出《で》ていってから、私《わたし》たちあの『部屋《へや》』に残《のこ》っていて、私《わたし》がロンに言《い》ったの。ほかの分霊箱《ぶんれいばこ》を見《み》つけても、どうやって壊《こわ》すの？　まだカップも片《かた》づけていないわ！　そう言《い》ったの。そしたらロンが思《おも》いついたのよ！　バジリスク！」

「いったいどういう――？」

「分霊箱《ぶんれいばこ》を破壊《はかい》するためのものさ」ロンがさらりと言《い》った。

ハリーは、ロンとハーマイオニーが両腕《りょううで》に抱《かか》えているものに目《め》を落《お》とし、それが、死《し》んだバジリスクの頭《ず》がい骨《こつ》からもぎ取《と》った、巨大《きょだい》な曲《ま》がった牙《きば》だと気《き》づいた。

「でも、どうやってあそこに入《はい》ったんだ？」

ハリーは、牙《きば》とロンを交互《こうご》に見《み》つめながら聞《き》いた。

「蛇語《へびご》を話《はな》さなきゃならないのに！」

「話《はな》したのよ！」ハーマイオニーがささやくように言《い》った。「ロン、ハリーにやってみせて！」

ロンは、恐《おそ》ろしい、のどの詰《つ》まるようなシューシューという音《おと》を出《だ》した。

「君《きみ》がロケットを開《あ》けるとき、こうやったのさ」ロンは申《もう》し訳《わけ》なさそうに言《い》った。「ちゃんとできるまでに、何回《なんかい》か失敗《しっぱい》したけどね、でも」ロンは謙遜《けんそん》して肩《かた》をすくめた。「僕《ぼく》たち、最後《さいご》にはあそこに着《つ》いたのさ」

「ロンはすーばらしかった！」ハーマイオニーが言《い》った。「すばらしかったわ！」

「それで……」

何《なん》とか話《はなし》についていこうと努力《どりょく》しながら、ハリーがうながした。

「それで……」

「それで、分霊箱《ぶんれいばこ》、もう一丁《いっちょう》上《あ》がりだ」

そう言《い》いながらロンは、上着《うわぎ》の中《なか》から壊《こわ》れたハッフルパフのカップの残《ざん》がいを引《ひ》っ張《ぱ》り出《だ》した。「ハーマイオニーが刺《さ》したんだ。彼女《かのじょ》がやるべきだと思《おも》ったのさ。ハーマイオニーは、まだその楽《たの》しみを味《あじ》わってなかったからね」

「すごい！」ハリーが叫《さけ》んだ。

「たいしたことはないさ」

そう言《い》いながらも、ロンは得意《とくい》げだった。

「それで、君《きみ》のほうは、何《なに》があった？」

その言葉《ことば》が終《お》わらないうちに、上《うえ》のほうで爆発音《ばくはつおん》がした。三人《にん》がいっせいに見上《みあ》げると、天井《てんじょう》からほこりが落《お》ちてくるのと同時《どうじ》に、遠《とお》くから悲鳴《ひめい》が聞《き》こえた。

「髪飾《かみかざ》りがどんな形《かたち》をしていて、どこにあるかがわかった」

ハリーは早口《はやくち》で話《はな》した。

「あいつは、僕《ぼく》が古《ふる》い『魔法薬《まほうやく》』の教科書《きょうかしょ》を隠《かく》した場所《ばしょ》と、おんなじ所《ところ》に隠《かく》したんだ。何世紀《なんせいき》にもわたって、みんなが隠《かく》し場所《ばしょ》にしてきた所《ところ》だ。あいつは、自分《じぶん》しかその場所《ばしょ》を見《み》つけられないと思《おも》ったんだ。行《い》こう」

壁《かべ》がまた揺《ゆ》れた。ハリーは二人《ふたり》の先《さき》に立《た》って、隠《かく》れた入口《いりぐち》から階段《かいだん》を下《お》り、「必要《ひつよう》の部屋《へや》」に戻《もど》った。三人《にん》の女性以外《じょせいいがい》は誰《だれ》もいない。ジニー、トンクス、それに、虫食《むしく》いだらけの帽子《ぼうし》をかぶった老魔女《ろうまじょ》だ。それがネビルの祖母《そぼ》だと、ハリーはすぐにわかった。

「ああ、ポッター」

老魔女《ろうまじょ》は、ハリーを待《ま》っていたかのように、てきぱきと呼《よ》びかけた。

「何《なに》が起《お》こっているか、教《おし》えておくれ」

「みんなは無事《ぶじ》なの？」ジニーとトンクスが同時《どうじ》に聞《き》いた。

「僕《ぼく》たちの知《し》っているかぎりではね」ハリーが答《こた》えた。「『ホッグズ・ヘッド』への通路《つうろ》にはまだ誰《だれ》かいるの？」

ハリーは、誰《だれ》かが部屋《へや》の中《なか》にいるかぎり、「必要《ひつよう》の部屋《へや》」は様変《さまが》わりすることができないことを知《し》っていた。

「私《わたし》が最後《さいご》です」

ミセス・ロングボトムが言《い》った。

「通路《つうろ》は私《わたし》が封鎖《ふうさ》しました。アバーフォースがパブを去《さ》ったあとに、通路《つうろ》を開《あ》けたままにしておくのは賢明《けんめい》ではないと思《おも》いましたからね。私《わたし》の孫《まご》を見《み》かけましたか？」

「戦《たたか》っています」ハリーが言《い》った。

「そうでしょうとも」老婦人《ろうふじん》はほこらしげに言《い》った。「失礼《しつれい》しますよ。孫《まご》の助太刀《すけだち》に行《い》かねばなりません」

ミセス・ロングボトムは、驚《おどろ》くべき速《はや》さで石《いし》の階段《かいだん》に向《む》かって走《はし》り去《さ》った。

ハリーはトンクスを見《み》た。

「トンクス、お母《かあ》さんの所《ところ》で、テディと一緒《いっしょ》のはずじゃなかったの？」

「あの人《ひと》の様子《ようす》がわからないのに、たえられなくて――」

トンクスは苦渋《くじゅう》をにじませながら言《い》った。

「テディは、母《はは》が面倒《めんどう》を見《み》てくれるわ――リーマスを見《み》かけた？」

「校庭《こうてい》で戦《たたか》うグループを指揮《しき》する手《て》はずだったけど――」

トンクスは、それ以上一言《いじょうひとこと》も言《い》わずに走《はし》り去《さ》った。

「ジニー」ハリーが言《い》った。「すまないけど、外《そと》に出《で》ていてほしいんだ。ほんの少《すこ》しの間《あいだ》だ。そのあとでまた戻《もど》ってきていいよ」

ジニーは、保護《ほご》された場所《ばしょ》から出《で》られることが、うれしくてしかたがない様子《ようす》だった。

「あとでまた戻《もど》ってきていいんだからね！」

トンクスを追《お》ってかけ上《あ》がっていくジニーの後《うし》ろ姿《すがた》に向《む》かって、ハリーが叫《さけ》んだ。

「戻《もど》ってこないといけないよ！」

「ちょっと待《ま》った！」ロンが鋭《するど》い声《こえ》を上《あ》げた。「僕《ぼく》たち、誰《だれ》かのことを忘《わす》れてる！」

「誰《だれ》？」ハーマイオニーが聞《き》いた。

「屋敷《やしき》しもべ妖精《ようせい》たち。全員下《ぜんいんした》の厨房《ちゅうぼう》にいるんだろう？」

「しもべ妖精《ようせい》たちも、戦《たたか》わせるべきだっていうことか？」ハリーが聞《き》いた。

「ちがう」ロンがまじめに言《い》った。「脱出《だっしゅつ》するように言《い》わないといけないよ。ドビーの二《に》の舞《まい》は見《み》たくない。そうだろ？ 僕《ぼく》たちのために死《し》んでくれなんて、命令《めいれい》できないよ――」

ハーマイオニーの両腕《りょううで》から、バジリスクの牙《きば》がバラバラ音《おと》を立《た》てて落《お》ちた。ロンにかけ寄《よ》り、その両腕《りょううで》をロンの首《くび》に巻《ま》きつけて、ハーマイオニーはロンの唇《くちびる》に熱烈《ねつれつ》なキスをした。ロンも、持《も》っていた牙《きば》と箒《ほうき》を放《ほう》り投《な》げ、ハーマイオニーの体《からだ》を床《ゆか》から持《も》ち上《あ》げてしまうほど夢中《むちゅう》になって、キスに応《こた》えた。

「そんなことをしてる場合《ばあい》か？」

ハリーが力《ちから》なく問《と》いかけた。しかし何事《なにごと》も起《お》こらないどころか、ロンとハーマイオニーは、ますます固《かた》く抱《だ》き合《あ》ったままその場《ば》で体《からだ》を揺《ゆ》らしていたので、ハリーは声《こえ》を荒《あら》げた。

「**おい！** 戦《たたか》いの真《ま》っ最中《さいちゅう》だぞ！」

ロンとハーマイオニーは離《はな》れたが、両腕《りょううで》を互《たが》いに回《まわ》し合《あ》ったままだった。

「わかってるさ」

ロンは、ブラッジャーで後頭部《こうとうぶ》をぶんなぐられたばかりのような顔《かお》で言《い》った。

「だからもう、今《いま》っきりないかもしれない。だろ？」

「そんなことより、分霊箱《ぶんれいばこ》はどうなる？」ハリーが叫《さけ》んだ。「悪《わる》いけど、君《きみ》たち――髪飾《かみかざ》りを手《て》に入《い》れるまで、がまんしてくれないか？」

「うん――そうだ――ごめん」

ロンが言《い》った。ロンとハーマイオニーは、二人《ふたり》とも顔《かお》を赤《あか》らめて、牙《きば》を拾《ひろ》いはじめた。

三人《にん》が階段《かいだん》を上《のぼ》って再《ふたた》び上《うえ》の階《かい》に出《で》てみると、「必要《ひつよう》の部屋《へや》」にいた数分《すうふん》の間《あいだ》に、城《しろ》の中《なか》の状《じょう》況《きょう》がかなり悪化《あっか》したことが明《あき》らかだった。壁《かべ》や天井《てんじょう》は前《まえ》よりひどく振動《しんどう》し、あたり一面《いちめん》ほこりだらけで、一番近《いちばんちか》い窓《まど》からハリーが外《そと》を見《み》ると、緑《みどり》と赤《あか》の閃光《せんこう》が城《しろ》の建物《たてもの》のすぐ下《した》で炸裂《さくれつ》するのが見《み》え、死喰《しく》い人《びと》たちが、今《いま》にも城《しろ》に入《はい》るところまで近《ちか》づいていることがわかった。見下《みお》ろすと、巨人《きょじん》のグロウプが、屋根《やね》からもぎ取《と》ったらしい石《いし》の怪獣像《ガーゴイル》のようなものを振《ふ》り回《まわ》して、不機嫌《ふきげん》にほえながらうろうろ歩《ある》いていくのが見《み》えた。

「グロウプが、何人《なんにん》か踏《ふ》んづけるように願《ねが》おうぜ！」

近《ちか》くからまた何度《なんど》か響《ひび》いてきた悲鳴《ひめい》を聞《き》きながら、ロンが言《い》った。

「味方《みかた》じゃなければね！」

誰《だれ》かが言《い》った。ハリーが振《ふ》り向《む》くと、ジニーとトンクスが二人《ふたり》とも杖《つえ》を抜《ぬ》き、隣《となり》の窓《まど》の所《ところ》でかまえていた。窓《まど》ガラスが数枚《すうまい》なくなっている。ハリーが見《み》ている間《あいだ》に、ジニーの呪《のろ》いが、下《した》の敵《てき》軍《ぐん》に正確《せいかく》にねらい定《さだ》めて飛《と》んでいった。

「娘《むすめ》さん、よくやった！」

ほこりの中《なか》からこちらに向《む》かって走《はし》ってきた誰《だれ》かがほえた。少人数《しょうにんずう》の生徒《せいと》を率《ひき》いて、白髪《はくはつ》を振《ふ》り乱《みだ》して走《はし》り抜《ぬ》けていくアバーフォースの姿《すがた》を、ハリーは再《ふたた》び目《め》にした。

「どうやら敵《てき》は北《きた》の胸壁《きょうへき》を突破《とっぱ》しようとしている。敵側《てきがわ》の巨人《きょじん》を引《ひ》き連《つ》れているぞ！」

「リーマスを見《み》かけた？」トンクスがアバーフォースの背《せ》に向《む》かって叫《さけ》んだ。

「ドロホフと一騎《いっき》打《う》ちしていた」アバーフォースが叫《さけ》び返《かえ》した。「そのあとは見《み》ていない！」

「トンクス」ジニーが声《こえ》をかけた。「トンクス、ルーピンはきっと大丈夫《だいじょうぶ》──」

しかしトンクスはもう、アバーフォースを追《お》って、ほこりの中《なか》にかけ込《こ》んでいた。

ジニーは、とほうにくれたように、ハリー、ロン、ハーマイオニーを振《ふ》り返《かえ》った。

「二人《ふたり》とも大丈夫《だいじょうぶ》だよ」むなしい言葉《ことば》だと知《し》りながら、ハリーがなぐさめた。

「ジニー、僕《ぼく》たちはすぐ戻《もど》るから、危《あぶ》ない場所《ばしょ》から離《はな》れて、安全《あんぜん》にしていてくれ――さあ、行《い》こう！」

ハリーは、ロンとハーマイオニーに呼《よ》びかけ、三人《にん》は「必要《ひつよう》の部屋《へや》」の前《まえ》の壁《かべ》までかけ戻《もど》った。壁《かべ》のむこう側《がわ》で、「部屋《へや》」が次《つぎ》の入室者《にゅうしつしゃ》の願《ねが》いを待《ま》っている。

――僕《ぼく》は、すべての物《もの》が隠《かく》されている場所《ばしょ》が必要《ひつよう》だ。

ハリーは頭《あたま》の中《なか》で部屋《へや》に頼《たの》み込《こ》んだ。三人《にん》が壁《かべ》の前《まえ》を三度《ど》走《はし》り過《す》ぎたとき、扉《とびら》が現《あらわ》れた。三人《にん》が中《なか》に入《はい》って扉《とびら》を閉《し》めたとたん、戦《たたか》いの騒《さわ》ぎは消《き》えた。あたりは静《しず》まり返《かえ》っていた。三人《にん》は、都市《とし》のような外観《がいかん》の、大聖堂《だいせいどう》のように広大《こうだい》な場所《ばしょ》に立《た》っていた。大昔《おおむかし》からの、何千人《なんぜんにん》という生徒《せいと》たちが隠《かく》した品物《しなもの》が積《つ》み重《かさ》なって、見上《みあ》げるような壁《かべ》になっている。

「それじゃ、あいつは、誰《だれ》でもここに入《はい》れるとは考《かんが》えなかったわけか？」

ロンの声《こえ》が静寂《せいじゃく》の中《なか》で響《ひび》いた。

「あいつは自分一人《じぶんひとり》だけだと思《おも》ったんだ」

ハリーが言《い》った。

「僕《ぼく》の人生《じんせい》で、隠《かく》し物《もの》をしなくちゃならないときがあったというのが、あいつの不運《ふうん》さ……こっちだ」

ハリーは二人《ふたり》をうながした。

「こっちの並《なら》びだと思《おも》う……」

ハリーはトロールの剥製《はくせい》を通《とお》り過《す》ぎ、ドラコ・マルフォイが去年修理《きょねんしゅうり》して、悲惨《ひさん》な結果《けっか》をもたらした「姿《すがた》をくらますキャビネット棚《だな》」の前《まえ》を通《とお》った。それから先《さき》は、がらくたの間《あいだ》の通路《つうろ》を端《はし》から端《はし》まで見《み》ながら迷《まよ》った。次《つぎ》はどう行《い》くのかが思《おも》い出《だ》せなかった……。

「アクシオ！　髪飾《かみかざ》りよ、来《こ》い！」必死《ひっし》のあまり、ハーマイオニーが大声《おおごえ》で唱《とな》えたが、三人《にん》に向《む》かって飛《と》んでくる物《もの》は何《なに》もなかった。グリンゴッツの金庫《きんこ》と同《おな》じで、どうやらこの部屋《へや》は、隠《かく》してある品《しな》を、そうやすやすとは引《ひ》き渡《わた》さないようだ。

「手分《てわ》けして探《さが》そう」ハリーが二人《ふたり》に言《い》った。「老魔法戦士《ろうまほうせんし》の石像《せきぞう》を探《さが》してくれ。かずらをかぶってティアラをつけているんだ！　戸棚《とだな》の上《うえ》にのっている像《ぞう》だ。絶対《ぜったい》にこの近《ちか》くなんだけど……」

三人《にん》は、それぞれ隣《となり》り合《あ》わせの通路《つうろ》へと急《いそ》いだ。そびえるがらくたの山《やま》の間《あいだ》に二人《ふたり》の足音《あしおと》が響《ひび》くのが、ハリーの耳《みみ》に入《はい》ってきた。瓶《びん》や帽子《ぼうし》、木箱《きばこ》、椅子《いす》、本《ほん》、武器《ぶき》、箒《ほうき》にバット……。

「どこかこの近《ちか》くだ」

ハリーは、一人《ひとり》でブツブツ言《い》った。

「このへんだ……このへん……」

以前《いぜん》に一度《いちど》入《はい》ったときに、この部屋《へや》で見《み》た覚《おぼ》えのある品物《しなもの》を探《さが》して、ハリーはだんだん迷路《めいろ》の奥深《おくふか》く進《すす》んでいった。自分《じぶん》の呼吸《こきゅう》がはっきり聞《き》こえた。そして──魂《たましい》そのものが震《ふる》えるような気《き》がした──見《み》つけた。すぐそこに、ハリーが古《ふる》い「魔法薬《まほうやく》」の教科書《きょうかしょ》を隠《かく》した、表面《ひょうめん》がボコボコになった古《ふる》い戸棚《とだな》が見《み》え、その上《うえ》に、あばた面《づら》の石像《せきぞう》が、ほこりっぽい古《ふる》いかずらをかぶり、とても古《ふる》そうな黒《くろ》ずんだティアラをつけている。

まだ三メートルほど先《さき》だったが、ハリーはもう手《て》を伸《の》ばしていた。その時《とき》、背後《はいご》で声《こえ》がした。

「止《と》まれ、ポッター」

ハリーはどきりとして振《ふ》り向《む》いた。クラッブとゴイルが杖《つえ》をハリーに向《む》け、肩《かた》を並《なら》べて立《た》っていた。ニヤニヤ笑《わら》う二人《ふたり》の顔《かお》の間《あいだ》の小《ちい》さなすきまに、ハリーはドラコ・マルフォイの姿《すがた》を見《み》つけた。

「おまえが持《も》っているのは、僕《ぼく》の杖《つえ》だぞ、ポッター」

クラッブとゴイルの間《あいだ》のすきまから、杖《つえ》をハリーに向《む》けて、マルフォイが言《い》った。

「今《いま》はちがう」

ハリーはサンザシの杖《つえ》をギュッと握《にぎ》り、あえぎながら言《い》った。

「勝者《しょうしゃ》が杖《つえ》を持《も》つんだ、マルフォイ。おまえは誰《だれ》から借《か》りた？」

「母上《ははうえ》だ」ドラコが言《い》った。

別《べつ》におかしい状況《じょうきょう》ではないのに、ハリーは笑《わら》った。ロンの足音《あしおと》もハーマイオニーのも、もう聞《き》こえなくなっていた。髪飾《かみかざ》りを探《さが》して、二人《ふたり》ともハリーの耳《みみ》には届《とど》かない距離《きょり》まで走《はし》っていってしまったらしい。

「それで、三人《にん》ともヴォルデモートと一緒《いっしょ》じゃないのは、どういうわけだ？」

ハリーが問《と》いかけた。

「俺《おれ》たちはごほうびをもらうんだ」

クラッブの声《こえ》は、図体《ずうたい》のわりに、驚《おどろ》くほど小《ちい》さかった。ハリーはこれまで、クラッブが話《はな》すのをほとんど聞《き》いたことがなかった。クラッブは、大《おお》きな菓子袋《かしぶくろ》をやると約束《やくそく》された幼《おさな》い子供《こども》のような笑《わら》いを浮《う》かべていた。

「ポッター、俺《おれ》たちは残《のこ》ったんだ。出《で》ていかないことにした。おまえを『あの人《ひと》』の所《ところ》に連《つ》れていくことに決《き》めた」

「いい計画《けいかく》だ」

ハリーはほめるまねをして、からかった。あと一歩《いっぽ》という時《とき》に、まさかマルフォイ、クラッブ、ゴイルにくじかれようとは。ハリーはじりじりとあとずさりして、石《いし》の胸像《きょうぞう》の頭《あたま》にずれてのっている分霊箱《ぶんれいばこ》に近《ちか》づいた。戦《たたか》いが始《はじ》まる前《まえ》に、それを手《て》に入《い》れることさえできれば……。

「ところで、どうやってここに入《はい》った？」三人《にん》の注意《ちゅうい》をそらそうとして、ハリーが聞《き》いた。

「僕《ぼく》は去年《きょねん》、ほぼ一年間《ねんかん》『隠《かく》された品《しな》の部屋《へや》』に住《す》んでいたようなものだ」マルフォイの声《こえ》はピリピリしていた。「ここへの入《はい》り方《かた》は知《し》っている」

「俺《おれ》たちは外《そと》の廊下《ろうか》に隠《かく》れていたんだ」ゴイルがブーブーうなるような声《こえ》で言《い》った。「俺《おれ》たちはもう、『目《め》くろ・ま・す・術《じゅつ》』ができるんだぞ！」ゴイルの顔《かお》が、まぬけなニヤニヤ笑《わら》いになった。「そしたら、おまえが目《め》の前《まえ》に現《あらわ》れて、髪《かみ》ぐ・さ・りを探《さが》してるって言《い》った！　髪《かみ》ぐさりって何《なん》だ？」

「ハリー？」

突然《とつぜん》ロンの声《こえ》が、ハリーの右側《みぎがわ》の壁《かべ》の向《む》こうから響《ひび》いてきた。

「誰《だれ》かと話《はな》してるのか？」

鞭《むち》を振《ふ》るうような動《うご》きで、クラッブは十五、六メートルもある壁《かべ》に杖《つえ》を向《む》けた。古《ふる》い家具《かぐ》や壊《こわ》れたトランク、古本《ふるほん》やローブ、そのほか何《なん》だかわからないがらくたが山《やま》のように積《つ》み上《あ》げられた壁《かべ》だ。そして叫《さけ》んだ。

「ディセンド！　落《お》ちろ！」

壁《かべ》がぐらぐら揺《ゆ》れだして、ロンのいる隣《となり》の通路《つうろ》に崩《くず》れ落《お》ちかかった。

「ロン！」

ハリーが大声《おおごえ》で呼《よ》ぶと、どこか見《み》えない所《ところ》からハーマイオニーの悲鳴《ひめい》が上《あ》がり、不安定《ふあんてい》になった山《やま》から壁《かべ》のむこう側《がわ》に大量《たいりょう》に落下《らっか》したがらくたが、床《ゆか》に衝突《しょうとつ》する音《おと》が聞《き》こえた。ハリーは杖《つえ》を壁《かべ》に向《む》けて叫《さけ》んだ。

「フィニート！　終《お》われ！」

すると壁《かべ》は安定《あんてい》した。

「やめろ！」

呪文《じゅもん》をくり返《かえ》そうとするクラッブの腕《うで》を押《お》さえて、マルフォイが叫《さけ》んだ。

「この部屋《へや》を壊《こわ》したら、その髪飾《かみかざ》りとやらが埋《う》まってしまうかもしれないんだぞ！」

「それがどうした？」クラッブは腕《うで》をぐいと振《ふ》りほどいた。「闇《やみ》の帝王《ていおう》が欲《ほ》しいのはポッターだ。

髪《かみ》ぐさりなんか、誰《だれ》が気《き》にするってんだ？」

「ポッターは、それを取《と》りにここに来《き》た」

マルフォイは、仲間《なかま》の血《ち》のめぐりの悪《わる》さにいらいらを隠《かく》せない口調《くちょう》だった。

「だから、その意味《いみ》を考《かんが》えろ――」

「『意味《いみ》を考《かんが》えろ』だぁ？」

クラッブは狂暴性《きょうぼうせい》をむき出《だ》しにして、マルフォイに食《く》ってかかった。

「おまえがどう考《かんが》えようと、知《し》ったことか？　ドラコ、おまえの命令《めいれい》なんかもう受《う》けないぞ。おまえも、おまえの親父《おやじ》も、もうおしまいだ」

「ハリー？」ロンが、がらくたの壁《かべ》の向《む》こうから再《ふたた》び叫《さけ》んだ。「どうなってるんだ？」

「ハリー？」クラッブが口《くち》まねした。「どうなってるんだ？　――動《うご》くな、ポッター！　クルーシオ！　苦《くる》しめ！」

ハリーはティアラに飛《と》びついていた。クラッブの呪《のろ》いはハリーをそれたが、石像《せきぞう》に当《あ》たり、石像《せきぞう》が宙《ちゅう》に飛《と》んだ。髪飾《かみかざ》りは高《たか》く舞《ま》い上《あ》がり、石像《せきぞう》がのっていたがらくたの山《やま》の中《なか》に落《お》ちて見《み》えなくなった。

「**やめろ！**」

マルフォイがクラッブをどなりつけた。その声《こえ》は、巨大《きょだい》な部屋《へや》に響《ひび》き渡《わた》った。

「闇《やみ》の帝王《ていおう》は、生《い》きたままのポッターをお望《のぞ》みなんだ――」

「それがどうした？　今《いま》の呪文《じゅもん》は殺《ころ》そうとしていないだろう？」

クラッブは、自分《じぶん》を押《お》さえつけているマルフォイの手《て》を払《はら》いのけながら叫《さけ》んだ。

「あいにく、俺《おれ》は、やれたら殺《や》ってやる。闇《やみ》の帝王《ていおう》はどっちみち、やつを殺《や》りたいんだ。どこがちがうって言《い》――?」

真《ま》っ赤《か》な閃光《せんこう》がハリーをかすめて飛《と》び去《さ》った。ハーマイオニーがハリーの背後《はいご》から、角《かど》を回《まわ》って走《はし》り寄《よ》り、クラッブの頭目《あたまめ》がけて「失神呪文《しっしんじゅもん》」を放《はな》ったのだ。マルフォイがクラッブを引《ひ》いてよけたために、わずかのところで呪文《じゅもん》は的《まと》をはずれた。

「あの『穢《けが》れた血《ち》』だ！　アバダ　ケダブラ！」

ハリーは、ハーマイオニーが横《よこ》っ跳《と》びにかわすのを見《み》た。クラッブは殺《ころ》すつもりでねらいをつけていた。ハリーの怒《いか》りが爆発《ばくはつ》し、ほかのいっさいが頭《あたま》から吹《ふ》き飛《と》んでしまった。ハリーはクラッブ目《め》がけて「失神呪文《しっしんじゅもん》」を撃《う》ったが、クラッブは呪文《じゅもん》をよけるのにぐらっとよろけ、はずみでマルフォイの杖《つえ》を手《て》からはじき飛《と》ばした。杖《つえ》は、壊《こわ》れた家具《かぐ》や箱《はこ》の山《やま》の下《した》に転《ころ》がり、見《み》えなくなった。

「やつを殺《ころ》すな！　**やつを殺《ころ》すな！**」

マルフォイが、ハリーにねらいをつけているクラッブとゴイルに向《む》かって叫《さけ》んだ。二人《ふたり》が一《いっ》瞬躊躇《しゅんちゅうちょ》したすきを、ハリーは逃《のが》さなかった。

「エクスペリアームス！　武器《ぶき》よ去《さ》れ！」

ゴイルの杖《つえ》が手《て》から離《はな》れて飛《と》び、脇《わき》のがらくたの防壁《ぼうへき》の中《なか》に消《き》えた。ゴイルは取《と》り戻《もど》そうとして、その場《ば》でむなしく跳《と》び上《あ》がった。ハーマイオニーが第二弾《だいだん》の「失神呪文《しっしんじゅもん》」を放《はな》ち、マルフォイが飛《と》びのいた。ロンが突然通路《とつぜんつうろ》の端《はし》に現《あらわ》れ、クラッブ目《め》がけて「全身金縛《ぜんしんかなしば》り術《じゅつ》」を発射《はっしゃ》したが、惜《お》しくもそれた。

クラッブはくるりと向《む》きを変《か》え、またしても「アバダ　ケダブラ！」と叫《さけ》んだ。ロンは緑《みどり》の閃光《せんこう》をよけて飛《と》びのき、姿《すがた》を隠《かく》した。ハーマイオニーが攻撃《こうげき》を仕掛《しか》け、ゴイルに「失神呪文《しっしんじゅもん》」を命中《めいちゅう》させたが、杖《つえ》を失《うしな》ったマルフォイは、攻撃《こうげき》をよけて三本脚《ぼんあし》の洋服《ようふく》だんすの陰《かげ》に縮《ちぢ》こまった。

「どこか、このへんだ！」

ハリーは、古《ふる》いティアラが落《お》ちたあたりのがらくたの山《やま》を指《さ》しながら、ハーマイオニーに向《む》かって叫《さけ》んだ。

「探《さが》してくれ。僕《ぼく》はロンを助《たす》けに——」

「**ハリー！**」ハーマイオニーが悲鳴《ひめい》を上《あ》げた。

背後《はいご》から押《お》し寄《よ》せるごうごうというなりで、ハリーはただならぬ危険《きけん》を感《かん》じた。振《ふ》り返《かえ》ると、ロンとクラッブが、こちらに向《む》かって全速力《ぜんそくりょく》で走《はし》ってくるのが見《み》えた。

「ゴミどもめ、熱《あつ》いのが好《す》きか？」クラッブが走《はし》りながらほえた。

しかし、クラッブ自身《じしん》が、自分《じぶん》のかけた術《じゅつ》を制御《せいぎょ》できないようだった。異常《いじょう》な大《おお》きさの炎《ほのお》が、両側《りょうがわ》のがらくたの防壁《ぼうへき》をなめ尽《つ》くしながら、二人《ふたり》を追《お》っていた。炎《ほのお》が触《ふ》れたがらくたは、すすになって崩《くず》れ落《お》ちていた。

「アグアメンティ！　水《みず》よ！」

ハリーが声《こえ》を張《は》り上《あ》げたが、杖先《つえさき》から噴出《ふんしゅつ》した水《みず》は、空中《くうちゅう》で蒸発《じょうはつ》した。

「**逃《に》げろ！**」

マルフォイは、「失神《しっしん》」しているゴイルをつかんで引《ひ》きずったが、クラッブは、今《いま》やおびえた顔《かお》で、全員《ぜんいん》を追《お》い越《こ》して逃《に》げ去《さ》った。そのあとを追《お》って飛《と》ぶように走《はし》るハリー、ロン、ハーマイオニーのすぐ後《うし》ろから、炎《ほのお》が追《お》いかけてきた。尋常《じんじょう》な火《ひ》ではない。クラッブは、ハリーのまったく知《し》らない呪《のろ》いを使《つか》ったのだ。全員《ぜんいん》が角《かど》を曲《ま》がると、炎《ほのお》は、まるで知覚《ちかく》を持《も》った生《い》き物《もの》が、全員《ぜんいん》を殺《ころ》そうとして襲《おそ》ってくるかのように追《お》ってきた。しかも、炎《ほのお》は今《いま》や突然姿《とつぜんすがた》を変《か》え、巨大《きょだい》な炎《ほのお》の怪獣《かいじゅう》の群《む》れになっていた。大蛇《だいじゃ》、キメラ、ドラゴンが、メラメラと立《た》ち上《あ》がり、伏《ふ》せ、また立《た》ち上《あ》がった。何世紀《なんせいき》にもわたって堆積《たいせき》してきた瓦礫《がれき》の山《やま》は、怪獣《かいじゅう》の餌食《えじき》になり、宙《ちゅう》に放《ほう》り投《な》げられ、牙《きば》をむいた怪獣《かいじゅう》の口《くち》に投《な》げ込《こ》まれたり、脚《あし》の鉤爪《かぎづめ》にけり上《あ》げられたりと、最後《さいご》には地獄《じごく》の炎《ほのお》に焼《や》き尽《つ》くされた。

マルフォイ、クラッブ、ゴイルの姿《すがた》が見《み》えなくなった。ハリーとロン、ハーマイオニーは、追《お》い詰《つ》められ、炎《ほのお》に取《と》り囲《かこ》まれた。炎《ほのお》の怪獣《かいじゅう》は爪《つめ》を立《た》て角《つの》を振《ふ》り、尻尾《しっぽ》を打《う》ち鳴《な》らして徐々《じょじょ》に囲《かこ》みを狭《せば》め、炎《ほのお》の熱《ねつ》が、強固《きょうこ》な壁《かべ》のように三人《にん》を包《つつ》んだ。

「どうしましょう？」

ハーマイオニーが、耳《みみ》をろうする炎《ほのお》のごう音《おん》の中《なか》で叫《さけ》んだ。

「どうしたらいいの？」

「これだ！」

ハリーは一番手近《いちばんてぢか》ながらくたの山《やま》から、がっしりした感《かん》じの箒《ほうき》を二本《ほん》つかんで、一本《ぽん》をロンに放《ほう》った。ロンはハーマイオニーを引《ひ》き寄《よ》せて後《うし》ろに乗《の》せ、ハリーは二本目《ほんめ》の箒《ほうき》にパッとまたがった。三人《にん》は強《つよ》く床《ゆか》をけり、宙《ちゅう》に舞《ま》い上《あ》がった。かみつこうとする炎《ほのお》の猛禽《もうきん》のとげとげしたくちばしは、ほんの二、三十センチの所《ところ》で獲物《えもの》を逃《のが》した。煙《けむり》と熱《ねつ》はたえがたい激《はげ》しさだった。眼下《がんか》では、呪《のろ》いの炎《ほのお》が、お尋《たず》ね者《もの》の生徒《せいと》たちが何世代《なんせだい》にもわたって持《も》ち込《こ》んだ禁制品《きんせいひん》を、何千《なんぜん》という禁《きん》じられた実験《じっけん》の罪深《つみぶか》い結果《けっか》を、そしてこの部屋《へや》に避難《ひなん》した数《かぞ》えきれない人々《ひとびと》の秘密《ひみつ》を焼《や》き尽《つ》くしていた。マルフォイやクラッブ、ゴイルは、影《かげ》も形《かたち》も見《み》えない。ハリーは、三人《にん》を探《さが》して、略奪《りゃくだつ》の炎《ほのお》の怪獣《かいじゅう》すれすれまで舞《ま》い降《お》りたが、見《み》えるのは炎《ほのお》ばかりだった。なんて酷《むご》い死《し》に方《かた》だ……ハリーは、こんな結果《けっか》を望《のぞ》んではいなかった……。

「ハリー、脱出《だっしゅつ》だ、脱出《だっしゅつ》するんだ！」

ロンが叫《さけ》んだが、黒煙《こくえん》の立《た》ち込《こ》める中《なか》で、扉《とびら》がどこにあるのか見《み》えなかった。

その時《とき》、ハリーは、大混乱《だいこんらん》のただ中《なか》に、燃《も》え盛《さか》るごうごうたる音《おと》の中《なか》に、弱々《よわよわ》しく哀《あわ》れな叫《さけ》び声《ごえ》を聞《き》きつけた。

「そんなこと――危険《きけん》――過《す》ぎる――！」

ロンの叫《さけ》びを背後《はいご》に聞《き》きながら、ハリーは空中旋回《くうちゅうせんかい》していた。めがねのおかげで煙《けむり》から多少《たしょう》は護《まも》られ、ハリーは眼下《がんか》の火《ひ》の海《うみ》を隅《くま》なく見回《みまわ》した。誰《だれ》かが生《い》きているしるしはないか、手足《てあし》でも顔《かお》でもいい、まだ炭《すみ》になっていないものはないか……。

見《み》えた。マルフォイが、気《き》を失《うしな》ったゴイルを両腕《りょううで》で抱《かか》えたまま、焦《こ》げた机《つくえ》の積《つ》み重《かさ》なった、いまにも崩《くず》れそうな塔《とう》の上《うえ》に乗《の》っていた。ハリーは突《つ》っ込《こ》んだ。マルフォイはハリーがやってくるのを見《み》て、片腕《かたうで》を上《あ》げた。ハリーはその腕《うで》をつかんだが、これではだめだとすぐわかった。ゴイルが重過《おもす》ぎる。それに、汗《あせ》まみれのマルフォイの手《て》は、すぐにハリーの手《て》からすべり落《お》ちた――。

「**そいつらのために僕《ぼく》たちが死《し》ぬことになったら、君《きみ》を殺《ころ》すぞ、ハリー！**」

ロンがほえた。巨大《きょだい》な炎《ほのお》のキメラがロンたちに襲《おそ》いかかった瞬間《しゅんかん》、ロンとハーマイオニーがゴイルを箒《ほうき》に引《ひ》っ張《ぱ》り上《あ》げ、縦《たて》に横《よこ》に揺《ゆ》れながら、再《ふたた》び上昇《じょうしょう》した。マルフォイは、ハリーの箒《ほうき》の後《うし》ろにはい上《あ》がった。

「扉《とびら》だ。扉《とびら》に行《い》け。扉《とびら》だ！」マルフォイが、ハリーの耳《みみ》に叫《さけ》んだ。逆巻《さかま》く黒煙《こくえん》で息《いき》もつけず、ハリーはスピードを上《あ》げてロン、ハーマイオニー、ゴイルのあとに続《つづ》いた。周囲《しゅうい》には、貪欲《どんよく》な炎《ほのお》をまぬかれた最後《さいご》の品々《しなじな》が、巻《ま》き上《あ》げられて飛《と》んでいた。呪《のろ》いの炎《ほのお》の怪獣《かいじゅう》たちは、勝利《しょうり》の祝《いわ》いに、残《のこ》った品々《しなじな》を高々《たかだか》と放《ほう》り上《あ》げていた。優勝《ゆうしょう》カップや盾《たて》、輝《かがや》くネックレスや黒《くろ》ずんだ古《ふる》いティアラ……。

「何《なに》をしてる！　何《なに》をしてるんだ！　扉《とびら》はあっちだ！」

マルフォイが叫《さけ》んだが、ハリーはヘアピンカーブを切《き》って飛《と》び込《こ》んだ。髪飾《かみかざ》りは、スローモーションで落《お》ちていくかのように見《み》える。大《おお》きく口《くち》を開《あ》けた大蛇《だいじゃ》の胃袋《いぶくろ》に向《む》かって、回《まわ》りながら、輝《かがや》きながら落《お》ちていく。その瞬間《しゅんかん》、ハリーは髪飾《かみかざ》りをとらえた。手首《てくび》にそれを引《ひ》っかけた――。

大蛇《だいじゃ》がハリーに向《む》かって鋭《するど》く襲《おそ》いかかったが、ハリーは再《ふたた》び旋回《せんかい》していた。そして高々《たかだか》と舞《ま》い上《あ》がり、扉《とびら》があると思《おも》われるあたりを目指《めざ》し、そこに扉《とびら》が開《ひら》いていることを祈《いの》りながら、一直《いっちょく》線《せん》に飛《と》んだ。ロン、ハーマイオニー、ゴイルの姿《すがた》はもうなかった。マルフォイは悲鳴《ひめい》を上《あ》げて、痛《いた》いほど強《つよ》くハリーにしがみついていた。その時《とき》、煙《けむり》を通《とお》して、ハリーは壁《かべ》に長方形《ちょうほうけい》の切《き》れ目《め》があるのを見《み》つけ、箒《ほうき》を向《む》けた。次《つぎ》の瞬間《しゅんかん》、清浄《せいじょう》な空気《くうき》がハリーの肺《はい》を満《み》たし、二人《ふたり》は廊下《ろうか》の反対《はんたい》側《がわ》の壁《かべ》に衝突《しょうとつ》した。

マルフォイは箒《ほうき》から落下《らっか》し、息《いき》も絶《た》え絶《だ》えに咳《せ》き込《こ》み、ゲーゲー言《い》いながら、うつ伏《ぶ》せになって横《よこ》たわっていた。ハリーは転《ころ》がって、上半身《じょうはんしん》を起《お》こした。「必要《ひつよう》の部屋《へや》」の扉《とびら》はすでに消《き》え、ロンとハーマイオニーが、床《ゆか》に座《すわ》り込《こ》んであえいでいた。かたわらには、まだ気《き》を失《うしな》ったままのゴイルがいた。

「クーークラッブ」

マルフォイは、口《くち》がきけるようになるとすぐ、のどを詰《つ》まらせながら言《い》った。

「クーークラッブ」

「あいつは死《し》んだ」ロンが厳《きび》しい口調《くちょう》で言《い》った。

しばらくの間《あいだ》、あえいだり咳《せ》き込《こ》んだりする音以外《おといがい》は何《なに》も聞《き》こえなかった。やがて、バーンという大《おお》きな音《おと》が、何度《なんど》も城《しろ》を揺《ゆ》るがし、透明《とうめい》な騎馬隊《きばたい》の大軍《たいぐん》が疾駆《しっく》していった。騎乗者《きじょうしゃ》のわきの下《した》に抱《かか》えられた頭《あたま》が、血《ち》に飢《う》えた叫《さけ》びを上《あ》げていた。「首無《くびな》し狩人《かりうど》」の一行《いっこう》が通《とお》り過《す》ぎたあと、ハリーはよろよろと立《た》ち上《あ》がり、あたりを見回《みまわ》した。どこもかしこも戦《たたか》いの最中《さなか》だ。退却《たいきゃく》するゴーストの群《む》れの叫《さけ》びよりも、もっと多《おお》くの悲鳴《ひめい》が聞《き》こえてきた。ハリーは突然戦慄《とつぜんせんりつ》を覚《おぼ》えた。

「ジニーはどこだ？」ハリーが鋭《するど》い声を上《あ》げた。「ここにいたのに。『必要《ひつよう》の部屋《へや》』に戻《もど》ることになっているのに」

「冗談《じょうだん》じゃない、あんな大火事《おおかじ》のあとで、この部屋《へや》がまだ機能《きのう》すると思《おも》うか？」

そう言《い》いながらロンも立《た》ち上《あ》がって、胸《むね》をさすりながら左右《さゆう》を見回《みまわ》した。

「手分《てわ》けして探《さが》すか？」

「ダメよ」立《た》ち上《あ》がったハーマイオニーが言《い》った。

マルフォイとゴイルは、床《ゆか》に力《ちから》なく伸《の》びたままだった。二人《ふたり》とも杖《つえ》がない。

「離《はな》れずにいましょう。さあ、行《い》きましょうか――ハリー、腕《うで》にかけてる物《もの》、何《なに》？」

「えっ？　ああ、そうだ――」

ハリーは手首《てくび》から髪飾《かみかざ》りをはずし、目《め》の前《まえ》に掲《かか》げた。まだ熱《あつ》く、すすで黒《くろ》くなっていたが、よく見《み》ると小《ちい》さな文字《もじ》が彫《ほ》ってあるのが読《よ》めた。

――計《はか》り知《し》れぬ英知《えいち》こそ、われらが最大《さいだい》の宝《たから》なり――。

黒《くろ》くねっとりした血《ち》のようなものが、髪飾《かみかざ》りから流《なが》れ出《で》ているように見《み》える。突然《とつぜん》、髪飾《かみかざ》りが激《はげ》しく震《ふる》え、ハリーの両手《りょうて》の中《なか》で真《ま》っ二《ぷた》つに割《わ》れた。そのとたん、ハリーは、遠《とお》くからのかすかな苦痛《くつう》の叫《さけ》びを聞《き》いたように思《おも》った。校庭《こうてい》からでも城《しろ》からでもなく、たった今《いま》ハリーの手《て》の中《なか》でバラバラになった物《もの》から響《ひび》いてくる悲鳴《ひめい》だ。

「あれは『悪霊《あくりょう》の火《ひ》』にちがいないわ！」

砕《くだ》けた破片《はへん》に目《め》をやりながら、ハーマイオニーがすすり泣《な》くような声《こえ》で言《い》った。

「えっ？」

「『悪霊《あくりょう》の火《ひ》』――呪《のろ》われた火《ひ》よ――分霊箱《ぶんれいばこ》を破壊《はかい》する物質《ぶっしつ》の一つなの。でも私《わたし》なら絶対《ぜったい》にそれを使《つか》わなかったわ。危険過《きけんす》ぎるもの。クラッブは、いったいどうやってそんな術《じゅつ》を――？」

「カロー兄妹《きょうだい》から習《なら》ったにちがいない」ハリーが暗《くら》い声《こえ》で言《い》った。

「やつらが止《と》め方《かた》を教《おし》えたときに、クラッブがよく聞《き》いていなかったのは残念《ざんねん》だぜ。まったく」

ロンが言《い》った。

ロンの髪《かみ》は、ハーマイオニーの髪《かみ》と同《おな》じく焦《こ》げて、顔《かお》はすすけていた。

「クラッブのやつが僕《ぼく》たちをみな殺《ごろ》しにしようとしてなけりゃ、死《し》んじゃったのはかわいそうだけどさ」

「でも、気《き》がついてるかしら？」ハーマイオニーがささやくように言《い》った。「つまり、あとはあの大蛇《だいじゃ》を片《かた》づければ――」

しかし、ハーマイオニーは言葉《ことば》を切《き》った。叫《さけ》び声《ごえ》や悲鳴《ひめい》が聞《き》こえ、紛《まぎ》れもない戦《たたか》いの物音《ものおと》が廊《ろう》下《か》いっぱいに聞《き》こえはじめたからだ。周《まわ》りを見回《みまわ》して、ハリーはどきりとした。死喰《しく》い人《びと》がホグワーツに侵入《しんにゅう》していた。仮面《かめん》とフードをかぶった男《おとこ》たちと、それぞれ一騎打《いっきう》ちしているフレッドとパーシーの後《うし》ろ姿《すがた》が見《み》えた。

ハリーもロンもハーマイオニーも、加勢《かせい》に走《はし》った。閃光《せんこう》があらゆる方向《ほうこう》に飛《と》び交《か》い、パーシーの一騎打《いっきう》ちの相手《あいて》が急《いそ》いで飛《と》びのいた。とたんにフードがすべり落《お》ちて、飛《と》び出《だ》した額《ひたい》とすだれ状《じょう》の髪《かみ》が見《み》えた――。

「やあ、大臣《だいじん》！」

パーシーがまっすぐシックネスに向《む》けて、見事《みごと》な呪《のろ》いを放《はな》った。シックネスは杖《つえ》を取《と》り落《お》とし、ひどく気持《きも》ちが悪《わる》そうにローブの前《まえ》をかきむしった。

「辞職《じしょく》すると申《もう》し上《あ》げましたかね？」

「パース、ご冗談《じょうだん》を！」

自分《じぶん》の一騎打《いっきう》ちの相手《あいて》が、三方向《ほうこう》からの「失神呪文《しっしんじゅもん》」を受《う》けて倒《たお》れたところで、フレッドが叫《さけ》んだ。シックネスは、体中《からだじゅう》から小《ちい》さなとげを生《は》やして床《ゆか》に倒《たお》れた。どうやらウニのようなものに変身《へんしん》していく様子《ようす》だった。フレッドはパーシーを見《み》て、うれしそうにニヤッと笑《わら》った。

「パース、マジ冗談《じょうだん》言《い》ってくれるじゃないか……おまえの冗談《じょうだん》なんか、今《いま》まで一度《いちど》だって――」

空気《くうき》が爆発《ばくはつ》した。全員《ぜんいん》が一緒《いっしょ》だったのに――ハリー、ロン、ハーマイオニー、フレッド、パーシー、そして死喰《しく》い人《びと》たち。一人《ひとり》は「失神《しっしん》」し、一人《ひとり》は「変身《へんしん》」して足元《あしもと》に倒《たお》れている死喰《しく》い人《びと》もふくめて、みんな一緒《いっしょ》だったのに。一瞬《いっしゅん》のうちに、危険《きけん》が一時的《いちじてき》に去《さ》ったと思《おも》ったその一瞬《いっしゅん》のうちに、世界《せかい》が引《ひ》き裂《さ》かれた。ハリーは空中《くうちゅう》に放《ほう》り出《だ》されるのを感《かん》じた。唯一《ゆいいつ》の武器《ぶき》である細《ほそ》い一本《ぽん》の棒《ぼう》をしっかり握《にぎ》り、両腕《りょううで》で頭《あたま》をかばうことしかできなかった。仲間《なかま》の悲鳴《ひめい》や叫《さけ》びは聞《き》こえても、その人《ひと》たちがどうなったかは知《し》るよしもない――。

引《ひ》き裂《さ》かれた世界《せかい》は、やがて収《おさ》まり、薄暗《うすぐら》い、痛《いた》みに満《み》ちた世界《せかい》に変《か》わった。ハリーの体《からだ》は、猛攻撃《もうこうげき》を受《う》けた廊下《ろうか》の残《ざん》がいに半分《はんぶん》埋《う》まっていた。冷《つめ》たい空気《くうき》で、城《しろ》の側壁《そくへき》が吹《ふ》き飛《と》ばされたことがわかり、ほおに感《かん》じる生温《なまあたた》かいねっとりしたもので、ハリーは自分《じぶん》が大量《たいりょう》に出血《しゅっけつ》していることを知《し》った。その時《とき》、ハリーは内臓《ないぞう》をしめつけるような、悲《かな》しい叫《さけ》びを聞《き》いた。炎《ほのお》も呪《のろ》いも、こんな苦痛《くつう》の声《こえ》を引《ひ》き出《だ》すことはできない。ハリーはふらふらと立《た》ち上《あ》がった。その日一日《ひいちにち》で、こんなにおびえたことはない、たぶん今《いま》までの人生《じんせい》で、こんなに怖《こわ》かったことはない……。

ハーマイオニーが、瓦礫《がれき》の中《なか》からもがきながら立《た》ち上《あ》がった。壁《かべ》が吹《ふ》き飛《と》ばされた場所《ばしょ》の床《ゆか》に、三人《にん》の赤毛《あかげ》の男《おとこ》が肩《かた》を寄《よ》せ合《あ》っていた。ハリーはハーマイオニーの手《て》を取《と》って、二人《ふたり》で石《いし》や板《いた》の上《うえ》をよろめき、つまずきながら近《ちか》づいた。

「そんな――そんな――そんな！」誰《だれ》かが叫《さけ》んでいた。

「だめだ！　フレッド！　だめだ！」

パーシーが弟《おとうと》を揺《ゆ》すぶり、その二人《ふたり》の脇《わき》にロンがひざまずいていた。フレッドの見開《みひら》いた両目《りょうめ》は、もう何《なに》も見《み》てはいない。最後《さいご》の笑《わら》いの名残《なごり》が、その顔《かお》に刻《きざ》まれたままだった。

第《だい》32章《しょう》　ニワトコの杖《つえ》

世界《せかい》の終《お》わりが来《き》た。それなのになぜ戦《たたか》いをやめないのか？　なぜ城《しろ》が恐怖《きょうふ》で静《しず》かにならず、戦《たたか》う者《もの》全員《ぜんいん》が武器《ぶき》を捨《す》てないのか？　ハリーは、ありえない現実《げんじつ》が飲《の》み込《こ》めず、心《こころ》は奈落《ならく》へと落《お》ちていった。フレッド・ウィーズリーが死《し》ぬはずはない。自分《じぶん》の感覚《かんかく》のすべてがうそをついているのだ——。

その時《とき》、誰《だれ》かが落下《らっか》していくのが、爆破《ばくは》で側壁《そくへき》に開《あ》いた穴《あな》から見《み》え、暗闇《くらやみ》から呪《のろ》いが飛《と》び込《こ》んできて、みんなの頭《あたま》の後《うし》ろの壁《かべ》に当《あ》たった。

「伏《ふ》せろ！」

ハリーが叫《さけ》んだ。呪《のろ》いが闇《やみ》の中《なか》から次々《つぎつぎ》と飛《と》び込《こ》んできていた。ハリーとロンが同時《どうじ》にハーマイオニーを引《ひ》っ張《ぱ》って、床《ゆか》に伏《ふ》せさせた。パーシーはフレッドの死体《したい》の上《うえ》に覆《おお》いかぶさり、これ以上《いじょう》弟《おとうと》を傷《きず》つけさせまいとしていた。

「パーシー、さあ行《い》こう。移動《いどう》しないと！」

ハリーが叫《さけ》んだが、パーシーは首《くび》を振《ふ》った。

「パーシー！」

ロンが、兄《あに》の両肩《りょうかた》をつかんで引《ひ》っ張《ぱ》ろうとした。すすとほこりで覆《おお》われたロンの顔《かお》に、いく筋《すじ》もの涙《なみだ》の跡《あと》がついているのをハリーは見《み》た。しかしパーシーは動《うご》かなかった。

「パーシー、フレッドはもうどうにもできない！　僕《ぼく》たちは――」

ハーマイオニーが悲鳴《ひめい》を上《あ》げた。振《ふ》り返《かえ》ったハリーは、理由《りゆう》を聞《き》く必要《ひつよう》がなくなった。小型自《こがたじ》動車《どうしゃ》ほどの巨大《きょだい》な蜘蛛《くも》が、側壁《そくへき》の大《おお》きな穴《あな》からはい登《のぼ》ろうとしている。アラゴグの子孫《しそん》の一匹《ぴき》が、戦《たたか》いに加《くわ》わったのだ。

ロンとハリーが、同時《どうじ》に呪文《じゅもん》を叫《さけ》んだ。呪文《じゅもん》が命中《めいちゅう》し、怪物蜘蛛《かいぶつぐも》は仰向《あおむ》けに吹《ふ》っ飛《と》んで、肢《あし》を気味悪《きみわる》くピクピクけいれんさせながら闇《やみ》に消《き》えた。

「仲間《なかま》を連《つ》れてきているぞ！」

呪《のろ》いで吹《ふ》き飛《と》ばされた穴《あな》から、城《しろ》の端《はし》をちらりと見《み》たハリーが、みんなに向《む》かって叫《さけ》んだ。

「禁《きん》じられた森《もり》」から解放《かいほう》された巨大蜘蛛《きょだいぐも》が、次々《つぎつぎ》と城壁《じょうへき》をはい登《のぼ》ってくる。死喰《しく》い人《びと》たちは、「禁《きん》じられた森《もり》」に侵入《しんにゅう》したにちがいない。ハリーは大蜘蛛《おおぐも》に向《む》けて「失神呪文《しっしんじゅもん》」を発射《はっしゃ》し、先《せん》頭《とう》の怪物《かいぶつ》を、はい登《のぼ》ってくる仲間《なかま》の上《うえ》に転落《てんらく》させた。大蜘蛛《おおぐも》はすべて壁《かべ》から転《ころ》げ落《お》ち、姿《すがた》が見《み》えなくなった。その時《とき》ハリーの頭上《ずじょう》を、いくつもの呪《のろ》いが飛《と》び越《こ》していった。すれすれに飛《と》んでいった呪文《じゅもん》の力《ちから》で、髪《かみ》が巻《ま》き上《あ》げられるのを感《かん》じた。

「移動《いどう》だ。**行《い》くぞ！**」

ハーマイオニーを押《お》してロンと一緒《いっしょ》に先《さき》に行《い》かせ、ハリーはかがんでフレッドのわきの下《した》を抱《かか》え込《こ》んだ。ハリーが何《なに》をしようとしているのかに気《き》づいたパーシーは、フレッドにしがみつくのをやめて手伝《てつだ》った。身《み》を低《ひく》くし、校庭《こうてい》から飛《と》んでくる呪《のろ》いをかわしながら、二人《ふたり》は力《ちから》を合《あ》わせて、フレッドの遺体《いたい》をその場《ば》から移動《いどう》させた。

「ここに」ハリーが言《い》った。

二人《ふたり》は甲冑《かっちゅう》が不在《ふざい》になっている壁《かべ》のくぼみにフレッドの遺体《いたい》を置《お》いた。ハリーは、それ以上《いじょう》フレッドを見《み》ていることにたえられず、遺体《いたい》がしっかり隠《かく》されていることをたしかめてから、ロンとハーマイオニーを追《お》った。廊下《ろうか》はもうもうとほこりが立《た》ち込《こ》め、石《いし》が崩《くず》れ落《お》ち、窓《まど》ガラスはとっくになくなっていた。マルフォイとゴイルの姿《すがた》はもうなかったが、廊下《ろうか》の端《はし》でハリーは、敵《てき》とも味方《みかた》とも見分《みわ》けのつかない大勢《おおぜい》の人間《にんげん》が走《はし》り回《まわ》っているのを目《め》にした。

「**ルックウッド！**」

角《かど》を曲《ま》がった所《ところ》で、パーシーが牡牛《おうし》のようなうなり声《ごえ》を上《あ》げ、生徒二人《せいとふたり》を追《お》いかけている背《せ》の高《たか》い男《おとこ》に向《む》かって突進《とっしん》した。

「ハリー、こっちよ！」ハーマイオニーが叫《さけ》んだ。

ハーマイオニーは、ロンをタペストリーの裏側《うらがわ》に引《ひ》っ張《ぱ》り込《こ》んでいた。二人《ふたり》がもみ合《あ》っているように見《み》えたので、ハリーは二人《ふたり》がまた抱《だ》き合《あ》っているのではないかと、一瞬《いっしゅん》変《へん》に勘《かん》ぐってしまった。しかし、ハーマイオニーは、パーシーを追《お》ってかけだそうとするロンを抑《おさ》えようとしていたのだった。

「言《い》うことを聞《き》いて――**ロン、聞《き》いてよ！**」

「加勢《かせい》するんだ――死喰《しく》い人《びと》を殺《ころ》してやりたい――」

ほこりとすすで汚《よご》れたロンの顔《かお》はくしゃくしゃにゆがみ、体《からだ》は怒《いか》りと悲《かな》しみでわなわなと震《ふる》えていた。

「ロン、これを終《お》わらせることができるのは、私《わたし》たちのほかにはいないのよ！　お願《ねが》い――ロン――あの大蛇《だいじゃ》が必要《ひつよう》なの。大蛇《だいじゃ》を殺《ころ》さないといけないの！」ハーマイオニーが言《い》った。

しかしハリーには、ロンの気持《きも》ちがわかった。もう一つの分霊箱《ぶんれいばこ》を探《さが》すことでは、仕返《しかえ》ししたい気持《きも》ちを満《み》たすことはできない。ハリーも戦《たたか》いたかった。フレッドを殺《ころ》したやつらを懲《こ》らしめてやりたかった。それに、ウィーズリー一家《いっか》のほかの人《ひと》たちの無事《ぶじ》を、たしかめたかった。とりわけ、まちがいなくジニーがまだ――ハリーはそのあとの言葉《ことば》を考《かんが》えることさえ、たえられなかった――。

「私《わたし》たちだって戦《たたか》うのよ、**絶対《ぜったい》に！**」ハーマイオニーが言《い》った。「戦《たたか》わなければならないの。あの蛇《へび》に近《ちか》づくために！　でも、今《いま》、私《わたし》たちが何《なに》をすべきか、み――見失《みうしな》わないで！　すべてを終《お》わらせることができるのは、私《わたし》たちしかいないのよ！」

ハーマイオニーも泣《な》いていた。説得《せっとく》しながら、焼《や》け焦《こ》げて破《やぶ》れたそでで、ハーマイオニーは顔《かお》をぬぐった。そして、ロンをしっかりつかんだまま、ハーマイオニーはフーッと深呼吸《しんこきゅう》して自分《じぶん》を落《お》ち着《つ》かせ、ハリーを見《み》た。

「あなたは、ヴォルデモートの居場所《いばしょ》を見《み》つけないといけないわ。だって、大蛇《だいじゃ》はあの人《ひと》が連《つ》れているんですもの。そうでしょう？　さあ、やるのよ、ハリー――あの人《ひと》の頭《あたま》の中《なか》を見《み》るのよ！」

どうしてそう簡単《かんたん》にそれができたのだろう？　傷痕《きずあと》が何時間《なんじかん》も前《まえ》から焼《や》けるように痛《いた》み、ヴォルデモートの想念《そうねん》を見《み》せたくてしかたがなかったからだろうか？　ハーマイオニーに言《い》われるまま、ハリーが目《め》を閉《と》じると、叫《さけ》びや爆発音《ばくはつおん》、すべての耳《みみ》ざわりな戦《たたか》いの音《おと》はしだいに消《き》えていき、ついには遠《とお》くに聞《き》こえる音《おと》になった。まるでみんなから遠《とお》く離《はな》れた所《ところ》に立《た》っているかのようだった……。

彼《かれ》は陰気《いんき》な、しかし奇妙《きみょう》に見覚《みおぼ》えのある部屋《へや》の真《ま》ん中《なか》に立《た》っていた。壁紙《かべがみ》ははがれ、一か所《しょ》を除《のぞ》いて窓《まど》という窓《まど》には板《いた》が打《う》ちつけてある。城《しろ》を襲撃《しゅうげき》する音《おと》はくぐもって、遠《とお》くに聞《き》こえた。板《いた》のないただ一つの窓《まど》から、城《しろ》の立《た》つ場所《ばしょ》に遠《とお》い閃光《せんこう》が見《み》えてはいたが、部屋《へや》の中《なか》は石油《せきゆ》ランプ一つしかなく暗《くら》かった。

杖《つえ》を指《ゆび》で回《まわ》して眺《なが》めながら、頭《あたま》の中《なか》は、城《しろ》のあの「部屋《へや》」のことを考《かんが》えていた。彼《かれ》だけが見《み》つけることのできた、秘《ひ》められたあの「部屋《へや》」。「秘密《ひみつ》の部屋《へや》」と同《おな》じように、あの「部屋《へや》」を見《み》つけるには、賢《かしこ》く、狡猾《こうかつ》で、好奇心《こうきしん》が強《つよ》くなければならぬ……あの小僧《こぞう》には髪飾《かみかざ》りは見《み》つけられぬ――彼《かれ》には自信《じしん》があった。……しかし、ダンブルドアの操《あやつ》り人形《にんぎょう》めは、予想《よそう》もしなかったほど深《ふか》く進《すす》んできた……あまりにも深《ふか》く……。

「わが君《きみ》」

取《と》りすがるような、しわがれた声《こえ》に呼《よ》ばれて、彼《かれ》は振《ふ》り向《む》いた。一番暗《いちばんくら》い片隅《かたすみ》に、ルシウス・マルフォイが座《すわ》っていた。ぼろぼろになり、例《れい》の男《おとこ》の子《こ》の最後《さいご》の逃亡《とうぼう》のあとに受《う》けた懲罰《ちょうばつ》の痕《あと》がまだ残《のこ》っている。片方《かたほう》の目《め》が腫《は》れ上《あ》がって、閉《と》じられたままだった。

「わが君《きみ》……どうか……私《わたし》の息子《むすこ》は……」

「おまえの息子《むすこ》が死《し》んだとしても、ルシウス、俺様《おれさま》のせいではない。スリザリンのほかの生徒《せいと》のように、俺様《おれさま》の許《もと》に戻《もど》っては来《こ》なかった。おそらく、ハリー・ポッターと仲《なか》よくすることに決《き》めたのではないか？」

「いいえ――けっして」ルシウスはささやくような声《こえ》で言《い》った。

「そうではないように望《のぞ》むことだな」

「わが君《きみ》は――わが君《きみ》は、ご心配《しんぱい》ではありませんか？　ポッターが、わが君以外《きみいがい》の者《もの》の手《て》にかかって死《し》ぬことを」

ルシウスが声《こえ》を震《ふる》わせて聞《き》いた。

「差《さ》し出《で》がましく……お許《ゆる》しください……戦《たたか》いを中止《ちゅうし》なさり、城《しろ》に入《はい》られて、わが――わが君《きみ》ご自身《じしん》が、お探《さが》しになるほうが……賢明《けんめい》だとは思《おぼ》し召《め》されませんか？」

「偽《いつわ》ってもむだだ、ルシウス。おまえが停戦《ていせん》を望《のぞ》むのは、息子《むすこ》の安否《あんぴ》をたしかめたいからだろう。俺様《おれさま》にはポッターを探《さが》す必要《ひつよう》はない。夜《よ》の明《あ》ける前《まえ》に、ポッターのほうで俺様《おれさま》を探《さが》し出《だ》すだろう」

ヴォルデモートは、再《ふたた》び指《ゆび》に挟《はさ》んだ杖《つえ》に目《め》を落《お》とした。――気《き》に入《い》らぬ……ヴォルデモート卿《きょう》をわずらわすものは、何《なん》とかせねばならぬ……。

「スネイプを連《つ》れてこい」

「スネイプ？　わ——わが君《きみ》」

「スネイプだ。すぐに。あの者《もの》が必要《ひつよう》だ。一つ——務《つと》めを——はたしてもらわねばならぬ。行《い》け」

おびえ、暗《くら》がりでつまずきながら、ルシウスは部屋《へや》を出《で》ていった。ヴォルデモートは杖《つえ》を指《ゆび》で回《まわ》し、じっと見《み》つめながら、その場《ば》に立《た》ったままだった。

「それしかないな、ナギニ」

ヴォルデモートはつぶやきながら、あたりを見回《みまわ》した。巨大《きょだい》な太《ふと》い蛇《へび》が、宙《ちゅう》に浮《う》く球《たま》の中《なか》で優雅《ゆうが》に身《み》をくねらせていた。ヴォルデモートがナギニのために魔法《まほう》で保護《ほご》した空間《くうかん》は、星《ほし》をちりばめたようにきらめく透明《とうめい》な球体《きゅうたい》で、光《ひか》るおりとタンクが一緒《いっしょ》になったようなものだった。

ハリーは息《いき》をのみ、意識《いしき》を引《ひ》き戻《もど》して目《め》を開《あ》けた。同時《どうじ》に、かん高《だか》い叫《さけ》び声《ごえ》やわめき声《ごえ》、打《う》ち合《あ》いぶつかり合《あ》う戦《たたか》いの喧騒《けんそう》が、ワッと耳《みみ》を襲《おそ》った。

「あいつは『叫《さけ》びの屋敷《やしき》』にいる。蛇《へび》も一緒《いっしょ》で、周囲《しゅうい》を何《なに》かの魔法《まほう》で護《まも》られている。あいつはたった今《いま》、ルシウス・マルフォイにスネイプを迎《むか》えにいかせた」

「ヴォルデモートは、『叫《さけ》びの屋敷《やしき》』でじっとしているの？」ハーマイオニーは怒《おこ》った。「自分《じぶん》は――自分《じぶん》は戦《たたか》いもせずに？」

「あいつは、戦《たたか》う必要《ひつよう》はないと考《かんが》えている」ハリーが言《い》った。「僕《ぼく》があいつの所《ところ》に行《い》くと考《かんが》えているんだ」

「でも、どうして？」

「僕《ぼく》が分霊箱《ぶんれいばこ》を追《お》っていることを知《し》っている――ナギニをすぐそばに置《お》いているんだ――蛇《へび》に近《ちか》づくためには、僕《ぼく》があいつの所《ところ》に行《い》かなきゃならないのは、はっきりしている――」

「よし」ロンが肩《かた》を怒《いか》らせて言《い》った。「それなら君《きみ》は行《い》っちゃだめだ。行《い》ったらあいつの思《おも》うつぼだ。あいつはそれを期待《きたい》してる。君《きみ》はここにいて、ハーマイオニーを護《まも》ってくれ。僕《ぼく》が行《い》って、捕《つか》まえて――」

ハリーはロンをさえぎった。

「君《きみ》たちはここにいてくれ。僕《ぼく》が『マント』に隠《かく》れて行《い》く。終《お》わったらすぐに戻《もど》って――」

「だめ」ハーマイオニーが言《い》った。「私《わたし》が『マント』を着《き》て行《い》くほうが、ずっと合理的《ごうりてき》で――」

「問題外《もんだいがい》だ」ロンがハーマイオニーをにらみつけた。

ハーマイオニーが反論《はんろん》しかけた。「ロン、私《わたし》だってあなたと同《おな》じぐらい力《ちから》が――」その時《とき》、階《かい》段《だん》の一番上《いちばんうえ》の、三人《にん》がいる場所《ばしょ》を覆《おお》うタペストリーが破《やぶ》られた。

「ポッター！」

仮面《かめん》をつけた死喰《しく》い人《びと》が二人《ふたり》、そこに立《た》っていた。その二人《ふたり》が杖《つえ》を上《あ》げきらないうちに、ハーマイオニーが叫《さけ》んだ。

「グリセオ！　すべれ！」

三人《にん》の足元《あしもと》の階段《かいだん》が平《たい》らなすべり台《だい》になった。ハーマイオニーもハリーもロンも、速度《そくど》を抑《おさ》えることもできずに、矢《や》のようにすべり降《お》りた。あまりの速《はや》さに、死喰《しく》い人《びと》の放《はな》った「失神呪文《しっしんじゅもん》」は三人《にん》のはるか頭上《ずじょう》を飛《と》んでいき、階段下《かいだんした》を覆《おお》い隠《かく》しているタペストリーを射抜《いぬ》いて床《ゆか》で跳《は》ね返《かえ》り、反対側《はんたいがわ》の壁《かべ》に当《あ》たった。

「デューロ！　固《かた》まれ！」

ハーマイオニーがタペストリーに杖《つえ》を向《む》けて叫《さけ》んだ。タペストリーは石《いし》になり、その裏側《うらがわ》でグシャッという強烈《きょうれつ》な衝突音《しょうとつおん》が二つ聞《き》こえた。三人《にん》を追《お》ってきた死喰《しく》い人《びと》たちは、タペストリーのむこう側《がわ》でくしゃくしゃになったらしい。

「よけろ！」

ロンの叫《さけ》びで、ハリーもハーマイオニーも、ロンと一緒《いっしょ》に扉《とびら》に張《は》りついた。その脇《わき》を、マクゴナガル教授《きょうじゅ》に率《ひき》いられた机《つくえ》の群《む》れが、全力疾走《ぜんりょくしっそう》で怒涛《どとう》のごとくかけ抜《ぬ》けていった。マクゴナガルは、三人《にん》に気《き》づかない様子《ようす》だった。髪《かみ》はほどけ、片方《かたほう》のほおには深手《ふかで》を負《お》っている。角《かど》を曲《ま》がりながらマクゴナガルの叫《さけ》ぶ声《こえ》が聞《き》こえた。

「**突撃《とつげき》っ！**」

「ハリー、『マント』を着《き》て」ハーマイオニーが言《い》った。「私《わたし》たちのことは気《き》にせずに――」

しかし、ハリーは、透明《とうめい》マントを三人《にん》に着《き》せかけた。三人一緒《にんいっしょ》では大《おお》き過《す》ぎて覆《おお》いきれなかったが、あたりはほこりだらけだし、石《いし》が崩《くず》れ落《お》ちて呪文《じゅもん》のゆらめき光《ひか》る中《なか》では、胴体《どうたい》のない足《あし》だけを見《み》る者《もの》は誰《だれ》もいないだろう、とハリーは思《おも》った。

三人《にん》が次《つぎ》の階段《かいだん》をかけ下《お》りると、下《した》の廊下《ろうか》は右《みぎ》も左《ひだり》も戦《たたか》いの真《ま》っ最中《さいちゅう》だった。生徒《せいと》も先生《せんせい》も、仮面《かめん》をつけたままの、あるいははずれてしまった死喰《しく》い人《びと》を相手《あいて》に戦《たたか》っていた。両脇《りょうわき》の肖像画《しょうぞうが》には絵《え》の主《あるじ》たちがぎっしり詰《つ》まって、大声《おおごえ》で助言《じょげん》したり応援《おうえん》したりしていた。ディーンはどこから奪《うば》った杖《つえ》でドロホフに一騎打《いっきう》ちで立《た》ち向《む》かい、パーバティはトラバースと戦《たたか》っていた。ハリー、ロン、ハーマイオニーはすぐに杖《つえ》をかまえ、攻撃《こうげき》しようとしたが、戦《たたか》っている者同士《ものどうし》はジグザグと目《め》にもとまらぬ速《はや》さで動《うご》き回《まわ》っていて、呪文《じゅもん》をかければ味方《みかた》を傷《きず》つけてしまう恐《おそ》れが大《おお》きい。

緊張《きんちょう》して杖《つえ》をかまえたまま好機《こうき》を待《ま》っていると、「ウィイイイイイイイイイイ！」と大《おお》きな音《おと》がした。ハリーが見上《みあ》げると、ピーブズがブンブン飛《と》び回《まわ》り、スナーガラフの種《たね》を死喰《しく》い人《びと》の頭《ず》上《じょう》に落《お》としているのが見《み》えた。種《たね》が割《わ》れ、太《ふと》ったイモムシのような緑色《みどりいろ》の塊茎《かいけい》が、ごにょごにょと死喰《しく》い人《びと》の頭《あたま》を覆《おお》った。

「ウアッ！」ひとつかみほどの塊茎《かいけい》が、ロンの頭《あたま》の上《うえ》の「マント」に落《お》ち、ロンが振《ふ》り落《お》とそうとしている間《あいだ》は、ぬるぬるした緑色《みどりいろ》の塊茎《かいけい》が宙《ちゅう》を漂《ただよ》うという、ありえない状態《じょうたい》になった。

「誰《だれ》かそこに姿《すがた》を隠《かく》しているぞ！」

仮面《かめん》の死喰《しく》い人《びと》が一人《ひとり》、指差《ゆびさ》して叫《さけ》んだ。

ディーンがそのすきをついて、一瞬《いっしゅん》気《き》をそらしたその死喰《しく》い人《びと》を「失神呪文《しっしんじゅもん》」で倒《たお》した。仕《し》返《かえ》ししようとしたドロホフを、パーバティが「全身金縛《ぜんしんかなしば》り術《じゅつ》」で倒《たお》した。

「行《い》こう！」ハリーが叫《さけ》んだ。三人《にん》は「マント」をしっかり巻《ま》きつけて、頭《あたま》を低《ひく》くし、戦《たたか》う人々《ひとびと》の間《あいだ》を、スナーガラフの樹液《じゅえき》だまりで足《あし》をすべらせながら、大理石《だいりせき》の階段《かいだん》の上《うえ》へ、そして玄《げん》関《かん》ホールへと、飛《と》ぶように走《はし》った。

「僕《ぼく》はドラコ・マルフォイだ。僕《ぼく》はドラコだ。味方《みかた》だ！」

ドラコが上《うえ》の踊《おど》り場《ば》で、仮面《かめん》の死喰《しく》い人《びと》に向《む》かって訴《うった》えていた。ハリーは通《とお》りがかりにその死《し》

喰《く》い人《びと》を「失神《しっしん》」させた。マルフォイが救《すく》い主《ぬし》に向《む》かってニッコリしながらあたりを見回《みまわ》してい
るところへ、ロンが「マント」の下《した》からパンチを食《く》らわした。マルフォイは死喰《しく》い人《びと》の上《うえ》に仰向《あおむ》
けに倒《たお》れ、唇《くちびる》から血《ち》を流《なが》して、さっぱりわけがわからないという顔《かお》をした。
「命《いのち》を助《たす》けてやったのは、今晩《こんばん》これで二回目《かいめ》だぞ、この日和見《ひよりみ》の悪党《あくとう》！」ロンが叫《さけ》んだ。
階段《かいだん》も玄関《げんかん》ホールも戦闘中《せんとうちゅう》の敵味方《てきみかた》であふれていた。どこを見《み》ても、死喰《しく》い人《びと》が見《み》えた。ヤッ
クスリーは玄関《げんかん》の扉近《とびらちか》くでフリットウィックと戦《たたか》い、そのすぐ脇《わき》では、仮面《かめん》の死喰《しく》い人《びと》がキング
ズリーと一騎打《いっきう》ちしている。生徒《せいと》たちは四方八方《しほうはっぽう》に走《はし》り回《まわ》り、傷《きず》ついた友達《ともだち》を抱《かか》えたり引《ひ》きずっ
たりしている生徒《せいと》もいる。ハリーは仮面《かめん》の死喰《しく》い人《びと》に「失神呪文《しっしんじゅもん》」を発射《はっしゃ》したが、それて、危《あや》う
くネビルに当《あ》たるところだった。ネビルは両手《りょうて》いっぱいの「有毒食虫蔓《ゆうどくしょくちゅうづる》」を振《ふ》り回《まわ》して、どこ
からともなく現《あらわ》れていた。蔓《つる》は嬉々《きき》として一番近《いちばんちか》くの死喰《しく》い人《びと》に巻《ま》きついて、たぐり寄《よ》せはじめ
た。
ハリー、ロン、ハーマイオニーは、大理石《だいりせき》の階段《かいだん》をかけ下《お》りた。左側《ひだりがわ》の砂時計《すなどけい》が大破《たいは》し、スリ
ザリン寮《りょう》の獲得《かくとく》した点《てん》を示《しめ》すエメラルドがそこら中《じゅう》に転《ころ》がり、走《はし》り回《まわ》る敵《てき》も味方《みかた》も、すべったり
つまずいたりしていた。三人《にん》が玄関《げんかん》ホールに下《お》りたとき、階段上《かいだんうえ》のバルコニーから人《ひと》が二人落《ふたりお》ち
てきた。そして灰色《はいいろ》の影《かげ》が――ハリーは何《なに》かの動物《どうぶつ》だと思《おも》ったが――玄関《げんかん》ホールの奥《おく》からまさに

獣《けもの》のように走《はし》ってきて、落《お》ちてきた一人《ひとり》に牙《きば》を立《た》てようとした。

「**やめてぇぇ！**」

叫《さけ》び声《ごえ》を上《あ》げたハーマイオニーの杖《つえ》から、大音響《だいおんきょう》とともに呪文《じゅもん》が飛《と》んだ。弱々《よわよわ》しく動《うご》いているラベンダー・ブラウンの体《からだ》から、のけぞって吹《ふ》き飛《と》ばされたのは、フェンリール・グレイバックだった。グレイバックは大理石《だいりせき》の階段《かいだん》の手《て》すりにぶつかり、立《た》ち上《あ》がろうともがいた。その時《とき》、白《しろ》く輝《かがや》く水晶玉《すいしょうだま》がフェンリールの頭《あたま》にバーンと落《お》ちて割《わ》れた。フェンリールは倒《たお》れて、体《からだ》を丸《まる》めたまま動《うご》かなくなった。

「まだありますわよ！」

欄干《らんかん》から身《み》を乗《の》り出《だ》したトレローニー先生《せんせい》が、かん高《だか》い声《こえ》で叫《さけ》んだ。

「お望《のぞ》みの方《かた》には、もっと差《さ》し上《あ》げますわ！　行《い》きますわよ――」

トレローニー先生《せんせい》は、テニスのサーブのような動作《どうさ》で、バッグから取《と》り出《だ》したもう一個《こ》の巨大《きょだい》な水晶玉《すいしょうだま》を持《も》ち上《あ》げ、杖《つえ》を振《ふ》るって飛《と》ばせた。水晶玉《すいしょうだま》は玄関《げんかん》ホールを横切《よこぎ》って、窓《まど》をぶち割《わ》った。その時《とき》、玄関《げんかん》の重《おも》い木《き》の扉《とびら》がパッと開《ひら》き、巨大蜘蛛《きょだいぐも》の群《む》れが玄関《げんかん》ホールになだれ込《こ》んできた。

恐怖《きょうふ》の悲鳴《ひめい》が空気《くうき》を引《ひ》き裂《さ》き、戦《たたか》っていた死喰《しく》い人《びと》もホグワーツ隊《たい》も、バラバラになった。押《お》し寄《よ》せる怪物《かいぶつ》に向《む》かって、赤《あか》や緑《みどり》の閃光《せんこう》が飛《と》び、巨大蜘蛛《きょだいぐも》は身震《みぶる》いして後肢立《あとあしだ》ちになり、いっそう恐《おそ》ろしい姿《すがた》になった。

「どうやって外《そと》に出《で》る？」悲鳴《ひめい》の渦《うず》の中《なか》で、ロンが叫《さけ》んだ。

ハリーとハーマイオニーが返事《へんじ》をするより前《まえ》に、三人《にん》とも突《つ》き飛《と》ばされた。花柄模様《はながらもよう》のピンクの傘《かさ》を振《ふ》り回《まわ》しながら、ハグリッドが嵐《あらし》のごとく階段《かいだん》をかけ下《お》りてきていた。

「こいつらを傷《きず》つけねえでくれ！　傷《きず》つけねえでくれ！」ハグリッドが叫《さけ》んだ。

「**ハグリッド、やめろ！**」

何《なに》もかも忘《わす》れて、「マント」から飛《と》び出《だ》したハリーは、玄関《げんかん》ホールを明《あか》るく照《て》らし出《だ》すほど飛《と》び交《か》う呪《のろ》いをよけ、体《からだ》をかがめて走《はし》った。

「**ハグリッド、戻《もど》るんだ！**」

しかし、まだ半分《はんぶん》も追《お》いつかないうちに、ハリーの目《め》の前《まえ》で、ハグリッドの姿《すがた》が巨大蜘蛛《きょだいぐも》の群《む》れの中《なか》に消《き》えた。呪《のろ》いに攻《せ》め立《た》てられた大蜘蛛《おおぐも》の群《む》れは、ガサガサと音《おと》を立《た》ててハグリッドをのみ込《こ》んだまま、うじゃうじゃと退却《たいきゃく》しはじめた。

「**ハグリッド！**」

ハリーは、誰《だれ》かが自分《じぶん》の名前《なまえ》を呼《よ》ぶ声《こえ》を聞《き》いた。敵《てき》か味方《みかた》か、しかしどうでもよかった。ハリーは、玄関《げんかん》の階段《かいだん》を校庭《こうてい》へとかけ下《お》りた。巨大蜘蛛《きょだいぐも》の群《む》れは、獲物《えもの》もろともうじゃうじゃと遠《とお》ざかり、ハグリッドの姿《すがた》はまったく見《み》えなかった。

「**ハグリッド！**」

ハリーは、巨大《きょだい》な片腕《かたうで》が、大蜘蛛《おおぐも》の群《む》れの中《なか》で揺《ゆ》れ動《うご》くのを見《み》たような気《き》がした。しかし、群《む》れを追《お》いかけるハリーを、途方《とほう》もない巨大《きょだい》な足《あし》が阻《はば》んだ。暗闇《くらやみ》の中《なか》からドシンと踏《ふ》み下《お》ろされたその足《あし》は、ハリーの立《た》っている地面《じめん》を震《ふる》わせた。見上《みあ》げると、六メートル豊《ゆた》かの巨人《きょじん》が立《た》っていた。頭部《とうぶ》は暗《くら》くて見《み》えず、大木《たいぼく》のような毛脛《けずね》だけが、城《しろ》の扉《とびら》からの明《あ》かりで照《て》らし出《だ》されている。巨大《きょだい》な拳《こぶし》がなめらかに動《うご》き、強烈《きょうれつ》な一殴《ひとなぐ》りで上階《じょうかい》の窓《まど》を打《う》ち壊《こわ》した。雨《あめ》のように降《ふ》りかかるガラスをさけて、ハリーは玄関《げんかん》ホールの入口《いりぐち》に退却《たいきゃく》せざるをえなかった。

「ああ、なんてことを――！」

ロンと一緒《いっしょ》にハリーを追《お》ってきたハーマイオニーが、巨人《きょじん》を見上《みあ》げて悲鳴《ひめい》を上《あ》げた。今度《こんど》は巨《きょ》人《じん》が、上階《じょうかい》の窓《まど》から中《なか》の人間《にんげん》を捕《つか》まえようとしていた。

「**やめろ！**」

杖《つえ》を上《あ》げたハーマイオニーの手《て》を押《お》さえて、ロンが叫《さけ》んだ。

「『失神《しっしん》』なんかさせたら、こいつは城《しろ》の半分《はんぶん》をつぶしちまう――」

「**ハガー？**」

城《しろ》の角《かど》の向《む》こうから、グロウプがうろうろとやってきた。今《いま》になってようやく、ハリーは、グロウプが、たしかに小柄《こがら》な巨人《きょじん》なのだと納得《なっとく》した。上階《じょうかい》の人間《にんげん》どもを押《お》しつぶそうとしていた、とてつもなく大《おお》きな巨人《きょじん》が、あたりを見回《みまわ》して一声吼《ひとこえほ》えた。小型巨人《こがたきょじん》に向《む》かってドスンドスンとやってくる大型巨人《おおがたきょじん》の足音《あしおと》は、石《いし》の階段《かいだん》を震《ふる》わせた。グロウプはひん曲《ま》がった口《くち》をポカンと開《あ》け、れんがの半分《はんぶん》ほどもある黄色《きいろ》い歯《は》を見《み》せていた。そして二人《ふたり》の巨人《きょじん》は、双方《そうほう》から獅子《しし》のように獰《どう》猛《もう》に飛《と》びかかった。

「**逃《に》げろ！**」ハリーが叫《さけ》んだ。

巨人《きょじん》たちの取《と》っ組《く》み合《あ》う恐《おそ》ろしい叫《さけ》び声《ごえ》となぐり合《あ》いの音《おと》が、夜《よる》の闇《やみ》に響《ひび》き渡《わた》った。ハリーはハーマイオニーの手《て》を取《と》り、石段《いしだん》をかけ下《お》りて校庭《こうてい》に出《で》た。ロンがしんがりを務《つと》めた。ハリーはまだ、ハグリッドを見《み》つけ出《だ》して救出《きゅうしゅつ》する望《のぞ》みを捨《す》ててはいなかった。全速力《ぜんそくりょく》で走《はし》り続《つづ》け、たちまち禁《きん》じられた森《もり》までの半分《はんぶん》の距離《きょり》をかけ抜《ぬ》けたが、そこでまた行《ゆ》く手《て》をはばまれた。

周《まわ》りの空気《くうき》が凍《こお》った。ハリーの息《いき》は詰《つ》まり、胸《むね》の中《なか》で固《かた》まった。暗闇《くらやみ》から現《あらわ》れた姿《すがた》は、闇《やみ》よりもいっそう黒《くろ》く渦巻《うずま》き、城《しろ》に向《む》かって大《おお》きな波《なみ》のようにうごめいて移動《いどう》していた。顔《かお》はフードで覆《おお》われ、ガラガラと断末魔《だんまつま》の息《いき》を響《ひび》かせ……。

ロンとハーマイオニーが、ハリーの両脇《りょうわき》に寄《よ》り添《そ》った。背後《はいご》の戦闘《せんとう》の音《おと》が急《きゅう》にくぐもり、押《お》し殺《ころ》され、吸魂鬼《きゅうこんき》だけがもたらすことのできる重苦《おもくる》しい静寂《せいじゃく》が、夜《よる》の闇《やみ》をすっぽりと覆《おお》いはじめた……。

「さあ、ハリー！」ハーマイオニーの声《こえ》が遠《とお》くから聞《き》こえてきた。「守護霊《しゅごれい》よ、ハリー、さあ！」

ハリーは杖《つえ》を上《あ》げたが、どんよりとした絶望感《ぜつぼうかん》が体中《からだじゅう》に広《ひろ》がっていた。フレッドは死《し》んだ。そしてハグリッドはまちがいなく死《し》にかけているか、もう死《し》んでしまったかだ。ハリーの知《し》らない所《ところ》で、あと何人《なんにん》が死《し》んでしまったことだろう。ハリー自身《じしん》の魂《たましい》が、もう半分肉体《はんぶんにくたい》を抜《ぬ》け出《だ》してしまったような気《き》がした……。

「ハリー、早《はや》く！」ハーマイオニーが悲鳴《ひめい》を上《あ》げた。

百体《たい》を超《こ》える吸魂鬼《きゅうこんき》が、こちらに向《む》かってするすると進《すす》んできた。ハリーの絶望感《ぜつぼうかん》を吸《す》い込《こ》みながら近《ちか》づいてくる。約束《やくそく》されたごちそうに向《む》かって……。

ロンの銀《ぎん》のテリアが飛《と》び出《だ》し、弱々《よわよわ》しく明滅《めいめつ》して消《き》えるのが見《み》えた。ハーマイオニーのカワウソが空中《くうちゅう》でねじれて消《き》えていくのが見《み》えた。ハリー自身《じしん》の杖《つえ》は、手《て》の中《なか》で震《ふる》えていた。ハリーは近《ちか》づいてくる忘却《ぼうきゃく》の世界《せかい》を、約束《やくそく》された虚無《きょむ》と無感覚《むかんかく》を、むしろ歓迎《かんげい》したいほどだった……。

しかしその時《とき》、銀《ぎん》の野《の》ウサギが、猪《いのしし》が、そして狐《きつね》が、ハリー、ロン、ハーマイオニーの頭上《ずじょう》を越《こ》えて舞《ま》い上《あ》がった。吸魂鬼《きゅうこんき》は近《ちか》づく銀色《ぎんいろ》の動物《どうぶつ》たちの前《まえ》に後退《こうたい》した。暗闇《くらやみ》からやってきた三人《にん》が、杖《つえ》を突《つ》き出《だ》し、守護霊《しゅごれい》を出《だ》し続《つづ》けながら、ハリーたちのそばに立《た》った。ルーナ、アーニー、シェーマスだった。

「それでいいんだよ」

ルーナが励《はげ》ますように言《い》った。まるで「必要《ひつよう》の部屋《へや》」に戻《もど》ってDA《ディーエー》の呪文練習《じゅもんれんしゅう》をしているにすぎないという口調《くちょう》だ。

「それでいいんだもン。さあ、ハリー……ほら、何《なに》か幸《しあわ》せなことを考《かんが》えて……」

「何《なに》か幸《しあわ》せなこと?」ハリーはかすれた声《こえ》で言《い》った。

「あたしたち、まだみんなここにいるよ」ルーナがささやいた。「あたしたち、まだ戦《たたか》ってるもン。さあ……」

銀色《ぎんいろ》の火花《ひばな》が散《ち》り、光《ひかり》が揺《ゆ》れた。そして、これほど大変《たいへん》な思《おも》いをしたことはないというほどの力《ちから》を振《ふ》りしぼり、ハリーは杖先《つえさき》から銀色《ぎんいろ》の牡鹿《おじか》を飛《と》び出《だ》させた。牡鹿《おじか》はゆっくりとかけて前進《ぜんしん》し、吸魂鬼《きゅうこんき》は今《いま》や雲散霧消《うんさんむしょう》した。夜《よる》はたちまち元《もと》どおりの暖《あたた》かさを取《と》り戻《もど》したが、周囲《しゅうい》の戦《たたか》いの音《おと》もまた、ハリーの耳《みみ》に大《おお》きく響《ひび》いてきた。

「助《たす》かった。君《きみ》たちのおかげだ」

ロンがルーナ、アーニー、シェーマスに向《む》かって、震《ふる》えながら言《い》った。

「もうだめかと――」

その時《とき》、吼《ほ》え声《ごえ》を上《あ》げ地面《じめん》を震《ふる》わせて、またしても別《べつ》の巨人《きょじん》が、禁《きん》じられた森《もり》の暗闇《くらやみ》から、誰《だれ》の背丈《せたけ》よりも長《なが》い棍棒《こんぼう》を振《ふ》り回《まわ》しながら、ゆらりゆらりと姿《すがた》を現《あらわ》した。

「逃《に》げろ！」ハリーがまた叫《さけ》んだ。

言《い》われるまでもなく、みんなもう散《ち》らばっていた。危機一髪《ききいっぱつ》、次《つぎ》の瞬間《しゅんかん》、怪物《かいぶつ》の巨大《きょだい》な足《あし》が、たった今《いま》みんなの立《た》っていた場所《ばしょ》に正確《せいかく》に踏《ふ》み下《お》ろされていた。ハリーは周《まわ》りを見回《みまわ》した。ロンとハーマイオニーはハリーについてきていたが、あとの三人《にん》は、再《ふたた》び戦《たたか》いの中《なか》に姿《すがた》を消《け》していた。

「届《とど》かない所《ところ》まで離《はな》れろ！」ロンが叫《さけ》んだ。

巨人《きょじん》はまた棍棒《こんぼう》を振《ふ》り回《まわ》し、その吼《ほ》え声《ごえ》は夜《よる》をつんざいて校庭《こうてい》に響《ひび》き渡《わた》った。校庭《こうてい》では炸裂《さくれつ》する赤《あか》と緑《みどり》の閃光《せんこう》が、闇《やみ》を照《て》らし続《つづ》けていた。

「暴《あば》れ柳《やなぎ》だ」ハリーが言《い》った。「行《い》くぞ！」

ハリーはやっとのことで、すべての思《おも》いを心《こころ》の片隅《かたすみ》に押《お》し込《こ》めた。狭《せま》い心《こころ》の空間《くうかん》に、すべてを封《ふう》じ込《こ》めて、今《いま》は見《み》ることができないようにした。フレッドとハグリッドへの思《おも》い……城《しろ》の内外《ないがい》に散《ち》らばっている、愛《あい》するすべての人々《ひとびと》の安否《あんぴ》に対《たい》する恐怖《きょうふ》……すべてを今《いま》は封印《ふういん》しなければならない。三人《にん》は走《はし》らなければならないのだから。蛇《へび》とヴォルデモートのいる所《ところ》に行《い》かなければならないのだから。そして、ハーマイオニーが言《い》ったように、そのほかに事《こと》を終《お》わらせる道《みち》はないのだから——。

ハリーは全速力《ぜんそくりょく》で走《はし》った。死《し》をさえ追《お》い越《こ》すことができるのではないかと、半《なか》ばそんな気持《きも》ちになりながら、周《まわ》りの闇《やみ》に飛《と》び交《か》う閃光《せんこう》を無視《むし》して走《はし》った。海《うみ》の波《なみ》のように岸《きし》を洗《あら》う湖水《こすい》の音《おと》も、風《かぜ》もない夜《よる》なのにきしむ「禁《きん》じられた森《もり》」の音《おと》も無視《むし》して走《はし》った。地面《じめん》さえも反乱《はんらん》に立《た》ち上《あ》がったような校庭《こうてい》を、これまでにこんなに速《はや》く走《はし》ったことはないと思《おも》えるほど速《はや》く走《はし》った。そして、ハリーが真《ま》っ先《さき》にあの大木《たいぼく》を目《め》にした。根元《ねもと》の秘密《ひみつ》を守《まも》って、鞭《むち》のように枝《えだ》を振《ふ》り回《まわ》す「暴《あば》れ柳《やなぎ》」を。

ハリーは、あえぎながら走《はし》る速度《そくど》をゆるめ、暴《あば》れる柳《やなぎ》の枝《えだ》をよけながら、古木《こぼく》をまひさせるたった一か所《しょ》の樹皮《じゅひ》のこぶを見《み》つけようと、闇《やみ》を透《す》かしてその太《ふと》い幹《みき》を見《み》た。ロンとハーマイオニーが追《お》いついてきたが、ハーマイオニーは息《いき》が上《あ》がって、話《はな》すこともできないほどだった。

「どう——どうやって入《はい》るつもりだ？」ロンが息《いき》を切《き》らしながら言《い》った。「その場所《ばしょ》は——見《み》えるけど——クルックシャンクスさえいてくれれば——」

「クルックシャンクス？」

ハーマイオニーが体《からだ》をくの字《じ》に曲《ま》げ、胸《むね》を押《お》さえてヒイヒイ声《ごえ》で言《い》った。

「あなたはそれでも魔法使《まほうつか》いなの！」

「あ――そうか――うん――」

ロンは周《まわ》りを見回《みまわ》し、下《した》に落《お》ちている小枝《こえだ》に杖《つえ》を向《む》けて唱《とな》えた。

「ウィンガーディアム　レヴィオーサ！　浮遊《ふゆう》せよ！」

小枝《こえだ》は地面《じめん》から飛《と》び上《あ》がり、風《かぜ》に巻《ま》かれたようにくるくる回《まわ》ったかと思《おも》うと、暴《あば》れ柳《やなぎ》の不気味《ぶきみ》に揺《ゆ》れる枝《えだ》の間《あいだ》をかいくぐって、まっすぐに幹《みき》に向《む》かって飛《と》んだ。小枝《こえだ》が根元近《ねもとちか》くの一か所《しょ》を突《つ》くと、身《み》もだえしていた樹《き》はすぐに静《しず》かになった。

「完璧《かんぺき》よ！」ハーマイオニーが、息《いき》を切《き》らしながら言《い》った。

「待《ま》ってくれ」

ほんの一瞬《いっしゅん》の迷《まよ》いがあった。戦《たたか》いの衝撃音《しょうげきおん》や炸裂音《さくれつおん》が鳴《な》り響《ひび》いているその一瞬《いっしゅん》、ハリーはためらった。ヴォルデモートの思惑《おもわく》は、ハリーがこうすることであり、ハリーがやってくることだった……自分《じぶん》は、ロンとハーマイオニーを罠《わな》に引《ひ》き込《こ》もうとしているのではないだろうか？

しかし、その一方《いっぽう》、残酷《ざんこく》で明白《めいはく》な現実《げんじつ》が迫《せま》っていた。前進《ぜんしん》する唯一《ゆいいつ》の道《みち》は、大蛇《だいじゃ》を殺《ころ》すことであり、その蛇《へび》はヴォルデモートとともにある。そしてヴォルデモートは、このトンネルのむこう側《がわ》にいる……。

「ハリー、僕《ぼく》たちも行《い》く。とにかく入《はい》れ！」ロンがハリーを押《お》した。

ハリーは、樹《き》の根元《ねもと》に隠《かく》された土《つち》のトンネルに体《からだ》を押《お》し込《こ》んだ。前《まえ》に入《はい》り込《こ》んだときより、穴《あな》はずっときつくなっていた。トンネルの天井《てんじょう》は低《ひく》く、ほぼ四年前《ねんまえ》には体《からだ》を曲《ま》げて歩《ある》かねばならない程度《ていど》だったが、今度《こんど》はほうしかない。杖灯《つえあか》りをつけ、ハリーが先頭《せんとう》を進《すす》んだ。いつ何《なん》どき、行《ゆ》く手《て》をはばむものに出会《であ》うかもしれないと覚悟《かくご》していたが、何《なに》も出《で》てこなかった。三人《にん》は黙々《もくもく》と移動《いどう》した。ハリーは、握《にぎ》った杖《つえ》の先《さき》に揺《ゆ》れる一筋《ひとすじ》の灯《あか》りだけを見《み》つめて進《すす》んだ。

トンネルがようやく上《のぼ》り坂《ざか》になり、ハリーは行《ゆ》く手《て》に細長《ほそなが》い明《あ》かりを見《み》た。ハーマイオニーが、ハリーのかかとを引《ひ》っ張《ぱ》った。

「『マント』よ！」ハーマイオニーがささやいた。「この『マント』を着《き》て！」

ハリーは後《うし》ろを手探《てさぐ》りした。ハーマイオニーは、杖《つえ》を持《も》っていないほうのハリーの手《て》に、サラサラとすべる布《ぬの》を丸《まる》めて押《お》しつけた。ハリーは動《うご》きにくい姿勢《しせい》のまま、なんとかそれをかぶり、「ノックス、闇《やみ》よ」と唱《とな》えて杖灯《つえあか》りを消《け》した。そして、はったまま、できるだけ静《しず》かに前進《ぜんしん》した。今《いま》にも見《み》つかりはしないか、冷《つめ》たく通《とお》る声《こえ》が聞《き》こえはしないか、緑《みどり》の閃光《せんこう》が見《み》えはしないかと、ハリーは全神経《ぜんしんけい》を張《は》りつめていた。

するとその時《とき》、前方《ぜんぽう》の部屋《へや》から話《はな》し声《ごえ》が聞《き》こえてきた。トンネルの出口《でぐち》が、梱包用《こんぽうよう》の古《ふる》い木箱《きばこ》のようなものでふさがれているので、少《すこ》しくぐもった声《こえ》だった。息《いき》をすることもがまんしながら、ハリーは出口《でぐち》の穴《あな》ぎりぎりの所《ところ》までにじり寄《よ》り、木枠《きわく》と壁《かべ》の間《あいだ》に残《のこ》されたわずかなすきまからのぞき見《み》た。

前方《ぜんぽう》の部屋《へや》はぼんやりとした灯《あか》りに照《て》らされ、海蛇《うみへび》のようにとぐろを巻《ま》いてゆっくり回《まわ》っているナギニの姿《すがた》が見《み》えた。星《ほし》をちりばめたような魔法《まほう》の球体《きゅうたい》の中《なか》で、安全《あんぜん》にぽっかりと宙《ちゅう》に浮《う》いている。テーブルの端《はし》と、杖《つえ》をもてあそんでいる長《なが》く青白《あおじろ》い指《ゆび》が見《み》えた。その時《とき》、スネイプの声《こえ》がして、ハリーは心臓《しんぞう》がぐらりと揺《ゆ》れた。スネイプは、ハリーがかがんで隠《かく》れている所《ところ》から、ほんの数《すう》センチ先《さき》にいた。

「……わが君《きみ》、抵抗勢力《ていこうせいりょく》は崩《くず》れつつあります――」

「――しかも、おまえの助《たす》けなしでもそうなっている」

ヴォルデモートがかん高《だか》いはっきりした声《こえ》で言《い》った。

「熟達《じゅくたつ》の魔法使《まほうつか》いではあるが、セブルス、今《いま》となってはおまえの存在《そんざい》も、たいした意味《いみ》がない。我々《われわれ》はもうまもなくやりとげる……まもなくだ」

「小僧《こぞう》を探《さが》すようお命《めい》じください。私《わたし》めがポッターを連《つ》れて参《まい》りましょう。わが君《きみ》、私《わたし》ならあいつを見《み》つけられます。どうか」

スネイプが大股《おおまた》で、のぞき穴《あな》の前《まえ》を通《とお》り過《す》ぎた。ハリーはナギニに目《め》を向《む》けたまま、少《すこ》し身《み》を引《ひ》いた。ナギニを囲《かこ》んでいる護《まも》りを貫《つらぬ》く呪文《じゅもん》は、あるのだろうか。しかし、何《なに》も思《おも》いつかなかった。一度《いちど》失敗《しっぱい》すれば、自分《じぶん》の居場所《いばしょ》を知《し》られてしまう……。

ヴォルデモートが立《た》ち上《あ》がった。ハリーは今《いま》、その姿《すがた》を見《み》ることができた。赤《あか》い目《め》、平《ひら》たい蛇《へび》のような顔《かお》、薄暗《うすくら》がりの中《なか》で、蒼白《そうはく》な顔《かお》がぼんやりと光《ひか》っている。

「問題《もんだい》があるのだ、セブルス」ヴォルデモートが静《しず》かに言《い》った。

「わが君《きみ》？」スネイプが問《と》い返《かえ》した。

ヴォルデモートは、指揮者《しきしゃ》がタクトを上《あ》げる繊細《せんさい》さ、正確《せいかく》さで、ニワトコの杖《つえ》を上《あ》げた。

「セブルス、この杖《つえ》はなぜ、俺様《おれさま》の思《おも》いどおりにならぬのだ？」

沈黙《ちんもく》の中《なか》で、ハリーは、大蛇《だいじゃ》がとぐろを巻《ま》いたり解《と》いたりしながら、シューシューと音《おと》を出《だ》すのを聞《き》いたような気《き》がした。それとも、ヴォルデモートの歯《は》の間《あいだ》からもれる息《いき》が、空中《くうちゅう》に漂《ただよ》っているのだろうか？

「わ――わが君《きみ》？」スネイプが感情《かんじょう》のない声《こえ》で言《い》った。「私《わたし》めには理解《りかい》しかねます。わが君《きみ》は――わが君《きみ》は、その杖《つえ》できわめてすぐれた魔法《まほう》を行《おこな》っておいでです」

「ちがう」ヴォルデモートが言《い》った。「俺様《おれさま》はいつもの魔法《まほう》を行《おこな》っている。たしかに俺様《おれさま》はきわめてすぐれているのだが、この杖《つえ》は……ちがう。約束《やくそく》された威力《いりょく》を発揮《はっき》しておらぬ。この杖《つえ》も、昔《むかし》オリバンダーから手《て》に入《い》れた杖《つえ》も、何《なん》らちがいを感《かん》じない」

ヴォルデモートの口調《くちょう》は、瞑想《めいそう》しているかのように静《しず》かだったが、ハリーの傷痕《きずあと》はずきずきとうずきはじめていた。つのる額《ひたい》の痛《いた》みで、ハリーは、ヴォルデモートの抑制《よくせい》された怒《いか》りが徐々《じょじょ》に高《たか》まってきているのを感《かん》じ取《と》った。

「何《なん》らちがわぬ」ヴォルデモートがくり返《かえ》した。

スネイプは無言《むごん》だった。ハリーにはその顔《かお》が見《み》えなかったが、危険《きけん》を感《かん》じたスネイプが、ご主《しゅ》人様《じんさま》を安心《あんしん》させるための適切《てきせつ》な言葉《ことば》を探《さが》しているのではないか、という気《き》がした。

ヴォルデモートは部屋《へや》の中《なか》を歩《ある》きはじめた。動《うご》いたので、その姿《すがた》がハリーから一瞬《いっしゅん》見《み》えなくなった。相変《あいか》わらず落《お》ち着《つ》いた声《こえ》で話《はな》してはいたが、ハリーの痛《いた》みと怒《いか》りはしだいに高《たか》まっていた。

「俺様《おれさま》は時間《じかん》をかけてよく考《かんが》えたのだ、セブルス……俺様《おれさま》が、なぜおまえを戦《たたか》いから呼《よ》び戻《もど》したかわかるか？」

その時《とき》、一瞬《いっしゅん》、ハリーはスネイプの横顔《よこがお》を見《み》た。その目《め》は、魔法《まほう》のおりの中《なか》でとぐろを巻《ま》いている大蛇《だいじゃ》を見《み》つめていた。

「いいえ、わが君《きみ》。しかし、戦《たたか》いの場《ば》に戻《もど》ることをお許《ゆる》しいただきたく存《ぞん》じます。どうかポッターめを探《さが》すお許《ゆる》しを」

「おまえもルシウスと同《おな》じことを言《い》う。二人《ふたり》とも、俺様《おれさま》ほどにはあやつを理解《りかい》してはおらぬ。ポッターを探《さが》す必要《ひつよう》などない。あやつのほうから俺様《おれさま》の所《ところ》に来《く》るだろう。あやつの弱点《じゃくてん》を俺様《おれさま》は知《し》っている。一つの大《おお》きな欠陥《けっかん》だ。周《まわ》りでほかのやつらがやられるのを、見《み》ておれぬやつなのだ。自分《じぶん》のせいでそうなっていることを知《し》りながら、見《み》てはおれぬのだ。どんな代償《だいしょう》を払《はら》ってでも、止《と》めようとするだろう。あやつは来《く》る」

「しかし、わが君《きみ》、あなた様《さま》以外《いがい》の者《もの》に誤《あやま》って殺《ころ》されてしまうかもしれず――」

「死喰《しく》い人《びと》たちには、明確《めいかく》な指示《しじ》を与《あた》えておる。ポッターを捕《と》らえよ。やつの友人《ゆうじん》たちを殺《ころ》せ――多《おお》く殺《ころ》せば殺《ころ》すほどよい――しかし、あやつは殺《ころ》すな、とな」

「しかし、俺様《おれさま》が話《はな》したいのは、セブルス、おまえのことだ。ハリー・ポッターのことではない。おまえは俺様《おれさま》にとって、非常《ひじょう》に貴重《きちょう》だった。非常《ひじょう》にな」

「私《わたくし》めが、あなた様《さま》にお仕《つか》えすることのみを願《ねが》っていると、わが君《きみ》にはおわかりです。しかし――わが君《きみ》、この場《ば》を下《さ》がり、ポッターめを探《さが》すことをお許《ゆる》しくださいますよう。あなた様《さま》の許《もと》に連《つ》れて参《まい》ります。私《わたし》にはそれができると――」

「言《い》ったはずだ。許《ゆる》さぬ！」

ヴォルデモートが言《い》った。ハリーは、もう一度《いちど》振《ふ》り向《む》いたヴォルデモートの目《め》が、一瞬《いっしゅん》ギラリと赤《あか》く光《ひか》るのを見《み》た。そして、マントをひるがえす音《おと》は、蛇《へび》のはう音《おと》のようだった。ハリーは、額《ひたい》の焼《や》けるような痛《いた》みで、ヴォルデモートのいらだちを感《かん》じた。

「俺様《おれさま》が目下気《もっかき》がかりなのは、セブルス、あの小僧《こぞう》とついに顔《かお》を合《あ》わせたときに何《なに》が起《お》こるかということだ！」

「わが君《きみ》、疑問《ぎもん》の余地《よち》はありません。必《かなら》ずや――」

「――いや、疑問《ぎもん》があるのだ、セブルス。疑問《ぎもん》が」

ヴォルデモートが立《た》ち止《ど》まった。ハリーは再《ふたた》びその姿《すがた》をはっきり見《み》た。青白《あおじろ》い指《ゆび》にニワトコの杖《つえ》をすべらせながら、スネイプを見《み》すえている。

「俺様《おれさま》の使《つか》った杖《つえ》が二本《ほん》とも、ハリー・ポッターを仕損《しそん》じたのはなぜだ？」

「わ――私《わたくし》めには、わかりません、わが君《きみ》」

「わからぬと？」

怒《いか》りが、杭《くい》を打《う》ち込《こ》むようにハリーの頭《あたま》を刺《さ》した。ハリーは、痛《いた》みのあまり叫《さけ》び声《ごえ》を上《あ》げそうになり、拳《こぶし》を口《くち》に押《お》し込《こ》んだ。ハリーは目《め》をつむった。すると突然《とつぜん》ハリーはヴォルデモートになり、スネイプの蒼白《そうはく》な顔《かお》を見下《みお》ろしていた。

「俺様《おれさま》のイチイの杖《つえ》は、セブルス、何《なん》でも俺様《おれさま》の言《い》うがままに事《こと》をなした。ハリー・ポッターを亡《な》き者《もの》にする以外《いがい》はな。あの杖《つえ》は二度《ど》もしくじりおった。オリバンダーを拷問《ごうもん》したところ、双子《ふたご》の芯《しん》のことを吐《は》き、別《べつ》の杖《つえ》を使《つか》うようにと言《い》いおった。俺様《おれさま》はそのようにした。しかし、ルシウスめの杖《つえ》は、ポッターの杖《つえ》に出会《であ》って砕《くだ》けた」

「我輩《わがはい》――私《わたくし》めには、わが君《きみ》、説明《せつめい》できません」

スネイプはもう、ヴォルデモートを見《み》てはいなかった。暗《くら》い目《め》は、護《まも》られた球体《きゅうたい》の中《なか》でとぐろを巻《ま》く大蛇《だいじゃ》を見《み》つめたままだった。

「俺様《おれさま》は、三本目《ぼんめ》の杖《つえ》を求《もと》めたのだ、セブルス。ニワトコの杖《つえ》、宿命《しゅくめい》の杖《つえ》、死《し》の杖《つえ》だ。前《まえ》の持《も》ち主《ぬし》から、俺様《おれさま》はそれを奪《うば》った。アルバス・ダンブルドアの墓《はか》からそれを奪《うば》ったのだ」

再《ふたた》びヴォルデモートを見《み》たスネイプの顔《かお》は、デスマスクのようだった。大理石《だいりせき》のように白《しろ》く、まったく動《うご》かなかった。その顔《かお》がしゃべったとき、うつろな両目《りょうめ》の裏《うら》に、生《い》きた人間《にんげん》がいることが衝撃的《しょうげきてき》だった。

「わが君《きみ》――小僧《こぞう》を探《さが》しにいかせてください――」

「この長《なが》い夜《よる》、俺様《おれさま》がまもなく勝利《しょうり》しようという今夜《こんや》、俺様《おれさま》はここに座《すわ》り――」

ヴォルデモートの声《こえ》は、ほとんどささやき声《ごえ》だった。

「考《かん》えに考《かん》え抜《ぬ》いた。なぜこのニワトコの杖《つえ》は、あるべき本来《ほんらい》の杖《つえ》になることを拒《こば》むのか、なぜ伝説《でんせつ》どおりに、正当《せいとう》な所有者《しょゆうしゃ》に対《たい》して行《おこな》うべき技《わざ》を行《おこな》わないのか……そして、俺様《おれさま》はどうやら答《こた》えを得《え》た」

スネイプは無言《むごん》だった。

「おそらくおまえは、すでに答《こた》えを知《し》っておろう？　何《なに》しろ、セブルス、おまえは賢《かしこ》い男《おとこ》だ。おまえは、忠実《ちゅうじつ》なよきしもべであった。これからせねばならぬことを、残念《ざんねん》に思《おも》う」

「わが君《きみ》――」

「ニワトコの杖《つえ》が、俺様《おれさま》にまともに仕《つか》えることができぬのは、セブルス、俺様《おれさま》がその真《しん》の持《も》ち主《ぬし》ではないからだ。ニワトコの杖《つえ》は、最後《さいご》の持《も》ち主《ぬし》を殺《ころ》した魔法使《まほうつか》いに所属《しょぞく》する。おまえがアルバス・ダンブルドアを殺《ころ》した。おまえが生《い》きているかぎり、セブルス、ニワトコの杖《つえ》は、真《しん》に俺様《おれさま》のものになることはできぬ」

「わが君《きみ》！」スネイプは抗議《こうぎ》し、杖《つえ》を上《あ》げた。

「これ以外《いがい》に道《みち》はない」ヴォルデモートが言《い》った。「セブルス、俺様《おれさま》はこの杖《つえ》の主人《しゅじん》にならねばならぬ。杖《つえ》を制《せい》するのだ。さすれば、俺様《おれさま》はついにポッターを制《せい》する」

ヴォルデモートは、ニワトコの杖《つえ》で空《くう》を切《き》った。スネイプには何事《なにごと》も起《お》こらず、一瞬《いっしゅん》、スネイプは、死刑《しけい》を猶予《ゆうよ》されたと思《おも》ったように見《み》えた。しかし、やがてヴォルデモートの意図《いと》がはっきりした。大蛇《だいじゃ》のおりが空中《くうちゅう》で回転《かいてん》し、スネイプは叫《さけ》ぶ間《ま》もあらばこそ、その中《なか》に取《と》り込《こ》まれていた。頭《あたま》も、そして肩《かた》も。ヴォルデモートが蛇語《へびご》で言《い》った。

「**殺《ころ》せ**」

恐《おそ》ろしい悲鳴《ひめい》が聞《き》こえた。わずかに残《のこ》っていた血《ち》の気《け》も失《う》せ、蒼白《そうはく》になったスネイプの顔《かお》に、暗《くら》い目《め》が大《おお》きく見開《みひら》かれていた。大蛇《だいじゃ》の牙《きば》にその首《くび》を貫《つらぬ》かれ、魔法《まほう》のおりを突《つ》き放《はな》すこともできず、スネイプはがくりと床《ゆか》にひざをついた。

「残念《ざんねん》なことよ」ヴォルデモートが冷《つめ》たく言《い》った。

ヴォルデモートは背《せ》を向《む》けた。悲《かな》しみもなく、後悔《こうかい》もない。屋敷《やしき》を出《で》て指揮《しき》をとるべき時《とき》が来《き》た。今《いま》こそ自分《じぶん》の命《めい》のままに動《うご》くはずの杖《つえ》を持《も》って。ヴォルデモートは蛇《へび》を入《い》れた、星《ほし》をちりばめたようなおりに杖《つえ》を向《む》けた。おりはスネイプを離《はな》れてゆっくり上昇《じょうしょう》し、スネイプは首《くび》から血《ち》を噴《ふ》き出《だ》して横《よこ》に倒《たお》れた。ヴォルデモートは振《ふ》り返《かえ》りもせず、サッと部屋《へや》から出《で》ていった。大蛇《だいじゃ》は巨大《きょだい》な球体《きゅうたい》に護《まも》られて、そのあとからふわふわとついていった。

トンネルの中《なか》では、我《われ》に返《かえ》ったハリーが目《め》を開《あ》けた。叫《さけ》ぶまいと強《つよ》くかんだ拳《こぶし》から血《ち》が出《で》ていた。木箱《きばこ》と壁《かべ》の小《ちい》さなすきまから、今《いま》ハリーが見《み》ているのは、床《ゆか》でけいれんしている黒《くろ》いブーツの片足《かたあし》だった。

「ハリー！」

背後《はいご》でハーマイオニーが、息《いき》を殺《ころ》して呼《よ》びかけた。しかしハリーはすでに、視界《しかい》をさえぎる木《き》箱《ばこ》に杖《つえ》を向《む》けていた。木箱《きばこ》はわずかに宙《ちゅう》に浮《う》き、静《しず》かに横《よこ》にずれた。ハリーは、できるだけそっと部屋《へや》に入《はい》り込《こ》んだ。

なぜそんなことをするのか、ハリーにはわからなかった。なぜ死《し》にゆく男《おとこ》に近《ちか》づくのかわからなかった。スネイプの血《ち》の気《け》のない顔《かお》と、首《くび》の出血《しゅっけつ》を止《と》めようとしている指《ゆび》を見《み》ながら、自分《じぶん》がどういう気持《きも》ちなのか、ハリーにはわからなかった。ハリーは「透明《とうめい》マント」を脱《ぬ》ぎ、憎《にく》んでいた男《おとこ》を見下《みお》ろした。瞳孔《どうこう》が広《ひろ》がっていくスネイプの暗《くら》い目《め》がハリーをとらえ、話《はな》しかけようとした。ハリーがかがむと、スネイプはハリーのローブの胸元《むなもと》をつかんで引《ひ》き寄《よ》せた。

死《し》に際《ぎわ》の、息苦《いきぐる》しいゼイゼイという音《おと》が、スネイプののどからもれた。

「これを……取《と》れ……これを……取《と》れ」

血以外《ちいがい》の何《なに》かが、スネイプからもれ出《で》ていた。青《あお》みがかった銀色《ぎんいろ》の、気体《きたい》でも液体《えきたい》でもないものが、スネイプの口《くち》から、両耳《りょうみみ》と両目《りょうめ》からあふれ出《で》ていた。ハリーはそれが何《なん》だか知《し》っていた。しかし、どうしていいのかわからなかった——。

ハーマイオニーがどこからともなくフラスコを取《と》り出《だ》し、ハリーの震《ふる》える手《て》に押《お》しつけた。ハリーは杖《つえ》で、その銀色《ぎんいろ》の物質《ぶっしつ》をフラスコにくみ上《あ》げた。フラスコの口元《くちもと》までいっぱいになったとき、スネイプにはもはや一滴《いってき》の血《ち》も残《のこ》っていないかのように見《み》えた。ハリーのローブをつかんでいたスネイプの手《て》がゆるんだ。

「僕《ぼく》を……見《み》て……くれ……」スネイプがささやいた。

緑《みどり》の目《め》が黒《くろ》い目《め》をとらえた。しかし、一瞬《いっしゅん》の後《のち》、黒《くろ》い両眼《りょうがん》の奥底《おくそこ》で、何《なに》かが消《き》え、無表情《むひょうじょう》な目《め》が、一点《いってん》を見《み》つめたままうつろになった。ハリーをつかんでいた手《て》がドサリと床《ゆか》に落《お》ち、スネイプはそれきり動《うご》かなくなった。

第《だい》33章《しょう》　プリンスの物語《ものがたり》

　ハリーはスネイプのかたわらにひざまずいたまま、ただその顔《かお》をじっと見下《みお》ろしていた。その時《とき》、出《だ》し抜《ぬ》けにすぐそばでかん高《だか》い冷《つめ》たい声《こえ》がした。あまりに近《ちか》かったので、ヴォルデモートがまた部屋《へや》に戻《もど》ってきたかと思《おも》ったハリーは、フラスコをしっかり両手《りょうて》に握《にぎ》ったまま、はじかれたように立《た》ち上《あ》がった。

　ヴォルデモートの声《こえ》は、壁《かべ》から、そして床《ゆか》から響《ひび》いてきた。ホグワーツと周囲一帯《しゅういいったい》の地域《ちいき》に向《む》かって話《はな》していることに、ハリーは気《き》づいた。ホグズミードの住人《じゅうにん》やまだ城《しろ》で戦《たたか》っている全員《ぜんいん》が、ヴォルデモートの息《いき》を首筋《くびすじ》に感《かん》じ、死《し》の一撃《いちげき》を受《う》けるほど近《ちか》くに「あの人《ひと》」が立《た》っているかのように、はっきりとその声《こえ》を聞《き》いているのだ。

「おまえたちは戦《たたか》った」かん高《だか》い冷《つめ》たい声《こえ》が言《い》った。「勇敢《ゆうかん》に。ヴォルデモート卿《きょう》は勇敢《ゆうかん》さをたたえることを知《し》っている」

「しかし、おまえたちは数多《かずおお》くの死傷者《ししょうしゃ》を出《だ》した。俺様《おれさま》に抵抗《ていこう》し続《つづ》けるなら、一人《ひとり》また一人《ひとり》と、全員《ぜんいん》が死《し》ぬことになる。そのようなことは望《のぞ》まぬ。魔法族《まほうぞく》の血《ち》が一滴《いってき》でも流《なが》されるのは、損失《そんしつ》であり浪費《ろうひ》だ」

「ヴォルデモート卿《きょう》は慈悲深《じひぶか》い。俺様《おれさま》は、わが勢力《せいりょく》を即時撤退《そくじてったい》するように命《めい》ずる」

「一時間《じかん》やろう。死者《ししゃ》を、尊厳《そんげん》をもってとむらえ。傷《きず》ついた者《もの》の手当《てあ》てをするのだ」

「さて、ハリー・ポッター、俺様《おれさま》は今《いま》、直接《ちょくせつ》おまえに話《はな》す。おまえは俺様《おれさま》に立《た》ち向《む》かうどころか、友人《ゆうじん》たちがおまえのために死《し》ぬことを許《ゆる》した。俺様《おれさま》はこれから一時間《じかん》、『禁《きん》じられた森《もり》』で待《ま》つ。もし、一時間《じかん》の後《のち》におまえが俺様《おれさま》の許《もと》に来《こ》なかったならば、降参《こうさん》して出《で》てこなかったならば、戦《たたか》いを再開《さいかい》する。その時《とき》は、俺様自身《おれさまじしん》が戦闘《せんとう》に加《くわ》わるぞ、ハリー・ポッター。そしておまえを見《み》つけ出《だ》し、おまえを俺様《おれさま》から隠《かく》そうとしたやつは、男《おとこ》も女《おんな》も子供《こども》も、最後《さいご》の一人《ひとり》まで罰《ばっ》してくれよう。一時間《じかん》だ」

ロンもハーマイオニーも、ハリーを見《み》て強《つよ》く首《くび》を振《ふ》った。

「耳《みみ》を貸《か》すな」ロンが言《い》った。

「大丈夫《だいじょうぶ》よ」ハーマイオニーが激《はげ》しい口調《くちょう》で言《い》った。

「さあ――さあ、城《しろ》に戻《もど》りましょう。あの人《ひと》が森《もり》に行《い》ったのなら、計画《けいかく》を練《ね》りなおす必要《ひつよう》があるわ――」

ハーマイオニーはスネイプのなきがらをちらりと見て、それからトンネルの入口《いりぐち》へと急《いそ》いだ。ロンもあとに続《つづ》いた。ハリーは「透明《とうめい》マント」をたぐり寄《よ》せ、スネイプを見下《みお》ろした。どう感《かん》じていいのかわからなかった。ただ、スネイプの殺《ころ》され方《かた》と、殺《ころ》された理由《りゆう》とに、衝撃《しょうげき》を受《う》けていた……。

三人《にん》はトンネルをはって戻《もど》った。誰《だれ》も口《くち》をきかなかった。しかしハリーの頭《あたま》の中《なか》には、ヴォルデモートの声《こえ》がまだ響《ひび》いていた。ロンもハーマイオニーも、そうなのではないかと思《おも》った。**おまえは俺様《おれさま》に立《た》ち向《む》かうどころか、友人《ゆうじん》たちがおまえのために死《し》ぬことを許《ゆる》した。俺様《おれさま》はこれから一時間《じかん》、『禁《きん》じられた森《もり》』で待《ま》つ……一時間《じかん》だ……。**

城《しろ》の前《まえ》の芝生《しばふ》に、小《ちい》さな包《つつ》みのような塊《かたまり》がいくつも散《ち》らばっていた。夜明《よあ》けまで、あと一時間《じかん》ぐらいだろうか。しかし、あたりは真《ま》っ暗《くら》だった。三人《にん》は入口《いりぐち》の石段《いしだん》へと急《いそ》いだ。小舟《こぶね》ほどもある木靴《きぐつ》の片方《かたほう》が、石段《いしだん》の前《まえ》に転《ころ》がっていたが、それ以外《いがい》にはグロウプも、攻撃《こうげき》を仕掛《しか》けてきた相《あい》手《て》の巨人《きょじん》も、何《なん》の痕跡《こんせき》もなかった。

城《しろ》は異常《いじょう》に静《しず》かだった。今《いま》は閃光《せんこう》も見《み》えず、衝撃音《しょうげきおん》も、悲鳴《ひめい》も叫《さけ》びも聞《き》こえない。誰《だれ》もいない玄関《げんかん》ホールの敷石《しきいし》は、血《ち》に染《そ》まっている。大理石《だいりせき》のかけらや裂《さ》けた木片《もくへん》にまじって、エメラルドが床一面《ゆかいちめん》に散《ち》らばったままだ。階段《かいだん》の手《て》すりの一部《いちぶ》が吹《ふ》き飛《と》ばされていた。

「みんなはどこかしら？」ハーマイオニーが小声《こごえ》で言《い》った。

ロンが先《さき》に立《た》って大広間《おおひろま》に入《はい》った。ハリーは入口《いりぐち》で足《あし》がすくんだ。各寮《かくりょう》のテーブルはなくなり、大広間《おおひろま》は人《ひと》でいっぱいだった。生《い》き残《のこ》った者《もの》は、互《たが》いの肩《かた》に腕《うで》を回《まわ》し、何人《なんにん》かずつ集《あつ》まって立《た》っていた。一段高《だんたか》い壇《だん》の上《うえ》で、マダム・ポンフリーが何人《なんにん》かに手伝《てつだ》わせて、負傷者《ふしょうしゃ》の手当《てあ》てをしていた。フィレンツェも傷《きず》つき、脇腹《わきばら》からドクドクと血《ち》を流《なが》し、立《た》つこともできずに体《からだ》を震《ふる》わせて横《よこ》たわっていた。

死者《ししゃ》は、大広間《おおひろま》の真《ま》ん中《なか》に横《よこ》たえられていた。フレッドのなきがらは、家族《かぞく》に囲《かこ》まれていてハリーには見《み》えなかった。ジョージが頭《あたま》の所《ところ》にひざまずき、ウィーズリーおばさんはフレッドの胸《むね》の上《うえ》に突《つ》っ伏《ぶ》して体《からだ》を震《ふる》わせていた。おばさんの髪《かみ》をなでながら、ウィーズリーおじさんのほおには、滝《たき》のような涙《なみだ》が流《なが》れていた。

ハリーには何《なに》も言《い》わずに、ロンとハーマイオニーが離《はな》れていった。ハリーは、ハーマイオニーが、顔《かお》を真《ま》っ赤《か》に泣《な》きはらしたジニーに近《ちか》づいて、抱《だ》きしめるのを見《み》た。ロンは、ビル、フラー、パーシーのそばに行《い》った。パーシーは、ロンの肩《かた》を抱《だ》いた。ジニーとハーマイオニーが、家族《かぞく》のほうに近寄《ちかよ》ろうと移動《いどう》したとき、ハリーはフレッドの隣《となり》に横《よこ》たわるなきがらをはっきりと見《み》た。リーマスとトンクスだ。血《ち》の気《け》の失《う》せた顔《かお》は、静《しず》かで安《やす》らかだった。魔法《まほう》のかかった暗《くら》い天井《てんじょう》の下《した》で、まるで眠《ねむ》っているように見《み》えた。

ハリーは、入口《いりぐち》からよろよろとあとずさりした。大広間《おおひろま》が飛《と》び去《さ》り、小《ちい》さく縮《ちぢ》んでいくような気《き》がした。ハリーは胸《むね》が詰《つ》まった。そのほかに誰《だれ》が自分《じぶん》のために死《し》んだのかを、なきがらを見《み》てたしかめるなどとてもできない。ウィーズリー一家《いっか》のそばに行《い》くことなど、とてもできない。ウィーズリー家《け》のみんなの目《め》を、まともに見《み》ることなどできない。はじめから自分《じぶん》が我《わ》が身《み》を差《さ》し出《だ》していれば、フレッドは死《し》なずにすんだかもしれないのに……。

ハリーは大広間《おおひろま》に背《せ》を向《む》け、大理石《だいりせき》の階段《かいだん》をかけ上《あ》がった。ルーピン、トンクス……感《かん》じることができなければいいのに……心《こころ》を引《ひ》き抜《ぬ》いてしまいたい。腸《はらわた》も何《なに》もかも、体《からだ》の中《なか》で悲鳴《ひめい》を上《あ》げているすべてのものを、引《ひ》き抜《ぬ》いてしまうことができればいいのに……。

城《しろ》の中《なか》は、完全《かんぜん》にからっぽだった。ゴーストまでが大広間《おおひろま》の追悼《ついとう》に加《くわ》わっているようだった。ハリーは、スネイプの最後《さいご》の「想《おも》い」が入《はい》ったクリスタルのフラスコを握《にぎ》りしめて、走《はし》り続《つづ》けた。校長室《こうちょうしつ》を護衛《ごえい》している石《いし》の怪獣像《ガーゴイル》の前《まえ》に着《つ》くまで、ハリーは速度《そくど》をゆるめなかった。

「合言葉《あいことば》は？」

「ダンブルドア！」

ハリーは反射的《はんしゃてき》に叫《さけ》んだ。ハリーがどうしても会《あ》いたかったのが、ダンブルドアだったからだ。

驚《おどろ》いたことに、怪獣像《ガーゴイル》は横《よこ》にすべり、背後《はいご》のらせん階段《かいだん》が現《あらわ》れた。円形《えんけい》の校長室《こうちょうしつ》に飛《と》び込《こ》んだハリーは、ある変化《へんか》が起《お》こっているのに気《き》づいた。周囲《しゅうい》の壁《かべ》にかかっている肖像画《しょうぞうが》は、すべて空《から》だった。歴代校長《れきだいこうちょう》は誰一人《だれひとり》として、ハリーを待《ま》ち受《う》けてはいなかった。どうやら全員《ぜんいん》が状況《じょうきょう》をよく見《み》ようと、城《しろ》にかけられている絵画《かいが》の中《なか》をかけ抜《ぬ》けていったらしい。

ハリーはがっかりして、校長《こうちょう》の椅子《いす》の真後《まうし》ろにかかっている、ダンブルドアのいない額《がく》をちらりと見上《みあ》げ、すぐに背《せ》を向《む》けた。石《いし》の「憂《うれ》いの篩《ふるい》」が、いつもの戸棚《とだな》の中《なか》に置《お》かれていた。ハリーは、それを持《も》ち上《あ》げて机《つくえ》の上《うえ》に置《お》き、ルーン文字《もじ》を縁《ふち》に刻《きざ》んだ大《おお》きな水盆《すいぼん》に、スネイプの記《き》憶《おく》を注《そそ》ぎ込《こ》んだ。誰《だれ》かほかの人間《にんげん》の頭《あたま》の中《なか》に逃《に》げ込《こ》めれば、どんなに気《き》が休《やす》まることか……たとえ、あのスネイプがハリーに遺《のこ》したものであれ、ハリー自身《じしん》の想《おも》いより悪《わる》いはずがない。記《き》憶《おく》は銀白色《ぎんはくしょく》の不思議《ふしぎ》な渦《うず》を巻《ま》いた。どうにでもなれと自暴自棄《じぼうじき》な気持《きも》ちで、自分《じぶん》を責《せ》めさいなむ悲《かな》しみを、この記憶《きおく》がやわらげてくれるとでも言《い》うように、ハリーは迷《まよ》わず渦《うず》に飛《と》び込《こ》んだ。

頭《あたま》から先《さき》に陽《ひ》の光《ひかり》を浴《あ》び、ハリーの両足《りょうあし》は温《あたた》かな大地《だいち》を踏《ふ》んだ。立《た》ち上《あ》がると、ほとんど誰《だれ》もいない遊《あそ》び場《ば》にいた。遠《とお》くに見《み》える街《まち》の家並《やな》みの上《うえ》に、巨大《きょだい》な煙突《えんとつ》が一本《ぽん》そそり立《た》っている。女《おんな》の子《こ》が二人《ふたり》、それぞれブランコに乗《の》って前後《ぜんご》に揺《ゆ》れている。やせた男《おとこ》の子《こ》が、その背後《はいご》の潅木《かんぼく》のしげみからじっと二人《ふたり》を見《み》ていた。男《おとこ》の子《こ》の黒《くろ》い髪《かみ》は伸《の》び放題《ほうだい》で、服装《ふくそう》はわざとそうしたかと思《おも》えるほど、ひどくちぐはぐだった。短過《みじかす》ぎるジーンズに大人《おとな》の男物《おとこもの》らしいだぶだぶでみすぼらしい上着《うわぎ》、おかしなスモックのようなシャツを着《き》ている。

ハリーは男《おとこ》の子《こ》に近《ちか》づいた。せいぜい九歳《さい》か十歳《さい》のスネイプだ。顔色《かおいろ》が悪《わる》く、小《ちい》さくて筋張《すじば》っている。ブランコをどんどん高《たか》くこいでいるほうの少女《しょうじょ》を見《み》つめるスネイプの細長《ほそなが》い顔《かお》に、憧《あこが》れがむき出《だ》しになっていた。

「リリー、そんなことしちゃダメ！」もう一人《ひとり》の少女《しょうじょ》が、金切《かなき》り声《ごえ》を上《あ》げた。

しかしリリーは、ブランコが弧《こ》を描《えが》いた一番高《いちばんたか》い所《ところ》で手《て》を離《はな》して飛《と》び出《だ》し、大《おお》きな笑《わら》い声《ごえ》を上《あ》げながら、上空《じょうくう》に向《む》かって文字《もじ》どおり空《そら》を飛《と》んだ。そして、遊《あそ》び場《ば》のアスファルトに墜落《ついらく》してくしゃくしゃになるどころか、空中《くうちゅう》ブランコ乗《の》りのように舞《ま》い上《あ》がって、異常《いじょう》に長《なが》い間空中《あいだくうちゅう》にとどまり、不自然《ふしぜん》なほど軽々《かるがる》と着地《ちゃくち》した。

「ママが、そんなことしちゃいけないって言《い》ったわ！」

ペチュニアは、ズルズル音《おと》を立《た》てて、サンダルのかかとでブランコにブレーキをかけ、ピョンと立《た》ち上《あ》がって腰《こし》に両手《りょうて》を当《あ》てた。

「リリー、あなたがそんなことするのは許《ゆる》さないって、ママが言《い》ったわ！」

「だって、わたしは大丈夫《だいじょうぶ》よ」

リリーは、まだクスクス笑《わら》っていた。

「チュニー、これ見《み》て。わたし、こんなことができるのよ」

ペチュニアはちらりと周《まわ》りを見《み》た。遊《あそ》び場《ば》には二人《ふたり》のほかに誰《だれ》もいない。二人《ふたり》に隠《かく》れて、スネイプがいるだけだった。リリーは、スネイプがひそむしげみの前《まえ》に落《お》ちている花《はな》を拾《ひろ》い上《あ》げた。ペチュニアは、見《み》たい気持《きも》ちと許《ゆる》したくない気持《きも》ちの間《あいだ》で明《あき》らかに揺《ゆ》れ動《うご》きながらも、リリーに近《ちか》づいた。リリーは、ペチュニアがよく見《み》えるように近《ちか》くに来《く》るまで待《ま》ってから、手《て》を突《つ》き出《だ》した。花《はな》は、その手《て》の平《ひら》の中《なか》で、ひだの多《おお》い奇妙《きみょう》な牡蠣《かき》のように、花《はな》びらを開《ひら》いたり閉《と》じたりしていた。

「やめて！」ペチュニアが金切《かなき》り声《ごえ》を上《あ》げた。

「何《なに》も悪《わる》さはしてないわ」そうは言《い》ったが、リリーは手《て》を閉《と》じて、花《はな》を放《ほう》り投《な》げた。

「いいことじゃないわ」

ペチュニアはそう言《い》いながらも、目《め》は飛《と》んでいく花《はな》を追《お》い、地面《じめん》に落《お》ちた花《はな》をしばらく見《み》ていた。

「どうやってやるの？」ペチュニアの声《こえ》には、はっきりとうらやましさがにじんでいた。

「わかりきったことじゃないか？」

スネイプはもうがまんできなくなって、しげみの陰《かげ》から飛《と》び出《だ》した。ペチュニアは悲鳴《ひめい》を上《あ》げてブランコのほうにかけ戻《もど》った。しかしリリーは、明《あき》らかに驚《おどろ》いてはいたが、その場《ば》から動《うご》かなかった。スネイプは、姿《すがた》を現《あらわ》したことを後悔《こうかい》している様子《ようす》だった。リリーを見《み》るスネイプの土気《つちけ》色《いろ》のほおに、にぶい赤《あか》みがさした。

「わかりきったことって？」リリーが聞《き》いた。

スネイプは興奮《こうふん》し、落《お》ち着《つ》きを失《うしな》っているように見《み》えた。離《はな》れた所《ところ》で、ブランコの脇《わき》をうろうろしているペチュニアにちらりと目《め》をやりながら、スネイプは声《こえ》を落《お》として言《い》った。

「僕《ぼく》は君《きみ》が何《なん》だか知《し》っている」

「どういうこと？」

「君《きみ》は……君《きみ》は魔女《まじょ》だ」スネイプがささやいた。

リリーは侮辱《ぶじょく》されたような顔《かお》をした。

「**そんなこと**、他人《ひと》に言《い》うのは失礼《しつれい》よ！」

リリーはスネイプに背《せ》を向《む》け、ツンと上《うえ》を向《む》いて、鼻息《はないき》も荒《あら》くペチュニアのほうに歩《ある》いていった。

「ちがうんだ！」

スネイプは、今《いま》や真《ま》っ赤《か》な顔《かお》をしていた。ハリーは、スネイプがどうしてバカバカしいほどだぶだぶの上着《うわぎ》を脱《ぬ》がないのだろう、といぶかった。その下《した》に着《き》ているスモックを見《み》られたくないのだろうか？　スネイプは二人《ふたり》の少女《しょうじょ》を追《お》いかけた。大人《おとな》のスネイプと同《おな》じように、まるで滑稽《こっけい》なコウモリのような姿《すがた》だった。

二人《ふたり》の姉妹《しまい》は、反感《はんかん》という気持《きも》ちで団結《だんけつ》し、ブランコの支柱《しちゅう》が鬼《おに》ごっこの「たんま」の場所《ばしょ》ででもあるかのようにつかまって、スネイプを観察《かんさつ》していた。

「君《きみ》はほんとに、そうなんだ」

スネイプがリリーに言《い》った。

「君《きみ》は魔女《まじょ》なんだ。僕《ぼく》はしばらく君《きみ》のことを見《み》ていた。でも、何《なに》も悪《わる》いことじゃない。僕《ぼく》のママも魔女《まじょ》で、僕《ぼく》は魔法使《まほうつか》いだ」

ペチュニアは、冷水《れいすい》のような笑《わら》いを浴《あ》びせた。

「魔法使《まほうつか》い！」

突然現《とつぜんあらわ》れた男《おとこ》の子《こ》に驚《おどろ》きはしたが、もうそのショックから回復《かいふく》して、負《ま》けん気《き》が戻《もど》ったペチュニアが叫《さけ》んだ。

「私《わたし》は、あなたが誰《だれ》だか知《し》ってるわ。スネイプって子《こ》でしょう！　この人《ひと》たち、川《かわ》の近《ちか》くのスピナーズ・エンドに住《す》んでるのよ」

ペチュニアがリリーに言《い》った。ペチュニアの口調《くちょう》から、その住所《じゅうしょ》がかんばしくない場所《ばしょ》だと考《かんが》えられていることは明《あき》らかだった。

「どうして、私《わたし》たちのことをスパイしていたの？」

「スパイなんかしていない」

明《あか》るい太陽《たいよう》の下《した》で、スネイプは暑苦《あつくる》しく、不快《ふかい》で、髪《かみ》の汚《よご》れが目立《めだ》った。

「どっちにしろ、**おまえのことなんかスパイしていない**」スネイプは意地悪《いじわる》くつけ加《くわ》えた。「**おまえはマグルだ**」

ペチュニアには、その言葉《ことば》がわからないようだったが、スネイプの声《こえ》の調子《ちょうし》はまちがえようもない。

「リリー、行《い》きましょう。帰《かえ》るのよ！」

ペチュニアがかん高《だか》い声《こえ》で言《い》った。リリーはすぐに従《したが》い、去《さ》り際《ぎわ》にスネイプをにらみつけた。

遊《あそ》び場《ば》の門《もん》をさっさと出《で》ていく姉妹《しまい》を、スネイプはじっと見《み》ていた。ただ一人《ひとり》その場《ば》に残《のこ》って観《かん》察《さっ》していたハリーには、スネイプが苦《にが》い失望《しつぼう》をかみしめているのがわかった。そして、スネイプが、この時《とき》のために、しばらく前《まえ》から準備《じゅんび》していたことを理解《りかい》した。それなのに、うまくいかなかったのだ……。

場面《ばめん》が消《き》え、いつの間《ま》にかハリーの周囲《しゅうい》が形《かたち》を変《か》えていた。今度《こんど》は低木《ていぼく》の小《ちい》さなしげみの中《なか》にいた。木《き》の幹《みき》を通《とお》して、太陽《たいよう》に輝《かがや》く川《かわ》が見《み》えた。木々《きぎ》の影《かげ》が、すずしい緑《みどり》の木陰《こかげ》を作《つく》っている。子供《こども》が二人《ふたり》、足《あし》を組《く》み、向《む》かい合《あ》って地面《じめん》に座《すわ》っている。スネイプは、今回《こんかい》は上着《うわぎ》を脱《ぬ》いでいた。おかしなスモックは、木陰《こかげ》の薄明《うすあ》かりではそれほど変《へん》に見《み》えなかった。

「……それで、魔法省《まほうしょう》は、誰《だれ》かが学校《がっこう》の外《そと》で魔法《まほう》を使《つか》うと、罰《ばっ》することができるんだ。手紙《てがみ》が来《く》る」

「でもわたし、もう学校《がっこう》の外《そと》で魔法《まほう》を使《つか》ったわ！」

「僕《ぼく》たちは大丈夫《だいじょうぶ》だ。まだ杖《つえ》を持《も》っていない。まだ子供《こども》だし、自分《じぶん》ではどうにもできないから、許《ゆる》してくれるんだ。でも十一歳《さい》になったら——」

スネイプは重々《おもおも》しくうなずいた。

「そして訓練《くんれん》を受《う》けはじめたら、その時《とき》は注意《ちゅうい》しなければいけない」

二人《ふたり》ともしばらく沈黙《ちんもく》した。リリーは小枝《こえだ》を拾《ひろ》って、空中《くうちゅう》にくるくると円《えん》を描《えが》いた。小枝《こえだ》から火花《ひばな》が散《ち》るところを想像《そうぞう》しているのが、ハリーにはわかった。それからリリーは小枝《こえだ》を落《お》とし、男《おとこ》の子《こ》に顔《かお》を近《ちか》づけて、こう言《い》った。

「ほんとなのね？　冗談《じょうだん》じゃないのね？　ペチュニアは、あなたがわたしにうそをついているんだって言《い》うの。ペチュニアは、ホグワーツなんてないって言《い》うの。でも、ほんとなのね？」

「僕《ぼく》たちにとってはほんとうだ」スネイプが言《い》った。「でもペチュニアにとってじゃない。僕《ぼく》たちには手紙《てがみ》が来《く》る。君《きみ》と僕《ぼく》に」

「そうなの？」リリーが小声《こごえ》で言《い》った。

「絶対《ぜったい》だ」スネイプが言《い》った。

髪《かみ》はふぞろいに切《き》られ、服装《ふくそう》もおかしかったが、自分《じぶん》の運命《うんめい》に対《たい》して確信《かくしん》に満《み》ちあふれたスネイプが、手足《てあし》を伸《の》ばしてリリーの前《まえ》に座《すわ》っているさまは、奇妙《きみょう》に印象的《いんしょうてき》だった。

「それで、ほんとうにふくろうが運《はこ》んでくるの？」リリーがささやくように聞《き》いた。

「普通《ふつう》はね」スネイプが言《い》った。「でも、君《きみ》はマグル生《う》まれだから、学校《がっこう》から誰《だれ》かが来《き》て、君《きみ》のご両親《りょうしん》に説明《せつめい》しないといけないんだ」

「何《なに》かちがうの？　マグル生《う》まれって」

スネイプは躊躇《ちゅうちょ》した。黒《くろ》い目《め》が緑《みどり》の木陰《こかげ》で熱《ねつ》を帯《お》び、リリーの色白《いろじろ》の顔《かお》と深《ふか》い色《いろ》の赤《あか》い髪《かみ》を眺《なが》めた。

「いいや」スネイプが言《い》った。「何《なに》もちがわない」

「よかった」

リリーは、緊張《きんちょう》がとけたように言《い》った。ずっと心配《しんぱい》していたのは明《あき》らかだ。

「君《きみ》は魔法《まほう》の力《ちから》をたくさん持《も》っている」スネイプが言《い》った。「僕《ぼく》にはそれがわかったんだ。ずっと君《きみ》を見《み》ていたから……」

スネイプの声《こえ》は先細《さきぼそ》りになった。リリーは聞《き》いていなかった。緑豊《みどりゆた》かな地面《じめん》に寝転《ねころ》んで体《からだ》を伸《の》ばし、頭上《ずじょう》の林冠《りんかん》を見上《みあ》げていた。スネイプは、遊《あそ》び場《ば》で見《み》ていたときと同《おな》じように熱《ねつ》っぽい目《め》で、リリーを見《み》つめた。

「お家《うち》の様子《ようす》はどうなの？」リリーが聞《き》いた。

スネイプの眉間《みけん》に、小《ちい》さなしわが現《あらわ》れた。

「大丈夫《だいじょうぶ》だ」スネイプが答《こた》えた。

「ご両親《りょうしん》は、もうけんかしていないの？」

「そりゃ、してるさ。あの二人《ふたり》はけんかばかりしてるよ」

スネイプは木《こ》の葉《は》を片手《かたて》につかみ取《と》ってちぎりはじめたが、自分《じぶん》では何《なに》をしているのか気《き》づいていないらしかった。

「だけど、もう長《なが》くはない。僕《ぼく》はいなくなる」

「あなたのパパは、魔法《まほう》が好《す》きじゃないの？」

「あの人《ひと》は何《なん》にも好《す》きじゃない。あんまり」スネイプが言《い》った。

「セブルス？」

リリーに名前《なまえ》を呼《よ》ばれたとき、スネイプの唇《くちびる》が、かすかな笑《わら》いでゆがんだ。

「何《なに》？」

「吸魂鬼《きゅうこんき》のこと、また話《はな》して」

「何《なん》のために、あいつらのことなんか知《し》りたいんだ？」

「もしわたしが、学校《がっこう》の外《そと》で魔法《まほう》を使《つか》ったら――」

「そんなことで、誰《だれ》も君《きみ》を吸魂鬼《きゅうこんき》に引《ひ》き渡《わた》したりはしないさ！　吸魂鬼《きゅうこんき》というのは、ほんとうに悪《わる》いことをした人《ひと》のためにいるんだから。魔法使《まほうつか》いの監獄《かんごく》、アズカバンの看守《かんしゅ》をしている。君《きみ》がアズカバンになんか行《い》くものか。君《きみ》みたいに――」

スネイプはまた赤《あか》くなって、もっと葉《は》をむしった。すると後《うし》ろでカサカサと小《ちい》さな音《おと》がしたので、ハリーは振《ふ》り向《む》いた。木《き》の陰《かげ》に隠《かく》れていたペチュニアが、足場《あしば》を踏《ふ》みはずしたところだった。

「チュニー！」

リリーの声《こえ》は、驚《おどろ》きながらもうれしそうだった。しかし、スネイプははじかれたように立《た》ち上《あ》がった。

「今度《こんど》は、どっちがスパイだ？」スネイプが叫《さけ》んだ。「何《なん》の用《よう》だ？」

ペチュニアは見《み》つかったことに愕然《がくぜん》として、息《いき》もつけない様子《ようす》だった。ハリーには、ペチュニアがスネイプを傷《きず》つける言葉《ことば》を探《さが》しているのがわかった。

「あなたの着《き》ている物《もの》は、いったい何《なに》？」

ペチュニアは、スネイプの胸《むね》を指差《ゆびさ》して言《い》った。

「ママのブラウス？」

ボキッと音《おと》がして、ペチュニアの頭上《ずじょう》の枝《えだ》が落《お》ちてきた。リリーが悲鳴《ひめい》を上《あ》げた。枝《えだ》はペチュニアの肩《かた》に当《あ》たり、ペチュニアは後《うし》ろによろけてワッと泣《な》きだした。

「チュニー！」

しかし、ペチュニアはもう走《はし》りだしていた。リリーはスネイプに食《く》ってかかった。

「あなたのしたことね？」

「ちがう」

スネイプは挑戦的《ちょうせんてき》になり、同時《どうじ》に恐《おそ》れているようだった。

「あなたがしたのよ！」

リリーはスネイプのほうを向《む》いたまま、あとずさりしはじめた。

「**そうよ！** ペチュニアを痛《いた》い目《め》にあわせたのよ！」

「ちがう――僕《ぼく》はやっていない！」

しかし、リリーはスネイプのうそに納得《なっとく》しなかった。激《はげ》しい目《め》つきでにらみつけ、リリーは小《ちい》さなしげみからかけ出《だ》して、ペチュニアを追《お》った。スネイプは、みじめな、混乱《こんらん》した顔《かお》で見送《みおく》っていた……。


そして場面《ばめん》が変《か》わった。ハリーが見回《みまわ》すと、そこは九と四分《ぶん》の三番線《ばんせん》で、ハリーの横《よこ》に、やや猫背《ねこぜ》のスネイプが立《た》ち、その隣《となり》に、スネイプとそっくりな、やせて土気色《つちけいろ》の顔《かお》をした気難《きむずか》しそうな女性《じょせい》が立《た》っていた。スネイプは、少《すこ》し離《はな》れた所《ところ》にいる四人家族《にんかぞく》をじっと見《み》ていた。二人《ふたり》の女《おんな》の子《こ》が、両親《りょうしん》から少《すこ》し離《はな》れて立《た》っている。リリーが何《なに》か訴《うった》えているようだった。ハリーは少《すこ》し近《ちか》づいて聞《き》き耳《みみ》を立《た》てた。

「……ごめんなさい、チュニー、ごめんなさい！　ねぇ――」

リリーはペチュニアの手《て》を取《と》って、引《ひ》っ込《こ》めようとする手《て》をしっかり握《にぎ》った。

「たぶん、わたしがそこに行《い》ったら――ねえ、聞《き》いてよ、チュニー！　たぶん、わたしがそこに行《い》けば、ダンブルドア教授《きょうじゅ》の所《ところ》に行《い》って、気持《きも》ちが変《か》わるように説得《せっとく》できると思《おも》うわ！」

「私《わたし》――行《い》きたく――なんか――ない！」

ペチュニアは、握《にぎ》られている手《て》を振《ふ》りほどこうと、引《ひ》いた。

「私《わたし》がそんな、ばかばかしい城《しろ》なんかに行《い》きたいわけないでしょ。何《なん》のために勉強《べんきょう》して、わざわざそんな――そんな――」

ペチュニアの色《いろ》の薄《うす》い目《め》が、プラットホームをぐるりと見回《みまわ》した。飼《か》い主《ぬし》の腕《うで》の中《なか》でニャーニャー鳴《な》いている猫《ねこ》や、かごの中《なか》で羽《は》ばたきしながらホーホー鳴《な》きかわしているふくろう、そして生徒《せいと》たち。中《なか》には、もうすそ長《なが》の黒《くろ》いローブに着替《きが》えている生徒《せいと》もいて、紅《くれない》の汽車《きしゃ》にトランクを積《つ》み込《こ》んだり、夏休《なつやす》み後《ご》の再会《さいかい》を喜《よろこ》んで歓声《かんせい》を上《あ》げ、挨拶《あいさつ》を交《か》わしたりしている。

「――私《わたし》が、なんでそんな――そんな生《う》まれそこないになりたいってわけ？」

ペチュニアはとうとう手《て》を振《ふ》りほどき、リリーは目《め》に涙《なみだ》をためていた。

「わたしは生《う》まれそこないじゃないわ」リリーが言《い》った。「そんな、ひどいことを言《い》うなんて」

「あなたは、そういう所《ところ》に行《い》くのよ」

ペチュニアは、反応《はんのう》を、さも楽《たの》しむかのように言《い》った。

「生《う》まれそこないのための特殊《とくしゅ》な学校《がっこう》。あなたも、あのスネイプって子《こ》も……変《へん》な者《もの》どうし。二人《ふたり》ともそうなのよ。あなたたちが、まともな人《ひと》たちから隔離《かくり》されるのはいいことよ。私《わたし》たちの安全《あんぜん》のためだわ」

リリーは、両親《りょうしん》をちらりと見《み》た。二人《ふたり》ともその場《ば》を満喫《まんきつ》して、心《こころ》から楽《たの》しんでいるような顔《かお》でプラットホームを見回《みまわ》していた。リリーはペチュニアを振《ふ》り返《かえ》り、低《ひく》い、けわしい口調《くちょう》で言《い》った。

「あなたは、変人《へんじん》の学校《がっこう》だなんて思《おも》っていないはずよ。校長先生《こうちょうせんせい》に手紙《てがみ》を書《か》いて、自分《じぶん》を入学《にゅうがく》させてくれって頼《たの》み込《こ》んだんだもの」

ペチュニアは真《ま》っ赤《か》になった。

「頼《たの》み込《こ》む？　そんなことしてないわ！」

「わたし、校長先生《こうちょうせんせい》のお返事《へんじ》を見《み》たの。親切《しんせつ》なお手紙《てがみ》だったわ」

「読《よ》んじゃいけなかったのに――」ペチュニアが小声《こごえ》で言《い》った。「私《わたし》のプライバシーよ――どうしてそんな――？」

リリーは、近《ちか》くに立《た》っているスネイプにちらりと目《め》をやることで、白状《はくじょう》したも同然《どうぜん》だった。

ペチュニアが息《いき》をのんだ。

「あの子《こ》が見《み》つけたのね！　あなたとあの男《おとこ》の子《こ》が、私《わたし》の部屋《へや》にコソコソ入《はい》って！」

「ちがうわ――コソコソ入《はい》ってなんかいない――」

今度《こんど》はリリーがむきになった。

「セブルスが封筒《ふうとう》を見《み》たの。それで、マグルがホグワーツと接触《せっしょく》できるなんて信《しん》じられなかったの。それだけよ！　セブルスは、郵便局《ゆうびんきょく》に、変装《へんそう》した魔法使《まほうつか》いが働《はたら》いているにちがいないって言《い》うの。それで、その人《ひと》たちがきっと――」

「魔法使《まほうつか》いって、どこにでも首《くび》を突《つ》っ込《こ》むみたいね！」

ペチュニアは赤《あか》くなったと同《おな》じくらい青《あお》くなっていた。

「生《う》まれそこない！」

ペチュニアは、リリーに向《む》かって吐《は》き捨《す》てるように言《い》い、これ見《み》よがしに両親《りょうしん》のいる所《ところ》へ戻《もど》っていった……。


場面《ばめん》がまた消《き》えた。ホグワーツ特急《とっきゅう》はガタゴトと田園《でんえん》を走《はし》っている。スネイプが列車《れっしゃ》の通路《つうろ》を急《いそ》ぎ足《あし》で歩《ある》いていた。すでに学校《がっこう》のローブに着替《きが》えている。たぶんあの不格好《ぶかっこう》なマグルの服《ふく》をいち早《はや》く脱《ぬ》ぎたかったのだろう。やがてスネイプは、あるコンパートメントの前《まえ》で立《た》ち止《ど》まった。中《なか》では騒々《そうぞう》しい男《おとこ》の子《こ》たちが話《はな》している。窓際《まどぎわ》の隅《すみ》の席《せき》に体《からだ》を丸《まる》めて、リリーが座《すわ》っていた。顔《かお》を窓《まど》ガラスに押《お》しつけている。

スネイプはコンパートメントの扉《とびら》を開《あ》け、リリーの前《まえ》の席《せき》に腰《こし》かけた。リリーはちらりとスネイプを見《み》たが、また窓《まど》に視線《しせん》を戻《もど》した。泣《な》いていたのだ。

「あなたとは、話《はな》したくないわ」リリーが声《こえ》を詰《つ》まらせた。

「どうして？」

「チュニーがわたしを、に――憎《にく》んでいるの。ダンブルドアからの手紙《てがみ》を、わたしたちが見《み》たから」

「それが、どうしたって言《い》うんだ？」

リリーは、スネイプなんて大嫌《だいきら》いだという目《め》で見《み》た。

「だってわたしたち、姉妹《しまい》なのよ！」

「あいつはただの――」

スネイプはすばやく自分《じぶん》を抑《おさ》えた。気《き》づかれないように涙《なみだ》をぬぐうのに気《き》を取《と》られていたリリーは、スネイプの言葉《ことば》を聞《き》いていなかった。

「だけど、僕《ぼく》たちは行《い》くんだ！」

スネイプは、興奮《こうふん》を抑《おさ》えきれない声《こえ》で言《い》った。

「とうとうだ！　僕《ぼく》たちはホグワーツに行《い》くんだ！」

リリーは目《め》をぬぐいながらうなずき、思《おも》わず半分《はんぶん》ほほ笑《え》んだ。

「君《きみ》は、スリザリンに入《はい》ったほうがいい」

リリーが少《すこ》し明《あか》るくなったのに勇気《ゆうき》づけられて、スネイプが言《い》った。

「スリザリン？」

同《おな》じコンパートメントの男《おとこ》の子《こ》の一人《ひとり》が、その時《とき》まではリリーにもスネイプにもまったく関心《かんしん》を示《しめ》していなかったのに、その言葉《ことば》で振《ふ》り返《かえ》った。それまで窓際《まどぎわ》の二人《ふたり》にだけ注意《ちゅうい》を集中《しゅうちゅう》させていたハリーは、初《はじ》めて自分《じぶん》の父親《ちちおや》に気《き》づいた。細身《ほそみ》でスネイプと同《おな》じ黒《くろ》い髪《かみ》だったが、どことなく、かわいがられ、むしろちやほやされてきたという雰囲気《ふんいき》を漂《ただよ》わせていた。スネイプには、明《あき》らかに欠《か》けている雰囲気《ふんいき》だ。

「スリザリンになんか誰《だれ》が入《はい》るか！　むしろ退学《たいがく》するよ、そうだろう？」

ジェームズは、むかい側《がわ》の席《せき》にゆったりもたれかかっている男子《だんし》に問《と》いかけた。それがシリウスだと気《き》づいて、ハリーはドキッとした。シリウスはニコリともしなかった。

「僕《ぼく》の家族《かぞく》は、全員《ぜんいん》スリザリンだった」シリウスが言《い》った。

「驚《おどろ》いたなあ」ジェームズが言《い》った。「だって、君《きみ》はまともに見《み》えると思《おも》ってたのに！」

シリウスがニヤッと笑《わら》った。

「たぶん、僕《ぼく》が伝統《でんとう》を破《やぶ》るだろう。君《きみ》は、選《えら》べるとしたらどこに行《い》く？」

ジェームズは、見《み》えない剣《つるぎ》を捧《ささ》げ持《も》つ格好《かっこう》をした。

「『**グリフィンドール、勇気《ゆうき》ある者《もの》が住《すま》う寮《りょう》！**』、僕《ぼく》の父《とう》さんのように」

スネイプが小《ちい》さくフンと言《い》った。ジェームズは、スネイプに向《む》きなおった。

「文句《もんく》があるのか？」

「いや」

言葉《ことば》とは裏腹《うらはら》に、スネイプはかすかに嘲笑《あざわら》っていた。

「君《きみ》が、頭脳《ずのう》派《は》より肉体《にくたい》派《は》がいいならね――」

「君《きみ》はどこに行《い》きたいんだ？　どっちでもないようだけど」シリウスが口《くち》を挟《はさ》んだ。

ジェームズが爆笑《ばくしょう》した。リリーはかなり赤《あか》くなって座《すわ》りなおし、大嫌《だいきら》いという顔《かお》でジェームズとシリウスを交互《こうご》に見《み》た。

「セブルス、行《い》きましょう。別《べつ》なコンパートメントに」

「オォオォオォ……」

ジェームズとシリウスが、リリーのツンとした声《こえ》をまねた。ジェームズは、スネイプが通《とお》るとき、足《あし》を引《ひ》っかけようとした。

「まーたな、スニベルス《なきみそ》！」

中《なか》から声《こえ》が呼《よ》びかけ、コンパートメントの扉《とびら》がバタンと閉《し》まった……。

そしてまた場面《ばめん》が消《き》えた……。

ハリーはスネイプのすぐ後《うし》ろで、ろうそくに照《て》らされた寮《りょう》のテーブルに向《む》かって立《た》っていた。テーブルには、夢中《むちゅう》で見《み》つめる顔《かお》がずらりと並《なら》んでいる。その時《とき》、マクゴナガル教授《きょうじゅ》が呼《よ》んだ。

「エバンズ、リリー！」

ハリーは、自分《じぶん》の母親《ははおや》が震《ふる》える足《あし》で進《すす》み出《で》て、ぐらぐらした丸椅子《まるいす》に腰《こし》かけるのを見守《みまも》った。マクゴナガル教授《きょうじゅ》が組分《くみわ》け帽子《ぼうし》をリリーの頭《あたま》にかぶせた。すると、深《ふか》みのある赤《あか》い髪《かみ》に触《ふ》れた瞬《しゅん》間《かん》、一秒《びょう》とかからずに帽子《ぼうし》が叫《さけ》んだ。

「グリフィンドール！」

ハリーは、スネイプが小《ちい》さくうめき声《ごえ》をもらすのを聞《き》いた。リリーは「帽子《ぼうし》」を脱《ぬ》ぎ、マクゴナガル教授《きょうじゅ》に返《かえ》して、歓迎《かんげい》に沸《わ》くグリフィンドール生《せい》の席《せき》に急《いそ》いだ。しかし、その途中《とちゅう》でスネイプをちらりと振《ふ》り返《かえ》ったリリーの顔《かお》には、悲《かな》しげな微笑《びしょう》が浮《う》かんでいた。ハリーは、ベンチに腰《こし》かけていたシリウスが横《よこ》に詰《つ》めて、リリーに席《せき》を空《あ》けるのを見《み》た。リリーは一目《ひとめ》で、列車《れっしゃ》で会《あ》った男子《だんし》だとわかったらしく、腕組《うでぐ》みをしてあからさまにそっぽを向《む》いた。

点呼《てんこ》が続《つづ》いた。ハリーは、ルーピン、ペティグリュー、そして父親《ちちおや》が、リリーとシリウスのいるグリフィンドールのテーブルに加《くわ》わるのを見《み》た。そして、あと十数人《すうにん》の組分《くみわ》けを残《のこ》すだけになり、マクゴナガル教授《きょうじゅ》がスネイプの名前《なまえ》を呼《よ》んだ。

ハリーは一緒《いっしょ》に丸椅子《まるいす》まで歩《ある》き、スネイプが帽子《ぼうし》を頭《あたま》にのせるのを見《み》た。

「スリザリン！」組分《くみわ》け帽子《ぼうし》が叫《さけ》んだ。

そしてセブルス・スネイプは、リリーから遠《とお》ざかるように大広間《おおひろま》の反対側《はんたいがわ》に移動《いどう》し、スリザリン生《せい》の歓迎《かんげい》に迎《むか》えられた。監督生《かんとくせい》バッジを胸《むね》に光《ひか》らせたルシウス・マルフォイが、隣《となり》に座《すわ》ったスネイプの背中《せなか》を軽《かる》くたたいた……。

そして場面《ばめん》が変《か》わった……。

リリーとスネイプが、城《しろ》の中庭《なかにわ》を歩《ある》いていた。明《あき》らかに議論《ぎろん》している様子《ようす》だ。ハリーは急《いそ》いで追《お》いかけ、聞《き》こうとした。追《お》いついてみると、二人《ふたり》がどんなに背《せ》が伸《の》びているかに気《き》づいた。組《く》分《わ》けから数年《すうねん》たっているらしい。

「……僕《ぼく》たちは友達《ともだち》じゃなかったのか？」スネイプが言《い》っていた。「親友《しんゆう》だろう？」

「そうよ、セブ。でも、あなたが付《つ》き合《あ》っている人《ひと》たちの、何人《なんにん》かが嫌《きら》いなの！　悪《わる》いけど、エイブリーとかマルシベール！　――マルシベール！　セブ、あの人《ひと》のどこがいいの？　あの人《ひと》、ぞっとするわ！　この間《あいだ》、あの人《ひと》がメリー・マクドナルドに何《なに》をしようとしたか、あなた知《し》ってる？」

リリーは柱《はしら》に近《ちか》づいて寄《よ》りかかり、細長《ほそなが》い土気色《つちけいろ》の顔《かお》をのぞき込《こ》んだ。

「あんなこと、何《なん》でもない」スネイプが言《い》った。「冗談《じょうだん》だよ。それだけだ――」

「あれは『闇《やみ》の魔術《まじゅつ》』よ。あなたが、あれがただの冗談《じょうだん》だなんて思《おも》うのなら――」

「ポッターと仲間《なかま》がやっていることは、どうなんだ？」スネイプが切《き》り返《かえ》した。憤《いきどお》りを抑《おさ》えられないらしく、言葉《ことば》と同時《どうじ》に、スネイプの顔《かお》に血《ち》が上《のぼ》った。

「ポッターと、何《なん》の関係《かんけい》があるの？」

「夜《よる》こっそり出歩《である》いている。ルーピンてやつ、何《なん》だかあやしい。あいつはいったい、いつもどこに行《い》くんだ？」

「あの人《ひと》は病気《びょうき》よ」リリーが言《い》った。「病気《びょうき》だってみんなが言《い》ってるわ――」

「毎月《まいつき》、満月《まんげつ》のときに？」スネイプが言《い》った。

「あなたが何《なに》を考《かんが》えているかは、わかっているわ」

リリーが言《い》った。冷《つめ》たい口調《くちょう》だった。

「どうして、あの人《ひと》たちにそんなにこだわるの？　あの人《ひと》たちが夜《よる》、何《なに》をしているかが、なぜ気《き》になるの？」

「僕《ぼく》はただ、あの連中《れんちゅう》は、みんなが思《おも》っているほどすばらしいわけじゃないって、君《きみ》に教《おし》えようとしているだけだ」

スネイプのまなざしの激《はげ》しさに、リリーはほおを赤《あか》らめた。

「でも、あの人《ひと》たちは、闇《やみ》の魔術《まじゅつ》を使《つか》わないわ」リリーは声《こえ》を低《ひく》くした。「それに、あなたはとても恩知《おんし》らずよ。この間《あいだ》の晩《ばん》に何《なに》があったか、聞《き》いたわ。あなたは『暴《あば》れ柳《やなぎ》』のそばのトンネルをこっそり下《お》りていって、そこで何《なに》があったかは知《し》らないけれど、ジェームズ・ポッターがあなたを救《すく》ったと――」

スネイプの顔《かお》が大《おお》きくゆがみ、吐《は》き捨《す》てるように言《い》った。

「救《すく》った？　救《すく》った？　君《きみ》はあいつが英雄《えいゆう》だと思《おも》っているのか？　あいつは自分自身《じぶんじしん》と自分《じぶん》の仲間《なかま》を救《すく》っただけだ！　君《きみ》は絶対《ぜったい》にあいつに――僕《ぼく》が君《きみ》に許《ゆる》さない――」

「私《わたし》に何《なに》を許《ゆる》さないの？　何《なに》を許《ゆる》さないの？」

リリーの明《あか》るい緑《みどり》の目《め》が、細《ほそ》い線《せん》になった。スネイプはすぐに言《い》いなおした。

「そういうつもりじゃ――ただ僕《ぼく》は、君《きみ》がだまされるのを見《み》たくない――あいつは、君《きみ》に気《き》がある。ジェームズ・ポッターは、君《きみ》のことが好《す》きなんだ！」

言葉《ことば》が、スネイプの意《い》に反《はん》して無理《むり》やり出《で》てきたかのようだった。

「だけどあいつは、ちがうんだ……みんながそう思《おも》っているみたいな……クィディッチの大物《おおもの》ヒーローだとか――」

スネイプは、苦々《にがにが》しさと嫌悪感《けんおかん》とで、支離滅裂《しりめつれつ》になっていた。リリーの眉《まゆ》がだんだん高《たか》く吊《つ》り上《あ》がっていった。

「ジェームズ・ポッターが、傲慢《ごうまん》でいやなやつなのはわかっているわ」

リリーは、スネイプの言葉《ことば》をさえぎった。

「あなたに言《い》われるまでもないわ。でも、マルシベールとかエイブリーが冗談《じょうだん》のつもりでしていることは、邪悪《じゃあく》そのものだわ。セブ、**邪悪《じゃあく》なことなのよ**。あなたが、どうしてあんな人《ひと》たちと友《とも》達《だち》になれるのか、私《わたし》にはわからない」

マルシベールとエイブリーを非難《ひなん》するリリーの言葉《ことば》を、はたしてスネイプが聞《き》いたかどうかさえ疑《うたが》わしいと、ハリーは思《おも》った。リリーがジェームズ・ポッターをけなすのを聞《き》いたとたん、スネイプの体全体《からだぜんたい》がゆるみ、二人《ふたり》でまた歩《ある》きだしたときには、スネイプの足取《あしど》りははずんでいた……。

そして場面《ばめん》が変《か》わった……。


ハリーは、以前《いぜん》に見《み》たことのある光景《こうけい》を見《み》ていた。O・W・L試験《ふくろうしけん》の「闇《やみ》の魔術《まじゅつ》に対《たい》する防衛《ぼうえい》術《じゅつ》」を終《お》えたスネイプが、大広間《おおひろま》を出《で》て、どこという当《あ》てもない様子《ようす》で城《しろ》から離《はな》れて歩《ある》いていた。たまたまスネイプが向《む》かった先《さき》は、ジェームズ、シリウス、ルーピン、そしてペティグリューが一緒《いっしょ》に座《すわ》っているブナの木《き》の下《した》のすぐそばだった。ハリーは、今回《こんかい》は距離《きょり》を置《お》いて見《み》ていた。ジェームズがセブルスを宙吊《ちゅうづ》りにして侮辱《ぶじょく》したあとに、何《なに》が起《お》こったかを知《し》っていたからだ。何《なに》が行《おこな》われ、何《なに》が言《い》われたかを知《し》っていたし、それをくり返《かえ》して聞《き》きたくはなかった。ハリーは、リリーがその集団《しゅうだん》に割《わ》り込《こ》み、スネイプを擁護《ようご》しはじめるのを見《み》た。屈辱感《くつじょくかん》と怒《いか》りで、スネイプがリリーに向《む》かって許《ゆる》しがたい言葉《ことば》を吐《は》くのが、遠《とお》くに聞《き》こえた。

「穢《けが》れた血《ち》」

場面《ばめん》が変《か》わった……。


「許《ゆる》してくれ」

「聞《き》きたくないわ」

「許《ゆる》してくれ！」

「言《い》うだけむだよ」

夜《よる》だった。リリーは部屋着《へやぎ》を着《き》て、グリフィンドール塔《とう》の入口《いりぐち》の「太《ふと》った婦人《レディ》」の肖像画《しょうぞうが》の前《まえ》で、腕組《うでぐ》みをして立《た》っていた。

「メリーが、あなたがここで夜明《よあ》かしすると脅《おど》しているって言《い》うから、来《き》ただけよ」

「そのとおりだ。そうしたかもしれない。けっして君《きみ》を『穢《けが》れた血《ち》』と呼《よ》ぶつもりはなかった。ただ――」

「口《くち》がすべったって？」リリーの声《こえ》には、あわれみなどなかった。「もう遅《おそ》いわ。私《わたし》は何年《なんねん》も、あなたのことをかばってきた。私《わたし》があなたと口《くち》をきくことさえ、どうしてなのか、私《わたし》の友達《ともだち》は誰《だれ》も理解《りかい》できないのよ。あなたと大切《たいせつ》な『死喰《しく》い人《びと》』のお友達《ともだち》のこと――ほら、あなたは否定《ひてい》もしない！　あなたたち全員《ぜんいん》がそれになろうとしていることを、否定《ひてい》もしない！『例《れい》のあの人《ひと》』の一味《いちみ》になるのが待《ま》ち遠《どお》しいでしょうね？」

スネイプは口《くち》を開《ひら》きかけたが、何《なに》も言《い》わずに閉《と》じた。

「私《わたし》はもう、自分《じぶん》にうそはつけないわ。あなたはあなたの道《みち》を選《えら》んだし、私《わたし》は私《わたし》の道《みち》を選《えら》んだのよ」

「お願《ねが》いだ――聞《き》いてくれ。僕《ぼく》はけっして――」

「――私《わたし》を『穢《けが》れた血《ち》』と呼《よ》ぶつもりはなかった？　でも、セブルス、あなたは、私《わたし》と同《おな》じ生《う》まれの人全部《ひとぜんぶ》を『穢《けが》れた血《ち》』と呼《よ》んでいるわ。どうして、私《わたし》だけがちがうと言《い》えるの？」

スネイプは、何《なに》か言《い》おうともがいていた。しかし、リリーは軽蔑《けいべつ》した顔《かお》でスネイプに背《せ》を向《む》け、肖像画《しょうぞうが》の穴《あな》を登《のぼ》って戻《もど》っていった……。

廊下《ろうか》が消《き》えたが、場面《ばめん》が変《か》わるまでに、今《いま》までより長《なが》い時間《じかん》がかかった。ハリーは、形《かたち》や色《いろ》が置《お》きかわる中《なか》を飛《と》んでいるようだった。やがて周囲《しゅうい》が再《ふたた》びはっきりし、ハリーは闇《やみ》の中《なか》で、わびしく冷《つめ》たい丘《おか》の上《うえ》に立《た》っていた。木《こ》の葉《は》の落《お》ちた数本《すうほん》の木《き》の枝《えだ》を、風《かぜ》がヒューヒュー吹《ふ》き鳴《な》らしている。大人《おとな》になったスネイプが、息《いき》を切《き》らしながら、杖《つえ》をしっかり握《にぎ》りしめて、何《なに》かを、いや誰《だれ》かを待《ま》ってその場《ば》でぐるぐる回《まわ》っていた……自分《じぶん》には危害《きがい》がおよばないと知《し》ってはいても、スネイプの恐怖《きょうふ》がハリーにも乗《の》り移《うつ》り、ハリーは、スネイプが何《なに》を待《ま》っているのかといぶかりながら、後《うし》ろを振《ふ》り返《かえ》った――。

するど、目《め》もくらむような白《しろ》い光線《こうせん》が闇《やみ》をつんざいてジグザグに走《はし》った。ハリーは稲妻《いなずま》だと思《おも》った。ところが、スネイプの手《て》から杖《つえ》が吹《ふ》き飛《と》ばされ、スネイプはがっくりとひざをついた。

「殺《ころ》さないでくれ！」

「わしには、そんなつもりはない」

ダンブルドアが「姿《すがた》あらわし」した音《おと》は、枝《えだ》を鳴《な》らす風《かぜ》の音《おと》に飲《の》み込《こ》まれていた。スネイプの前《まえ》に立《た》ったダンブルドアは、ローブを体《からだ》の周《まわ》りにはためかせ、その顔《かお》は下《した》からの杖灯《つえあか》りに照《て》らされていた。

「さて、セブルス？　ヴォルデモート卿《きょう》が、わしに何《なん》の伝言《でんごん》かな？」

「ちがう――伝言《でんごん》ではない――私《わたし》は自分《じぶん》のことでここに来《き》た！」

スネイプは両手《りょうて》をもみしだいていた。黒《くろ》い髪《かみ》が顔《かお》の周《まわ》りにバラバラにほつれて飛《と》び、狂乱《きょうらん》した様子《ようす》に見《み》えた。

「私《わたし》は――警告《けいこく》にきた――いや、お願《ねが》いに――どうか――」

ダンブルドアは軽《かる》く杖《つえ》を振《ふ》った。二人《ふたり》の周囲《しゅうい》では、木《こ》の葉《は》も枝《えだ》も、吹《ふ》きすさぶ夜風《よかぜ》にあおられ続《つづ》けていたが、ダンブルドアとスネイプが向《む》かい合《あ》っている場所《ばしょ》だけは静《しず》かになった。

「死喰《しく》い人《びと》が、わしに何《なん》の頼《たの》みがあると言《い》うのじゃ？」

「あの──あの予言《よげん》は……あの予測《よそく》は……トレローニーの……」

「おう、そうじゃ」ダンブルドアが言《い》った。「ヴォルデモート卿《きょう》に、どれだけ伝《つた》えたのかな？」

「すべてを──聞《き》いたことのすべてを！」スネイプが言《い》った。「それがために──それが理由《りゆう》で──『あの方《かた》』は、それがリリー・エバンズだとお考《かんが》えだ！」

「予言《よげん》は、女性《じょせい》には触《ふ》れておらぬ」ダンブルドアが言《い》った。「七月《がつ》の末《すえ》に生《う》まれる男《おとこ》の子《こ》の話《はなし》じゃ」

「あなたは、私《わたし》の言《い》うことがおわかりになっている！『あの方《かた》』は、それがリリーの息子《むすこ》のことだとお考《かんが》えだ。『あの方《かた》』はリリーを追《お》いつめ──全員《ぜんいん》を殺《ころ》すおつもりだ──」

「あの女《ひと》がおまえにとってそれほど大切《たいせつ》なら──」ダンブルドアが言《い》った。「ヴォルデモート卿《きょう》は、リリーを見逃《みのが》してくれるにちがいなかろう？息子《むすこ》と引《ひ》き換《か》えに、母親《ははおや》への慈悲《じひ》を願《ねが》うことはできぬのか？」

「そうしました──私《わたし》はお願《ねが》いしました」

「見下《みさ》げはてたやつじゃ」ダンブルドアが言《い》った。

ハリーは、これほど侮蔑《ぶべつ》のこもったダンブルドアの声《こえ》を、聞《き》いたことがなかった。スネイプはわずかに身《み》を縮《ちぢ》めたように見《み》えた。

「それでは、リリーの夫《おっと》や子供《こども》が死《し》んでも、気《き》にせぬのか？　自分《じぶん》の願《ねが》いさえ叶《かな》えば、あとの二人《ふたり》は死《し》んでもいいと言《い》うのか？」

スネイプは何《なに》も言《い》わず、ただだまってダンブルドアを見上《みあ》げた。

「それでは、全員《ぜんいん》を隠《かく》してください」スネイプはかすれ声《ごえ》で言《い》った。「あの女《ひと》を――全員《ぜんいん》を――安全《あんぜん》に。お願《ねが》いです」

「そのかわりに、わしには何《なに》をくれるのじゃ、セブルス？」

「か――かわりに？」

スネイプはポカンと口《くち》を開《あ》けて、ダンブルドアを見《み》た。ハリーはスネイプが抗議《こうぎ》するだろうと予想《よそう》したが、しばらくだまったあとに、スネイプが言《い》った。

「何《なん》なりと」

丘《おか》の上《うえ》の光景《こうけい》が消《き》え、ハリーはダンブルドアの校長室《こうちょうしつ》に立《た》っていた。そして、何《なに》かが、傷《きず》ついた獣《けもの》のような恐《おそ》ろしいうめき声《ごえ》を上《あ》げていた。スネイプが、ぐったりと前《まえ》かがみになって椅子《いす》にかけ、ダンブルドアが立《た》ったまま、暗《くら》い顔《かお》でその姿《すがた》を見下《みお》ろしていた。やがてスネイプが顔《かお》を上《あ》げた。荒涼《こうりょう》としたあの丘《おか》の上《うえ》の光景《こうけい》以来《いらい》、スネイプは百年《ねん》もの間《あいだ》、悲惨《ひさん》に生《い》きてきたような顔《かお》だった。

「あなたなら……きっと……あの女《ひと》を……護《まも》ると思《おも》った……」

「リリーもジェームズも、まちがった人間《にんげん》を信用《しんよう》したのじゃ」ダンブルドアが言《い》った。「おまえも同《おな》じじゃな、セブルス。ヴォルデモート卿《きょう》が、リリーを見逃《みのが》すと期待《きたい》しておったのではないかな？」

スネイプは、ハァハァと苦《くる》しそうな息《いき》づかいだった。

「リリーの子《こ》は生《い》き残《のこ》っておる」ダンブルドアが言《い》った。

スネイプは、ぎくっと小《ちい》さく頭《あたま》を一振《ひとふ》りした。うるさいハエを追《お》うようなしぐさだった。

「リリーの息子《むすこ》は生《い》きておる。その男《おとこ》の子《こ》は、彼女《かのじょ》の目《め》を持《も》っている。そっくり同《おな》じ目《め》だ。リリー・エバンズの目《め》の形《かたち》も色《いろ》も、おまえは覚《おぼ》えておるじゃろうな？」

「**やめてくれ！**」スネイプが大声《おおごえ》を上《あ》げた。「もういない……死《し》んでしまった……」

「後悔《こうかい》か、セブルス？」

「私《わたし》も……私《わたし》も死《し》にたい……」

「しかし、おまえの死《し》が、誰《だれ》の役《やく》に立《た》つというのじゃ？」ダンブルドアは冷《つめ》たく言《い》った。「リリー・エバンズを愛《あい》していたなら、ほんとうに愛《あい》していたのなら、これからのおまえの道《みち》は、はっきりしておる」

スネイプは苦痛《くつう》の靄《もや》の中《なか》を、じっと見透《みす》かしているように見《み》えた。ダンブルドアの言葉《ことば》がスネイプに届《とど》くまで、長《なが》い時間《じかん》が必要《ひつよう》であるかのようだった。

「どう——どういうことですか？」

「リリーがどのようにして、なぜ死《し》んだかわかっておるじゃろう。その死《し》をむだにせぬことじゃ。リリーの息子《むすこ》を、わしが護《まも》るのを手伝《てつだ》うのじゃ」

「護《まも》る必要《ひつよう》などありません。闇《やみ》の帝王《ていおう》はいなくなって——」

「——闇《やみ》の帝王《ていおう》は戻《もど》ってくる。そしてその時《とき》、ハリー・ポッターは非常《ひじょう》な危険《きけん》におちいる」

長《なが》い間《あいだ》沈黙《ちんもく》が続《つづ》き、スネイプはしだいに自分《じぶん》を取《と》り戻《もど》し、呼吸《こきゅう》も整《ととの》ってきた。ようやくスネイプが口《くち》を開《ひら》いた。

「なるほど。わかりました。しかし、ダンブルドア、けっして——けっして明《あ》かさないでください！　このことは、私《わたし》たち二人《ふたり》の間《あいだ》だけにとどめてください！　誓《ちか》ってそうしてください！　私《わたし》にはたえられない……特《とく》にポッターの息子《むすこ》などに……約束《やくそく》してください！」

「約束《やくそく》しよう、セブルス。君《きみ》の最《もっと》もよい所《ところ》を、けっして明《あ》かさぬということじゃな？」

ダンブルドアは、スネイプの残忍《ざんにん》な、しかし苦悶《くもん》に満《み》ちた顔《かお》を見下《みお》ろしながら、ため息《いき》をついた。

「君《きみ》の、たっての望《のぞ》みとあらば……」

校長室《こうちょうしつ》が消《き》えたが、すぐに元《もと》の形《かたち》になった。スネイプがダンブルドアの前《まえ》を往《い》ったり来《き》たりしていた。

「――凡庸《ぼんよう》、父親《ちちおや》と同《おな》じく傲慢《ごうまん》、規則破《きそくやぶ》りの常習犯《じょうしゅうはん》、有名《ゆうめい》であることを鼻《はな》にかけ、目立《めだ》ちたがり屋《や》で、生意気《なまいき》で――」

「セブルス、そう思《おも》って見《み》るから、そう見《み》えるのじゃよ」

ダンブルドアは『変身現代《へんしんげんだい》』から目《め》も上《あ》げずに言《い》った。

「ほかの先生方《せんせいがた》の報告《ほうこく》では、あの子《こ》は控《ひか》えめで人《ひと》に好《す》かれるし、ある程度《ていど》の能力《のうりょく》もある。わし個《こ》人《じん》としては、なかなか人《ひと》をひきつける子《こ》じゃと思《おも》うがのう」

ダンブルドアはページをめくり、本《ほん》から目《め》を上《あ》げずに言《い》った。

「クィレルから目《め》を離《はな》すでないぞ、よいな？」

色《いろ》が渦巻《うずま》き、今度《こんど》はすべてが暗《くら》くなった。スネイプとダンブルドアは、玄関《げんかん》ホールで少《すこ》し離《はな》れて立《た》っていた。クリスマス・ダンスパーティの最後《さいご》の門限破《もんげんやぶ》りたちが、二人《ふたり》の前《まえ》を通《とお》り過《す》ぎて寮《りょう》に戻《もど》っていった。

「どうじゃな？」ダンブルドアがつぶやくように言《い》った。

「カルカロフの腕《うで》の刻印《こくいん》も濃《こ》くなってきました。あいつはあわてふためいています。制裁《せいさい》を恐《おそ》れています。闇《やみ》の帝王《ていおう》が凋落《ちょうらく》したあと、あいつがどれほど魔法省《まほうしょう》の役《やく》に立《た》ったか、ご存《ぞん》じでしょう」

スネイプは横《よこ》を向《む》いて、鼻《はな》の折《お》れ曲《ま》がったダンブルドアの横顔《よこがお》を見《み》た。

「カルカロフは、もし刻印《こくいん》が熱《あつ》くなったら、逃亡《とうぼう》するつもりです」

「そうかの？」

ダンブルドアは静《しず》かに言《い》った。フラー・デラクールとロジャー・デイビースが、クスクス笑《わら》いながら校庭《こうてい》から戻《もど》ってくるところだった。

「君《きみ》も、一緒《いっしょ》に逃亡《とうぼう》したいのかな？」

「いいえ」

スネイプの暗《くら》い目《め》が、戻《もど》っていくフラーとロジャーの後《うし》ろ姿《すがた》を見《み》ていた。

「私《わたし》は、そんな臆病者《おくびょうもの》ではない」

「そうじゃな」ダンブルドアが言《い》った。「君《きみ》はイゴール・カルカロフより、ずっと勇敢《ゆうかん》な男《おとこ》じゃ。のう、わしはときどき、『組分《くみわ》け』が性急過《せいきゅうす》ぎるのではないかと思《おも》うことがある……」

ダンブルドアは、雷《かみなり》に撃《う》たれたような表情《ひょうじょう》のスネイプをあとに残《のこ》して立《た》ち去《さ》った……。


そして次《つぎ》に、ハリーはもう一度《いちど》校長室《こうちょうしつ》に立《た》っていた。夜《よる》だった。ダンブルドアは、机《つくえ》の後《うし》ろの王座《おうざ》のような椅子《いす》に、斜《なな》めにぐったりもたれている。どうやら半分気《はんぶんき》を失《うしな》っている。黒《くろ》く焼《や》け焦《こ》げた右手《みぎて》が、椅子《いす》の横《よこ》にだらりと垂《た》れている。スネイプは、杖《つえ》をダンブルドアの手首《てくび》に向《む》けて呪文《じゅもん》を唱《とな》えながら、左手《ひだりて》で、金色《きんいろ》の濃《こ》い薬《くすり》をなみなみと満《み》たしたゴブレットを傾《かたむ》け、ダンブルドアののどに流《なが》し込《こ》んでいた。やがてダンブルドアのまぶたがヒクヒク動《うご》き、目《め》が開《ひら》いた。

「なぜ」スネイプは前置《まえお》きもなしに言《い》った。

「なぜその指輪《ゆびわ》をはめたのです？　それには呪《のろ》いがかかっている。当然《とうぜん》ご存《ぞん》じだったでしょう。なぜ触《ふ》れたりしたのですか？」

マールヴォロ・ゴーントの指輪《ゆびわ》が、ダンブルドアの前《まえ》の机《つくえ》にのっていた。割《わ》れている。グリフィンドールの剣《つるぎ》がその脇《わき》に置《お》いてあった。

ダンブルドアは、顔《かお》をしかめた。

「わしは……愚《おろ》かじゃった。いたく、そそられてしもうた……」

「何《なに》に、そそられたのです？」

ダンブルドアは答《こた》えなかった。

「ここまで戻《もど》ってこられたのは、奇跡《きせき》です！」

スネイプは怒《おこ》ったように言《い》った。

「その指輪《ゆびわ》には、異常《いじょう》に強力《きょうりょく》な呪《のろ》いがかかっていた。うまくいっても、せいぜいその力《ちから》を封《ふう》じ込《こ》めることしかできません。呪《のろ》いを片方《かたほう》の手《て》に押《お》さえ込《こ》みました。しばしの間《あいだ》だけ――」

ダンブルドアは黒《くろ》ずんで使《つか》えなくなった手《て》を上《あ》げ、めずらしい骨董品《こっとうひん》を見《み》せられたような表《ひょう》情《じょう》で、ためつすがめつ眺《なが》めていた。

「よくやってくれた、セブルス。わしはあとどのくらいかのう？」

ダンブルドアの口調《くちょう》は、ごくあたりまえの話《はなし》をしているようだった。天気予報《てんきよほう》でも聞《き》いているような調子《ちょうし》だった。スネイプは躊躇《ちゅうちょ》したが、やがて答《こた》えた。

「はっきりとはわかりません。おそらく一年《ねん》。これほどの呪《のろ》いを永久《えいきゅう》にとどめておくことはできません。結局《けっきょく》は、広《ひろ》がるでしょう。時間《じかん》とともに強力《きょうりょく》になる種類《しゅるい》の呪文《じゅもん》です」

ダンブルドアはほほ笑《え》んだ。あと一年《ねん》も生《い》きられないという知《し》らせも、ほとんど、いや、まったく気《き》にならないかのようだった。

「わしは幸運《こううん》じゃ。セブルス、君《きみ》がいてくれて、わしは非常《ひじょう》に幸運《こううん》じゃ」

「私《わたし》をもう少《すこ》し早《はや》く呼《よ》んでくださったら、もっと何《なに》かできたものを。もっと時間《じかん》を延《の》ばせたのに！」

スネイプは憤慨《ふんがい》しながら、割《わ》れた指輪《ゆびわ》と剣《つるぎ》を見下《みお》ろした。

「指輪《ゆびわ》を割《わ》れば、呪《のろ》いも破《やぶ》れると思《おも》ったのですか？」

「そんなようなものじゃ……わしは熱《ねつ》に浮《う》かされておったのじゃ、紛《まぎ》れもなく……」

ダンブルドアが言《い》った。そして力《ちから》を振《ふ》りしぼって、椅子《いす》に座《すわ》りなおした。

「いや、まことに、これで、事《こと》はずっと単純明快《たんじゅんめいかい》になる」

スネイプは、完全《かんぜん》に当惑《とうわく》した顔《かお》をした。ダンブルドアはほほ笑《え》んだ。

「わしが言《い》うておるのは、ヴォルデモート卿《きょう》がわしの周《まわ》りにめぐらしておる計画《けいかく》のことじゃ。哀《あわ》れなマルフォイ少年《しょうねん》に、わしを殺《ころ》させるという計画《けいかく》じゃ」

スネイプは、ダンブルドアの机《つくえ》の前《まえ》の椅子《いす》に腰《こし》かけた。ハリーが何度《なんど》もかけた椅子《いす》だった。ダンブルドアの呪《のろ》われた手《て》について、スネイプがもっと何《なに》か言《い》おうとしているのがハリーにはわかったが、ダンブルドアは、この話題《わだい》は打《う》ち切《き》るというていねいな断《ことわ》りの印《しるし》に、その手《て》を上《あ》げた。

スネイプは、顔《かお》をしかめながら言《い》った。

「闇《やみ》の帝王《ていおう》は、ドラコが成功《せいこう》するとは期待《きたい》していません。これは、ルシウスが先《さき》ごろ失敗《しっぱい》したことへの、懲罰《ちょうばつ》にすぎないのです。ドラコの両親《りょうしん》は、息子《むすこ》が失敗《しっぱい》し、その代償《だいしょう》を払《はら》うのを見《み》てじわじわと苦《くる》しむ」

「つまり、あの子《こ》はわしと同《おな》じように、確実《かくじつ》な死《し》の宣告《せんこく》を受《う》けているということじゃ」

ダンブルドアが言《い》った。

「さて、わしが思《おも》うに、ドラコが失敗《しっぱい》すれば当然《とうぜん》その仕事《しごと》を引《ひ》き継《つ》ぐのは、君《きみ》じゃろう？」

一瞬《いっしゅん》、間《ま》が空《あ》いた。

「それが、闇《やみ》の帝王《ていおう》の計画《けいかく》だと思《おも》います」

「ヴォルデモート卿《きょう》は、近《ちか》い将来《しょうらい》、ホグワーツにスパイを必要《ひつよう》としなくなる時《とき》が来《く》ると、そう予《よ》測《そく》しておるのかな？」

「あの方《かた》は、まもなく学校《がっこう》を掌握《しょうあく》できると信《しん》じています。おっしゃるとおりです」

「そして、もし、あの者《もの》の手《て》に落《お》ちれば――」

ダンブルドアは、まるで余談《よだん》だがという口調《くちょう》で言《い》った。

「君《きみ》は、全力《ぜんりょく》でホグワーツの生徒《せいと》たちを護《まも》ると、約束《やくそく》してくれるじゃろうな？」

スネイプは短《みじか》くうなずいた。

「よろしい。さてと、君《きみ》にとっては、ドラコが何《なに》をしようとしているかを見《み》つけ出《だ》すのが、最優《さいゆう》先課題《せんかだい》じゃ。恐怖《きょうふ》にかられた十代《だい》の少年《しょうねん》は、自分《じぶん》の身《み》を危険《きけん》にさらすばかりか、他人《たにん》にまで危害《きがい》をおよぼす。手助《てだす》けし、導《みちび》いてやるとドラコに言《い》うがよい。受《う》け入《い》れるはずじゃ。あの子《こ》は君《きみ》を好《す》いておる――」

「――そうでもありません。父親《ちちおや》が寵愛《ちょうあい》を失《うしな》ってからは。ドラコは私《わたし》を責《せ》めています。ルシウスの座《ざ》を私《わたし》が奪《うば》った、と考《かんが》えているのです」

「いずれにせよ、やってみることじゃ。わしは自分《じぶん》のことより、あの少年《しょうねん》が何《なに》か手立《てだ》てを思《おも》いついたときに、偶然《ぐうぜん》その犠牲《ぎせい》になる者《もの》のことが心配《しんぱい》じゃ。もちろん最終的《さいしゅうてき》には、わしらがあの少《しょう》年《ねん》をヴォルデモート卿《きょう》の怒《いか》りから救《すく》う手段《しゅだん》は、たった一つしかない」

スネイプは眉《まゆ》を吊《つ》り上《あ》げ、ちゃかすような調子《ちょうし》で尋《たず》ねた。

「あの子《こ》に、ご自分《じぶん》を殺《ころ》させるおつもりですか？」

「いやいや、君《きみ》がわしを殺《ころ》さねばならぬ」

長《なが》い沈黙《ちんもく》が流《なが》れた。ときどきコツコツという奇妙《きみょう》な音《おと》が聞《き》こえるだけだった。不死鳥《ふしちょう》のフォークスがイカの甲《こう》をついばんでいた。

「今《いま》すぐに、やってほしいですか？」

スネイプの声《こえ》は皮肉《ひにく》たっぷりだった。

「それとも、少《すこ》しの間《あいだ》、墓《はか》に刻《きざ》む墓碑銘《ぼひめい》をお考《かんが》えになる時間《じかん》がいりますか？」

「おお、そうは急《いそ》がぬ」ダンブルドアがほほ笑《え》みながら言《い》った。

「そうじゃな、その時《とき》は自然《しぜん》にやってくると言《い》えよう。今夜《こんや》の出来事《できごと》からして」ダンブルドアはなえた手《て》を指《さ》した。「その時《とき》は、まちがいなく一年以内《ねんいない》に来《く》る」

「死《し》んでもいいのなら」スネイプは乱暴《らんぼう》な言《い》い方《かた》をした。「ドラコにそうさせてやったらいかがですか？」

「あの少年《しょうねん》の魂《たましい》は、まだそれほど壊《こわ》されておらぬ」ダンブルドアが言《い》った。「わしのせいで、その魂《たましい》を引《ひ》き裂《さ》かせたりはできぬ」

「それでは、ダンブルドア、私《わたし》の魂《たましい》は？　私《わたし》のは？」

「老人《ろうじん》の苦痛《くつう》と屈辱《くつじょく》を回避《かいひ》する手助《てだす》けをすることで、君《きみ》の魂《たましい》が傷《きず》つくかどうかは、君《きみ》だけが知《し》っているとことじゃ」

ダンブルドアが言《い》った。

「これはわしの、君《きみ》へのたっての頼《たの》みじゃ、セブルス。何《なに》しろ、わしに死《し》が訪《おとず》れるというのは、チャドリー・キャノンズが今年《ことし》のリーグ戦《せん》を最下位《さいかい》で終《お》えるというのと同《おな》じくらいたしかなことじゃからのう。白状《はくじょう》するが、わしは、すばやく痛《いた》みもなしに去《さ》るほうが好《この》みじゃ。たとえばグレイバックなどが関《かか》わって、長々《ながなが》と見苦《みぐる》しいことになるよりはのう――ヴォルデモートがやつをやとったと聞《き》いたが？　または、獲物《えもの》を食《く》らう前《まえ》にもてあそぶのが好《す》きな、ベラトリックス嬢《じょう》などとも関《かか》わりとうはないのう」

ダンブルドアは、気楽《きらく》な口調《くちょう》だったが、かつて何度《なんど》もハリーを貫《つらぬ》くように見《み》たそのブルーの目《め》は、スネイプを鋭《するど》く貫《つらぬ》いていた。まるで、今話題《いまわだい》にしている魂《たましい》が、ダンブルドアの目《め》には見《み》えているかのようだった。ついにスネイプは、また短《みじか》くうなずいた。

ダンブルドアは満足《まんぞく》げだった。

「ありがとう、セブルス……」

校長室《こうちょうしつ》が消《き》え、スネイプとダンブルドアが、今度《こんど》は夕暮《ゆうぐ》れの、誰《だれ》もいない校庭《こうてい》を並《なら》んでそぞろ歩《ある》いていた。

「ポッターと、いく晩《ばん》もひそかに閉《と》じこもって、何《なに》をなさっているのですか？」

スネイプが唐突《とうとつ》に聞《き》いた。

ダンブルドアは、つかれた様子《ようす》だった。

「なぜ聞《き》くのかね？ セブルス、あの子《こ》に、また罰則《ばっそく》を与《あた》えるつもりではなかろうな？ そのうち、あの子《こ》は、罰則《ばっそく》で過《す》ごす時間《じかん》のほうが長《なが》くなることじゃろう」

「あいつは父親《ちちおや》の再来《さいらい》だ――」

「外見《がいけん》は、そうかもしれぬ。しかし深《ふか》い所《ところ》で、あの子《こ》の性格《せいかく》は母親《ははおや》のほうに似《に》ておる。わしがハリーとともに時間《じかん》を過《す》ごすのは、話《はな》し合《あ》わねばならぬことがあるからじゃ。手遅《ておく》れにならぬうちに、あの子《こ》に伝《つた》えなければならぬ情報《じょうほう》をな」

「情報《じょうほう》を」

スネイプがくり返《かえ》した。

「あなたはあの子《こ》を信用《しんよう》している……私《わたし》を信用《しんよう》なさらない」

「これは信用《しんよう》の問題《もんだい》ではない。君《きみ》も知《し》ってのとおり、わしには時間《じかん》がない。あの子《こ》がなすべきことをなすために、充分《じゅうぶん》な情報《じょうほう》を与《あた》えることがきわめて重要《じゅうよう》なのじゃ」

「ではなぜ、私《わたし》には、同《おな》じ情報《じょうほう》をいただけないのですか？」

「すべての秘密《ひみつ》を一つのかごに入《い》れておきとうはない。そのかごが、長時間《ちょうじかん》ヴォルデモート卿《きょう》の腕《うで》にぶら下《さ》がっているとなれば、なおさらじゃ」

「あなたの命令《めいれい》でやっていることです！」

「しかも君《きみ》は、非常《ひじょう》によくやってくれておる。セブルス、君《きみ》が常《つね》にどんなに危険《きけん》な状態《じょうたい》に身《み》を置《お》いておるか、わしが過小《かしょう》に評価《ひょうか》しているわけではない。ヴォルデモートに価値《かち》ある情報《じょうほう》と見《み》えるものを伝《つた》え、しかも肝心《かんじん》なことは隠《かく》しておくという芸当《げいとう》は、君以外《きみいがい》の誰《だれ》にもたくせぬ仕事《しごと》じゃ」

「それなのに、あなたは、『閉心術《へいしんじゅつ》』もできず、魔法《まほう》も凡庸《ぼんよう》で、闇《やみ》の帝王《ていおう》の心《こころ》と直接《ちょくせつ》に結《むす》びついている子供《こども》に、より多《おお》くのことを打《う》ち明《あ》けている！」

「ヴォルデモートは、その結《むす》びつきを恐《おそ》れておる」ダンブルドアが言《い》った。「それほど昔《むかし》のことではないが、ヴォルデモートは、一度《いちど》だけ、ハリーの心《こころ》と真《しん》に結《むす》びつくという経験《けいけん》がどんなものかを、わずかに味《あじ》わったことがある。それは、ヴォルデモートがかつて経験《けいけん》したことのない苦痛《くつう》じゃった。もはや再《ふたた》び、ハリーに取《と》り憑《つ》こうとはせぬだろう。わしには確信《かくしん》がある。同《おな》じやり方《かた》ではやらぬ」

「どうもわかりませんな」

「ヴォルデモート卿《きょう》の魂《たましい》は、損傷《そんしょう》されているが故《ゆえ》に、ハリーのような魂《たましい》と緊密《きんみつ》に接触《せっしょく》することにたえられんのじゃ。凍《こお》りついた鋼《はがね》に舌《した》を当《あ》てるような、炎《ほのお》に肉《にく》を焼《や》かれるような――」

「魂《たましい》？　我々《われわれ》は、心《こころ》の話《はなし》をしていたはずだ！」

「ハリーとヴォルデモート卿《きょう》の場合《ばあい》、どちらの話《はなし》も同《おな》じことになるのじゃ」

ダンブルドアはあたりを見回《みまわ》して、二人以外《ふたりいがい》に誰《だれ》もいないことをたしかめた。「禁《きん》じられた森《もり》」の近《ちか》くに来《き》ていたが、あたりには人《ひと》の気配《けはい》はない。

「君《きみ》がわしを殺《ころ》したあとに、セブルス――」

「あなたは、私《わたし》に何《なに》もかも話《はな》すことは拒《こば》んでおきながら、そこまでのちょっとした奉仕《ほうし》を期待《きたい》する！」

スネイプがうなるように言《い》った。その細長《ほそなが》い顔《かお》に、心《こころ》から怒《いか》りが燃《も》え上《あ》がった。

「ダンブルドア、あなたは何《なに》もかも当然《とうぜん》のように考《かんが》えておいでだ！　私《わたし》だって気《き》が変《か》わったかもしれないのに！」

「セブルス、君《きみ》は誓《ちか》ってくれた。ところで、君《きみ》のするべき奉仕《ほうし》の話《はなし》が出《で》たついでじゃが、例《れい》の若《わか》いスリザリン生《せい》から、目《め》を離《はな》さないと承知《しょうち》してくれたはずじゃが？」

スネイプは憤慨《ふんがい》し、反抗的《はんこうてき》な表情《ひょうじょう》だった。ダンブルドアはため息《いき》をついた。

「今夜《こんや》、わしの部屋《へや》に来《く》るがよい、セブルス、十一時《じ》に。そうすれば、わしが君《きみ》を信用《しんよう》していないなどと、文句《もんく》は言《い》えなくなるじゃろう……」

そして場面《ばめん》は、ダンブルドアの校長室《こうちょうしつ》になり、窓《まど》の外《そと》は暗《くら》く、フォークスは止《と》まり木《ぎ》に静《しず》かに止《と》まっていた。身動《みうご》きもせずに座《すわ》っているスネイプの周《まわ》りを歩《ある》きながら、ダンブルドアが話《はな》していた。

「ハリーは知《し》ってはならんのじゃ。最後《さいご》の最後《さいご》まで。必要《ひつよう》になる時《とき》まで。さもなければ、なさねばならぬことをやりとげる力《ちから》が、出《で》てくるはずがあろうか？」

「しかし、何《なに》をなさねばならないのです？」

「それはハリーとわしの、二人《ふたり》だけの話《はなし》じゃ。さて、セブルス、よく聴《き》くのじゃ。その時《とき》は来《く》る——わしの死後《しご》に——反論《はんろん》するでない。口《くち》を挟《はさ》むでない！ ヴォルデモート卿《きょう》が、あの蛇《へび》の命《いのち》を心配《しんぱい》しているような気配《けはい》を見《み》せる時《とき》が来《く》るじゃろう」

「ナギニの？」スネイプは驚愕《きょうがく》した。

「さよう。ヴォルデモート卿《きょう》が、あの蛇《へび》を使《つか》って自分《じぶん》の命令《めいれい》を実行《じっこう》させることをやめ、魔法《まほう》の保護《ご》の下《もと》に安全《あんぜん》に身近《みぢか》に置《お》いておく時《とき》が来《く》る。その時《とき》には、たぶん、ハリーに話《はな》しても大丈夫《だいじょうぶ》じゃろう」

「何《なに》を話《はな》すと？」

ダンブルドアは深《ふか》く息《いき》を吸《す》い、目《め》を閉《と》じた。

「こう話《はな》すのじゃ。ヴォルデモート卿《きょう》があの子《こ》を殺《ころ》そうとした夜《よる》、リリーが盾《たて》となって自《みずか》らの命《いのち》をヴォルデモートの前《まえ》に投《な》げ出《だ》したとき、『死《し》の呪《のろ》い』はヴォルデモートに跳《は》ね返《かえ》り、破壊《はかい》されたヴォルデモートの魂《たましい》の一部《いちぶ》が、崩《くず》れ落《お》ちる建物《たてもの》の中《なか》に唯一残《ゆいいつのこ》されていた生《い》きた魂《たましい》に引《ひ》っかかったのじゃ。ヴォルデモート卿《きょう》の一部《いちぶ》が、ハリーの中《なか》で生《い》きておる。その部分《ぶぶん》こそが、ハリーに蛇《へび》と話《はな》す力《ちから》を与《あた》え、ハリーには理解《りかい》できないでいることじゃが、ヴォルデモートの心《こころ》とのつながりをもたらしているのじゃ。そして、ヴォルデモートの気《き》づかなかったその魂《たましい》のかけらが、ハリーに付着《ふちゃく》してハリーに護《まも》られているかぎり、ヴォルデモートは死《し》ぬことができぬ」

ハリーは、長《なが》いトンネルの向《む》こうに、二人《ふたり》を見《み》ているような気《き》がした。二人《ふたり》の姿《すがた》ははるかに遠《とお》く、二人《ふたり》の声《こえ》はハリーの耳《みみ》の中《なか》で奇妙《きみょう》に反響《はんきょう》していた。

「するとあの子《こ》は……あの子《こ》は死《し》なねばならぬと？」

スネイプは落《お》ち着《つ》きはらって聞《き》いた。

「しかも、セブルス、ヴォルデモート自身《じしん》がそれをせねばならぬ。それが肝心《かんじん》なのじゃ」

再《ふたた》び長《なが》い沈黙《ちんもく》が流《なが》れた。そしてスネイプが口《くち》を開《ひら》いた。

「私《わたし》は……この長《なが》い年月《ねんげつ》……我々《われわれ》が彼女《かのじょ》のために、あの子《こ》を護《まも》っていると思《おも》っていた。リリーのために」

「わしらがあの子《こ》を護《まも》ってきたのは、あの子《こ》に教《おし》え、育《はぐく》み、自分《じぶん》の力《ちから》を試《ため》させることが大切《たいせつ》だったからじゃ」

目《め》を固《かた》く閉《と》じたまま、ダンブルドアが言《い》った。

「その間《あいだ》、あの二人《ふたり》の結《むす》びつきは、ますます強《つよ》くなっていった。寄生体《きせいたい》の成長《せいちょう》じゃ。わしはときどき、ハリー自身《じしん》がそれにうすうす気《き》づいているのではないかと思《おも》うた。わしの見込《みこ》みどおりのハリーなら、いよいよ自分《じぶん》の死《し》に向《む》かって歩《あゆ》みだすその時《とき》には、それがまさにヴォルデモートの最期《さいご》となるように、取《と》り計《はか》らっているはずじゃ」

ダンブルドアは目《め》を開《あ》けた。スネイプは、ひどく衝撃《しょうげき》を受《う》けた顔《かお》だった。

「あなたは、死《し》ぬべき時《とき》に死《し》ぬことができるようにと、今《いま》まで彼《かれ》を生《い》かしてきたのですか？」

「そう驚《おどろ》くでない、セブルス。今《いま》まで、それこそ何人《なんにん》の男《おとこ》や女《おんな》が死《し》ぬのを見《み》てきたのじゃ？」

「最近《さいきん》は、私《わたし》が救《すく》えなかった者《もの》だけです」スネイプが言《い》った。

スネイプは立《た》ち上《あ》がった。

「あなたは、私《わたし》を利用《りよう》した」

「はて？」

「あなたのために、私《わたし》は密偵《みってい》になり、うそをつき、あなたのために、死《し》ぬほど危険《きけん》な立場《たちば》に身《み》を置《お》いた。すべてが、リリー・ポッターの息子《むすこ》を安全《あんぜん》に護《まも》るためのはずだった。今《いま》あなたは、その息子《むすこ》を、屠殺《とさつ》されるべき豚《ぶた》のように育《そだ》ててきたのだと言《い》う――」

「なんと、セブルス、感動的《かんどうてき》なことを」ダンブルドアは真顔《まがお》で言《い》った。「結局《けっきょく》、あの子《こ》に情《じょう》が移《うつ》ったと言《い》うのか？」

「彼《かれ》に？」

スネイプが叫《さけ》んだ。

「エクスペクト　パトローナム！　守護霊《しゅごれい》よ、来《き》たれ！」

スネイプの杖先《つえさき》から、銀色《ぎんいろ》の牝鹿《めじか》が飛《と》び出《だ》した。牝鹿《めじか》は校長室《こうちょうしつ》の床《ゆか》に降《お》り立《た》って、一跳《ひとと》びで部屋《へや》を横切《よこぎ》り、窓《まど》から姿《すがた》を消《け》した。ダンブルドアは牝鹿《めじか》が飛《と》び去《さ》るのを見《み》つめていた。そして、その銀色《ぎんいろ》の光《ひかり》が薄《うす》れたとき、スネイプに向《む》きなおったダンブルドアの目《め》に、涙《なみだ》があふれていた。

「これほどの年月《ねんげつ》が、たってもか？」

「永遠《とわ》に」スネイプが言《い》った。

そして場面《ばめん》が変《か》わった。今度《こんど》は、ダンブルドアの机《つくえ》の後《うし》ろで、スネイプがダンブルドアの肖像《しょうぞう》画《が》と話《はな》しているのが見《み》えた。

「君《きみ》は、ハリーがおじおばの家《いえ》を離《はな》れる正確《せいかく》な日付《ひづけ》を、ヴォルデモートに教《おし》えなければならぬぞ」ダンブルドアが言《い》った。「そうせねば、君《きみ》が充分《じゅうぶん》に情報《じょうほう》をつかんでいると信《しん》じておるヴォルデモートに、疑念《ぎねん》が生《しょう》じるじゃろう。しかし、おとり作戦《さくせん》を仕込《しこ》んでおかねばならぬ――それで、たぶん、ハリーの安全《あんぜん》は確保《かくほ》されるはずじゃ。マンダンガス・フレッチャーに『錯乱《さくらん》の呪文《じゅもん》』をかけてみるのじゃ。それから、セブルス、君《きみ》が追跡《ついせき》に加《くわ》わらねばならなくなった場合《ばあい》は、よいか、もっともらしく君《きみ》の役割《やくわり》をはたすのじゃ……わしは君《きみ》が、なるべく長《なが》くヴォルデモート卿《きょう》の腹心《ふくしん》の部下《ぶか》でいてくれることを、頼《たの》みの綱《つな》にしておる。さもなくば、ホグワーツはカロー兄妹《きょうだい》の勝手《かって》にされてしまうじゃろう……」

そして次《つぎ》は、見慣《みな》れない酒場《さかば》で、スネイプがマンダンガスと額《ひたい》をつき合《あ》わせていた。マンダンガスの顔《かお》は奇妙《きみょう》に無表情《むひょうじょう》で、スネイプは眉根《まゆね》を寄《よ》せて意識《いしき》を集中《しゅうちゅう》させていた。

「おまえは、不死鳥《ふしちょう》の騎士団《きしだん》に提案《ていあん》するのだ」

スネイプが呪文《じゅもん》を唱《とな》えるようにブツブツ言《い》った。

「おとりを使《つか》うとな。『ポリジュース薬《やく》』だ。複数《ふくすう》のポッターだ。それしかうまくいく方法《ほうほう》はない。おまえは、我輩《わがはい》がこれを示唆《しさ》したことは忘《わす》れる。自分《じぶん》の考《かんが》えとして提案《ていあん》するのだ。わかったな？」

「わかった」

マンダンガスは焦点《しょうてん》の合《あ》わない目《め》で、ボソボソ言《い》った……。

今度《こんど》は、箒《ほうき》に乗《の》ったスネイプと並《なら》んで、ハリーは雲一《くもひと》つない夜空《よぞら》を飛《と》んでいた。スネイプは、フードをかぶった死喰《しく》い人《びと》を複数伴《ふくすうとも》なっている。前方《ぜんぽう》に、ルーピンと、ハリーになりすましたジョージがいた……一人《ひとり》の死喰《しく》い人《びと》がスネイプの前《まえ》に出《で》て、杖《つえ》を上《あ》げ、まっすぐルーピンの背中《せなか》をねらった——。

「セクタムセンプラ！　切《き》り裂《さ》け！」スネイプが叫《さけ》んだ。

しかし、死喰《しく》い人《びと》の杖腕《つえうで》をねらったその呪《のろ》いははずれ、かわりにジョージに当《あ》たった——。

そして次《つぎ》は、スネイプがシリウスの昔《むかし》の寝室《しんしつ》でひざまずいていた。リリーの古《ふる》い手紙《てがみ》を読《よ》むスネイプの曲《ま》がった鼻《はな》の先《さき》から、涙《なみだ》が滴《したた》り落《お》ちていた。二ページ目《め》には、ほんの短《みじか》い文章《ぶんしょう》しか書《か》かれていなかった。

ゲラート・グリンデルバルドの友達《ともだち》だったことがあるなんて。たぶんバチルダはちょっとおかしくなっているのだと思《おも》うわ。

愛《あい》を込《こ》めて　リリー

スネイプは、リリーの署名《しょめい》と「愛《あい》を込《こ》めて」と書《か》いてあるページを、ローブの奥《おく》にしまい込《こ》んだ。それから、一緒《いっしょ》に手《て》に持《も》っていた写真《しゃしん》を破《やぶ》り、リリーが笑《わら》っているほうの切《き》れ端《はし》をしまい、ジェームズとハリーの写《うつ》っているほうの切《き》れ端《はし》は、整理《せいり》だんすの下《した》に捨《す》てた……。

そして次《つぎ》は、スネイプが再《ふたた》び校長室《こうちょうしつ》に立《た》っているところへ、フィニアス・ナイジェラスが急《いそ》いで自分《じぶん》の肖像画《しょうぞうが》に戻《もど》ってきた。

「校長《こうちょう》！　連中《れんちゅう》はディーンの森《もり》で野宿《のじゅく》しています！　あの『穢《けが》れた血《ち》』が──」

「その言葉《ことば》は、使《つか》うな！」

「――あのグレンジャーとかいう女《おんな》の子《こ》が、バッグを開《ひら》くときに場所《ばしょ》の名前《なまえ》を言《い》うのを、聞《き》きました！」

「おう、それは重畳《ちょうじょう》！」

校長《こうちょう》の椅子《いす》の背後《はいご》で、ダンブルドアの肖像画《しょうぞうが》が叫《さけ》んだ。

「さて、セブルス、剣《つるぎ》じゃ！　必要性《ひつようせい》と勇気《ゆうき》という二つの条件《じょうけん》を満《み》たした場合《ばあい》にのみ、剣《つるぎ》が手《て》に入《はい》るということを忘《わす》れぬように――さらに、それを与《あた》えたのが君《きみ》だということを、ハリーに知《し》られてはならぬ！　ヴォルデモートがハリーの心《こころ》を読《よ》み、もしも君《きみ》がハリーのために動《うご》いていると知《し》ったら――」

「心得《こころえ》ています」

スネイプはそっけなく言《い》った。スネイプがダンブルドアの肖像画《しょうぞうが》に近《ちか》づき、額《がく》の横《よこ》を引《ひ》っ張《ぱ》ると、肖像画《しょうぞうが》がパッと前《まえ》に開《ひら》き、背後《はいご》の隠《かく》れた空洞《くうどう》が現《あらわ》れた。その中《なか》から、スネイプはグリフィンドールの剣《つるぎ》を取《と》り出《だ》した。

「それで、この剣《つるぎ》をポッターに与《あた》えることが、なぜそれほど重要《じゅうよう》なのか、あなたはまだ教《おし》えてはくださらないのですね？」

ローブの上《うえ》に旅行用《りょこうよう》マントをサッとはおりながら、スネイプが言《い》った。

「そのつもりは、ない」

ダンブルドアの肖像画《しょうぞうが》が言《い》った。

「ハリーには、剣《つるぎ》をどうすればよいかがわかるはずじゃ。しかし、セブルス、気《き》をつけるのじゃ。ジョージ・ウィーズリーの事故《じこ》のあとじゃから、君《きみ》が姿《すがた》を現《あらわ》せば、あの子《こ》たちは快《こころよ》く受《う》け入《い》れてはくれまい――」

スネイプは、扉《とびら》の所《ところ》で振《ふ》り返《かえ》った。

「ご懸念《けねん》にはおよびません、ダンブルドア」

スネイプは冷静《れいせい》に言《い》った。

「私《わたし》に考《かんが》えがあります……」

スネイプは校長室《こうちょうしつ》を出《で》ていった。

ハリーの体《からだ》が上昇《じょうしょう》し、「憂《うれ》いの篩《ふるい》」から抜《ぬ》け出《で》ていった。そしてその直後《ちょくご》、ハリーはまったく同《おな》じ部屋《へや》の、じゅうたんの上《うえ》に横《よこ》たわっていた。まるでスネイプが、たった今《いま》この部屋《へや》の扉《とびら》を閉《し》めて、出《で》ていったばかりのように。

第《だい》34章《しょう》　再《ふた》び森《もり》へ

とうとう真実《しんじつ》が――。校長室《こうちょうしつ》で、勝利《しょうり》のための秘密《ひみつ》を学《まな》んでいると思《おも》い込《こ》んでいたその場所《ばしょ》で、ほこりっぽいじゅうたんにうつ伏《ぶ》せに顔《かお》を押《お》しつけながら、ハリーはついに、自分《じぶん》が生《い》き残《のこ》るはずではなかったことを悟《さと》った。ハリーの任務《にんむ》は、両手《りょうて》を広《ひろ》げて迎《むか》える「死《し》」に向《む》かって、静《しず》かに歩《ある》いていくことだった。その途上《とじょう》で、ヴォルデモートの生《せい》への最後《さいご》の絆《きずな》を断《た》ち切《き》る役割《やくわり》だったのだ。つまり、ハリーが杖《つえ》を上《あ》げて身《み》を護《まも》ることもせず、観念《かんねん》してヴォルデモートの行《ゆ》く手《て》に自《みずか》らを投《な》げ出《だ》しさえすれば、きれいに終《お》わりが来《く》る。ゴドリックの谷《たに》で成《な》しとげられるはずだった仕事《しごと》は、その時《とき》に成就《じょうじゅ》するのだ。どちらも生《い》きられない。どちらも生《い》き残《のこ》れない。

ハリーは、心臓《しんぞう》が激《はげ》しく胸板《むないた》に打《う》ちつけるのを感《かん》じた。死《し》を恐《おそ》れるハリーの胸《むね》の中《なか》で、むしろハリーを生《い》かしておくために、より強《つよ》く、雄々《おお》しく脈打《みゃくう》っているのは、何《なん》と不思議《ふしぎ》なことか。しかしその心臓《しんぞう》は、止《と》まらなければならない。しかもまもなく。鼓動《こどう》はあと何回《なんかい》かで終《お》わる。立《た》ち上《あ》がって、最後《さいご》にもう一度《いちど》だけ城《しろ》の中《なか》を歩《ある》き、校庭《こうてい》から「禁《きん》じられた森《もり》」へ入《はい》っていくまでに、あと何回《なんかい》鼓動《こどう》する時間《じかん》があるのだろう？

　恐怖《きょうふ》が、床《ゆか》に横《よこ》たわるハリーを波《なみ》のように襲《おそ》い、体《からだ》の中《なか》で葬送《そうそう》の太鼓《たいこ》が打《う》ち鳴《な》らされていた。死《し》ぬのは苦《くる》しいことなのだろうか？　何度《なんど》も死《し》ぬような目《め》にあい、そのたびに逃《のが》れてきたが、ハリーは、死《し》そのものについて真正面《ましょうめん》から考《かんが》えたことがなかった。どんな時《とき》でも、死《し》への恐《おそ》れより、生《い》きる意志《いし》のほうがずっと強《つよ》かった。しかし、今《いま》はもう、逃《に》げようとは思《おも》わなかった。ヴォルデモートから逃《のが》れようとは思《おも》わなかった。すべてが終《お》わった。ハリーにはそれがわかっていた。残《のこ》されているのはただ一つ。死《し》ぬことだけだ。

　プリベット通《どお》り四番地《ばんち》を最後《さいご》に出発《しゅっぱつ》したあの夏《なつ》の夜《よる》に、高貴《こうき》な不死鳥《ふしちょう》の尾羽根《おばね》の杖《つえ》がハリーを救《すく》ったあの夜《よる》に、死《し》んでしまえばよかった！　ヘドウィグのように、死《し》んだこともわからずに一気《いっき》に死《し》ねたら！　それとも、愛《あい》する誰《だれ》かを救《すく》うために、杖《つえ》の前《まえ》に身《み》を投《な》げ出《だ》すことができるなら……今《いま》は両親《りょうしん》の死《し》に方《かた》さえうらやましかった。自《みずか》らの破滅《はめつ》に向《む》かって冷静《れいせい》に歩《ある》いていくには、別《べつ》の種類《しゅるい》の勇気《ゆうき》が必要《ひつよう》だろう。ハリーは指《ゆび》がかすかに震《ふる》えるのを感《かん》じて、抑《おさ》えようとした。壁《かべ》の肖《しょう》像画《ぞうが》はすべて留守《るす》で、誰《だれ》も見《み》てはいなかったにもかかわらず……。

　ゆっくりと、ほんとうにゆっくりと、ハリーは体《からだ》を起《お》こした。起《お》こしながら、自分《じぶん》の生身《なまみ》の体《からだ》を感《かん》じ、自分《じぶん》が生《い》きていることをこれまでになく強《つよ》く感《かん》じた。自分《じぶん》がどんなに奇跡的《きせきてき》な存在《そんざい》であるかを、これまでどうして一度《いちど》も考《かんが》えたことがなかったのだろう？　頭脳《ずのう》、神経《しんけい》、そして脈打《みゃくう》つ心臓《しんぞう》――それらすべてが消《き》える……少《すく》なくともハリーがそこから消《き》える。ハリーは、ゆっくりと深《ふか》く息《いき》をしていた。口《くち》ものどもからからだったが、目《め》も乾《かわ》ききっていて、涙《なみだ》はなかった。

ダンブルドアの裏切《うらぎ》りなど、ほとんど取《と》るに足《た》りないことだった。何《なに》しろ、より大《おお》きな計画《けいかく》が存在《そんざい》したのだから。愚《おろ》かにもハリーには、それが見《み》えなかっただけのことなのだ。ハリーは今《いま》、それを悟《さと》った。ハリーに生《い》きてほしいというのがダンブルドアの願《ねが》いだと、勝手《かって》に思《おも》い込《こ》んで、一度《いちど》もそれを疑《うたが》ったことはなかった。しかし、自分《じぶん》の命《いのち》の長《なが》さは、分霊箱《ぶんれいばこ》のすべてを取《と》りのぞくのにかかる時間《じかん》、と決《き》められていたのだ。ハリーは今《いま》になってそれがわかった。ダンブルドアは、分霊箱《ぶんれいばこ》を破壊《はかい》する仕事《しごと》を、ハリーに引《ひ》き継《つ》いだ。そして、ハリーは従順《じゅうじゅん》にも、ヴォルデモートの生命《いのち》の絆《きずな》を少《すこ》しずつ断《た》ち切《き》ってきた。しかしそれは、自分《じぶん》の生命《いのち》の絆《きずな》をも断《た》ち切《き》り続《つづ》けることだった！　何《なん》というすっきりした、何《なん》という優雅《ゆうが》なやり方《かた》だろう。何人《なんにん》もの命《いのち》をむだにすることなく、すでに死《し》ぬべき者《もの》としてしるされた少年《しょうねん》に、危険《きけん》な任務《にんむ》を与《あた》えるとは。その少年《しょうねん》の死自体《しじたい》は、惨事《さんじ》ではなく、ヴォルデモートに対《たい》して新《あら》たな痛手《いたで》を与《あた》えるための死《し》なのだ。

しかもダンブルドアは、ハリーが回避《かいひ》しないことを知《し》っていた。それがハリー自身《じしん》の最期《さいご》であっても、最後《さいご》まで突《つ》き進《すす》むであろうことを知《し》っていた。何《なに》しろ、ダンブルドアは、手間《てま》ひまをかけて、それだけハリーを理解《りかい》してきたのだから。事《こと》を終結《しゅうけつ》させる力《ちから》がハリー自身《じしん》にあると知《し》ってしまった以上《いじょう》、ハリーは、自分《じぶん》のためにほかの人《ひと》を死《し》なせたりはしない。ダンブルドアもヴォルデモート同様《どうよう》、そういうハリーを知《し》っていた。大広間《おおひろま》に横《よこ》たわっていたフレッド、ルーピン、トンクスのなきがらが、否応《いやおう》なしにハリーの脳裏《のうり》によみがえり、ハリーは一瞬《いっしゅん》、息《いき》ができなくなった。死《し》は時《とき》を待《ま》たない……。

しかしダンブルドアは、ハリーを買《か》いかぶっていた。ハリーは失敗《しっぱい》したのだ。蛇《へび》はまだ生《い》きている。ヴォルデモートを地上《ちじょう》に結《むす》びつけている分霊箱《ぶんれいばこ》の一つが、ハリーが殺《ころ》されたあとも残《のこ》るのだ。たしかに、その任務《にんむ》は、ほかの誰《だれ》がやるにせよ、より簡単《かんたん》な仕事《しごと》になるだろう。誰《だれ》が成《な》しとげるのだろう、とハリーは考《かんが》えた……ロンとハーマイオニーなら、もちろん、何《なに》をすべきかをわかっているだろう……あの二人《ふたり》に打《う》ち明《あ》けることを、ダンブルドアがハリーに望《のぞ》んだのは、そういう理由《りゆう》だったのかもしれない……ハリーが、自分《じぶん》の運命《うんめい》を少《すこ》し早《はや》めにまっとうすることになった場合《ばあい》、その二人《ふたり》が引《ひ》き継《つ》げるようにと……。

雨《あめ》が冷《つめ》たい窓《まど》を打《う》つように、さまざまな思《おも》いが、真実《しんじつ》という妥協《だきょう》を許《ゆる》さない硬《かた》い表面《ひょうめん》に打《う》ちつけた。真実《しんじつ》。ハリーは死《し》ななければならない、という真実《しんじつ》。――僕《ぼく》は、死《し》ななければならない。終《お》わりが来《こ》なければならない。

ロンもハーマイオニーもどこか遠《とお》くに離《はな》れ、遠方《えんぽう》の国《くに》にでもいるような気《き》がする。ずいぶん前《まえ》に、二人《ふたり》と別《わか》れたような気《き》がした。別《わか》れの挨拶《あいさつ》も、説明《せつめい》もするまいと、ハリーは心《こころ》に決《き》めた。この旅《たび》は、連《つ》れ立《だ》っては行《い》けない。二人《ふたり》はハリーを止《と》めようとするだろうが、それは、貴重《きちょう》な時間《じかん》をむだにするだけだ。ハリーは、十七歳《さい》の誕生日《たんじょうび》に贈《おく》られた、くたびれた金時計《きんどけい》を見《み》た。ヴォルデモートが降伏《こうふく》のために与《あた》えた時間《じかん》の、約半分《やくはんぶん》が過《す》ぎていた。

ハリーは立《た》ち上《あ》がった。心臓《しんぞう》が、バタバタともがく小鳥《ことり》のように跳《と》びはねて、ろっ骨《こつ》にぶつかっていた。残《のこ》された時間《じかん》の少《すく》ないことを、知《し》っているのかもしれない。もしかしたら、最期《さいご》が来《く》る前《まえ》に、一生分《いっしょうぶん》の鼓動《こどう》を打《う》ち終《お》えてしまおうと決《き》めたのかもしれない。校長室《こうちょうしつ》の扉《とびら》を閉《し》め、ハリーはもう振《ふ》り返《かえ》らなかった。

城《しろ》はからっぽだった。たった一人《ひとり》で、一歩一歩《いっぽいっぽ》を踏《ふ》みしめながら歩《ある》いていると、自分《じぶん》がもう死《し》んで、ゴーストになって歩《ある》いているような気《き》がした。肖像画《しょうぞうが》の主《あるじ》たちは、まだ額《がく》に戻《もど》ってはいない。城全体《しろぜんたい》が不気味《ぶきみ》な静《しず》けさに包《つつ》まれ、残《のこ》っている温《あたた》かい血《ち》は、死者《ししゃ》や哀悼者《あいとうしゃ》でいっぱいの大広間《おおひろま》に集中《しゅうちゅう》しているかのようだった。

ハリーは「透明《とうめい》マント」をかぶって順々《じゅんじゅん》に下《した》の階《かい》に下《お》り、最後《さいご》に大理石《だいりせき》の階段《かいだん》を下《お》りて玄関《げんかん》ホールに向《む》かった。もしかしたら、どこか心《こころ》の片隅《かたすみ》で、誰《だれ》かがハリーを感《かん》じ取《と》り、ハリーを見《み》て、引《ひ》き止《と》めてくれることを望《のぞ》んでいたのかもしれない。しかし「マント」はいつものように、誰《だれ》にも見透《みとお》せず、完璧《かんぺき》で、ハリーは簡単《かんたん》に玄関扉《げんかんとびら》にたどり着《つ》いていた。

そこで、危《あや》うくネビルとぶつかりそうになった。誰《だれ》かと二人《ふたり》で、校庭《こうてい》から遺体《いたい》の一つを運《はこ》び入《い》れるところだった。遺体《いたい》を見下《みお》ろしたハリーは、またしても胃袋《いぶくろ》に鈍《にぶ》い一撃《いちげき》を食《く》らったような痛《いた》みを感《かん》じた。コリン・クリービーだ。未成年《みせいねん》なのに、マルフォイやクラッブ、ゴイルと同《おな》じように、こっそり城《しろ》に戻《もど》ってきたにちがいない。遺体《いたい》のコリンは、とても小《ちい》さかった。

「考《かんが》えてみりゃ、おい、ネビル、俺一人《おれひとり》で大丈夫《だいじょうぶ》だよ」

オリバー・ウッドはそう言《い》うなり、コリンの両腕《りょううで》と両腿《りょうもも》を握《にぎ》って肩《かた》に担《かつ》ぎ上《あ》げ、大広間《おおひろま》に向《む》かった。

ネビルはしばらく扉《とびら》の枠《わく》にもたれて、額《ひたい》の汗《あせ》を手《て》の甲《こう》でぬぐった。一気《いっき》に年《とし》を取《と》ったように見《み》える。それからまた石段《いしだん》を下《お》り、遺体《いたい》を回収《かいしゅう》しに闇《やみ》に向《む》かって歩《ある》きだした。

ハリーはもう一度《いちど》だけ、大広間《おおひろま》の入口《いりぐち》をちらと振《ふ》り返《かえ》った。動《うご》き回《まわ》る人々《ひとびと》が見《み》えた。互《たが》いになぐさめたり、のどの渇《かわ》きをうるおしたり、死者《ししゃ》のそばにぬかずいたりしている。しかし、ハリーの愛《あい》する人々《ひとびと》の姿《すがた》は見《み》えなかった。ハーマイオニーやロン、ジニーやウィーズリー家《け》の誰《だれ》の姿《すがた》もまったく見当《みあ》たらず、ルーナもいない。残《のこ》された時間《じかん》のすべてを差《さ》し出《だ》してでも、最後《さいご》にその人《ひと》たちを一目見《ひとめみ》たいと思《おも》った。しかし、一目見《ひとめみ》てしまえば、それを見納《みおさ》めにする力《ちから》など、出《で》てくるはずがあろうか？　このほうがよいのだ。

ハリーは石段《いしだん》を下《お》り、暗闇《くらやみ》に足《あし》を踏《ふ》み出《だ》した。朝《あさ》の四時近《じちか》くだった。校庭《こうてい》は死《し》んだように静《しず》まり返《かえ》り、ハリーがなすべきことをなしとげられるのかどうか、息《いき》をひそめて見守《みまも》っているようだった。

ハリーは、別《べつ》の遺体《いたい》をのぞき込《こ》んでいるネビルに近《ちか》づいた。

「ネビル」

「ウワッ、ハリー、心臓《しんぞう》まひを起《お》こすところだった！」

ハリーは「マント」を脱《ぬ》いでいた。念《ねん》には念《ねん》を入《い》れたいという願《ねが》いから、突然《とつぜん》、ふっと思《おも》いついたことがあったのだ。

「一人《ひとり》で、どこに行《い》くんだい？」ネビルが疑《うたが》わしげに聞《き》いた。

「予定《よてい》どおりの行動《こうどう》だよ」ハリーが言《い》った。「やらなければならないことがあるんだ。ネビル――ちょっと聞《き》いてくれ――」

「ハリー！」ネビルは急《きゅう》におびえた顔《かお》をした。「ハリー、まさか、捕《つか》まりにいくんじゃないだろうな？」

「ちがうよ」ハリーはすらすらとうそをついた。「もちろんそうじゃない……別《べつ》なことだ。でも、しばらく姿《すがた》を消《け》すかもしれない。ネビル、ヴォルデモートの蛇《へび》を知《し》っているか？　あいつは巨大《きょだい》な蛇《へび》を飼《か》っていて……ナギニって呼《よ》んでる……」

「聞《き》いたことあるよ、うん……それがどうかした？」

「そいつを殺《ころ》さないといけない。ロンとハーマイオニーは知《し》っていることだけど、でも、もしかして二人《ふたり》が――」

その可能性《かのうせい》を考《かんが》えるだけでも、ハリーは恐《おそ》ろしさに息《いき》が詰《つ》まり、話《はな》し続《つづ》けられなくなったが、気《き》を取《と》りなおした。これは肝心《かんじん》なことだ。ダンブルドアのように冷静《れいせい》になり、万全《ばんぜん》を期《き》して、予《よ》備《び》の人間《にんげん》を用意《ようい》し、誰《だれ》かが遂行《すいこう》するようにしなければならない。ダンブルドアは、自分《じぶん》のほかに分霊箱《ぶんれいばこ》のことを知《し》っている人間《にんげん》が三人《にん》いることを知《し》った上《うえ》で、死《し》んでいった。今度《こんど》はネビルがハリーのかわりになるのだ。秘密《ひみつ》を知《し》る者《もの》は、まだ三人《にん》いることになるのだ。

「もしかして二人《ふたり》が――忙《いそが》しかったら――そして君《きみ》にそういう機会《きかい》があったら――」

「蛇《へび》を殺《ころ》すの？」

「蛇《へび》を殺《ころ》してくれ」ハリーがくり返《かえ》した。

「わかったよ、ハリー。君《きみ》は、大丈夫《だいじょうぶ》なの？」

「大丈夫《だいじょうぶ》さ。ありがとう、ネビル」

ハリーが去《さ》りかけると、ネビルはその手首《てくび》をつかんだ。

「僕《ぼく》たちは全員《ぜんいん》、戦《たたか》い続《つづ》けるよ、ハリー。わかってるね？」

「ああ、僕《ぼく》は――」

胸《むね》が詰《つ》まり、言葉《ことば》がとぎれた。ハリーにはその先《さき》が言《い》えなかった。ネビルは、それが変《へん》だとは思《おも》わなかったらしい。ハリーの肩《かた》を軽《かる》くたたいてそばを離《はな》れ、また遺体《いたい》を探《さが》しに去《さ》っていった。

ハリーは「マント」をかぶりなおし、歩《ある》きはじめた。そこからあまり遠《とお》くない所《ところ》で、誰《だれ》かが動《うご》いているのが見《み》えた。地面《じめん》につっぷす影《かげ》のそばにかがみ込《こ》んでいる。すぐそばまで近《ちか》づいて初《はじ》めて、ハリーはそれがジニーだと気《き》づいた。

ハリーは足《あし》を止《と》めた。ジニーは、弱々《よわよわ》しく母親《ははおや》を呼《よ》んでいる女《おんな》の子《こ》のそばにかがんでいた。

「大丈夫《だいじょうぶ》よ」ジニーはそう言《い》っていた。「大丈夫《だいじょうぶ》だから。あなたをお城《しろ》の中《なか》に運《はこ》ぶわ」

「でも、私《わたし》、お家《うち》に帰《かえ》りたい」女《おんな》の子《こ》がささやいた。「もう戦《たたか》うのはいや！」

「わかっているわ」ジニーの声《こえ》がかすれた。「きっと大丈夫《だいじょうぶ》だからね」

ハリーの肌《はだ》を、ざわざわと冷《つめ》たい震《ふる》えが走《はし》った。闇《やみ》に向《む》かって大声《おおごえ》で叫《さけ》びたかった。ここにいることをジニーに知《し》ってほしかった。これからどこに行《い》こうとしているのかを、ジニーに知《し》ってほしかった。引《ひ》き止《と》めてほしい、無理《むり》やり連《つ》れ戻《もど》してほしい、家《いえ》に送《おく》り返《かえ》してほしい……。

しかし、ハリーはもう家《いえ》に戻《もど》っている。ホグワーツは、ハリーにとって初《はじ》めての、最高《さいこう》にすばらしい家庭《かてい》だった。ハリー、ヴォルデモートそしてスネイプと、身寄《みよ》りのない少年《しょうねん》たちにとっては、ここが家《いえ》だった……。

ジニーは今《いま》、傷《きず》ついた少女《しょうじょ》のかたわらにひざをつき、その片手《かたて》を握《にぎ》っていた。ハリーは力《ちから》を振《ふ》りしぼって歩《ある》きはじめた。そばを通《とお》り過《す》ぎるとき、ジニーが振《ふ》り返《かえ》るのを見《み》たような気《き》がした。通《とお》り過《す》ぎる人《ひと》の気配《けはい》を、ジニーが感《かん》じ取《と》ったのだろうか。しかし、ハリーは声《こえ》もかけず、振《ふ》り返《かえ》りもしなかった。

ハグリッドの小屋《こや》が、暗闇《くらやみ》の中《なか》に浮《う》かび上《あ》がってきた。明《あ》かりは消《き》え、扉《とびら》を引《ひ》っかくファングの爪《つめ》の音《おと》も、うれしげにほえる声《こえ》も聞《き》こえない。何度《なんど》もハグリッドを訪《たず》ねたっけ。暖炉《だんろ》の火《ひ》に輝《かがや》く銅《どう》のやかん、固《かた》いロックケーキ、巨大《きょだい》なウジ虫《むし》、そしてハグリッドの大《おお》きなひげもじゃの顔《かお》。ロンがナメクジを吐《は》いたり、ハーマイオニーがハグリッドのドラゴン、ノーバートを助《たす》ける手伝《てつだ》いをしたり……。

ハリーは歩《ある》き続《つづ》けた。禁《きん》じられた森《もり》の端《はし》にたどり着《つ》き、そこで足《あし》がすくんだ。木々《きぎ》の間《あいだ》を、吸魂鬼《きゅうこんき》の群《む》れがするする飛《と》びまわっている。その凍《こお》るような冷《つめ》たさを感《かん》じ、無事《ぶじ》に通《とお》り抜《ぬ》けられるかどうか、ハリーには自信《じしん》がなかった。守護霊《しゅごれい》を出《だ》す力《ちから》は残《のこ》っていない。もはや、体《からだ》の震《ふる》えを止《と》めることさえできなくなっていた。死《し》ぬことは、やはり、そう簡単《かんたん》ではなかった。息《いき》をしている瞬間《しゅんかん》が、草《くさ》の匂《にお》いが、そして顔《かお》に感《かん》じるひんやりした空気《くうき》が、とても貴重《きちょう》に思《おも》える。たいていの人《ひと》には何年《なんねん》ものあり余《あま》る時間《じかん》があり、それをだらだらと浪費《ろうひ》しているというのに、自分《じぶん》は一秒《びょう》一秒《びょう》にしがみついている……。これ以上進《いじょうすす》むことはできないと思《おも》うと同時《どうじ》に、ハリーには進《すす》まなければならないこともわかっていた。長《なが》いゲームが終《お》わり、スニッチは捕《つか》まり、空《そら》を去《さ》る時《とき》が来《き》たのだ……。

スニッチ。感覚《かんかく》のない指《ゆび》で、ハリーは首《くび》からかけた巾着《きんちゃく》をぎこちなく手探《てさぐ》りし、スニッチを引《ひ》っ張《ぱ》り出《だ》した。

私《わたし》は終《お》わる時《とき》に開《ひら》く。

ハリーは荒《あら》い息《いき》をしながら、スニッチをじっと見《み》つめた。時間《じかん》ができるだけゆっくり過《す》ぎてほしいこの時《とき》に、急《きゅう》に時計《とけい》が早回《はやまわ》りしたかのようだった。理解《りかい》するのが早過《はやす》ぎて、考《かんが》える過程《かてい》を追《お》い越《こ》してしまったかのようだった。これが「終《お》わる時《とき》」なのだ。今《いま》こそ、その時《とき》なのだ。

ハリーは、金色《きんいろ》の金属《きんぞく》を唇《くちびる》に押《お》し当《あ》ててささやいた。

「僕《ぼく》は、まもなく死《し》ぬ」

金属《きんぞく》の殻《から》がぱっくり割《わ》れた。震《ふる》える手《て》を下《お》ろし、ハリーはマントの下《した》でドラコの杖《つえ》を上《あ》げて、つぶやくように唱《とな》えた。

「ルーモス、光《ひかり》よ」

二つに割《わ》れたスニッチの中央《ちゅうおう》に、黒《くろ》い石《いし》があった。真《ま》ん中《なか》にギザギザの割《わ》れ目《め》が走《はし》っている。「蘇《よみがえ》りの石《いし》」は、ニワトコの杖《つえ》を表《あらわ》す縦《たて》の線《せん》に沿《そ》って割《わ》れていたが、マントと石《いし》を表《あらわ》す三角形《さんかくけい》と円《えん》は、まだ識別《しきべつ》できる。

そして再《ふたた》び、ハリーは頭《あたま》で考《かんが》えるまでもなく理解《りかい》した。呼《よ》び戻《もど》すかどうかはどうでもいいことだ。まもなく自分《じぶん》もその仲間《なかま》になるのだから。あの人《ひと》たちを呼《よ》ぶのではなく、あの人《ひと》たちが自分《じぶん》を呼《よ》ぶのだ。

ハリーは目《め》をつむって、手《て》の中《なか》で石《いし》を三度《ど》転《ころ》がした。

事《こと》は起《お》こった。周囲《しゅうい》のかすかな気配《けはい》で、ハリーにはそうとわかった。森《もり》の端《はし》の小枝《こえだ》の散《ち》らばった土臭《つちくさ》い地面《じめん》に足《あし》をつけて、はかない姿《すがた》が動《うご》いている音《おと》が聞《き》こえた。ハリーは目《め》を開《あ》けて周《まわ》りを見回《みまわ》した。

ゴーストともちがう、かといってほんとうの肉体《にくたい》を持《も》ってもいない、ということがハリーにはわかった。ずいぶん昔《むかし》のことになるが、日記《にっき》から抜《ぬ》け出《だ》したあのリドルの姿《すがた》に最《もっと》も近《ちか》く、記憶《きおく》がほとんど実体《じったい》になった姿《すがた》だ。生身《なまみ》の体《からだ》ほどではないが、しかしゴーストよりずっとしっかりした姿《すがた》が、それぞれの顔《かお》に愛情《あいじょう》のこもった微笑《びしょう》を浮《う》かべて、ハリーに近《ちか》づいてきた。

ジェームズは、ハリーとまったく同《おな》じ背丈《せたけ》だった。死《し》んだ時《とき》と同《おな》じ服装《ふくそう》で、髪《かみ》はくしゃくしゃ、そしてめがねは、ウィーズリーおじさんのように片側《かたがわ》が少《すこ》し下《さ》がっている。

シリウスは背《せ》が高《たか》くハンサムで、ハリーの知《し》っている生前《せいぜん》の姿《すがた》よりずっと若《わか》かった。両手《りょうて》をポケットに突《つ》っ込《こ》み、ニヤッと笑《わら》いながら、大《おお》きな足取《あしど》りで軽《かろ》やかに、自然《しぜん》な優雅《ゆうが》さで歩《ある》いている。

ルーピンもまだ若《わか》く、それほどみすぼらしくなかったし、髪《かみ》は色《いろ》も濃《こ》く、よりふさふさしている。青春時代《せいしゅんじだい》にさんざんほっつき歩《ある》いた、なつかしいこの場所《ばしょ》に戻《もど》ってこられて幸《しあわ》せそうだった。

リリーは、誰《だれ》よりもうれしそうにほほ笑《え》んでいた。肩《かた》にかかる長《なが》い髪《かみ》を背中《せなか》に流《なが》してハリーに近《ちか》づきながら、ハリーそっくりの緑《みどり》の目《め》で、いくら見《み》ても見飽《みあ》きることがないというように、ハリーの顔《かお》を貪《むさぼ》るように眺《なが》めている。

「あなたはとても勇敢《ゆうかん》だったわ」

ハリーは、声《こえ》が出《で》なかった。リリーの顔《かお》を見《み》ているだけで幸《しあわ》せだった。その場《ば》にたたずんで、いつまでもその顔《かお》を見《み》ていたかった。それだけで満足《まんぞく》だと思《おも》った。

「おまえはもうほとんどやりとげた」ジェームズが言《い》った。「もうすぐだ……父《とう》さんたちは鼻《はな》が高《たか》いよ」

「苦《くる》しいの？」子供《こども》っぽい質問《しつもん》が、思《おも》わず口《くち》をついて出《で》ていた。

「死《し》ぬことが？　いいや」シリウスが言《い》った。「眠《ねむ》りに落《お》ちるよりすばやく、簡単《かんたん》だ」

「それに、あいつはすばやくすませたいだろうな。あいつは終《お》わらせたいのだ」ルーピンが言《い》った。

「僕《ぼく》、あなたたちに死《し》んでほしくなかった」

ハリーが言《い》った。自分《じぶん》の意思《いし》とは関係《かんけい》なく、言葉《ことば》が口《くち》をついて出《で》てきた。

「誰《だれ》にも。許《ゆる》して――」ハリーは、ほかの誰《だれ》よりも、ルーピンに向《む》かってそう言《い》った。心《こころ》から許《ゆる》しを求《もと》めた。「――男《おとこ》の子《こ》が生《う》まれたばかりなのに……リーマス、ごめんなさい――」

「私《わたし》も悲《かな》しい」ルーピンが言《い》った。「息子《むすこ》を知《し》ることができないのは残念《ざんねん》だ……。しかし、あの子《こ》は、私《わたし》が死《し》んだ理由《りゆう》を知《し》って、きっとわかってくれるだろう。私《わたし》は、息子《むすこ》がより幸《しあわ》せに暮《く》らせるような世《よ》の中《なか》を作《つく》ろうとしたのだとね」

森《もり》の中心《ちゅうしん》から吹《ふ》いてくると思《おも》われる冷《つめ》たい風《かぜ》が、ハリーの額《ひたい》にかかる髪《かみ》をかき上《あ》げた。この人《ひと》たちのほうからハリーに行《い》けとは言《い》わないことを、ハリーは知《し》っていた。決《き》めるのは、ハリーでなければならないのだ。

「一緒《いっしょ》にいてくれる？」

「最後《さいご》の最後《さいご》まで」ジェームズが言《い》った。

「あの連中《れんちゅう》には、みんなの姿《すがた》は見《み》えないの？」ハリーが聞《き》いた。

「私《わたし》たちは、君《きみ》の一部《いちぶ》なのだ」シリウスが言《い》った。「ほかの人《ひと》には見《み》えない」

ハリーは母親《ははおや》を見《み》た。

「そばにいて」ハリーは静《しず》かに言《い》った。

そしてハリーは歩《ある》きだした。吸魂鬼《きゅうこんき》の冷《つめ》たさも、ハリーをくじきはしなかった。その中《なか》を、ハリーは親《した》しい人々《ひとびと》と連《つ》れ立《だ》って通《とお》り過《す》ぎた。みんなが、ハリーの守護霊《しゅごれい》の役目《やくめ》をはたし、一緒《いっしょ》に古木《こぼく》の間《あいだ》を行進《こうしん》した。木々《きぎ》はますます密生《みっせい》して枝《えだ》と枝《えだ》がからみつき、足元《あしもと》の木《き》の根《ね》は節《ふし》くれだって曲《ま》がりくねっている。暗闇《くらやみ》の中《なか》で、ハリーは「透明《とうめい》マント」をしっかり巻《ま》きつけ、しだいに森《もり》の奥深《おくふか》くへと入《はい》り込《こ》んでいった。ヴォルデモートがどこにいるのか、まったく見当《けんとう》がつかなかったが、必《かなら》ず見《み》つけられると確信《かくしん》していた。ハリーの横《よこ》に、ほとんど音《おと》を立《た》てずに歩《ある》くジェームズ、シリウス、ルーピン、リリーがいた。そばにいてくれるだけでハリーは勇気《ゆうき》づけられ、一歩《いっぽ》、また一歩《いっぽ》と進《すす》むことができた。

ハリーは今《いま》、心《こころ》と体《からだ》が奇妙《きみょう》に切《き》り離《はな》されているような気《き》がしていた。両手両足《りょうてりょうあし》が意識的《いしきてき》に命令《めいれい》しなくとも動《うご》き、まもなく離《はな》れようとしている肉体《にくたい》に、自分《じぶん》が運転手《うんてんしゅ》としてではなく、乗客《じょうきゃく》として乗《の》っているような気《き》がした。城《しろ》にいる生《い》きた人間《にんげん》よりも、自分《じぶん》に寄《よ》り添《そ》って森《もり》の中《なか》を歩《ある》いている死者《ししゃ》のほうが、ハリーにとってはより実在感《じつざいかん》があった。ロン、ハーマイオニー、ジニー、そしてほかのみんなが、今《いま》のハリーにとっては、ゴーストのように感《かん》じられた。つまずき、すべりながら、ハリーは進《すす》んでいく。生《せい》の終《お》わりに向《む》かって、ヴォルデモートに向《む》かって……。

ドスンという音《おと》とささやき声《ごえ》。何《なに》かほかの生《い》き物《もの》が、近《ちか》くで動《うご》いていた。ハリーはマントをかぶったまま立《た》ち止《ど》まり、あたりを透《す》かし見《み》ながら耳《みみ》を澄《す》ました。母親《ははおや》も父親《ちちおや》も、ルーピン、シリウスも立《た》ち止《ど》まった。

「あそこに、誰《だれ》かいる」近《ちか》くで荒々《あらあら》しい声《こえ》がささやいた。「あいつは『透明《とうめい》マント』を持《も》っている。もしかしたら――？」

近《ちか》くの木《き》の陰《かげ》から、杖灯《つえあか》りをゆらめかせて二つの影《かげ》が現《あらわ》れた。ヤックスリーとドロホフだった。暗闇《くらやみ》に目《め》を凝《こ》らして、ハリーや両親《りょうしん》、シリウス、ルーピンが立《た》っている場所《ばしょ》を、まっすぐに見《み》ている。どうやら二人《ふたり》には何《なに》も見《み》えないらしい。

「絶対《ぜったい》に、何《なに》か聞《き》こえた」ヤックスリーが言《い》った。「獣《けもの》、だと思《おも》うか？」

「あのいかれたハグリッドのやつめ、ここに、しこたまいろんなものを飼《か》っているからな」

ドロホフが、ちらりと後《うし》ろを振《ふ》り返《かえ》りながら言《い》った。

ヤックスリーは腕時計《うでどけい》を見《み》た。

「もうほとんど時間切《じかんぎ》れだ。ポッターは一時間《じかん》を使《つか》いきった。来《こ》ないな」

「しかしあの方《かた》は、やつが来《く》ると確信《かくしん》なさっていた！　ご機嫌《きげん》うるわしくないだろうな」

「戻《もど》ったほうがいい」ヤックスリーが言《い》った。「これからの計画《けいかく》を聞《き》くのだ」

ヤックスリーとドロホフは、きびすを返《かえ》して森《もり》の奥深《おくふか》くへと歩《ある》いていった。ハリーはあとをつけた。二人《ふたり》についていけば、ハリーの望《のぞ》む場所《ばしょ》に連《つ》れていってくれるはずだ。横《よこ》を見《み》ると、母親《ははおや》がほほ笑《え》みかけ、父親《ちちおや》が励《はげ》ますようにうなずいた。

数分《すうふん》も歩《ある》かないうちに、行《ゆ》く手《て》に明《あ》かりが見《み》えた。ヤックスリーとドロホフは、空《あ》き地《ち》に足《あし》を踏《ふ》み入《い》れた。そこは、ハリーも知《し》っている、怪物蜘蛛《かいぶつぐも》アラゴグのかつての棲《す》みかだった。巨大《きょだい》な蜘蛛《くも》の巣《す》の名残《なごり》がまだあったが、アラゴグのもうけた子孫《しそん》の大蜘蛛《おおぐも》たちは、死喰《しく》い人《びと》に追《お》い立《た》てられ、手先《てさき》として戦《たたか》わされていた。

空《あ》き地《ち》の中央《ちゅうおう》にたき火《び》が燃《も》え、チラチラとゆらめく炎《ほのお》の明《あ》かりが、だまりこくってあたりを警《けい》戒《かい》している死喰《しく》い人《びと》の群《む》れを照《て》らしていた。まだ仮面《かめん》とフードをつけたままの死喰《しく》い人《びと》もいれば、顔《かお》を現《あらわ》している者《もの》もいる。残忍《ざんにん》で、岩《いわ》のように荒《あら》けずりな顔《かお》の巨人《きょじん》が二人《ふたり》、群《む》れの外側《そとがわ》に座《すわ》って、その場《ば》に巨大《きょだい》な影《かげ》を落《お》としていた。フェンリール・グレイバックが、長《なが》い爪《つめ》をかみながら忍《しの》び歩《ある》いている姿《すがた》や、ブロンドの大男《おおおとこ》ロウルが、出血《しゅっけつ》した唇《くちびる》をぬぐっているのが見《み》えた。ルシウス・マルフォイは、打《う》ちのめされ恐怖《きょうふ》におびえた表情《ひょうじょう》をし、ナルシッサは、目《め》が落《お》ちくぼみ、心配《しんぱい》でたまらない様子《ようす》だった。

すべての目《め》が、ヴォルデモートを見《み》つめていた。その場《ば》に頭《こうべ》を垂《た》れて立《た》っているヴォルデモートは、ニワトコの杖《つえ》を持《も》ったろうのような両手《りょうて》を、胸《むね》の前《まえ》で組《く》んでいる。祈《いの》っているようでもあり、頭《あたま》の中《なか》で時間《じかん》を数《かぞ》えているようでもあった。空《あ》き地《ち》の端《はし》にたたずみながら、ハリーは場《ば》ちがいな光景《こうけい》を思《おも》い浮《う》かべた。かくれんぼの鬼《おに》になった子供《こども》が、十まで数《かぞ》えている姿《すがた》だ。ヴォルデモートの頭《あたま》の後《うし》ろには、怪奇《かいき》な後光《ごこう》のように光《ひか》るおりが浮《う》かび、大蛇《だいじゃ》のナギニが、その中《なか》でくねくねととぐろを巻《ま》いたり解《と》いたりしていた。

ドロホフとヤックスリーが仲間《なかま》の輪《わ》に戻《もど》ると、ヴォルデモートが顔《かお》を上《あ》げた。

「わが君《きみ》、あいつの気配《けはい》はありません」ドロホフが言《い》った。

ヴォルデモートは、表情《ひょうじょう》を変《か》えなかった。たき火《び》の灯《あか》りを映《うつ》した目《め》が、赤《あか》く燃《も》えるように見《み》えた。ゆっくりと、ヴォルデモートはニワトコの杖《つえ》を長《なが》い指《ゆび》でしごいた。

「わが君《きみ》――」

ヴォルデモートの一番近《いちばんちか》くに座《すわ》っているベラトリックスが、口《くち》を開《ひら》いた。髪《かみ》も服《ふく》も乱《みだ》れ、顔《かお》が少《すこ》し血《ち》にまみれてはいたが、ほかにけがをしている様子《ようす》はない。

ヴォルデモートが手《て》を挙《あ》げて制《せい》すると、ベラトリックスはそれ以上一言《いじょうひとこと》も言《い》わず、ただうっとりと崇拝《すうはい》のまなざしでヴォルデモートを見《み》ていた。

「あいつはやってくるだろうと思《おも》った」

踊《おど》るたき火《び》に目《め》を向《む》け、ヴォルデモートがかん高《だか》いはっきりした声《こえ》で言《い》った。

「あいつが来《く》ることを期待《きたい》していた」

誰《だれ》もが、無言《むごん》だった。誰《だれ》もが、ハリーと同《おな》じくらい恐怖《きょうふ》にかられているようだった。ハリーの心臓《しんぞう》は、今《いま》やろっ骨《こつ》に体当《たいあ》たりし、ハリーがまもなく捨《す》て去《さ》ろうとしている肉体《にくたい》から、逃《に》げ出《だ》そうと必死《ひっし》になっているかのようだった。「透明《とうめい》マント」を脱《ぬ》ぐハリーの両手《りょうて》は、じっとりと汗《あせ》ばんでいた。ハリーは、マントと杖《つえ》を、一緒《いっしょ》にローブの下《した》に収《おさ》めた。戦《たたか》おうという気持《きも》ちが起《お》きないようにしたかった。

「どうやら俺様《おれさま》は……まちがっていたようだ」ヴォルデモートが言《い》った。

「まちがっていないぞ」

ハリーは、ありったけの力《ちから》を振《ふ》りしぼり、声《こえ》を張《は》り上《あ》げた。怖気《おじけ》づいていると思《おも》われたくなかった。「蘇《よみがえ》りの石《いし》」が、感覚《かんかく》のない指《ゆび》からすべり落《お》ちた。たき火《び》の灯《あか》りの中《なか》に進《すす》み出《で》ながら、ハリーは、両親《りょうしん》もシリウスもルーピンも消《き》えるのを、目《め》の端《はし》でとらえた。その瞬間《しゅんかん》、ハリーはヴォルデモートしか念頭《ねんとう》になかった。ヴォルデモートと、たった二人《ふたり》きりだ。

しかし、その感覚《かんかく》はたちまち消《き》えた。巨人《きょじん》が吼《ほ》え、死喰《しく》い人《びと》たちがいっせいに立《た》ち上《あ》がったからだ。叫《さけ》び声《ごえ》、息《いき》をのむ音《おと》、そして笑《わら》い声《ごえ》まで湧《わ》き起《お》こった。ヴォルデモートは凍《こお》りついたようにその場《ば》に立《た》っていたが、その赤《あか》い目《め》はハリーをとらえ、ハリーが近《ちか》づくのを見《み》つめていた。二人《ふたり》の間《あいだ》にはたき火《び》があるだけだった。

その時《とき》、わめき声《ごえ》がした――。

「ハリー！　やめろ！」

ハリーは声《こえ》のほうを見《み》た。ハグリッドが、ギリギリと縛《しば》り上《あ》げられ、近《ちか》くの木《き》に縛《しば》りつけられていた。必死《ひっし》でもがくハグリッドの巨体《きょたい》が、頭上《ずじょう》の大枝《おおえだ》を揺《ゆ》らした。

「**やめろ！　だめだ！　ハリー、何《なに》する気《き》――？**」

「**だまれ！**」ロウルが叫《さけ》び、杖《つえ》の一振《ひとふ》りでハグリッドをだまらせた。

ベラトリックスははじけるように立《た》ち上《あ》がり、激《はげ》しい息《いき》づかいで、ヴォルデモートとハリーを食《く》い入《い》るように見《み》つめた。動《うご》くものと言《い》えば、たき火《び》の炎《ほのお》と、ヴォルデモートの背後《はいご》に光《ひか》るおりで、とぐろを巻《ま》いたり解《と》いたりする蛇《へび》だけだった。

ハリーは、杖《つえ》が胸《むね》に当《あ》たるのを感《かん》じたが、抜《ぬ》こうとはしなかった。蛇《へび》の護《まも》りはあまりに堅《かた》く、何《なん》とかナギニに杖《つえ》を向《む》けることができたとしても、それより前《まえ》に五十人《にん》もの呪《のろ》いがハリーを撃《う》つだろう。ヴォルデモートとハリーは、なおも見《み》つめ合《あ》ったままだった。やがてヴォルデモートは小首《こくび》をかしげ、目《め》の前《まえ》に立《た》つ男《おとこ》の子《こ》を品定《しなさだ》めしながら、唇《くちびる》のない口元《くちもと》をゆがめて、きわめつきの冷酷《れいこく》な笑《わら》いを浮《う》かべた。

「ハリー・ポッター」

ささやくような言《い》い方《かた》だった。その声《こえ》は、パチパチはぜるたき火《び》の音《おと》かと思《おも》えるほどだった。

「生《い》き残《のこ》った男《おとこ》の子《こ》」

死喰《しく》い人《びと》は、誰《だれ》も動《うご》かずに待《ま》っていた。すべてが待《ま》っていた。ハグリッドはもがき、ベラトリックスは息《いき》を荒《あら》らげていた。そしてハリーは、なぜかジニーを思《おも》い浮《う》かべた。あの燃《も》えるような瞳《ひとみ》、そしてジニーの唇《くちびる》のあの感触《かんしょく》——。

ヴォルデモートは杖《つえ》を上《あ》げた。このままやってしまえば何《なに》が起《お》こるのかと、知《し》りたくてたまらない子供《こども》のように小首《こくび》をかしげたままだ。ハリーは赤《あか》い目《め》を見《み》つめ返《かえ》し、早《はや》く、今《いま》すぐにと願《ねが》った。まだ立《た》っていられるうちに、自分《じぶん》を抑制《よくせい》することができなくなる前《まえ》に、恐怖《きょうふ》を見抜《みぬ》かれてしまう前《まえ》に――。

ハリーはヴォルデモートの口《くち》が動《うご》くのを見《み》た。緑《みどり》の閃光《せんこう》が走《はし》った。そして、すべてが消《き》えた。

第《だい》35章《しょう》 キングズ・クロス

ハリーはうつ伏《ぶ》せになって、静寂《せいじゃく》を聞《き》いていた。完全《かんぜん》に一人《ひとり》だった。誰《だれ》も見《み》ていない。ほかには誰《だれ》もいない。自分自身《じぶんじしん》がそこにいるのかどうかさえ、ハリーにはよくわからなかった。

ずいぶん時間《じかん》がたってから、いや、もしかしたら時間《じかん》はまったくたっていなかったのかもしれないが、ハリーは、自分自身《じぶんじしん》が存在《そんざい》しているにちがいないと感《かん》じた。体《からだ》のない、想念《そうねん》だけではないはずだ。なぜなら、ハリーは横《よこ》たわっていた。まちがいなく何《なに》かの表面《ひょうめん》に横《よこ》たわっている。触《しょっ》感《かん》があるのだ。自分《じぶん》が触《ふ》れている何《なに》かもが存在《そんざい》している。

この結論《けつろん》に達《たっ》したのとほとんど同時《どうじ》に、ハリーは自分《じぶん》が裸《はだか》なのに気《き》づいた。自分以外《じぶんいがい》には誰《だれ》もいないという確信《かくしん》があったので、裸《はだか》でいることは気《き》にならなかったが、少《すこ》し不思議《ふしぎ》に思《おも》った。感《かん》じることができるのと同《おな》じように、見《み》ることもできるのだろうか、とハリーはいぶかった。目《め》を開《ひら》いてみて、ハリーは自分《じぶん》に目《め》があることを発見《はっけん》した。

ハリーは明《あか》るい靄《もや》の中《なか》に横《よこ》たわっていたが、これまで経験《けいけん》したどんな靄《もや》とも様子《ようす》がちがっている。雲《くも》のような水蒸気《すいじょうき》が周囲《しゅうい》を覆《おお》い隠《かく》しているのではなく、むしろ、靄《もや》そのものがこれから周《しゅう》囲《い》を形作《かたちづく》っていくようだった。ハリーが横《よこ》たわっている床《ゆか》は、どうやら白《しろ》い色《いろ》のようで、温《あたた》かくも冷《つめ》たくもない。ただそこに、平《たい》らで真《ま》っさらな物《もの》として存在《そんざい》し、何《なに》かがその上《うえ》に置《お》かれるべく存在《そんざい》していた。

ハリーは上体《じょうたい》を起《お》こした。体《からだ》は無傷《むきず》のようだ。顔《かお》に触《ふ》れてみた。もう、めがねはかけていない。

その時《とき》、ハリーの周囲《しゅうい》の、まだ形《かたち》のない無《む》の中《なか》から、物音《ものおと》が聞《き》こえてきた。軽《かる》いトントンという音《おと》で、何《なに》かが手足《てあし》をバタつかせ、振《ふ》り回《まわ》し、もがいている。哀《あわ》れを誘《さそ》う物音《ものおと》だったが、同時《どうじ》にやや猥雑《わいざつ》な音《おと》だった。ハリーは、何《なに》か恥《は》ずかしい秘密《ひみつ》の音《おと》を盗《ぬす》み聞《ぎ》きしているような、居心地《いごこち》の悪《わる》さを感《かん》じた。

ハリーは、急《きゅう》に何《なに》かを身《み》にまといたいと思《おも》った。

頭《あたま》の中《なか》でそう願《ねが》ったとたん、ローブがすぐ近《ちか》くに現《あらわ》れた。ハリーはそれを引《ひ》き寄《よ》せて身《み》につけた。やわらかく清潔《せいけつ》で温《あたた》かい。驚《おどろ》くべき現《あらわ》れ方《かた》だ。欲《ほ》しいと思《おも》ったとたんに、サッと……。

ハリーは立《た》ち上《あ》がって、あたりを見回《みまわ》した。どこか大《おお》きな「必要《ひつよう》の部屋《へや》」の中《なか》にいるのだろうか？　眺《なが》めているうちに、だんだん目《め》に入《はい》るものが増《ふ》えてきた。頭上《ずじょう》には大《おお》きなドーム型《がた》のガラス天井《てんじょう》が、陽光《ようこう》の中《なか》で輝《かがや》いている。宮殿《きゅうでん》かもしれない。すべてが静《しず》かで動《うご》かない。ただ、バタバタという奇妙《きみょう》な音《おと》と、哀《あわ》れっぽく訴《うった》えるような音《おと》が、靄《もや》の中《なか》の、どこか近《ちか》くから聞《き》こえてくるだけだ……。

ハリーはゆっくりとその場《ば》で一回《ひとまわ》りした。ハリーの動《うご》きにつれて、目《め》の前《まえ》で周囲《しゅうい》がひとりでに形作《かたちづく》られていくようだった。明《あか》るく清潔《せいけつ》で、広々《ひろびろ》とした開放的《かいほうてき》な空間《くうかん》、「大広間《おおひろま》」よりずっと大《おお》きいホール、それにドーム型《がた》の透明《とうめい》なガラスの天井《てんじょう》。まったく誰《だれ》もいない。そこにいるのはハリーただ一人《ひとり》。ただし――。

ハリーはびくりと身《み》を引《ひ》いた。音《おと》を出《だ》しているものを見《み》つけたのだ。小《ちい》さな裸《はだか》の子供《こども》の形《かたち》をしたものが、地面《じめん》の上《うえ》に丸《まる》まっている。肌《はだ》は皮《かわ》をはがれでもしたようにザラザラと生々《なまなま》しく、誰《だれ》からも望《のぞ》まれずに椅子《いす》の下《した》に置《お》き去《ざ》りにされ、目《め》につかないように押《お》し込《こ》まれて、必死《ひっし》に息《いき》をしながら震《ふる》えている。

ハリーは、それが怖《こわ》いと思《おも》った。小《ちい》さくて弱々《よわよわ》しく、傷《きず》ついているのに、ハリーはそれに近寄《ちかよ》りたくなかった。にもかかわらずハリーは、いつでも跳《と》びすされるように身《み》がまえながら、ゆっくりとそれに近《ちか》づいていった。やがてハリーは、それに触《ふ》れられるほど近《ちか》くに立《た》っていたが、とても触《ふ》れる気《き》にはなれなかった。自分《じぶん》が臆病者《おくびょうもの》になったような気《き》がした。なぐさめてやらなければならないと思《おも》いながらも、それを見《み》るとむしずが走《はし》った。

「君《きみ》には、どうしてやることもできん」

ハリーはくるりと振《ふ》り向《む》いた。アルバス・ダンブルドアが、ハリーに向《む》かって歩《ある》いてくる。流《なが》れるような濃紺《のうこん》のローブをまとい、背筋《せすじ》を伸《の》ばして、軽快《けいかい》な足取《あしど》りでやってくる。

「ハリー」

ダンブルドアは両腕《りょううで》を広《ひろ》げた。手《て》は両方《りょうほう》とも白《しろ》く完全《かんぜん》で、無傷《むきず》だった。

「なんとすばらしい子《こ》じゃ。なんと勇敢《ゆうかん》な男《おとこ》じゃ。さあ、一緒《いっしょ》に歩《ある》こうぞ」

ハリーはぼうぜんとして、悠々《ゆうゆう》と歩《ある》き去《さ》るダンブルドアのあとに従《したが》った。ダンブルドアは、哀《あわ》れっぽい声《こえ》で泣《な》いている生々《なまなま》しい赤子《あかご》をあとに、少《すこ》し離《はな》れた所《ところ》に置《お》いてある椅子《いす》へと、ハリーをいざなった。ハリーはそれまで気《き》づかなかったが、高《たか》く輝《かがや》くドームの下《した》に椅子《いす》が二脚《きゃく》置《お》いてあった。ダンブルドアがその一つにかけ、ハリーは校長《こうちょう》の顔《かお》をじっと見《み》つめたまま、もう一つの椅子《いす》にストンと腰《こし》を落《お》とした。長《なが》い銀色《ぎんいろ》の髪《かみ》やあごひげ、半月形《はんげつがた》のめがねの奥《おく》から鋭《するど》く見透《みとお》すブルーの目《め》、折《お》れ曲《ま》がった鼻《はな》。何《なに》もかも、ハリーが覚《おぼ》えているとおりだった。しかし……。

「でも、先生《せんせい》は死《し》んでいる」ハリーが言《い》った。

「おお、そうじゃよ」ダンブルドアは、あたりまえのように言《い》った。

「それなら……僕《ぼく》も死《し》んでいる？」

「あぁ」

ダンブルドアは、ますますにこやかにほほ笑《え》んだ。

「『それが問題《もんだい》だ』、というわけじゃのう？　全体《ぜんたい》として見《み》れば、ハリーよ、わしはちがうと思《おも》うぞ」

二人《ふたり》は顔《かお》を見合《みあ》わせた。老《ろう》ダンブルドアは、まだ笑顔《えがお》のままだ。

「ちがう？」ハリーがくり返《かえ》した。

「ちがう」ダンブルドアが言《い》った。

「でも……」

ハリーは反射的《はんしゃてき》に、稲妻形《いなずまがた》の傷痕《きずあと》に手《て》を持《も》っていったが、そこに傷痕《きずあと》はなかった。

「でも、僕《ぼく》は死《し》んだはずだ――僕《ぼく》は防《ふせ》がなかった！　あいつに殺《ころ》されるつもりだった！」

「それじゃよ」ダンブルドアが言《い》った。「それが、たぶん、大《おお》きなちがいをもたらすことになったのじゃ」

ダンブルドアの顔《かお》から、光《ひかり》のように、炎《ほのお》のように、喜《よろこ》びがあふれ出《で》ているようだった。こんなに手放《てばな》しで、こんなにはっきり感《かん》じ取《と》れるほど満足《まんぞく》しきったダンブルドアを、ハリーは初《はじ》めて見《み》た。

「どういうことですか？」ハリーが聞《き》いた。

「君《きみ》にはもうわかっているはずじゃ」

ダンブルドアが、左右《さゆう》の親指同士《おやゆびどうし》をくるくる回《まわ》しながら言《い》った。

「僕《ぼく》は、あいつに自分《じぶん》を殺《ころ》させた」ハリーが言《い》った。「そうですね？」

「そうじゃ」ダンブルドアがうなずいた。「続《つづ》けて！」

「それで、僕《ぼく》の中《なか》にあったあいつの魂《たましい》の一部《いちぶ》は……」

ダンブルドアはますます熱《あつ》くうなずき、晴《は》れ晴《ば》れと励《はげ》ますような笑顔《えがお》を向《む》けてハリーをうながした。

「……なくなった？」

「そのとおりじゃ！」ダンブルドアが言《い》った。「そうじゃ。あの者《もの》が破壊《はかい》したのじゃ。君《きみ》の魂《たましい》は完全無欠《かんぜんむけつ》で、君《きみ》だけのものじゃよ、ハリー」

「でも、それなら……」

ハリーは振《ふ》り返《かえ》って、椅子《いす》の下《した》で震《ふる》えている小《ちい》さな傷《きず》ついた生《い》き物《もの》を一瞥《いちべつ》した。

「先生《せんせい》、あれは何《なん》ですか？」

「我々《われわれ》の救《すく》いのおよばぬものじゃよ」ダンブルドアが言《い》った。

「でも、もしヴォルデモートが『死《し》の呪文《じゅもん》』を使《つか》ったのなら――」

ハリーは話《はなし》を続《つづ》けた。

「そして、今度《こんど》は誰《だれ》も僕《ぼく》のために死《し》んでいないのなら——僕《ぼく》はどうして生《い》きているのですか？」

「君《きみ》にはわかっているはずじゃ」

ダンブルドアが言《い》った。

「振《ふ》り返《かえ》って考《かんが》えるのじゃ。ヴォルデモートが、無知《むち》の故《ゆえ》に、欲望《よくぼう》と残酷《ざんこく》さの故《ゆえ》に、何《なに》をしたかを思《おも》い出《だ》すのじゃ」

ハリーは考《かんが》え込《こ》み、視線《しせん》をゆっくり移動《いどう》させて、周囲《しゅうい》をよく見《み》た。二人《ふたり》の座《すわ》っている場所《ばしょ》がもしも宮殿《きゅうでん》なら、そこは奇妙《きみょう》な宮殿《きゅうでん》だった。椅子《いす》が数脚《すうきゃく》ずつ、何列《なんれつ》か並《なら》び、切《き》れ切《ぎ》れの手《て》すりがあちこちに見《み》えるが、そこにいるのは、やはり、ハリーとダンブルドアの二人《ふたり》だけで、あとは、椅子《い》の下《した》にいる発育不良《はついくふりょう》の生《い》き物《もの》だけだった。その時《とき》、何《なん》の苦《く》もなく、答《こた》えがハリーの唇《くちびる》に上《のぼ》ってきた。

「あいつは、僕《ぼく》の血《ち》を入《い》れた」ハリーが言《い》った。

「まさにそうじゃ！」

ダンブルドアが言《い》った。

「あの者《もの》は君《きみ》の血《ち》を採《と》り、それで自分《じぶん》の生身《なまみ》の身体《からだ》を再生《さいせい》させた！　あの者《もの》の血管《けっかん》に流《なが》れる君《きみ》の血《ち》が、ハリー、リリーの護《まも》りが、二人《ふたり》の中《なか》にあるのじゃ！　あの者《もの》が生《い》きているかぎり、あの者《もの》は君《きみ》の命《いのち》をつなぎとめておる！」

「僕《ぼく》が生《い》きているのは……あいつが生《い》きているから？　でも、僕《ぼく》……僕《ぼく》、その逆《ぎゃく》だと思《おも》っていた！　二人《ふたり》とも死《し》ななければならないと思《おも》ったけど？　それともどっちでも同《おな》じこと？」

ハリーは、背後《はいご》でもがき苦《くる》しむ泣《な》き声《ごえ》と物音《ものおと》に気《き》をそらされ、もう一度《いちど》振《ふ》り返《かえ》った。

「ほんとうに、僕《ぼく》たちにはどうにもできないのですか？」

「助《たす》けることは不可能《ふかのう》じゃ」

「それなら、説明《せつめい》してください……もっとくわしく」

ハリーの問《と》いに、ダンブルドアはほほ笑《え》んだ。

「君《きみ》はのう、ハリー、あの者《もの》が期《き》せずして作《つく》ってしまった、七つ目《め》の分霊箱《ぶんれいばこ》だったのじゃ。あの者《もの》は、自《みずか》らの魂《たましい》を非常《ひじょう》に不安定《ふあんてい》なものにしてしもうたので、君《きみ》のご両親《りょうしん》を殺害《さつがい》し、幼子《おさなご》までも殺《ころ》そうという言語《げんご》に絶《ぜっ》する悪行《あくぎょう》をなしたとき、魂《たましい》が砕《くだ》けた。あの部屋《へや》から逃《のが》れたものは、あの者《もの》が思《おも》っていたより少《すく》なかったのじゃ。あの者《もの》は、自分《じぶん》の肉体《にくたい》だけではなく、それ以上《いじょう》のものをあの場《ば》に置《お》いていったのじゃ。犠牲《ぎせい》になるはずだった君《きみ》に、生《い》き残《のこ》った君《きみ》に、あの者《もの》の一部《いちぶ》が結《むす》びついて残《のこ》されたのじゃ」

「しかも、ハリー、あの者《もの》の知識《ちしき》は、情《なさ》けないほど不完全《ふかんぜん》なままじゃった！　ヴォルデモートは、自《みずか》らが価値《かち》を認《みと》めぬものに関《かん》して理解《りかい》しようとはせぬ。屋敷《やしき》しもべ妖精《ようせい》やおとぎ話《ばなし》、愛《あい》や忠誠《ちゅうせい》、そして無垢《むく》。ヴォルデモートは、こうしたものを知《し》らず、理解《りかい》しておらぬ。まったく何《なに》も。こうしたもののすべてが、ヴォルデモートを凌駕《りょうが》する力《ちから》を持《も》ち、どのような魔法《まほう》もおよばぬ力《ちから》を持《も》つという真実《しんじつ》を、あの者《もの》はけっして理解《りかい》できなかった」

「ヴォルデモートは、自《みずか》らを強《つよ》めると信《しん》じて、君《きみ》の血《ち》を入《い》れた。あの者《もの》の身体《からだ》の中《なか》に、母君《ははぎみ》が君《きみ》を護《まも》るために命《いのち》を捨《す》ててかけた魔法《まほう》が、わずかながら取《と》り込《こ》まれた。母君《ははぎみ》の犠牲《ぎせい》の力《ちから》を、あの者《もの》が生《い》かしておる。そして、その魔法《まほう》が生《い》き続《つづ》けるかぎり、君《きみ》も生《い》き続《つづ》け、ヴォルデモート自身《じしん》の最後《さいご》の望《のぞ》みである命《いのち》の片鱗《へんりん》も生《い》き続《つづ》ける」

ダンブルドアはハリーにほほ笑《え》みかけ、ハリーは目《め》を丸《まる》くしてダンブルドアを見《み》た。

「先生《せんせい》はご存《ぞん》じだったのですか？　このことを——はじめからずっと？」

「推量《すいりょう》しただけじゃ。しかしわしの推量《すいりょう》は、これまでのところ、大方《おおかた》は正《ただ》しかったのう」

ダンブルドアはうれしそうに言《い》った。それから二人《ふたり》は、座《すわ》ったまま、長《なが》い間《あいだ》だまっていた。長《なが》く感《かん》じただけかもしれない。背後《はいご》の生《い》き物《もの》は、相変《あいか》わらずヒイヒイ泣《な》きながら震《ふる》えていた。

「まだあります」

ハリーが言《い》った。

「まだわからないことが。僕《ぼく》の杖《つえ》は、どうしてあいつの借《か》り物《もの》の杖《つえ》を折《お》ったのでしょう？」

「それについては、定《さだ》かにはわからぬ」

「それじゃ、推量《すいりょう》でいいです」

ハリーがそう言《い》うと、ダンブルドアは声《こえ》を上《あ》げて笑《わら》った。

「まず理解《りかい》しておかねばならぬのは、ハリー、君《きみ》とヴォルデモート卿《きょう》が、前人未踏《ぜんじんみとう》の魔法《まほう》の分野《ぶんや》をともに旅《たび》してきたということじゃ。しかしながら、今《いま》から話《はな》すようなことが起《お》きたのではないかと思《おも》う。前例《ぜんれい》のないことじゃから、どんな杖作《つえつく》りといえども予測《よそく》できず、ヴォルデモートに対《たい》しても説明《せつめい》できはしなかった、とわしはそう思《おも》う」

「君《きみ》にはもうわかっているように、ヴォルデモート卿《きょう》は、人《ひと》の形《かたち》によみがえったとき、意図《いと》せずして君《きみ》との絆《きずな》を二重《にじゅう》に強《つよ》めた。魂《たましい》の一部《いちぶ》を君《きみ》に付着《ふちゃく》させたまま、あの者《もの》は、自分《じぶん》を強《つよ》めるためと考《かんが》えて、君《きみ》の母君《ははぎみ》の犠牲《ぎせい》の力《ちから》を、一部自分《いちぶじぶん》の中《なか》に取《と》り込《こ》んだのじゃ。その犠牲《ぎせい》がどんなに恐《おそ》ろしい力《ちから》を持《も》っているかを的確《てきかく》に理解《りかい》していたなら、ヴォルデモートはおそらく、君《きみ》の血《ち》に触《ふ》れることなどとてもできなかったじゃろう……いや、さらに言《い》えば、もともとそれが理解《りかい》できるくらいなら、あの者《もの》は所詮《しょせん》ヴォルデモート卿《きょう》ではありえず、また、人《ひと》を殺《あや》めたりしなかったかもしれぬ」

「この二重《にじゅう》の絆《きずな》を確実《かくじつ》なものにし、互《たが》いの運命《うんめい》を、歴史上例《れきしじょうれい》を見《み》ないほどしっかりと結《むす》びつけた状態《じょうたい》で、ヴォルデモートは、君《きみ》の杖《つえ》と双子《ふたご》の芯《しん》を持《も》つ杖《つえ》で君《きみ》を襲《おそ》った。すると、知《し》ってのとおり、まか不思議《ふしぎ》なことが起《お》こった。芯同士《しんどうし》が、二人《ふたり》の杖《つえ》が双子《ふたご》であることを知《し》らなかったヴォルデモート卿《きょう》には、予想外《よそうがい》の反応《はんのう》を示《しめ》したのじゃ」

「あの夜《よる》、ハリーよ、あの者《もの》のほうが、君《きみ》よりももっと恐《おそ》れていたのじゃ。君《きみ》は死《し》ぬかもしれぬということを受《う》け入《い》れ、むしろ積極的《せっきょくてき》に迎《むか》え入《い》れた。ヴォルデモート卿《きょう》にはけっしてできぬことじゃ。君《きみ》の勇気《ゆうき》が勝《か》った。君《きみ》の杖《つえ》があの者《もの》の杖《つえ》を圧倒《あっとう》したのじゃ。その結果《けっか》、二本《ほん》の杖《つえ》の間《あいだ》に、二人《ふたり》の持《も》ち主《ぬし》の関係《かんけい》を反映《はんえい》した何事《なにごと》かが起《お》こった」

「君《きみ》の杖《つえ》はあの夜《よる》、ヴォルデモートの杖《つえ》の力《ちから》と資質《ししつ》の一部《いちぶ》を吸収《きゅうしゅう》した、とわしは思《おも》う。つまり、ヴォルデモート自身《じしん》の一部《いちぶ》を、君《きみ》の杖《つえ》が取《と》り込《こ》んでおったのじゃ。そこで、あの者《もの》が君《きみ》を追跡《ついせき》したとき、君《きみ》の杖《つえ》はヴォルデモートを認識《にんしき》した。血《ち》を分《わ》けた間柄《あいだがら》でありながら不倶戴天《ふぐたいてん》の敵《てき》である者《もの》を認識《にんしき》して、ヴォルデモート自身《じしん》の魔法《まほう》の一部《いちぶ》を、彼《かれ》に向《む》けて吐《は》き出《だ》したのじゃ。その魔法《まほう》は、ルシウスの杖《つえ》がそれまでに行《おこな》ったどんな魔法《まほう》よりも強力《きょうりょく》なものじゃった。君《きみ》の杖《つえ》は、君《きみ》の並外《なみはず》れた勇気《ゆうき》と、ヴォルデモート自身《じしん》の恐《おそ》ろしい魔力《まりょく》をあわせ持《も》っていた。ルシウス・マルフォイの哀《あわ》れな棒切《ぼうき》れなど、敵《かな》うはずもないじゃろう？」

「でも、僕《ぼく》の杖《つえ》がそんなに強力《きょうりょく》だったのなら、どうしてハーマイオニーがそれを折《お》ることができたのでしょう？」ハリーが聞《き》いた。

「それはのう、杖《つえ》のすばらしい威力《いりょく》は、ヴォルデモートに対《たい》してのみ効果《こうか》があったからじゃ。魔《ま》法《ほう》の法則《ほうそく》の深奥《しんおう》を、あのように無分別《むふんべつ》にいじくり回《まわ》したヴォルデモートに対《たい》してのみじゃ。あの者《もの》に向《む》けてのみ、君《きみ》の杖《つえ》は異常《いじょう》な力《ちから》を発揮《はっき》した。それ以外《いがい》は、ほかの杖《つえ》と変《か》わることはない……もちろん、よい杖《つえ》ではあったがのう」

ダンブルドアは、やさしい言葉《ことば》をつけ加《くわ》えた。

ハリーは長《なが》いこと考《かんが》え込《こ》んだ。いや、数秒《すうびょう》だったかもしれない。ここでは、時間《じかん》などをはっきり認識《にんしき》するのが、とても難《むずか》しかった。

「あいつは、あなたの杖《つえ》で僕《ぼく》を殺《ころ》した」

「わしの杖《つえ》で、君《きみ》を殺《ころ》しそこねたのじゃ」

ダンブルドアが、ハリーの言葉《ことば》を訂正《ていせい》した。

「君《きみ》が死《し》んでいないということで、君《きみ》とわしは意見《いけん》が一致《いっち》すると思《おも》う――じゃが、もちろん」

ダンブルドアは、ハリーに対《たい》して礼《れい》を欠《か》くことを恐《おそ》れるかのようにつけ加《くわ》えた。

「君《きみ》が苦《くる》しんだことを軽《かる》く見《み》るつもりはない。過酷《かこく》な苦《くる》しみだったにちがいない」

「でも今《いま》は、とてもいい気分《きぶん》です」

ハリーは、清潔《せいけつ》で傷《きず》一《ひと》つない両手《りょうて》を見下《みお》ろしながら言《い》った。

「ここはいったい、どこなのですか？」

「そうじゃのう、わしが君《きみ》にそれを聞《き》こうと思《おも》っておった」

ダンブルドアが、あたりを見回《みまわ》しながら言《い》った。

「君《きみ》は、ここがどこだと思《おも》うかね？」

ダンブルドアに聞《き》かれるまで、ハリーにはわかっていなかった。しかし、今《いま》はすぐに答《こた》えられることに気《き》づいた。

「何《なん》だか」

ハリーは考《かんが》えながら答《こた》えた。

「キングズ・クロス駅《えき》みたいだ。でも、ずっときれいだし誰《だれ》もいないし、それに、僕《ぼく》の見《み》るかぎりでは、汽車《きしゃ》が一台《だい》もない」

「キングズ・クロス駅《えき》！」

ダンブルドアは、遠慮《えんりょ》なくクスクス笑《わら》った。

「なんとまあ、そうかね？」

「じゃあ、先生《せんせい》はどこだと思《おも》われるんですか？」

ハリーは少《すこ》しむきになって聞《き》いた。

「ハリーよ、わしにはさっぱりわからぬ。これは、いわば、君《きみ》の晴《は》れ舞台《ぶたい》じゃ」

ハリーには、ダンブルドアが何《なに》を言《い》っているのかわからなかった。ダンブルドアの態度《たいど》が腹立《はらだ》たしくなってハリーは顔《かお》をしかめたが、その時《とき》、今《いま》どこにいるかよりも、もっと差《さ》し迫《せま》った問題《もんだい》を思《おも》い出《だ》した。

「死《し》の秘宝《ひほう》」

ハリーは言《い》った。その言葉《ことば》でダンブルドアの顔《かお》からすっかり笑《わら》いが消《き》えたのを見《み》て、ハリーの腹《はら》も収《おさ》まった。

「ああ、そうじゃな」ダンブルドアは、逆《ぎゃく》に心配《しんぱい》そうな顔《かお》になった。

「どうなのですか？」

ダンブルドアと知《し》り合《あ》って以来初《いらいはじ》めて、ハリーは、老成《ろうせい》したダンブルドアではない顔《かお》を見《み》た。刹那《せつな》ではあったが、老人《ろうじん》どころか、いたずらの最中《さいちゅう》に見《み》つかった小《ちい》さな子供《こども》のような表情《ひょうじょう》を見《み》せたのだ。

「許《ゆる》してくれるかのう？」ダンブルドアが言《い》った。「君《きみ》を信用《しんよう》しなかったこと、君《きみ》に教《おし》えなかったことを、許《ゆる》してくれるじゃろうか？　ハリー、わしは、君《きみ》がわしと同《おな》じ失敗《しっぱい》をくり返《かえ》すのではないかと恐《おそ》れただけなのじゃ。わしと同《おな》じ過《あやま》ちを犯《おか》すのではないかと、それだけを恐《おそ》れたのじゃ。ハリー、どうか許《ゆる》しておくれ。もうだいぶ前《まえ》から、君《きみ》がわしよりずっとまっすぐな人間《にんげん》だとわかっておったのじゃが」

「何《なに》をおっしゃっているのですか？」

ダンブルドアの声《こえ》の調子《ちょうし》や、急《きゅう》にダンブルドアの目《め》に光《ひか》った涙《なみだ》に驚《おどろ》いて、ハリーが聞《き》いた。

「秘宝《ひほう》、秘宝《ひほう》」ダンブルドアがつぶやいた。「死《し》に物狂《ものぐる》いの、人間《にんげん》の夢《ゆめ》じゃ！」

「でも、秘宝《ひほう》は実在《じつざい》します！」

「実在《じつざい》する。しかも危険《きけん》な物《もの》じゃ。愚者《ぐしゃ》たちへのいざないなのじゃ」ダンブルドアが言《い》った。「そしてこのわしも、その愚《おろ》か者《もの》であった。しかし、君《きみ》はわかっておろう？　もはやわしには、君《きみ》に秘《ひ》すべきことは何《なに》もない。君《きみ》は知《し》っておるのじゃ」

「何《なに》をですか？」

ダンブルドアは、ハリーに真正面《ましょうめん》から向《む》き合《あ》った。輝《かがや》くようなブルーの目《め》に、涙《なみだ》がまだ光《ひか》っていた。

「死《し》を制《せい》する者《もの》。ハリーよ、死《し》を克服《こくふく》する者《もの》じゃ！　わしは、結局《けっきょく》のところ、ヴォルデモートよりましな人間《にんげん》であったと言《い》えようか？」

「もちろんそうです」ハリーが言《い》った。「もちろんですとも――そんなこと、聞《き》くまでもないでしょう？　先生《せんせい》は、意味《いみ》もなく人《ひと》を殺《ころ》したりしませんでした！」

「そうじゃ、そうじゃな」

ダンブルドアはまるで、小《ちい》さな子供《こども》が励《はげ》ましを求《もと》めているように見《み》えた。

「しかし、ハリー、わしもまた、死《し》を克服《こくふく》する方法《ほうほう》を求《もと》めたのじゃよ」

「あいつと同《おな》じやり方《かた》じゃありません」ハリーが言《い》った。

ダンブルドアにあれほどさまざまな怒《いか》りを感《かん》じていたハリーが、この高《たか》い丸天井《まるてんじょう》の下《した》に座《すわ》り、自己否定《じこひてい》するダンブルドアを弁護《べんご》しようとしているとは、なんと奇妙《きみょう》なことか。

「先生《せんせい》は、秘宝《ひほう》を求《もと》めた。分霊箱《ぶんれいばこ》をじゃない」

「秘宝《ひほう》を」ダンブルドアがつぶやいた。「分霊箱《ぶんれいばこ》をではない。そのとおりじゃ」

しばらく沈黙《ちんもく》が流《なが》れた。背後《はいご》の生《い》き物《もの》が訴《うった》えるように泣《な》いても、ハリーはもう振《ふ》り返《かえ》らなかった。

「グリンデルバルドも、秘宝《ひほう》を探《さが》していたのですね？」ハリーが聞《き》いた。

ダンブルドアは一瞬《いっしゅん》目《め》を閉《と》じ、やがてうなずいた。

「それこそが、何《なに》よりも強《つよ》くわしら二人《ふたり》を近《ちか》づけたのじゃ」

ダンブルドアが、静《しず》かに言《い》った。

「二人《ふたり》の賢《さか》しく傲慢《ごうまん》な若者《わかもの》は、同《おな》じ思《おも》いにとらわれておった。グリンデルバルドがゴドリックの谷《たに》にひかれたのは、すでに察《さっ》しがついておろうが、イグノタス・ペベレルの墓《はか》のせいじゃ。三番《ばん》目《め》の弟《おとうと》が死《し》んだ場所《ばしょ》を、探索《たんさく》したかったからじゃ」

「それじゃ、ほんとうのことなんですね？」ハリーが聞《き》いた。「何《なに》もかも？　ペベレル兄弟《きょうだい》が——」

「——物語《ものがたり》の中《なか》の三兄弟《きょうだい》なのじゃ」

ダンブルドアがうなずきながら言《い》った。

「そうじゃとも。わしはそう思《おも》う。兄弟《きょうだい》がさびしい道《みち》で『死《し》』に遭《お》うたかどうかは……わしはむしろ、ペベレル兄弟《きょうだい》が才能《さいのう》ある危険《きけん》な魔法使《まほうつか》いで、こうした強力《きょうりょく》な品々《しなじな》を作《つく》り出《だ》すことに成功《せいこう》した可能性《かのうせい》のほうが高《たか》いと思《おも》う。そうした品々《しなじな》が『死《し》』自身《じしん》の秘宝《ひほう》であったという話《はなし》は、作《つく》られた品物《しなもの》にまつわる伝説《でんせつ》としてでき上《あ》がったものじゃろう」

「『マント』は、知《し》ってのとおり、父《ちち》から息子《むすこ》へ、母《はは》から娘《むすめ》へと、何世代《なんせだい》にもわたって受《う》け継《つ》がれ、イグノタスの最後《さいご》の子孫《しそん》にたどり着《つ》いた。その子《こ》は、イグノタスと同《おな》じく『ゴドリックの谷《たに》』という村《むら》に生《う》まれた」

ダンブルドアは、ハリーにほほ笑《え》みかけた。

「僕《ぼく》？」

「君《きみ》じゃ。ご両親《りょうしん》が亡《な》くなられた夜《よる》、『マント』がなぜわしの手元《てもと》にあったか、君《きみ》はすでに推量《すいりょう》しておることじゃろう。ジェームズが、死《し》の数日前《すうじつまえ》に、わしにマントを見《み》せてくれた。学生時代《がくせいじだい》、ジェームズのいたずらがなぜ見《み》つからずにすんだのか、それで大方《おおかた》の説明《せつめい》がついた！　わしは、自分《じぶん》の目《め》にしたものが信《しん》じられなかった。借《か》り受《う》けて調《しら》べてみたい、とジェームズに頼《たの》んだ。その時《とき》には、秘宝《ひほう》を集《あつ》めるという夢《ゆめ》はとうにあきらめておったのじゃが、それでも、マントをよく見《み》てみたいという思《おも》いに抗《こう》しきれなかった……。それは、わしがそれまで見《み》たこともない『マント』じゃった。非常《ひじょう》に古《ふる》く、すべてにおいて完璧《かんぺき》で……。ところがそのあと、きみの父君《ちちぎみ》が亡《な》くなり、わしは、ついに二つの秘宝《ひほう》を我《わ》がものにした！」

ダンブルドアは、痛々《いたいた》しいほど苦《にが》い口調《くちょう》で言《い》った。

「でも、『マント』は、僕《ぼく》の両親《りょうしん》が死《し》を逃《のが》れるための役《やく》には、立《た》たなかったと思《おも》います」

ハリーは急《いそ》いで言《い》った。

「ヴォルデモートは、父《ちち》と母《はは》がどこにいるかを知《し》っていました。『マント』があっても、二人《ふたり》に呪《のろ》いが効《き》かないようにすることはできなかったでしょう」

「そうじゃ」ダンブルドアはため息《いき》をついた。「そうじゃな」

ハリーはあとの言葉《ことば》を待《ま》ったが、ダンブルドアが何《なに》も言《い》わないので、先《さき》をうながした。

「それで先生《せんせい》は、『マント』を見《み》たときにはもう、秘宝《ひほう》を探《さが》すのをあきらめていたのですね？」

「ああ、そうじゃ」

ダンブルドアはかすかな声《こえ》で言《い》った。力《ちから》を振《ふ》りしぼってハリーと目《め》を合《あ》わせているように見《み》えた。

「君《きみ》は、何《なに》が起《お》こったかを知《し》っておる。知《し》っておるのじゃ。君《きみ》よりわし自身《じしん》が、どんなに自分《じぶん》を軽蔑《けいべつ》しておるか」

「でも僕《ぼく》、先生《せんせい》を軽蔑《けいべつ》したりなんか――」

「それなら、軽蔑《けいべつ》すべきじゃ」

ダンブルドアが言《い》った。そして深々《ふかぶか》と息《いき》を吸《す》い込《こ》んだ。

「わしの妹《いもうと》の病弱《びょうじゃく》さの秘密《ひみつ》を、君《きみ》は知《し》っておる。マグルたちのしたことも、その結果《けっか》、妹《いもうと》がどうなったかも。哀《あわ》れむべきわしの父《ちち》が復讐《ふくしゅう》を求《もと》め、その代償《だいしょう》にアズカバンで死《し》んだことも知《し》っておろう。わしの母《はは》が、アリアナの世話《せわ》をするために、自分自身《じぶんじしん》の人生《じんせい》を捨《す》てておったこともな」

「わしはのう、ハリー、憤慨《ふんがい》したのじゃ」

ダンブルドアはあからさまに、冷《つめ》たく言《い》い放《はな》った。ダンブルドアは、今《いま》、ハリーの頭越《あたまご》しに、遠《とお》くのほうを見《み》ていた。

「わしには才能《さいのう》があった。優秀《ゆうしゅう》じゃった。わしは逃《に》げ出《だ》したかった。輝《かがや》きたかった。栄光《えいこう》が欲《ほ》しかった」

「誤解《ごかい》しないでほしい」

ダンブルドアの顔《かお》に苦痛《くつう》がよぎり、そのためにその表情《ひょうじょう》は再《ふたた》び年老《としお》いて見《み》えた。

「わしは、家族《かぞく》を愛《あい》しておった。両親《りょうしん》を愛《あい》し、弟《おとうと》も妹《いもうと》も愛《あい》していた。しかし、わしは自分本位《じぶんほんい》だったのじゃよ、ハリー。際立《きわだ》って無欲《むよく》な君《きみ》などには想像《そうぞう》もつかぬほど、利己的《りこてき》だったのじゃ」

「母《はは》の死後《しご》、傷《きず》ついた妹《いもうと》と、つむじ曲《ま》がりの弟《おとうと》に対《たい》する責任《せきにん》を負《お》わされてしまったわしは、怒《いか》りと苦《にが》い気持《きも》ちを抱《いだ》いて村《むら》に戻《もど》った。かごの鳥《とり》だ、才能《さいのう》の浪費《ろうひ》だ、わしはそう思《おも》った！　その時《とき》、ちょうど、あの男《おとこ》がやってきた……」

ダンブルドアは、再《ふたた》びハリーの目《め》をまっすぐに見《み》た。

「グリンデルバルドじゃ。あの者《もの》の考《かんが》えがどんなにわしをひきつけたか、どんなに興奮《こうふん》させたか、ハリー、君《きみ》には想像《そうぞう》できまい。マグルを力《ちから》で従属《じゅうぞく》させる。われら魔法族《まほうぞく》が勝利《しょうり》する。グリンデルバルドとわしは、革命《かくめい》の栄光《えいこう》ある若《わか》き指導者《しどうしゃ》となる」

「いや、いくつか疑念《ぎねん》を抱《いだ》きはした。良心《りょうしん》の呵責《かしゃく》を、わしはむなしい言葉《ことば》でしずめた。すべては、より大《おお》きな善《ぜん》のためなのだからと。多少《たしょう》の害《がい》を与《あた》えても、魔法族《まほうぞく》にとって、その百倍《ばい》もの見返《みかえ》りがあるのだからと。心《こころ》の奥《おく》の奥《おく》で、わしはゲラート・グリンデルバルドの本質《ほんしつ》を知《し》っていただろうか？　知《し》っていたと思《おも》う。しかし目《め》をつむったのじゃ。わしらが立《た》てていた計画《けいかく》が実《み》を結《むす》べば、わしの夢《ゆめ》はすべて叶《かな》うのじゃからと」

「そして、わしらのくわだての中心《ちゅうしん》に、『死《し》の秘宝《ひほう》』があった！　グリンデルバルドが、どれほどそれに魅了《みりょう》されていたか！　わしらが二人《ふたり》とも、どれほど魅入《みい》られていたか！　『不敗《ふはい》の杖《つえ》』、わしらを権力《けんりょく》へと導《みちび》く武器《ぶき》！　『蘇《よみがえ》りの石《いし》』――わしは知《し》らぬふりをしておったが、グリンデルバルドにとってそれは、『亡者《もうじゃ》』の軍隊《ぐんたい》を意味《いみ》した！　わしにとっては、白状《はくじょう》するが、両親《りょうしん》が戻《もど》ることを、そしてわしの肩《かた》の荷《に》がすべて下《お》ろされることを意味《いみ》しておったのじゃ」

「そして『マント』……なぜかわしら二人《ふたり》の間《あいだ》では、ハリー、『マント』のことは、さして大《おお》きな話題《わだい》になることはなかった。二人《ふたり》とも、『マント』なしで充分姿《じゅうぶんすがた》を隠《かく》すことができたからのう。『マント』の持《も》つ真《しん》の魔力《まりょく》は、もちろん、所有者《しょゆうしゃ》だけでなくほかの者《もの》をも隠《かく》し、護《まも》るために使《つか》えるという点《てん》にあった。わしは、もしそれを見《み》つけたら、アリアナを隠《かく》すのに役《やく》に立《た》つじゃろうと考《かんが》えた。しかし、わしら二人《ふたり》が『マント』に関心《かんしん》を持《も》ったのは、主《おも》に、それで三つの品《しな》が完全《かんぜん》にそろうからじゃった。伝説《でんせつ》によれば、三つの品《しな》すべてを集《あつ》めた者《もの》は、真《しん》の死《し》の征服者《せいふくしゃ》になると言《い》われており、それは無敵《むてき》になることだと、わしらはそう解釈《かいしゃく》した」

「死《し》の克服者《こくふくしゃ》、無敵《むてき》のグリンデルバルドとダンブルドア！　二か月《げつ》の愚《おろ》かしくも残酷《ざんこく》な夢《ゆめ》、そのためにわしは、残《のこ》されたたった二人《ふたり》の家族《かぞく》を、ないがしろにしたのじゃ」

「そして……何《なに》が起《お》こったか知《し》っておろう。現実《げんじつ》が戻《もど》ってきたのじゃ。粗野《そや》で無学《むがく》で、しかも、わしなどよりずっとあっぱれな弟《おとうと》が、それを教《おし》えてくれた。わしをどなりつける弟《おとうと》の真実《しんじつ》の声《こえ》を、わしは聞《き》きとうなかった。か弱《よわ》く不安定《ふあんてい》な妹《いもうと》を抱《かか》えて、秘宝《ひほう》を求《もと》める旅《たび》に出《で》ることはできないなどと、聞《き》かされとうはなかった」

「議論《ぎろん》が争《あらそ》いになった。グリンデルバルドは抑制《よくせい》を失《うしな》った。気《き》づかぬふりをしてはおったが、グリンデルバルドにはそのような面《めん》があると、常々《つねづね》わしが感《かん》じておったものが、恐《おそ》ろしい形《かたち》で飛《と》び出《だ》した。そしてアリアナは……母《はは》があれほど手《て》をかけ、心《こころ》にかけていたものを……床《ゆか》に倒《たお》れて死《し》んでいた」

ダンブルドアは小《ちい》さくあえぎ、声《こえ》を上《あ》げて泣《な》きはじめた。ハリーは手《て》を伸《の》ばした。そして、ダンブルドアに触《ふ》れることができるとわかってうれしくなった。ハリーは、ダンブルドアの片腕《かたうで》をしっかりと握《にぎ》りしめた。するとダンブルドアは、徐々《じょじょ》に自分《じぶん》を取《と》り戻《もど》した。

「さて、わし以外《いがい》の誰《だれ》もが予測《よそく》できたことだったのじゃが、グリンデルバルドは逃亡《とうぼう》した。あの者《もの》は、権力《けんりょく》を掌握《しょうあく》する計画《けいかく》と、マグルを苦《くる》しめるくわだてと、『死《し》の秘宝《ひほう》』の夢《ゆめ》を持《も》って姿《すがた》を消《け》した。わしが励《はげ》まし、手助《てだす》けした夢《ゆめ》じゃ。グリンデルバルドは逃《に》げ、残《のこ》ったわしは、妹《いもうと》を葬《ほうむ》り、一生《いっしょう》の負《お》い目《め》と恐《おそ》ろしい後悔《こうかい》という、身《み》から出《で》たさびの代償《だいしょう》を払《はら》いながら生《い》きてきた」

「何年《なんねん》かがたった。グリンデルバルドのうわさが聞《き》こえてきた。計《はか》り知《し》れぬ力《ちから》を持《も》つ杖《つえ》を、手《て》に入《い》れたという話《はなし》じゃった。わしのほうは、その間《かん》、魔法大臣《まほうだいじん》に就任《しゅうにん》するよう、一度《いちど》ならず請《こ》われた。当然《とうぜん》わしは断《ことわ》った。権力《けんりょく》を持《も》つわし自身《じしん》は信用《しんよう》できぬということを、とうに学《まな》び取《と》っていたからじゃ」

「でも先生《せんせい》は、よい大臣《だいじん》になったはずです。ファッジやスクリムジョールより、ずっとよい大臣《だいじん》に」ハリーは思《おも》わず言《い》った。

「そうじゃろうか？」

ダンブルドアは重苦《おもくる》しい調子《ちょうし》で言《い》った。

「そうは言《い》いきれまい。若《わか》いとき、わしは、自分《じぶん》が権力《けんりょく》とその誘《さそ》いに弱《よわ》いことを証明《しょうめい》した。興味《きょうみ》深《ぶか》いことじゃが、ハリーよ、権力《けんりょく》を持《も》つのに最《もっと》もふさわしい者《もの》は、それを一度《いちど》も求《もと》めたことのない者《もの》なのじゃ。君《きみ》のように、やむなく指揮《しき》をとり、そうせねばならぬために権威《けんい》の衣《ころも》を着《き》る者《もの》は、自《みずか》らが驚《おどろ》くほど見事《みごと》にその衣《ころも》を着《き》こなすのじゃ」

「わしは、ホグワーツにあるほうが安全《あんぜん》な人間《にんげん》じゃった。よい教師《きょうし》であったと思《おも》う──」

「一番《いちばん》よい教師《きょうし》でした──」

「やさしいことを言《い》ってくれるのう、ハリー。しかしながら、わしが、若《わか》き魔法使《まほうつか》いたちの教育《きょういく》に忙《いそが》しく打《う》ち込《こ》んでいる間《あいだ》に、グリンデルバルドは、軍隊《ぐんたい》を作《つく》り上《あ》げておった。人々《ひとびと》は、あの者《もの》がわしを恐《おそ》れていると言《い》うた。おそらくそうじゃったろう。しかし、わし自身《じしん》がグリンデルバルドを恐《おそ》れていたほどではなかったろう」

「いや、死《し》ぬことをではない」

ハリーのまさかという表情《ひょうじょう》に応《こた》えるように、ダンブルドアが言《い》った。

「グリンデルバルドの魔法《まほう》の力《ちから》が、わしをどうにかすることを恐《おそ》れたわけではない。二人《ふたり》の力《ちから》が互角《ごかく》であることを、いや、わしのほうがわずかに勝《まさ》っていることを、わしは知《し》っていた。わしが恐《おそ》れたのは真実《しんじつ》じゃ。つまり、あの最後《さいご》の恐《おそ》ろしい争《あらそ》いで、二人《ふたり》のうちのどちらの呪《のろ》いがほんとうに妹《いもうと》を殺《ころ》したのか、わしにはわからなかった。君《きみ》はわしを臆病者《おくびょうもの》と言《い》うかもしれぬ。そのとおりじゃろう。ハリー、わしが何《なに》よりも恐《おそ》れたのは、妹《いもうと》の死《し》をもたらしたのが、わしだと知《し》ることじゃった。わしの傲慢《ごうまん》さと愚《おろ》かさが一因《いちいん》だったばかりでなく、実際《じっさい》に妹《いもうと》の命《いのち》の火《ひ》を吹《ふ》き消《け》してしまったのも、わしの一撃《いちげき》だったと知《し》ることを恐《おそ》れたのじゃ」

「グリンデルバルドは、それを知《し》っておったと思《おも》う。わしが何《なに》を恐《おそ》れていたかを、あの者《もの》は知《し》っておったと思《おも》う。わしはグリンデルバルドと見《まみ》えるのを、一日延《いちにちの》ばしにしておったのじゃが、とうとう、これ以上抵抗《いじょうていこう》するのはあまりにも恥《は》ずべきことじゃという状態《じょうたい》になった。人々《ひとびと》が死《し》に、グリンデルバルドは止《とど》めようもないやに見《み》えた。そしてわしは、自分《じぶん》にできることをせねばならなかった」

「さて、その後《のち》に起《お》こったことは知《し》っておろう。わしは決闘《けっとう》した。杖《つえ》を勝《か》ち取《と》ったのじゃ」

また沈黙《ちんもく》がおとずれた。誰《だれ》の呪《のろ》いでアリアナが死《し》んだのかを、ダンブルドアが知《し》ったのかどうか、ハリーは聞《き》かなかった。知《し》りたくなかったし、それよりもダンブルドアに話《はな》させるのがいやだった。ようやくハリーは、「みぞの鏡《かがみ》」でダンブルドアが何《なに》を見《み》たかを知《し》った。そして、鏡《かがみ》のとりこになったハリーに、ダンブルドアがなぜあれほど理解《りかい》を示《しめ》してくれたのかがわかった。

二人《ふたり》は、長《なが》い間《あいだ》だまったままだった。背後《はいご》の泣《な》き声《ごえ》は、ハリーにはもうほとんど気《き》にならなかった。

しばらくしてハリーが言《い》った。

「グリンデルバルドは、ヴォルデモートが杖《つえ》を追《お》うのを阻止《そし》しようとしました。グリンデルバルドは、うそをついたのです。つまり、あの杖《つえ》を持《も》ったことはない、というふりをしました」

ダンブルドアは、ひざに目《め》を落《お》としてうなずいた。曲《ま》がった鼻《はな》に、涙《なみだ》がまだ光《ひか》っていた。

「風《かぜ》の便《たよ》りに、孤独《こどく》なヌルメンガードの独房《どくぼう》で、あの者《もの》が後年《こうねん》、悔悟《かいご》の念《ねん》を示《しめ》していたと聞《き》いた。そうであってほしいと思《おも》う。自分《じぶん》がしたことを恥《は》じ、恐《おそ》ろしく思《おも》ったと考《かんが》えたい。ヴォルデモートにうそをついたのは、つぐないをしようとしたからであろう……ヴォルデモートが秘宝《ひほう》を手《て》に入《い》れるのを、阻止《そし》しようとしたのであろう……」

「……それとも、先生《せんせい》の墓《はか》を暴《あば》くのを阻止《そし》しようとしたのでは？」

ハリーが思《おも》ったままを言《い》うと、ダンブルドアは目頭《めがしら》をぬぐった。

またしばらくの沈黙《ちんもく》の後《のち》、ハリーが口《くち》を開《ひら》いた。

「先生《せんせい》は、『蘇《よみがえ》りの石《いし》』を使《つか》おうとなさいましたね」

ダンブルドアはうなずいた。

「何年《なんねん》もかかって、ようやくゴーントの廃屋《はいおく》に埋《う》められているその石《いし》を見《み》つけた。石《いし》は秘宝《ひほう》の中《なか》でもわしが一番強《いちばんつよ》く求《もと》めていたものじゃった——もっとも、若《わか》いときは、まったくちがう理由《りゆう》で石《いし》が欲《ほ》しかったのじゃが。石《いし》を見《み》て、わしは正気《しょうき》を失《うしな》ったのじゃよ、ハリー。すでにそれが『分《ぶん》霊箱《れいばこ》』になっていることも、指輪《ゆびわ》にはまちがいなく呪《のろ》いがかかっていることも、すっかり忘《わす》れてしもうた。指輪《ゆびわ》を取《と》り上《あ》げ、それをはめた。一瞬《いっしゅん》、わしは、アリアナや母《はは》、そして父《ちち》に会《あ》えると思《おも》った。そして、みんなに、わしがどんなにすまなく思《おも》っているかを伝《つた》えられると思《おも》ったのじゃ……」

「わしは何《なん》たる愚《おろ》か者《もの》だったことか。ハリーよ、長《なが》の歳月《としつき》、わしは何《なに》も学《まな》んではおらなかった。『死《し》の秘宝《ひほう》』を、一つにまとめるに値《あたい》しない者《もの》であった。そのことを、わしはそれまで何度《なんど》も思《おも》い知《し》らされていたのじゃが、その時《とき》に、決定的《けっていてき》に思《おも》い知《し》ったのじゃ」

「どうしてですか？」ハリーが言《い》った。「当然《とうぜん》なのに！　先生《せんせい》はまたみんなに会《あ》いたかった。それがどうして悪《わる》いんですか？」

「ハリー、三つの秘宝《ひほう》を一つにすることができる人間《にんげん》は、おそらく百万人《まんにん》に一人《ひとり》であろう。わしは、せいぜい秘宝《ひほう》の中《なか》で最《もっと》も劣《おと》り、一番《いちばん》つまらぬ物《もの》を所有《しょゆう》するに値《あたい》する者《もの》であった。ニワトコの杖《つえ》を所有《しょゆう》し、しかもそれを吹聴《ふいちょう》せず、それで人《ひと》を殺《ころ》さぬことに適《てき》しておったのじゃ。わしは杖《つえ》を手《て》なずけ、使《つか》いこなすことを許《ゆる》された。なぜなら、わしがそれを手《て》にしたのは、勝《か》つためではなく、ほかの人間《にんげん》をその杖《つえ》から護《まも》るためだったからじゃ」

「しかし『マント』は、むなしい好奇心《こうきしん》から手《て》に入《い》れた。そうじゃから、わしに対《たい》しては、真《しん》の所有者《しょゆうしゃ》である、君《きみ》に対《たい》する働《はたら》きと同《おな》じ効果《こうか》はなかったことじゃろう。『石《いし》』にしても、わしの場《ば》合《あい》、安《やす》らかに眠《ねむ》っている者《もの》を、無《む》理《り》やり呼《よ》び戻《もど》すために使《つか》ったことじゃろう。自《みずか》らの犠牲《ぎせい》を可能《かのう》にするために使《つか》った、君《きみ》の場合《ばあい》とはちがう。君《きみ》こそ、三つの『秘宝《ひほう》』を所有《しょゆう》するにふさわしい者《もの》じゃ」

ダンブルドアは、ハリーの手《て》を軽《かる》くたたいた。ハリーは顔《かお》を上《あ》げて老人《ろうじん》を見上《みあ》げ、ほほ笑《え》んだ。自然《しぜん》に笑《わら》いかけていた。ダンブルドアに腹《はら》を立《た》て続《つづ》けることなど、どうしてできよう？

「こんなに難《むずか》しくする必要《ひつよう》が、あったのですか？」

ダンブルドアは、動揺《どうよう》したようにほほ笑《え》んだ。

「ハリー、わしはのう、すまぬが、ミス・グレンジャーが君《きみ》の歩《あゆ》みを遅《おく》らせてくれることを当《あ》てにしておった。君《きみ》の善《ぜん》なる心《こころ》を、熱《あつ》い頭《あたま》が支配《しはい》してしまいはせぬかと案《あん》じたのじゃ。誘惑《ゆうわく》の品々《しなじな》に関《かん》する事実《じじつ》をあからさまに提示《ていじ》されれば、君《きみ》もわしと同《おな》じように、誤《あやま》ったときに、誤《あやま》った理由《りゆう》で『秘宝《ひほう》』を手《て》にしようとするのではないかと、それを恐《おそ》れたのじゃ。君《きみ》が秘宝《ひほう》を手《て》に入《い》れるなら、それらを安全《あんぜん》に所有《しょゆう》してほしかった。君《きみ》は真《しん》に死《し》を克服《こくふく》する者《もの》じゃ。なぜなら、真《しん》の死《し》の支《し》配者《はいしゃ》は、『死《し》』から逃《に》げようとはせぬ。死《し》なねばならぬということを受《う》け入《い》れるとともに、生《せい》ある世界《せかい》のほうが、死《し》ぬことよりもはるかに劣《おと》る場合《ばあい》があると理解《りかい》できる者《もの》なのじゃ」

「それで、ヴォルデモートは、秘宝《ひほう》のことを知《し》らなかったのですか？」

「知《し》らなかったじゃろう。分霊箱《ぶんれいばこ》にした物《もの》の一つが、『蘇《よみがえ》りの石《いし》』であることにも気《き》づかなかったのじゃから。しかし、ハリー、たといあの者《もの》が秘宝《ひほう》のことを知《し》っていたにせよ、最初《さいしょ》の品以外《しないがい》に興味《きょうみ》を持《も》ったとは思《おも》えぬ。『マント』が必要《ひつよう》だとは考《かんが》えなかったろうし、石《いし》にしても、いったい誰《だれ》を死《し》から呼《よ》び戻《もど》したいと思《おも》うじゃろう？　ヴォルデモートは死者《ししゃ》を恐《おそ》れた。あの者《もの》は誰《だれ》をも愛《あい》さぬ」

「でも先生《せんせい》は、ヴォルデモートが杖《つえ》を追《お》うと予想《よそう》なさったでしょう？」

「リトル・ハングルトンの墓場《はかば》で、君《きみ》の杖《つえ》がヴォルデモートの杖《つえ》を打《う》ち負《ま》かしたときから、わしは、あの者《もの》が杖《つえ》を求《もと》めようとするにちがいないと思《おも》うておった。あの者《もの》は、最初《さいしょ》のうち、君《きみ》の腕《うで》のほうが勝《まさ》っていたがために敗北《はいぼく》したのではないかと、それを恐《おそ》れておったのじゃ。しかし、オリバンダーを拉致《らち》し、双子《ふたご》の芯《しん》のことを知《し》った。ヴォルデモートは、それですべてが説明《せつめい》できると思《おも》ったのじゃ。ところが借《か》り物《もの》の杖《つえ》も、君《きみ》の杖《つえ》の前《まえ》では同《おな》じことじゃった！　ヴォルデモートは、君《きみ》の杖《つえ》をそれほど強力《きょうりょく》にしたのが君《きみ》の資質《ししつ》だと考《かんが》えるのではなく、つまり、君《きみ》に備《そな》わっていて自《みずか》らには欠如《けつじょ》している才能《さいのう》が何《なに》かを問《と》うてみるのではなく、当然《とうぜん》ながら、すべての杖《つえ》を破《やぶ》るとうわさに聞《き》く、唯一《ゆいいつ》の杖《つえ》を探《さが》しに出《で》かけたのじゃ。ヴォルデモートにとっては、ニワトコの杖《つえ》への執着《しゅうちゃく》が、君《きみ》への執着《しゅうちゃく》に匹敵《ひってき》するほど強《つよ》いものになった。ニワトコの杖《つえ》こそ、自《みずか》らの最後《さいご》の弱《よわ》みを取《と》りのぞき、真《しん》に自分《じぶん》を無敵《むてき》にするものと信《しん》じたのじゃ。哀《あわ》れなセブルスよ……」

「先生《せんせい》が、スネイプによるご自分《じぶん》の死《し》を計画《けいかく》なさったのなら、『ニワトコの杖《つえ》』は、スネイプに渡《わた》るようにしようと思《おも》われたのですね？」

「たしかに、そのつもりじゃった」

ダンブルドアが言《い》った。

「しかし、わしの意図《いと》どおりには運《はこ》ばなかったじゃろう？」

「そうですね」ハリーが言《い》った。

「その部分《ぶぶん》はうまくいきませんでした」

背後《はいご》の生《い》き物《もの》が急《きゅう》にビクッと動《うご》き、うめいた。ハリーとダンブルドアは、今《いま》までで一番長《いちばんなが》い間《あいだ》、無言《むごん》で座《すわ》っていた。その長《なが》い時間《じかん》に、ハリーには、次《つぎ》に何《なに》が起《お》こるのかが、静《しず》かに降《ふ》る雪《ゆき》のように徐々《じょじょ》に読《よ》めてきた。

「僕《ぼく》は、帰《かえ》らなければならないのですね？」

「君《きみ》しだいじゃ」

「選《えら》べるのですか？」

「おお、そうじゃとも」

ダンブルドアがハリーにほほ笑《え》みかけた。

「ここはキングズ・クロスだと言《い》うのじゃろう？　もし君《きみ》が帰《かえ》らぬと決《き》めた場合《ばあい》は、たぶん……そうじゃな……乗車《じょうしゃ》できるじゃろう」

「それで、汽車《きしゃ》は、僕《ぼく》をどこに連《つ》れていくのですか？」

「先《さき》へ」

ダンブルドアは、それだけしか言《い》わなかった。

また沈黙《ちんもく》が流《なが》れた。

「ヴォルデモートは、『ニワトコの杖《つえ》』を手《て》に入《い》れました」

「さよう。ヴォルデモートは、『ニワトコの杖《つえ》』を持《も》っておる」

「それでも先生《せんせい》は、僕《ぼく》に帰《かえ》ってほしいのですね？」

「わしが思《おも》うには――」

ダンブルドアが言《い》った。

「もし君《きみ》が帰《かえ》ることを選《えら》ぶなら、ヴォルデモートの息《いき》の根《ね》を完全《かんぜん》に止《と》める可能性《かのうせい》はある。約束《やくそく》はできぬがのう。しかし、ハリー、わしにはこれだけはわかっておる。君《きみ》が再《ふたた》びここに戻《もど》るときには、ヴォルデモートほどにここを恐《おそ》れる理由《りゆう》はない」

ハリーは、離《はな》れた所《ところ》にある椅子《いす》の下《した》の暗《くら》がりで、震《ふる》え、息《いき》を詰《つ》まらせている生々《なまなま》しい生《い》き物《もの》に、もう一度目《いちどめ》をやった。

「死者《ししゃ》を哀《あわ》れむではない、ハリー。生《い》きている者《もの》を哀《あわ》れむのじゃ。特《とく》に愛《あい》なくして生《い》きている者《もの》たちを。君《きみ》が帰《かえ》ることで、傷《きず》つけられる人間《にんげん》や、引《ひ》き裂《さ》かれる家族《かぞく》の数《かず》を少《すく》なくすることができるかもしれぬ。それが君《きみ》にとって、価値《かち》ある目標《もくひょう》と思《おも》えるのなら、我々《われわれ》はひとまず別《わか》れを告《つ》げることとしよう」

ハリーはうなずいて、ため息《いき》をついた。この場所《ばしょ》を去《さ》ることは、禁《きん》じられた森《もり》に入《はい》っていったときに比《くら》べれば、難《むずか》しいとは言《い》えない。しかし、ここは温《あたた》かく、明《あか》るく、平和《へいわ》なのに、これから戻《もど》っていく先《さき》には痛《いた》みがあり、さらに多《おお》くの命《いのち》が失《うしな》われる恐《おそ》れがあることがわかっている。ハリーは立《た》ち上《あ》がった。ダンブルドアも腰《こし》を上《あ》げ、二人《ふたり》は互《たが》いに、長《なが》い間《あいだ》じっと見《み》つめ合《あ》った。

「最後《さいご》に、一つだけ教《おし》えてください」

ハリーが言《い》った。

「これは現実《げんじつ》のことなのですか？　それとも、全部《ぜんぶ》、僕《ぼく》の頭《あたま》の中《なか》で起《お》こっていることなのですか？」

ダンブルドアは晴《は》れやかにハリーに笑《わら》いかけた。明《あか》るい靄《もや》が再《ふたた》び濃《こ》くなり、ダンブルドアの姿《すがた》をおぼろげにしていたが、その声《こえ》はハリーの耳《みみ》に大《おお》きく強《つよ》く響《ひび》いてきた。

「もちろん、君《きみ》の頭《あたま》の中《なか》で起《お》こっていることじゃよ、ハリー。しかし、だからと言《い》って、それが現実《げんじつ》ではないと言《い》えるじゃろうか？」

第《だい》36章《しょう》　誤算《ごさん》

ハリーは再《ふたた》びうつ伏《ぶ》せになって、地面《じめん》に倒《たお》れていた。禁《きん》じられた森《もり》の匂《にお》いが鼻腔《びこう》を満《み》たした。ほおにヒヤリと固《かた》い土《つち》を感《かん》じ、倒《たお》れたときに横《よこ》にずれためがねのちょうつがいがこめかみに食《く》い込《こ》むのを感《かん》じた。体中《からだじゅう》が一分《いちぶ》のすきもなく痛《いた》み、「死《し》の呪文《じゅもん》」に打《う》たれた箇所《かしょ》は、鉄籠手《てつごて》をつけた拳《こぶし》を打《う》ち込《こ》まれて傷《きず》ついたように感《かん》じる。ハリーは、倒《たお》れたままの位置《いち》で、左腕《ひだりうで》を不自然《ふしぜん》な角《かく》度《ど》に曲《ま》げ、口《くち》はポカンと開《あ》けたままじっとしていた。

ハリーが死《し》んだことを祝《いわ》う勝利《しょうり》の歓声《かんせい》が聞《き》こえるだろうと思《おも》ったが、あたりにはあわただしい足音《あしおと》と、ささやき声《ごえ》や気《き》づかわしげにつぶやく声《こえ》が満《み》ちているだけだった。

「わが君《きみ》……わが君《きみ》……」

ベラトリックスの声《こえ》だった。まるで恋人《こいびと》に話《はな》しかけているようだ。ハリーは、目《め》を開《あ》ける気《き》にはなれなかったが、すべての感覚《かんかく》で現状《げんじょう》の難《むずか》しさを探《さぐ》ろうとした。胸《むね》に何《なに》か固《かた》い物《もの》が押《お》しつけられているのを感《かん》じるので、杖《つえ》はまだローブの下《した》に収《おさ》まっているらしい。胃袋《いぶくろ》のあたりに薄《うす》いクッションが当《あ》てられているような感触《かんしょく》からして、「透明《とうめい》マント」もそこに、外《そと》からは見《み》えないように隠《かく》されているはずだ。

「わが君《きみ》……」

「もうよい」ヴォルデモートの声《こえ》がした。

また足音《あしおと》が聞《き》こえた。数人《すうにん》の死喰《しく》い人《びと》が、同《おな》じ場所《ばしょ》からいっせいに後退《こうたい》したようだ。何《なに》が起《お》きているのか、なぜなのかをどうしても知《し》りたくて、ハリーは薄目《うすめ》を開《あ》けた。ヴォルデモートが立《た》ち上《あ》がろうとしている気配《けはい》だ。死喰《しく》い人《びと》が数人《すうにん》、あわててヴォルデモートのそばを離《はな》れ、空《あ》き地《ち》に勢《せい》ぞろいしている仲間《なかま》の群《む》れに戻《もど》った。ベラトリックスだけが、ヴォルデモートのそばにひざまずいて、その場《ば》に残《のこ》っていた。

ハリーはまた目《め》を閉《と》じ、今見《いまみ》た光景《こうけい》のことを考《かんが》えた。どうやら、ヴォルデモートは倒《たお》れていたらしく、死喰《しく》い人《びと》たちがその周《まわ》りに集《あつ》まっていた。「死《し》の呪文《じゅもん》」でハリーを撃《う》ったとき、何《なに》かが起《お》こったのだ。ヴォルデモートも気《き》を失《うしな》ったのだろうか？　どうもそのようだ。すると、二人《ふたり》とも短《みじか》い時間失神《じかんしっしん》して、二人《ふたり》とも今戻《いまもど》ってきた……。

「わが君《きみ》、どうか私《わたし》めに――」

「俺様《おれさま》に手助《てだす》けはいらぬ」

ヴォルデモートが冷《つめ》たく言《い》った。ハリーには見《み》えなかったが、ベラトリックスが、差《さ》し出《だ》した手《て》を引《ひ》っ込《こ》める様子《ようす》が想像《そうぞう》できる。

「あいつは……死《し》んだか？」

空《あ》き地《ち》は、完全《かんぜん》に静《しず》まり返《かえ》っていた。誰《だれ》もハリーに近《ちか》づかない。しかし、全員《ぜんいん》の目《め》がハリーに注《そそ》がれるのを感《かん》じ、その力《ちから》で、ハリーはますます強《つよ》く地面《じめん》に押《お》しつけられるような気《き》がした。指《ゆび》一本《いっぽん》、まぶたの片方《かたほう》でも、ピクリと動《うご》きはしないかとハリーは恐《おそ》れた。

「おまえ」

ヴォルデモートの声《こえ》とともに、バーンという音《おと》がして、痛《いた》そうな小《ちい》さい悲鳴《ひめい》が聞《き》こえた。

「あいつを調《しら》べろ。死《し》んでいるかどうか、俺様《おれさま》に知《し》らせるのだ」

誰《だれ》が検死《けんし》に来《く》るのか、ハリーにはわからなかった。持《も》ち主《ぬし》の意《い》に逆《さか》らいドクドク脈打《みゃくう》つ心臓《しんぞう》を抱《かか》えてその場《ば》に横《よこ》たわったまま、ハリーは調《しら》べられるのを待《ま》った。しかし同時《どうじ》にハリーは、ヴォルデモートが、すべてが計画《けいかく》どおりには運《はこ》ばなかったことを疑《うたが》い、用心《ようじん》して自分《じぶん》に近《ちか》づかないのだと気《き》づいて、わずかにではあったがホッとした。思《おも》ったよりやわらかい両手《りょうて》が、ハリーの顔《かお》に触《ふ》れ、片方《かたほう》のまぶたをめくり上《あ》げ、そろそろとシャツの中《なか》に入《はい》って胸《むね》に下《お》り、心臓《しんぞう》の鼓動《こどう》を探《さぐ》った。ハリーは、女性《じょせい》の速《はや》い息《いき》づかいを聞《き》き、長《なが》い髪《かみ》が顔《かお》をくすぐるのを感《かん》じた。女性《じょせい》は、ハリーの胸板《むないた》を打《う》つ、しっかりした生命《せいめい》の鼓動《こどう》を感《かん》じ取《と》ったはずだ。

「ドラコは生《い》きていますか？　城《しろ》にいるのですか？」

ほとんど聞《き》き取《と》れないほどのかすかな声《こえ》だった。女性《じょせい》は、唇《くちびる》をハリーの耳《みみ》につくほど近《ちか》づけ、覆《おお》いかぶさるようにしてその長《なが》い髪《かみ》でハリーの顔《かお》を見物人《けんぶつにん》から隠《かく》していた。

「ええ」ハリーがささやき返《かえ》した。

胸《むね》に置《お》かれた手《て》がギュッと縮《ちぢ》み、ハリーは、その爪《つめ》が肌《はだ》に突《つ》き刺《さ》さるのを感《かん》じた。その手《て》が引《ひ》っ込《こ》められ、女性《じょせい》は体《からだ》を起《お》こした。

「死《し》んでいます！」

ナルシッサ・マルフォイが、見守《みまも》る人々《ひとびと》に向《む》かって叫《さけ》んだ。

今度《こんど》こそ歓声《かんせい》が上《あ》がった。死喰《しく》い人《びと》たちが勝利《しょうり》の叫《さけ》びを上《あ》げ、足《あし》を踏《ふ》み鳴《な》らした。ハリーは、閉《と》じたまぶたを通《とお》して、赤《あか》や銀色《ぎんいろ》の祝《いわ》いの閃光《せんこう》がいっせいに空《そら》に打《う》ち上《あ》げられるのを感《かん》じた。

地面《じめん》に倒《たお》れて死《し》んだふりをしながら、ハリーは事態《じたい》を理解《りかい》した。ナルシッサは、息子《むすこ》を探《さが》すには勝利軍《しょうりぐん》としてホグワーツ城《じょう》に入《はい》るしかないことを、知《し》っているのだ。ナルシッサにとっては、ヴォルデモートが勝《か》とうが負《ま》けようが、もはやどうでもよいことなのた。

「わかったか？」

ヴォルデモートが、歓声《かんせい》をしのぐかん高《だか》い声《こえ》で叫《さけ》んだ。

「ハリー・ポッターは、俺様《おれさま》の手《て》にかかって死《し》んだ。もはや生《せい》ある者《もの》で、俺様《おれさま》をおびやかす者《もの》は一人《ひとり》もいない！　よく見《み》るのだ！　クルーシオ！　苦《くる》しめ！」

ハリーは、こうなることを予想《よそう》していた。自分《じぶん》の屍《しかばね》が、汚《けが》されることもなく森《もり》のしとねに横《よこ》たわったままでいられるはずがない。ヴォルデモートの勝利《しょうり》を証明《しょうめい》するために、死体《したい》に屈辱《くつじょく》を与《あた》えずにはおかないはずだ。ハリーの体《からだ》は宙《ちゅう》に持《も》ち上《あ》げられた。だらりとした様子《ようす》を保《たも》つには、ありったけの意思《いし》の力《ちから》が必要《ひつよう》ではあったが、予想《よそう》していたような痛《いた》みはなかった。一度《ど》、二度《ど》、三度《ど》と空中《くうちゅう》に放《ほう》り上《あ》げられ、めがねが吹《ふ》っ飛《と》び、杖《つえ》がローブの下《した》で少《すこ》しずれるのを感《かん》じたが、ハリーは、ぐったりと生気《せいき》のない状態《じょうたい》を維持《いじ》したままでいた。最後《さいご》にもう一度地面《いちどじめん》に落下《らっか》するハリーを見《み》て、空《あ》き地全体《ちぜんたい》に嘲《あざけ》りとかん高《だか》い笑《わら》い声《ごえ》が響《ひび》き渡《わた》った。

「さあ」

ヴォルデモートが言《い》った。

「城《しろ》へ行《い》くのだ。そして、やつらの英雄《えいゆう》がどんなざまになったかを、見《み》せつけてやるのだ。死体《したい》を誰《だれ》に引《ひ》きずらせてくれよう？　いや――待《ま》て――」

あらためて笑《わら》いが湧《わ》き起《お》こった。やがてハリーは、体《からだ》の下《した》の地面《じめん》が震動《しんどう》するのを感《かん》じた。

「貴様《きさま》が運《はこ》ぶのだ」ヴォルデモートが言《い》った。「貴様《きさま》の腕《うで》の中《なか》なら、いやでもよく見《み》えるというものだ。そうではないか？　ハグリッド、貴様《きさま》のかわいい友人《ゆうじん》を拾《ひろ》え。めがねもだ――めがねをかけさせろ――やつだとわかるようにな」

誰《だれ》かが、わざと乱暴《らんぼう》に、めがねをハリーの顔《かお》に戻《もど》した。しかし、ハリーを持《も》ち上《あ》げた巨大《きょだい》な両《りょう》手《て》は、かぎりなくやさしかった。ハリーは、ハグリッドの両腕《りょううで》が、激《はげ》しいすすり泣《な》きで震《ふる》えているのを感《かん》じた。両腕《りょううで》であやすように抱《だ》かれたハリーの上《うえ》に、大粒《おおつぶ》の涙《なみだ》がぼたぼた落《お》ちてきた。こんなハグリッドに、まだすべてが終《お》わったわけではないとほのめかすことなど、とてもできない。

ハリーは身動《みうご》きもせず、言葉《ことば》も発《はっ》しなかった。

「行《い》け」

ヴォルデモートの言葉《ことば》で、ハグリッドは、からみ合《あ》った木々《きぎ》を押《お》し分《わ》け、禁《きん》じられた森《もり》の出口《でぐち》に向《む》かって、よろめきながら歩《ある》きだした。木《き》の枝《えだ》がハリーの髪《かみ》やローブに引《ひ》っかかったが、ハリーはじっと動《うご》かず、口《くち》をだらしなく開《あ》けたまま目《め》を閉《と》じていた。あたりは暗《くら》く、周《まわ》りでは死喰《しく》い人《びと》が歓声《かんせい》を上《あ》げ、ハグリッドは身《み》も世《よ》もなく泣《な》きじゃくっていて、ハリーの首筋《くびすじ》が脈《みゃく》打っているかどうかをたしかめる者《もの》は、誰《だれ》もいなかった……。

巨人《きょじん》が二人《ふたり》、死喰《しく》い人《びと》の後《うし》ろから、すさまじい音《おと》を立《た》てて歩《ある》いていた。ハリーの耳《みみ》に、巨人《きょじん》が通《とお》る道々《みちみち》、木々《きぎ》がギシギシときしんで倒《たお》れる音《おと》が聞《き》こえた。あまりの騒音《そうおん》に、鳥《とり》たちは鋭《するど》い鳴《な》き声《ごえ》を上《あ》げながら空《そら》に舞《ま》い上《あ》がり、死喰《しく》い人《びと》の嘲笑《あざわら》う声《こえ》もかき消《け》されるほどだった。勝利《しょうり》の行進《こうしん》は、広々《ひろびろ》とした校庭《こうてい》を目指《めざ》して進《すす》んだ。しばらくすると、目《め》を閉《と》じていても、暗闇《くらやみ》が薄《うす》れるのが感《かん》じられ、木立《こだち》がまばらになってきたことがわかった。

「ベイン！」

ハグリッドの突然《とつぜん》の大声《おおごえ》に、ハリーは危《あや》うく目《め》を開《あ》けるところだった。

「満足《まんぞく》だろうな、臆病者《おくびょうもの》の駄馬《だば》どもが。おまえたちは戦《たたか》わんかったんだからな？　満足《まんぞく》か、ハリー・ポッターが――死《し》――死《し》んで……？」

ハグリッドは言葉《ことば》が続《つづ》かず、新《あら》たな涙《なみだ》にむせた。ハリーは、どのくらいのケンタウルスがこの行進《こうしん》を見《み》ているのかと気《き》になったが、危険《きけん》をおかしてまで目《め》を開《あ》けようとは思《おも》わなかった。群《む》れのそばを通《とお》り過《す》ぎるとき、ケンタウルスに軽蔑《けいべつ》の言葉《ことば》を浴《あ》びせる死喰《しく》い人《びと》もいた。まもなくハリーは、新鮮《しんせん》な空気《くうき》から、森《もり》の端《はし》にたどり着《つ》いたことを感《かん》じた。

「止《と》まれ」

ハグリッドは、ヴォルデモートの命令《めいれい》に無理《むり》やり従《したが》わされたにちがいない。ハグリッドが少《すこ》しよろめいたのを感《かん》じて、ハリーはそう思《おも》った。死喰《しく》い人《びと》たちが立《た》っている場所《ばしょ》に、今《いま》や冷気《れいき》が立《た》ち込《こ》め、ハリーの耳《みみ》に、森《もり》の境界《きょうかい》を見回《みまわ》っている吸魂鬼《きゅうこんき》の、ガラガラという息《いき》が聞《き》こえてきた。しかし吸魂鬼《きゅうこんき》はもはや、ハリーに影響《えいきょう》を与《あた》えることはないだろう。生《い》き延《の》びたという事実《じじつ》が、あたかも父親《ちちおや》の牡鹿《おじか》の守護霊《しゅごれい》がハリーの胸《むね》の中《なか》に入《はい》り込《こ》んだように、吸魂鬼《きゅうこんき》に対《たい》する護符《ごふ》となって、ハリーの中《なか》で燃《も》えていた。

誰《だれ》かが、ハリーのそばを通《とお》り過《す》ぎた。それがヴォルデモート自身《じしん》であることは、そのすぐあとに、魔法《まほう》で拡大《かくだい》された声《こえ》が聞《き》こえてきたことからわかった。声《こえ》は校庭《こうてい》を通《とお》って高《たか》まり、ハリーの鼓膜《こまく》を破《やぶ》るほどに鳴《な》り響《ひび》いた。

「ハリー・ポッターは死《し》んだ。おまえたちが、やつのために命《いのち》を投《な》げ出《だ》しているときに、やつは、自分《じぶん》だけ助《たす》かろうとして、逃《に》げ出《だ》すところを殺《ころ》された。おまえたちの英雄《えいゆう》が死《し》んだことの証《あか》しに、死《し》がいを持《も》ってきてやったぞ」

「勝負《しょうぶ》はついた。おまえたちは戦士《せんし》の半分《はんぶん》を失《うしな》った。俺様《おれさま》の死喰《しく》い人《びと》たちの前《まえ》に、おまえたちは多勢《たぜい》に無勢《ぶぜい》だ。『生《い》き残《のこ》った男《おとこ》の子《こ》』は完全《かんぜん》に敗北《はいぼく》した。もはや、戦《たたか》いはやめなければならぬ。抵抗《ていこう》を続《つづ》ける者《もの》は、男《おとこ》も、女《おんな》も、子供《こども》も虐殺《ぎゃくさつ》されよう。その家族《かぞく》も同様《どうよう》だ。城《しろ》を捨《す》てよ。俺様《おれさま》の前《まえ》にひざまずけ。さすれば命《いのち》だけは助《たす》けてやろう。おまえたちの親《おや》も、子供《こども》も、兄弟姉妹《きょうだいしまい》も生《い》きることができ、許《ゆる》されるのだ。そしておまえたちは、我々《われわれ》がともに作《つく》り上《あ》げる、新《あたら》しい世界《せかい》に参《さん》加《か》するのだ」

校庭《こうてい》も城《しろ》も、静《しず》まり返《かえ》っていた。ヴォルデモートがこれほど近《ちか》くにいては、ハリーはとうてい目《め》を開《あ》けることができない。

「来《こ》い」

ヴォルデモートがそう言《い》いながら、前《まえ》に進《すす》み出《で》る音《おと》が聞《き》こえ、ハグリッドがそのあとに従《したが》わされる動《うご》きを感《かん》じた。今度《こんど》こそ、ハリーは薄目《うすめ》を開《あ》けた。すると、大蛇《だいじゃ》のナギニを肩《かた》にのせたヴォルデモートが、ハリーとハグリッドの前《まえ》を意気揚々《いきようよう》と進《すす》んでいくのが見《み》えた。ナギニはもう、魔《ま》法《ほう》のおりから解《と》き放《はな》たれていた。しかし、両側《りょうがわ》を行進《こうしん》する死喰《しく》い人《びと》に気《き》づかれずに、ローブに隠《かく》し持《も》った杖《つえ》を引《ひ》き抜《ぬ》ける可能性《かのうせい》はない。ゆっくりと夜《よる》が白《しら》みはじめていた……。

「ハリー」ハグリッドがすすり泣《な》いた。「おお、ハリー……ハリー……」

ハリーは再《ふたた》び固《かた》く目《め》を閉《と》じた。死喰《しく》い人《びと》たちが城《しろ》に近《ちか》づいたのを感《かん》じ、ハリーは耳《みみ》をそばだてて、死喰《しく》い人《びと》のザックザックという足音《あしおと》と歓喜《かんき》の声《こえ》の中《なか》から、城《しろ》の内側《うちがわ》に生《い》き残《のこ》っている人々《ひとびと》の気配《けはい》を聞《き》き分《わ》けようとした。

「止《と》まれ」

死喰《しく》い人《びと》たちが止《と》まった。開《ひら》かれた学校《がっこう》の玄関扉《げんかんとびら》に面《めん》して、死喰《しく》い人《びと》たちが一列《れつ》に広《ひろ》がる物音《ものおと》が聞《き》こえた。閉《と》じたまぶたを通《とお》してでさえ、玄関《げんかん》ホールからハリーに向《む》かって流《なが》れ出《だ》す、赤《あか》みがかった光《ひかり》が感《かん》じ取《と》れた。ハリーは待《ま》った。ハリーが命《いのち》を捨《す》ててまで護《まも》ろうとした人々《ひとびと》が、今《いま》にも、ハグリッドの腕《うで》の中《なか》で紛《まぎ》れもなく死《し》んでいるハリーを見《み》るはずだ。

「**あぁぁっ！**」

ハリーは、マクゴナガル教授《きょうじゅ》がそんな声《こえ》を出《だ》すとは、夢《ゆめ》にも思《おも》わなかった。それだけにその叫《さけ》び声《ごえ》はいっそう悲痛《ひつう》だった。別《べつ》の女性《じょせい》が、ハリーの近《ちか》くで声《こえ》を上《あ》げて笑《わら》うのが聞《き》こえた。マクゴナガルの絶望《ぜつぼう》の悲鳴《ひめい》で、ベラトリックスが得意《とくい》になっているのだ。ハリーは、ほんの一瞬《いっしゅん》また薄《うす》目《め》を開《あ》けた。開《ひら》かれた扉《とびら》から、人々《ひとびと》があふれ出《で》るのが見《み》えた。戦《たたか》いに生《い》き残《のこ》った人々《ひとびと》が玄関前《げんかんまえ》の石段《いしだん》に出《で》て征服者《せいふくしゃ》に対峙《たいじ》し、自《みずか》らの目《め》でハリーの死《し》の真実《しんじつ》をたしかめようとしていた。ヴォルデモートがハリーのすぐ前《まえ》に立《た》ち、ろうのような指一本《ゆびいっぽん》でナギニの頭《あたま》をなでているのが見《み》えた。ハリーはまた目《め》を閉《と》じた。

「そんな！」

「**そんな！**」

「ハリー！　**ハリー！**」

ロン、ハーマイオニー、そしてジニーの声《こえ》は、マクゴナガルの声《こえ》より悲痛《ひつう》だった。ハリーはどんなに声《こえ》を返《かえ》したかったことか。しかし、ハリーはなおもだまって、だらんとしたままでいた。三人《にん》の叫《さけ》びが引《ひ》き金《がね》になり、生存者《せいぞんしゃ》たちが義《ぎ》に奮《ふる》い立《た》ち、口々《くちぐち》に死喰《しく》い人《びと》を罵倒《ばとう》する叫《さけ》び声《ごえ》を上《あ》げた。しかし――。

「**だまれ！**」

ヴォルデモートが叫《さけ》び、バーンという音《おと》とまぶしい閃光《せんこう》とともに、全員《ぜんいん》が沈黙《ちんもく》させられた。

「終《お》わったのだ！　ハグリッド、そいつを俺様《おれさま》の足元《あしもと》に下《お》ろせ。そこが、そいつにふさわしい場《ば》所《しょ》だ！」

ハリーは芝生《しばふ》に下《お》ろされるのを感《かん》じた。

「わかったか？」

ヴォルデモートが言《い》った。ハリーが横《よこ》たわっている場所《ばしょ》のすぐ脇《わき》を、ヴォルデモートが大股《おおまた》で往《い》ったり来《き》たりするのを感《かん》じた。

「ハリー・ポッターは、死《し》んだ！　惑《まど》わされた者《もの》どもよ、今《いま》こそわかっただろう？　ハリー・ポッターは、最初《さいしょ》から何者《なにもの》でもなかった。ほかの者《もの》たちの犠牲《ぎせい》に頼《たよ》った小僧《こぞう》にすぎなかったのだ！」

「ハリーはおまえを破《やぶ》った！」

ロンの大声《おおごえ》で呪文《じゅもん》が破《やぶ》れ、ホグワーツを護《まも》る戦士《せんし》たちが、再《ふたた》び叫《さけ》びだした。しかしまた、さらに強力《きょうりょく》な爆発音《ばくはつおん》が、再《ふたた》び全員《ぜんいん》の声《こえ》を消《け》し去《さ》った。

「こやつは、城《しろ》の校庭《こうてい》からこっそり抜《ぬ》け出《だ》そうとするところを殺《ころ》された」

ヴォルデモートが言《い》った。その声《こえ》に、自分《じぶん》のうそを楽《たの》しむ響《ひび》きがあった。

「自分《じぶん》だけが助《たす》かろうとして殺《ころ》された――」

しかし、ヴォルデモートの声《こえ》はそこでとぎれた。小走《こばし》りにかけ出《だ》す音《おと》、叫《さけ》び声《ごえ》、そしてまたバーンという音《おと》が聞《き》こえ、閃光《せんこう》が走《はし》って痛《いた》みにうめく声《こえ》がした。ハリーは、ごくわずかに目《め》を開《あ》けた。誰《だれ》かが仲間《なかま》の群《む》れから飛《と》び出《だ》し、ヴォルデモートを攻撃《こうげき》したのだ。その誰《だれ》かが「武装解除《ぶそうかいじょ》」され、地面《じめん》に打《う》ちつけられるのが見《み》えた。ヴォルデモートは、奪《うば》った挑戦者《ちょうせんしゃ》の杖《つえ》を投《な》げ捨《す》てて、笑《わら》っていた。

「いったい誰《だれ》だ？」

ヴォルデモートが、蛇《へび》のようにシューシューと息《いき》を吐《は》きながら言《い》った。

「負《ま》け戦《いくさ》を続《つづ》けようという者《もの》が、どんな目《め》にあうか、進《すす》んで見本《みほん》を示《しめ》そうというのは誰《だれ》だ？」

ベラトリックスが、うれしそうな笑《わら》い声《ごえ》を上《あ》げた。

「わが君《きみ》、ネビル・ロングボトムです！　カロー兄妹《きょうだい》をさんざんてこずらせた小僧《こぞう》です！　例《れい》の

「闇祓《やみばら》い夫婦《ふうふ》の息子《むすこ》ですが、覚《おぼ》えておいでですか」

「おう、なるほど、覚《おぼ》えている」

ヴォルデモートは、やっと立《た》ち上《あ》がったネビルを見下《みお》ろした。敵味方《てきみかた》の境《さかい》の戦場《せんじょう》に、武器《ぶき》もなく、隠《かく》れる場所《ばしょ》もなく、ネビルはただ一人立《ひとりた》っていた。

「しかし、おまえは純血《じゅんけつ》だ。勇敢《ゆうかん》な少年《しょうねん》よ、そうだな？」

ヴォルデモートは、からっぽの両手《りょうて》で拳《こぶし》を握《にぎ》りしめて、自分《じぶん》と向《む》き合《あ》って立《た》っているネビルに問《と》いかけた。

「だったらどうした？」ネビルが大声《おおごえ》で言《い》った。

「おまえは、気概《きがい》と勇気《ゆうき》のあるところを見《み》せた。それに、おまえは高貴《こうき》な血統《けっとう》の者《もの》だ。貴重《きちょう》な死喰《しく》い人《びと》になれる。ネビル・ロングボトム、我々《われわれ》にはおまえのような血筋《ちすじ》の者《もの》が必要《ひつよう》だ」

「地獄《じごく》の釜《かま》の火《ひ》が凍《こお》ったら、仲間《なかま》になってやる」ネビルが言《い》った。「ダンブルドア軍団《ぐんだん》！」

ネビルの叫《さけ》びに応《こた》えて、城《しろ》の仲間《なかま》から歓声《かんせい》が湧《わ》き起《お》こった。ヴォルデモートの「だまらせ呪文《じゅもん》」でも抑《おさ》えられない声《こえ》のようだ。

「いいだろう」

ヴォルデモートが言《い》った。なめらかなその声《こえ》に、ハリーは、最《もっと》も強力《きょうりょく》な呪《のろ》いよりも危険《きけん》なものを感《かん》じた。

「それがおまえの選択《せんたく》なら、ロングボトムよ、我々《われわれ》はもともとの計画《けいかく》に戻《もど》ろう。どういう結果《けっか》になろうと――」ヴォルデモートが静《しず》かに言《い》った。「おまえが決《き》めたことだ」

薄目《うすめ》を開《あ》けたままで、ハリーはヴォルデモートが杖《つえ》を振《ふ》るのを見《み》た。たちまち、破《やぶ》れた城《しろ》の窓《まど》の一つから、不格好《ぶかっこう》な鳥《とり》のような物《もの》が、薄明《うすあ》かりの中《なか》に飛《と》び出《だ》し、ヴォルデモートの手《て》に落《お》ちた。ヴォルデモートは、そのかびだらけの物《もの》のとがった端《はし》を持《も》って、振《ふ》った。ぼろぼろで、からっぽの何《なに》かが、だらりと垂《た》れ下《さ》がった。組分《くみわ》け帽子《ぼうし》だ。

「ホグワーツ校《こう》に、組分《くみわ》けはいらなくなる」ヴォルデモートが言《い》った。

「四つの寮《りょう》もなくなる。わが高貴《こうき》なる祖先《そせん》であるサラザール・スリザリンの紋章《もんしょう》、盾《たて》、そして旗《はた》があれば充分《じゅうぶん》だ。そうだろう、ネビル・ロングボトム？」

ヴォルデモートが杖《つえ》をネビルに向《む》けると、ネビルの体《からだ》が硬直《こうちょく》した。そして、その頭《あたま》に、目《め》の下《した》まですっぽり覆《おお》うように、無理《むり》やり帽子《ぼうし》がかぶせられた。城《しろ》の前《まえ》で見《み》ていた仲間《なかま》の一団《いちだん》が動《うご》いた。すると死喰《しく》い人《びと》がいっせいに杖《つえ》を上《あ》げ、ホグワーツの戦士《せんし》たちを遠《とお》ざけた。

「ネビルが今《いま》ここで、愚《おろ》かにも俺様《おれさま》に逆《さか》らい続《つづ》けるとどうなるかを、見《み》せてくれるわ」

ヴォルデモートはそう言《い》うと、杖《つえ》を軽《かる》く振《ふ》った。組分《くみわ》け帽子《ぼうし》がメラメラと燃《も》え上《あ》がった。

悲鳴《ひめい》が夜明《よあ》けの空気《くうき》を引《ひ》き裂《さ》いた。ネビルは動《うご》くこともできず、その場《ば》に根《ね》が生《は》えたように立《た》ったまま炎《ほのお》に包《つつ》まれた。ハリーはこれ以上《いじょう》たえられなかった。行動《こうどう》しなければ――。

その瞬間《しゅんかん》、一時《いちどき》にいろいろなことが起《お》こった。

遠《とお》い校庭《こうてい》の境界《きょうかい》から、どよめきが聞《き》こえた。その場《ば》からは見《み》えない遠《とお》くの塀《へい》を乗《の》り越《こ》えて、何《なん》百人《びゃくにん》とも思《おも》われる人々《ひとびと》が押《お》し寄《よ》せ、雄叫《おたけ》びを上《あ》げて城《しろ》に突進《とっしん》してくる音《おと》だ。

同時《どうじ》に、グロウプが、「**ハガー！**」と叫《さけ》びながら、城《しろ》の側面《そくめん》からドスンドスンと現《あらわ》れた。その叫《さけ》びに応《こた》えて、ヴォルデモート側《がわ》の巨人《きょじん》たちが吼《ほ》え、大地《だいち》を揺《ゆ》るがしながら、グロウプ目《め》がけて雄象《おすぞう》のように突《つ》っ込《こ》んでいった。

さらにひづめの音《おと》が聞《き》こえ、弓弦《ゆづる》が鳴《な》り、死喰《しく》い人《びと》の上《うえ》に突然《とつぜん》矢《や》が降《ふ》ってきた。不意《ふい》を突《つ》かれた死喰《しく》い人《びと》は、叫《さけ》び声《ごえ》を上《あ》げて隊列《たいれつ》を乱《みだ》した。ハリーは、ローブから「透明《とうめい》マント」を取《と》り出《だ》し、パッとかぶって飛《と》び起《お》きた。ネビルも動《うご》いた。

すばやいなめらかな動《うご》きで、ネビルは自分《じぶん》にかけられていた「金縛《かなしば》りの術《じゅつ》」を解《と》いた。炎上《えんじょう》していた帽子《ぼうし》が落《お》ち、ネビルはその奥《おく》から、何《なに》か銀色《ぎんいろ》の物《もの》を取《と》り出《だ》した。輝《かがや》くルビーの柄《つか》――。

銀《ぎん》の剣《つるぎ》を振《ふ》り下《お》ろす音《おと》は、押《お》し寄《よ》せる大軍《たいぐん》の叫《さけ》びと、巨人《きょじん》のぶつかり合《あ》う音《おと》、ケンタウルスのひづめの音《おと》にのまれて聞《き》こえなかったが、剣《つるぎ》の動《うご》きはすべての人《ひと》の目《め》を引《ひ》きつけた。一太刀《ひとたち》で、ネビルは大蛇《だいじゃ》の首《くび》を切《き》り落《お》とした。首《くび》は玄関《げんかん》ホールからあふれ出《で》る明《あ》かりにぬめぬめと光《ひか》り、回《まわ》りながら空中高《くうちゅうたか》く舞《ま》った。ヴォルデモートは口《くち》を開《あ》け、怒《いか》りの叫《さけ》びを上《あ》げたが、その声《こえ》は誰《だれ》の耳《みみ》にも届《とど》かなかった。そして大蛇《だいじゃ》の胴体《どうたい》は、ドサリとヴォルデモートの足元《あしもと》に落《お》ちた。

「透明《とうめい》マント」に隠《かく》れたまま、ハリーはヴォルデモートが杖《つえ》を上《あ》げる前《まえ》に、ネビルとの間《あいだ》に「盾《たて》の呪文《じゅもん》」をかけた。その時《とき》、悲鳴《ひめい》やわめき声《ごえ》、そして戦《たたか》う巨人《きょじん》たちがとどろかせる足音《あしおと》を乗《の》り越《こ》えて、ハグリッドの叫《さけ》ぶ声《こえ》が一段《いちだん》と大《おお》きく聞《き》こえてきた。

「**ハリー！**」ハグリッドが叫《さけ》んだ。「**ハリー――ハリーはどこだ？**」

何《なに》もかもが混沌《こんとん》としていた。突撃《とつげき》するケンタウルスが死喰《しく》い人《びと》をけちらし、誰《だれ》もが巨人《きょじん》たちに踏《ふ》みつぶされまいと逃《に》げまどっていた。そして、どこからともなく援軍《えんぐん》のとどろきがますます近《ちか》づいてきた。巨大《きょだい》な翼《つばさ》を持《も》つ生《い》き物《もの》たちの、ヴォルデモート側《がわ》の巨人《きょじん》の頭上《ずじょう》を襲《おそ》って飛《と》び回《まわ》る姿《すがた》が、ハリーの目《め》に入《はい》った。セストラルたちとヒッポグリフのバックビークが、巨人《きょじん》たちの目玉《めだま》を引《ひ》っかく一方《いっぽう》、グロウプは相手《あいて》をめちゃくちゃになぐりつけていた。そして今《いま》や、ホグワーツの防衛隊《ぼうえいたい》とヴォルデモートの死喰《しく》い人軍団《びとぐんだん》の区別《くべつ》なく、魔法使《まほうつか》いたちは城《しろ》の中《なか》に退却《たいきゃく》せざるをえない状態《じょうたい》だった。ハリーは、死喰《しく》い人《びと》を見《み》つけるたびに呪《のろ》いを撃《う》ち、撃《う》たれたほうは、誰《だれ》に何《なに》を撃《う》ち込《こ》まれたのかもわからずに倒《たお》れて、退却《たいきゃく》する人々《ひとびと》に踏《ふ》みつけられていた。

「透明《とうめい》マント」に隠《かく》れたまま、人波《ひとなみ》に押《お》されて玄関《げんかん》ホールに入《はい》ったハリーは、ヴォルデモートを探《さが》し、ホールの反対側《はんたいがわ》で呪《のろ》いを放《はな》ちながら大広間《おおひろま》に後退《こうたい》していく、その姿《すがた》を見《み》つけた。四方八方《しほうはっぽう》に呪《のろ》いを飛《と》ばしながら、ヴォルデモートはかん高《だか》い声《こえ》で部下《ぶか》に指令《しれい》を出《だ》し続《つづ》けていた。ハリーは、ヴォルデモートの犠牲《ぎせい》になりかかっていたシェーマス・フィネガン、ハンナ・アボットに、「盾《たて》の呪文《じゅもん》」をかけた。二人《ふたり》はヴォルデモートの脇《わき》をすり抜《ぬ》けて大広間《おおひろま》に飛《と》び込《こ》み、戦《たたか》いの真《ま》っ最《さい》中《ちゅう》の仲間《なかま》に加《くわ》わった。

玄関前《げんかんまえ》の石段《いしだん》には、味方《みかた》が続々《ぞくぞく》と押《お》し寄《よ》せていた。チャーリー・ウィーズリーがエメラルド色《いろ》のパジャマを着《き》たままのホラス・スラグホーンを追《お》い越《こ》して入《はい》ってくるのが見《み》えた。二人《ふたり》は、ホグワーツに残《のこ》って戦《たたか》っていた生徒《せいと》の家族《かぞく》や友人《ゆうじん》たちと、ホグズミードに店《みせ》や家《いえ》を持《も》つ魔法使《まほうつか》いたちを率《ひき》いて戻《もど》ってきたのだ。ケンタウルスのベイン、ロナン、マゴリアンが、ひづめの音《おと》も高《たか》く大広間《おおひろま》に飛《と》び込《こ》んできたその時《とき》、ハリーの背後《はいご》の、厨房《ちゅうぼう》に続《つづ》く扉《とびら》のちょうつがいが吹《ふ》き飛《と》んだ。

ホグワーツの屋敷《やしき》しもべ妖精《ようせい》たちが、厨房《ちゅうぼう》の大《おお》ナイフや肉切《にくき》り包丁《ぼうちょう》を振《ふ》りかざし、叫《さけ》び声《ごえ》を上《あ》げて玄関《げんかん》ホールにあふれ出《で》てきた。その先頭《せんとう》に立《た》ち、レギュラス・ブラックのロケットを胸《むね》に躍《おど》らせたクリーチャーが、この喧騒《けんそう》の中《なか》でもはっきり聞《き》こえる食用《しょくよう》ガエルのような声《こえ》を張《は》り上《あ》げていた。

「戦《たたか》え！　戦《たたか》え！　わがご主人様《しゅじんさま》、しもべ妖精《ようせい》の擁護者《ようごしゃ》のために！　闇《やみ》の帝王《ていおう》と戦《たたか》え！　勇敢《ゆうかん》なるレギュラス様《さま》の名《な》の下《もと》に戦《たたか》え！　戦《たたか》え！」

しもべ妖精《ようせい》たちは、敵意《てきい》をみなぎらせた小《ちい》さな顔《かお》を生《い》き生《い》きと輝《かがや》かせ、死喰《しく》い人《びと》のくるぶしをめった切《ぎ》りにし、すねを突《つ》き刺《さ》した。ハリーの目《め》の届《とど》くかぎりどこもかしこも、死喰《しく》い人《びと》は、圧倒的《あっとうてき》な数《かず》に押《お》されて総崩《そうくず》れだった。呪文《じゅもん》に撃《う》たれたり、突《つ》き刺《さ》さった矢《や》を傷口《きずぐち》から抜《ぬ》いたり、しもべ妖精《ようせい》に足《あし》を刺《さ》される者《もの》もいれば、何《なん》とか逃《に》げようとして、押《お》し寄《よ》せる大軍《たいぐん》にのみ込《こ》まれる者《もの》もいた。

しかし、まだ終《お》わったわけではない。ハリーは一騎打《いっきう》ちする人々《ひとびと》の中《なか》をかけ抜《ぬ》け、逃《のが》れようともがく捕虜《ほりょ》たちの前《まえ》を通《とお》り過《す》ぎて、大広間《おおひろま》に入《はい》った。

ヴォルデモートは戦闘《せんとう》の中心《ちゅうしん》にいて、呪文《じゅもん》の届《とど》く範囲一帯《はんいいったい》に、強力《きょうりょく》な呪《のろ》いを打《う》ち込《こ》んでいた。ハリーは的確《てきかく》にねらいを定《さだ》められず、姿《すがた》を隠《かく》したまま、ヴォルデモートにより近《ちか》づこうと周《まわ》りをかき分《わ》けて進《すす》んだ。歩《ある》ける者《もの》は誰《だれ》もが大広間《おおひろま》に押《お》し入《い》ってきて、中《なか》はますます混雑《こんざつ》していた。

ハリーは、ヤックスリーが、ジョージとリー・ジョーダンに床《ゆか》に打《う》ちのめされ、ドロホフが、フリットウィックの手《て》にかかって悲鳴《ひめい》を上《あ》げて倒《たお》れるのを見《み》た。ワルデン・マクネアは、ハグリッドに取《と》って投《な》げられ、部屋《へや》の反対側《はんたいがわ》の石壁《いしかべ》にぶつかって気絶《きぜつ》し、ずるずると壁《かべ》をすべり落《お》ちて床《ゆか》に伸《の》びた。ロンとネビルはフェンリール・グレイバックを倒《たお》し、アバーフォースはルックウッドを「失神《しっしん》」させ、アーサーとパーシーは、シックネスを床《ゆか》に打《う》ち倒《たお》していた。ルシウス・マルフォイとナルシッサは、戦《たたか》おうともせずに、息子《むすこ》の名《な》を叫《さけ》びながら、戦闘《せんとう》の中《なか》を走《はし》り回《まわ》っていた。

ヴォルデモートは今《いま》、マクゴナガル、スラグホーン、キングズリーの三人《にん》を一度《いちど》に相手取《あいてど》り、冷《つめ》たい憎《にく》しみの表情《ひょうじょう》で対峙《たいじ》していた。三人《にん》は、呪文《じゅもん》を右《みぎ》へ左《ひだり》へとかわしたり、かいくぐったりしながら包囲《ほうい》していたが、ヴォルデモートをしとめることはできないでいる――。

ベラトリックスも、ヴォルデモートから四、五十メートル離《はな》れた所《ところ》で、しぶとく戦《たたか》っていた。主君《しゅくん》と同《おな》じように、三人《にん》を一度《いちど》に相手取《あいてど》っている。ハーマイオニー、ジニー、ルーナは、力《ちから》のかぎり戦《たたか》っていたが、ベラトリックスは一歩《いっぽ》も引《ひ》かなかった。「死《し》の呪文《じゅもん》」がジニーをかすめ、危《あや》うくジニーの命《いのち》が――。

ハリーは、ヴォルデモートから気《き》をそらしてしまった。ハリーは目標《もくひょう》を変《か》え、ヴォルデモートにではなく、ベラトリックスに向《む》かって走《はし》りだした。しかし、ほんの数歩《すうほ》も行《い》かないうちに、横様《よこざま》に突《つ》き飛《と》ばされた。

「**私《わたし》の娘《むすめ》に何《なに》をする！　この女狐《めぎつね》め！**」

ウィーズリー夫人《ふじん》はかけ寄《よ》りながらマントをかなぐり捨《す》てて、両腕《りょううで》を自由《じゆう》にした。ベラトリックスはくるりと振《ふ》り返《かえ》り、新《あたら》しい挑戦者《ちょうせんしゃ》を見《み》て大声《おおごえ》を上《あ》げて笑《わら》った。

「**おどき！**」

ウィーズリー夫人《ふじん》が三人《にん》の女《おんな》の子《こ》をどなりつけ、シュッと杖《つえ》をしごいて決闘《けっとう》に臨《のぞ》んだ。モリー・ウィーズリーの杖《つえ》が空《くう》を切《き》り裂《さ》き、すばやく弧《こ》を描《えが》くのを、ハリーは恐怖《きょうふ》と昂揚感《こうようかん》の入《い》りまじった気持《きも》ちで見守《みまも》った。ベラトリックス・レストレンジの顔《かお》から笑《わら》いが消《き》え、歯《は》をむき出《だ》しでうなりはじめた。双方《そうほう》の杖《つえ》から閃光《せんこう》が噴《ふ》き出《だ》し、二人《ふたり》の魔女《まじょ》の足元《あしもと》の床《ゆか》は熱《ねっ》せられて、亀裂《きれつ》が走《はし》った。二人《ふたり》とも本気《ほんき》で相手《あいて》を殺《ころ》すつもりの戦《たたか》いだ。

「おやめ！」

応援《おうえん》しようとかけ寄《よ》った数人《すうにん》の生徒《せいと》に、ウィーズリー夫人《ふじん》が叫《さけ》んだ。

「下《さ》がっていなさい！　下《さ》がって！　この女《おんな》は私《わたし》がやる！」

何百人《なんびゃくにん》という人々《ひとびと》が今《いま》や壁際《かべぎわ》に並《なら》び、二組《ふたくみ》の戦《たたか》いを見守《みまも》った。ヴォルデモート対《たい》三人《にん》の相手《あいて》、ベラトリックス対《たい》モリーだ。ハリーは、マントに隠《かく》れたまま立《た》ちすくみ、二組《ふたくみ》の間《あいだ》で心《こころ》が引《ひ》き裂《さ》かれていた。攻撃《こうげき》したい、しかし護《まも》ってあげたい。それに、罪《つみ》もない者《もの》を撃《う》ってしまわないともかぎらない。

「私《わたし》がおまえを殺《ころ》してしまったら、子供《こども》たちはどうなるだろうね？」

モリーの呪《のろ》いが右《みぎ》に左《ひだり》に飛《と》んでくる中《なか》を跳《は》ねまわりながら、ベラトリックスは、主君同様《しゅくんどうよう》、狂《きょう》気《き》の様相《ようそう》でモリーをからかった。

「ママが、フレディちゃんとおんなじようにいなくなったら？」

「おまえなんかに――二度《にど》と――私《わたし》の――子供《こども》たちに――手《て》を――触《ふ》れさせて――なるものか！」

ウィーズリー夫人《ふじん》が叫《さけ》んだ。

ベラトリックスは声《こえ》を上《あ》げて笑《わら》った。いとこのシリウスが、ベールの向《む》こうに仰向《あおむ》けに倒《たお》れたときの、あの興奮《こうふん》した笑《わら》い声《ごえ》と同《おな》じだった。突然《とつぜん》ハリーは、次《つぎ》に何《なに》が起《お》こるかを予感《よかん》した。

モリーの呪《のろ》いが、ベラトリックスの伸《の》ばした片腕《かたうで》の下《した》をかいくぐって踊《おど》り上《あ》がり、胸《むね》を直撃《ちょくげき》した。心臓《しんぞう》の真上《まうえ》だ。

ベラトリックスの悦《えつ》に入《い》った笑《わら》いが凍《こお》りつき、両眼《りょうがん》が飛《と》び出《だ》したように見《み》えた。ほんの一瞬《いっしゅん》だけ、ベラトリックスは何《なに》が起《お》こったのかを認識《にんしき》し、次《つぎ》の瞬間《しゅんかん》、ばったり倒《たお》れた。周囲《しゅうい》から「ウオーッ」という声《こえ》が上《あ》がり、ヴォルデモートはかん高《だか》い叫《さけ》び声《ごえ》を上《あ》げた。

ハリーは、スローモーションで振《ふ》り向《む》いたような気《き》がした。目《め》に入《はい》ったのは、マクゴナガル、キングズリー、スラグホーンの三人《にん》が仰向《あおむ》けに吹《ふ》き飛《と》ばされ、手足《てあし》をばたつかせながら宙《ちゅう》を飛《と》んでいる姿《すがた》だった。最後《さいご》の、そして最強《さいきょう》の副官《ふくかん》が倒《たお》され、ヴォルデモートの怒《いか》りが炸裂《さくれつ》したのだ。ヴォルデモートが杖《つえ》を上《あ》げ、モリー・ウィーズリーをねらった。

「プロテゴ！　護《まも》れ！」

ハリーが大声《おおごえ》で唱《とな》えた。すると「盾《たて》の呪文《じゅもん》」が、大広間《おおひろま》の真《ま》ん中《なか》に広《ひろ》がった。ヴォルデモートは、呪文《じゅもん》の出所《でどころ》を目《め》を凝《こ》らして探《さが》した。その時《とき》、ハリーが「透明《とうめい》マント」を脱《ぬ》いだ。

衝撃《しょうげき》の叫《さけ》びや歓声《かんせい》と、あちこちから湧《わ》き起《お》こる「ハリー！」「**ハリーは生《い》きている！**」の叫《さけ》びは、しかし、たちまちやんだ。ヴォルデモートとハリーがにらみ合《あ》い、同時《どうじ》に、互《たが》いに距離《きょり》を保《たも》ったまま円《えん》を描《えが》いて動《うご》きだしたのを見《み》て、見守《みまも》る人々《ひとびと》は恐《おそ》れ、周囲《しゅうい》は静《しず》まり返《かえ》った。

「誰《だれ》も手《て》を出《だ》さないでくれ」

ハリーが大声《おおごえ》で言《い》った。水《みず》を打《う》ったような静《しず》けさの中《なか》で、その声《こえ》はトランペットのように鳴《な》り響《ひび》いた。

「こうでなければならない。僕《ぼく》でなければならないんだ」

「ポッターは本気《ほんき》ではない」

ヴォルデモートは赤《あか》い目《め》を見開《みひら》き、シューシューと息《いき》を吐《は》きながら言《い》った。

「ポッターのやり方《かた》はそうではあるまい？　今日《きょう》は誰《だれ》を盾《たて》にするつもりだ、ポッター？」

「誰《だれ》でもない」ハリーは一言《ひとこと》で答《こた》えた。

「分霊箱《ぶんれいばこ》はもうない。残《のこ》っているのはおまえと僕《ぼく》だけだ。一方《いっぽう》が生《い》きるかぎり、他方《たほう》は生《い》きられぬ。二人《ふたり》のうちどちらかが、永遠《えいえん》に去《さ》ることになる……」

「どちらかがだと？」

ヴォルデモートが嘲《あざけ》った。全身《ぜんしん》を緊張《きんちょう》させ、真《ま》っ赤《か》な両眼《りょうがん》を見開《みひら》き、今《いま》にも襲《おそ》いかかろうとする蛇《へび》のようだ。

「勝《か》つのは自分《じぶん》だと考《かんが》えているのだろうな？　そうだろう？　偶然生《ぐうぜんい》き残《のこ》った男《おとこ》の子《こ》。ダンブルドアに操《あやつ》られて生《い》き残《のこ》った男《おとこ》の子《こ》」

「偶然《ぐうぜん》？　母《はは》が僕《ぼく》を救《すく》うために死《し》んだときのことが、偶然《ぐうぜん》だと言《い》うのか？」

ハリーが問《と》い返《かえ》した。二人《ふたり》は互《たが》いに等距離《とうきょり》を保《たも》ち、完全《かんぜん》な円《えん》を描《えが》いて、横《よこ》へ横《よこ》へと回《まわ》り込《こ》んでいた。ハリーには、ヴォルデモートの顔《かお》しか見《み》えなかった。

「偶然《ぐうぜん》か？　僕《ぼく》があの墓場《はかば》で、戦《たたか》おうと決意《けつい》したときのことが？　今夜《こんや》、身《み》を護《まも》ろうともしなかった僕《ぼく》がまだこうして生《い》きていて、再《ふたた》び戦《たたか》うために戻《もど》ってきたことが、偶然《ぐうぜん》だと言《い》うのか？」

「偶然《ぐうぜん》だ！」

ヴォルデモートがかん高《だか》く叫《さけ》んだ。しかし、まだ攻撃《こうげき》してこない。見守《みまも》る群衆《ぐんしゅう》は、石《いし》のように動《うご》かない。何百人《なんびゃくにん》もいる大広間《おおひろま》の中《なか》で、二人以外《ふたりいがい》は誰《だれ》も息《いき》をしていないかのようだった。

「偶然《ぐうぜん》だ。たまたまにすぎぬ。おまえは、自分《じぶん》より偉大《いだい》な者《もの》たちの陰《かげ》に、めそめそとうずくまっていたというのが事実《じじつ》だ。そして俺様《おれさま》に、おまえの身代《みが》わりにそいつらを殺《ころ》させたのだ」

「今夜《こんや》のおまえは、ほかの誰《だれ》も殺《ころ》せない」

ぐるぐる回《まわ》り込《こ》みながら互《たが》いの目《め》を見《み》すえ、緑《みどり》の目《め》が赤《あか》い目《め》を見《み》つめて、ハリーが言《い》った。

「おまえはもうけっして、誰《だれ》も殺《ころ》すことはできない。わからないのか？　僕《ぼく》は、おまえがこの人々《ひとびと》を傷《きず》つけるのを阻止《そし》するために、死《し》ぬ覚悟《かくご》だった——」

「しかし死《し》ななかったな！」

「——死《し》ぬつもりだった。だからこそ、こうなったんだ。僕《ぼく》のしたことは、母《はは》の場合《ばあい》と同《おな》じだ。この人《ひと》たちを、おまえから護《まも》ったのだ。おまえがこの人《ひと》たちにかけた呪文《じゅもん》は、どれ一つとして完全《かんぜん》には効《き》かなかった。まだ気《き》がつかないのか？　おまえは、この人《ひと》たちを苦《くる》しめることはできない。指一本《ゆびいっぽん》触《ふ》れることはできない。リドル、おまえは過《あやま》ちから学《まな》ぶことを知《し》らないのか？」

「よくも——」

「ああ、言《い》ってやる」ハリーが言《い》った。「トム・リドル、僕《ぼく》はおまえの知《し》らないことを知《し》っている。おまえにはわからない、大切《たいせつ》なことをたくさん知《し》っている。おまえがまた大《おお》きな過《あやま》ちを犯《おか》す前《まえ》に、いくつかでも聞《き》きたいか？」

ヴォルデモートは答《こた》えず、獲物《えもの》をねらうように回《まわ》り込《こ》んでいた。ハリーは、一時的《いちじてき》にせよヴォルデモートの注意《ちゅうい》を引《ひ》きつけ、その動《うご》きを封《ふう》じることができたと思《おも》った。ハリーがほんとうに究極《きゅうきょく》の秘密《ひみつ》を知《し》っているのではないかというかすかな可能性《かのうせい》に、ヴォルデモートはたじろいでいる……。

「また愛《あい》か？」

ヴォルデモートが言《い》った。蛇《へび》のような顔《かお》が嘲《あざけ》っている。

「ダンブルドアお気《き》に入《い》りの解決法《かいけつほう》、愛《あい》。それが、いつでも死《し》に打《う》ち克《か》つとやつは言《い》った。だが、愛《あい》は、やつが塔《とう》から落下《らっか》して、古《ふる》いろう細工《ざいく》のように壊《こわ》れるのを阻止《そし》しなかったではないか？愛《あい》、おまえの『穢《けが》れた血《ち》』の母親《ははおや》が、ゴキブリのように俺様《おれさま》に踏《ふ》みつぶされるのを防《ふせ》ぎはしなかったぞ、ポッター——それに、今度《こんど》こそ、おまえの前《まえ》に走《はし》り出《で》て、俺様《おれさま》の呪《のろ》いを受《う》け止《と》めるほど、おまえを愛《あい》している者《もの》はいないようだな。さあ、俺様《おれさま》が攻撃《こうげき》すれば、今度《こんど》は何《なに》がおまえの死《し》を防《ふせ》ぐと言《い》うのだ？」

「一つだけある」ハリーが言《い》った。

二人《ふたり》はまだ互《たが》いに回《まわ》り込《こ》み、相手《あいて》にだけ集中《しゅうちゅう》し、最後《さいご》の秘密《ひみつ》だけが、二人《ふたり》を隔《へだ》てていた。

「今《いま》、おまえを救《すく》うものが愛《あい》でないのなら」ヴォルデモートが言《い》った。「俺様《おれさま》にはできない魔法《まほう》か、さもなくば俺様《おれさま》の武器《ぶき》より強力《きょうりょく》な武器《ぶき》を、おまえが持《も》っていると信《しん》じ込《こ》んでいるのか?」

「両方《りょうほう》とも持《も》っている」ハリーが言《い》った。

蛇《へび》のような顔《かお》に衝撃《しょうげき》がサッと走るのを、ハリーは見逃《みのが》さなかった。しかし、それはたちまち消《き》えた。ヴォルデモートは声《こえ》を上《あ》げて笑《わら》いはじめた。悲鳴《ひめい》より、もっと恐《おそ》ろしい声《こえ》だった。おかしさのかけらもない狂気《きょうき》じみた声《こえ》が、静《しず》まり返《かえ》った大広間《おおひろま》に響《ひび》き渡《わた》った。

「俺様《おれさま》をしのぐ魔法《まほう》を、おまえが知《し》っていると言《い》うのか?」ヴォルデモートが言《い》った。「この俺《おれ》様《さま》を、ヴォルデモート卿《きょう》をしのぐと? ダンブルドアでさえ夢想《むそう》だにしなかった魔法《まほう》を行《おこな》った、この俺様《おれさま》をか?」

「いいや、ダンブルドアはそれを夢見《ゆめみ》た」ハリーが言《い》った。「しかし、ダンブルドアは、おまえより多《おお》くのことを知《し》っていた。知《し》っていたから、おまえのやったようなことはしなかった」

「つまり、弱《よわ》かったということだ!」

ヴォルデモートがかん高《だか》く叫《さけ》んだ。

「弱《よわ》いが故《ゆえ》に、できなかったのだ。弱《よわ》いが故《ゆえ》に、自分《じぶん》の掌握《しょうあく》できたはずのものを、そして俺様《おれさま》が手《て》にしようとしているものを、手《て》に入《い》れられなかっただけのことだ!」

「ちがう。ダンブルドアはおまえより賢明《けんめい》だった」ハリーが言《い》った。「魔法使《まほうつか》いとしても、人間《にんげん》としても、よりすぐれていた」

「俺様《おれさま》が、アルバス・ダンブルドアに死《し》をもたらした！」

「おまえが、そう思《おも》い込《こ》んだだけだ」ハリーが言《い》った。「しかし、おまえはまちがっていた」

見守《みまも》る群衆《ぐんしゅう》が、初《はじ》めて身動《みうご》きした。壁際《かべぎわ》の何百人《なんびゃくにん》がいっせいに息《いき》をのんだ。

「ダンブルドアは死《し》んだ！」

ヴォルデモートは、ハリーに向《む》かってその言葉《ことば》を投《な》げつけた。その言葉《ことば》が、ハリーにたえがたい苦痛《くつう》を与《あた》えるとでも言《い》うように。

「あいつのむくろはこの城《しろ》の校庭《こうてい》の、大理石《だいりせき》の墓《はか》の中《なか》でくちている。俺様《おれさま》はそれを見《み》たのだ、ポッター。あいつは戻《もど》ってはこぬ！」

「そうだ。ダンブルドアは死《し》んだ」ハリーは落《お》ち着《つ》いて言《い》った。「しかし、おまえの命令《めいれい》で殺《ころ》されたのではない。ダンブルドアは、自分《じぶん》の死《し》に方《かた》を選《えら》んだのだ。死《し》ぬ何《なん》か月《げつ》も前《まえ》に選《えら》んだのだ。おまえが自分《じぶん》のしもべだと思《おも》っていたある男《おとこ》と、すべてを示《しめ》し合《あ》わせていた」

「何《なん》たる子供《こども》だましの夢《ゆめ》だ！」

そう言《い》いながらも、ヴォルデモートはまだ攻撃《こうげき》しようとはせず、赤《あか》い目《め》はハリーの目《め》をとらえたまま離《はな》さなかった。

「セブルス・スネイプは、おまえのものではなかった」ハリーが言《い》った。「スネイプはダンブルドアのものだった。おまえが僕《ぼく》の母《はは》を追《お》いはじめたときから、ダンブルドアのものだった。おまえは、一度《いちど》もそれに気《き》づかなかった。それは、おまえが理解《りかい》できないもののせいだ。リドル、おまえは、スネイプが守護霊《しゅごれい》を呼《よ》び出《だ》すのを、見《み》たことがなかっただろう?」

ヴォルデモートは答《こた》えなかった。二人《ふたり》は、今《いま》にも互《たが》いを引《ひ》き裂《さ》こうとする二頭《とう》の狼《おおかみ》のように、回《まわ》り続《つづ》けた。

「スネイプの守護霊《しゅごれい》は牝鹿《めじか》だ」ハリーが言《い》った。「僕《ぼく》の母《はは》と同《おな》じだ。スネイプは子供《こども》のころからほとんど全生涯《ぜんしょうがい》をかけて、ぼくの母《はは》を愛《あい》したからだ。それに気《き》づくべきだったな」

ヴォルデモートの鼻《はな》の穴《あな》がふくらむのを見《み》ながら、ハリーが言《い》った。

「スネイプは、僕《ぼく》の母《はは》の命《いのち》ごいをしただろう?」

「スネイプは、あの女《おんな》が欲《ほ》しかった。それだけだ」

ヴォルデモートがせせら笑《わら》った。

「しかし、あの女《おんな》が死《し》んでからは、女《おんな》はほかにもいるし、より純血《じゅんけつ》の、より自分《じぶん》にふさわしい女《おんな》がいると認《みと》めた――」

「もちろん、スネイプはおまえにそう言った」ハリーが言《い》った。「しかし、スネイプは、おまえが母《はは》をおびやかしたその瞬間《しゅんかん》から、ダンブルドアのスパイになった。そして、それ以来《いらい》ずっと、おまえに背《そむ》いて仕事《しごと》をしてきたんだ！　ダンブルドアは、スネイプが止《と》めを刺《さ》す前《まえ》に、もう死《し》にかけていたのだ！」

「どうでもよいことだ！」

一言一言《ひとことひとこと》を、魅入《みい》られたように聞《き》いていたヴォルデモートは、かん高《だか》く叫《さけ》んで、狂《くる》ったように高笑《たかわら》いした。

「スネイプが俺様《おれさま》のものか、ダンブルドアのものかなど、どうでもよいことだ。俺様《おれさま》の行《ゆ》く手《て》に、二人《ふたり》がどんなつまらぬ邪魔物《じゃまもの》を置《お》こうとしたかも問題《もんだい》ではない！　俺様《おれさま》はそのすべてを破壊《はかい》した。スネイプが偉大《いだい》なる愛《あい》を捧《ささ》げたとかいう、おまえの母親《ははおや》を破壊《はかい》したと同様《どうよう》にだ！　ああ、しかし、これですべてが腑《ふ》に落《お》ちる、ポッター、おまえには理解《りかい》できぬ形《かたち》でな！」

「ダンブルドアは、ニワトコの杖《つえ》を俺様《おれさま》から遠《とお》ざけようとした！　あいつは、スネイプが杖《つえ》の真《しん》の持《も》ち主《ぬし》になるように図《はか》った！　しかし、小僧《こぞう》、俺様《おれさま》のほうが一足早《ひとあしはや》かった——おまえが杖《つえ》に手《て》を触《ふ》れる前《まえ》に、俺様《おれさま》が杖《つえ》にたどり着《つ》いたし、おまえが真実《しんじつ》に追《お》いつく前《まえ》に、俺様《おれさま》が真実《しんじつ》を理解《りかい》したのだ。俺様《おれさま》は三時間前《じかんまえ》に、セブルス・スネイプを殺《ころ》した。そして、ニワトコの杖《つえ》、死《し》の杖《つえ》、宿《しゅく》命《めい》の杖《つえ》は、真《しん》に俺様《おれさま》のものになった！　ダンブルドアの最後《さいご》の謀《はかりごと》は、ハリー・ポッター、失敗《しっぱい》に終《お》わったのだ！」

「ああ、そのとおりだ」

ハリーが言《い》った。

「おまえの言《い》うとおりだ。しかし、僕《ぼく》を殺《ころ》そうとする前《まえ》に、忠告《ちゅうこく》しておこう。自分《じぶん》がこれまでにしてきたことを、考《かんが》えてみたらどうだ……考《かんが》えるんだ。リドル、そして、少《すこ》しは後悔《こうかい》してみろ……」

「何《なに》をたわけたことを？」

ハリーがこれまで言《い》ったどんな言葉《ことば》より、どんな思《おも》いがけない事実《じじつ》や嘲《あざけ》りより、これほどヴォルデモートを驚愕《きょうがく》させた言葉《ことば》はなかった。ハリーは、ヴォルデモートの瞳孔《どうこう》が縮《ちぢ》んで縦長《たてなが》の細《ほそ》い切《き》れ目《め》になり、目《め》の周《まわ》りの皮膚《ひふ》が白《しろ》くなるのを見《み》た。

「最後《さいご》のチャンスだ」ハリーが言《い》った。「おまえには、それしか残《のこ》された道《みち》はない……さもないと、おまえがどんな姿《すがた》になるか、僕《ぼく》は見《み》た……。勇気《ゆうき》を出《だ》せ……努力《どりょく》するんだ……少《すこ》しでも後悔《こうかい》してみるんだ……」

「よくもそんなたわ言《ごと》を――！」ヴォルデモートがまた言《い》った。

「ああ、言《い》ってやるとも」ハリーが言《い》った。

「いいか、リドル。ダンブルドアの最後《さいご》の計画《けいかく》が失敗《しっぱい》したことは、僕《ぼく》にとって裏目《うらめ》に出《で》たわけじゃない。おまえにとって裏目《うらめ》に出《で》ただけだ」

ニワトコの杖《つえ》を握《にぎ》る、ヴォルデモートの手《て》が震《ふる》えていた。そしてハリーは、ドラコの杖《つえ》をいっそう固《かた》く握《にぎ》りしめた。その瞬間《しゅんかん》がもう数秒後《すうびょうご》に迫《せま》っていることを、ハリーは感《かん》じた。

「その杖《つえ》はまだ、おまえにとっては本来《ほんらい》の機能《きのう》をはたしていない。なぜなら、おまえが殺《ころ》す相手《あいて》をまちがえたからだ。セブルス・スネイプが、ニワトコの杖《つえ》の真《しん》の所有者《しょゆうしゃ》だったことはない。スネイプが、ダンブルドアを打《う》ち負《ま》かしたのではない」

「スネイプが殺《ころ》した――」

「聞《き》いていないのか？　**スネイプはダンブルドアを打《う》ち負《ま》かしてはいない！**　ダンブルドアの死《し》は、二人《ふたり》の間《あいだ》で計画《けいかく》されていたことなんだ！　ダンブルドアは、杖《つえ》の最後《さいご》の真《しん》の所有者《しょゆうしゃ》として、敗北《はいぼく》せずに死《し》ぬつもりだった！　すべてが計画《けいかく》どおりに運《はこ》んでいたら、杖《つえ》の魔力《まりょく》はダンブルドアとともに死《し》ぬはずだった。なぜなら、ダンブルドアから杖《つえ》を勝《か》ち取《と》る者《もの》は、誰《だれ》もいないからだ！」

「それなら、ポッター、ダンブルドアは俺様《おれさま》に杖《つえ》をくれたも同然《どうぜん》だ！」

ヴォルデモートの声《こえ》は、邪悪《じゃあく》な喜《よろこ》びで震《ふる》えていた。

「俺様《おれさま》は、最後《さいご》の所有者《しょゆうしゃ》の墓《はか》から、杖《つえ》を盗《ぬす》み出《だ》した！　最後《さいご》の所有者《しょゆうしゃ》の望《のぞ》みに反《はん》して、杖《つえ》を奪《うば》った！　杖《つえ》の力《ちから》は俺様《おれさま》のものだ！」

「まだわかっていないらしいな、リドル？　杖《つえ》を所有《しょゆう》するだけでは充分《じゅうぶん》ではない！　杖《つえ》を持《も》って使《つか》うだけでは、杖《つえ》はほんとうにおまえのものにはならない。オリバンダーの話《はなし》を聞《き》かなかったのか？　**杖《つえ》は魔法使《まほうつか》いを選《えら》ぶ**……ニワトコの杖《つえ》は、ダンブルドアが死《し》ぬ前《まえ》に新《あたら》しい持《も》ち主《ぬし》を認識《にんしき》した。その杖《つえ》に一度《いちど》も触《ふ》れたことさえない者《もの》だ。新《あたら》しい主人《しゅじん》は、ダンブルドアの意思《いし》に反《はん》して杖《つえ》を奪《うば》った。その実《じつ》、自分《じぶん》が何《なに》をしたのかに一度《いちど》も気《き》づかずに。この世《よ》で最《もっと》も危険《きけん》な杖《つえ》が、自分《じぶん》に忠《ちゅう》誠《せい》を捧《ささ》げたとも知《し》らずに……」

ヴォルデモートの胸《むね》は激《はげ》しく波打《なみう》っていた。ハリーは、今《いま》にも呪《のろ》いが飛《と》んでくることを感《かん》じ取《と》っていた。自分《じぶん》の顔《かお》をねらっている杖《つえ》の中《なか》に、しだいに高《たか》まっているものを感《かん》じていた。

「ニワトコの杖《つえ》の真《しん》の主人《しゅじん》は、ドラコ・マルフォイだった」

ヴォルデモートの顔《かお》が、衝撃《しょうげき》で一瞬《いっしゅん》ぼうぜんとなった。しかし、それもすぐに消《き》えた。

「それが、どうだというのだ？」

ヴォルデモートは静《しず》かに言《い》った。

「おまえが正《ただ》しいとしても、ポッター、おまえにも俺様《おれさま》にも何《なん》ら変《か》わりはない。おまえにはもう不死鳥《ふしちょう》の杖《つえ》はない。我々《われわれ》は技《わざ》だけで決闘《けっとう》する……そして、おまえを殺《ころ》してから、俺様《おれさま》はドラコ・マルフォイを始末《しまつ》する……」

「遅過《おそす》ぎたな」

ハリーが言《い》った。

「おまえは機会《きかい》を逸《いっ》した。僕《ぼく》が先《さき》にやってしまった。何週間《なんしゅうかん》も前《まえ》に、僕《ぼく》はドラコを打《う》ち負《ま》かした。この杖《つえ》はドラコから奪《うば》った物《もの》だ」

ハリーは、サンザシの杖《つえ》をピクピク動《うご》かした。大広間《おおひろま》の目《め》という目《め》が、その杖《つえ》に注《そそ》がれるのを、ハリーは感《かん》じた。

「要《よう》するに、すべてはこの一点《いってん》にかかっている。ちがうか？」

ハリーはささやくように言《い》った。

「おまえの手《て》にあるその杖《つえ》が、最後《さいご》の所有者《しょゆうしゃ》が『武装解除《ぶそうかいじょ》』されたことを知《し》っているかどうかだ。もし知《し》っていれば……ニワトコの杖《つえ》の真《しん》の所有者《しょゆうしゃ》は、僕《ぼく》だ」

二人《ふたり》の頭上《ずじょう》の、魔法《まほう》で空《そら》を模《も》した天井《てんじょう》に、突如《とつじょ》、茜色《あかねいろ》と金色《こんじき》の光《ひかり》が広《ひろ》がり、一番近《いちばんちか》い窓《まど》の向《む》こうに、まぶしい太陽《たいよう》の先端《せんたん》が顔《かお》を出《だ》した。光《ひかり》は同時《どうじ》に二人《ふたり》の顔《かお》に当《あ》たった。ヴォルデモートの顔《かお》が、突然《とつぜん》ぼやけた炎《ほのお》のようになった。ヴォルデモートのかん高《だか》い叫《さけ》びを聞《き》くと同時《どうじ》に、ハリーはドラコの杖《つえ》でねらいを定《さだ》め、天《てん》に向《む》かって一心込《いっしんこ》めて叫《さけ》んでいた。

「アバダ　ケダブラ！」

「エクスペリアームス！」

ドーンという大砲《たいほう》のような音《おと》とともに、二人《ふたり》が回《まわ》り込《こ》んでいた円《えん》の真《ま》ん中《なか》に、黄金《おうごん》の炎《ほのお》が噴《ふ》き出《だ》し、二つの呪文《じゅもん》が衝突《しょうとつ》した点《てん》をしるした。ハリーは、ヴォルデモートの緑《みどり》の閃光《せんこう》が自分《じぶん》の呪文《じゅもん》にぶつかるのを見《み》た。ニワトコの杖《つえ》は高《たか》く舞《ま》い上《あ》がり、朝日《あさひ》を背《せ》に黒々《くろぐろ》と、ナギニの頭部《とうぶ》のようにくるくると回《まわ》りながら、魔法《まほう》の天井《てんじょう》を横切《よこぎ》ってご主人様《しゅじんさま》の元《もと》へと向《む》かった。ついに杖《つえ》を完全《かんぜん》に所有《しょゆう》することになった持《も》ち主《ぬし》に向《む》かって、自分《じぶん》が殺《ころ》しはしないご主人様《しゅじんさま》に向《む》かって飛《と》んできた。的《まと》を逃《のが》さないシーカーの技《わざ》で、ハリーの空《あ》いている片手《かたて》が杖《つえ》をとらえた。その時《とき》、ヴォルデモートが両腕《りょううで》を広《ひろ》げてのけぞり、真《ま》っ赤《か》な目《め》の、切《き》れ目《め》のように細《ほそ》い瞳孔《どうこう》が裏返《うらがえ》った。トム・リドルは、ありふれた最期《さいご》を迎《むか》えて床《ゆか》に倒《たお》れた。その身体《からだ》は弱々《よわよわ》しくしなび、ろうのような両手《りょうて》には何《なに》も持《も》たず、蛇《へび》のような顔《かお》はうつろで、何《なに》も気《き》づいてはいない。ヴォルデモートは、跳《は》ね返《かえ》った自《みずか》らの呪文《じゅもん》に撃《う》たれて死《し》んだ。そしてハリーは、二本《ほん》の杖《つえ》を手《て》に、敵《てき》の抜《ぬ》け殻《がら》をじっと見下《みお》ろしていた。

身震《みぶる》いするような一瞬《いっしゅん》の沈黙《ちんもく》が流《なが》れ、衝撃《しょうげき》が漂《ただよ》った。次《つぎ》の瞬間《しゅんかん》、ハリーの周囲《しゅうい》がドッと沸《わ》いた。見守《みまも》っていた人々《ひとびと》の悲鳴《ひめい》、歓声《かんせい》、叫《さけ》びが空気《くうき》をつんざく。新《あたら》しい太陽《たいよう》が、強烈《きょうれつ》な光《ひかり》で窓《まど》を輝《かがや》かせ、人々《ひとびと》はワッとハリーにかけ寄《よ》った。真《ま》っ先《さき》にロンとハーマイオニーが近《ちか》づき、二人《ふたり》の腕《うで》がハリーに巻《ま》きついた。二人《ふたり》のわけのわからない叫《さけ》び声《ごえ》が、ハリーの耳《みみ》にガンガン響《ひび》いた。そしてジニーが、ネビルが、ルーナがいた。それからウィーズリー一家《いっか》とハグリッドが、キングズリーとマクゴナガルが、フリットウィックとスプラウトがいた。

ハリーは、誰《だれ》が何《なに》を言《い》っているのか一言《ひとこと》も聞《き》き取《と》れず、誰《だれ》の手《て》がハリーをつかんでいるのか、引《ひ》っ張《ぱ》っているのか、体《からだ》のどこか一部《いちぶ》を抱《だ》きしめようとしているのか、わからなかった。何百《なんびゃく》という人々《ひとびと》がハリーに近寄《ちかよ》ろうとし、何《なん》とかして触《ふ》れようとしていた。ついに終《お》わったのだ。「生《い》き残《のこ》った男《おとこ》の子《こ》」のおかげで――。

ゆっくりと、ホグワーツに太陽《たいよう》が昇《のぼ》った。そして大広間《おおひろま》は生命《せいめい》と光《ひかり》で輝《かがや》いた。歓喜《かんき》と悲《かな》しみ、哀悼《あいとう》と祝賀《しゅくが》の入《い》りまじったうねりに、ハリーは欠《か》かせない主役《しゅやく》だった。みんながハリーを求《もと》めていた。指導者《しどうしゃ》であり象徴《しょうちょう》であり、救《すく》い主《ぬし》であり先導者《せんどうしゃ》であるハリーと一緒《いっしょ》にいたがった。ハリーが寝《ね》ていないことも、ほんの数人《すうにん》の人間《にんげん》と一緒《いっしょ》に過《す》ごしたくてしかたがないことも、誰《だれ》も思《おも》いつかないようだった。遺族《いぞく》と話《はなし》をして手《て》を握《にぎ》り、その涙《なみだ》を見《み》つめ、感謝《かんしゃ》の言葉《ことば》を受《う》けたりしなければならなかった。

陽《ひ》が昇《のぼ》るにつれ、四方八方《しほうはっぽう》からいつの間《ま》にか知《し》らせが入《はい》ってきた。国中《くにじゅう》で「服従《ふくじゅう》の呪文《じゅもん》」にかけられていた人々《ひとびと》が我《われ》に返《かえ》ったこと、死喰《しく》い人《びと》たちが逃亡《とうぼう》したり捕《つか》まったりしていること、アズカバンに収監《しゅうかん》されていた無実《むじつ》の人々《ひとびと》が、今《いま》この瞬間《しゅんかん》に解放《かいほう》されていること、そして、キングズリー・シャックルボルトが魔法省《まほうしょう》の暫定大臣《ざんていだいじん》に指名《しめい》されたこと、などなど……。

ヴォルデモートの遺体《いたい》は、大広間《おおひろま》から運《はこ》び出《だ》され、フレッド、トンクス、ルーピン、コリン・クリービー、そしてヴォルデモートと戦《たたか》って死《し》んだ五十人《にん》以上《いじょう》に上《のぼ》る人々《ひとびと》のなきがらとは離《はな》れた小部屋《こべや》に置《お》かれた。マクゴナガルは寮《りょう》の長《なが》テーブルを元《もと》どおりに置《お》いたが、もう誰《だれ》も、各寮《かくりょう》に分《わ》かれて座《すわ》りはしなかった。みんながまじり合《あ》い、先生《せんせい》も生徒《せいと》も、ゴーストも家族《かぞく》も、ケンタウルスも屋敷《やしき》しもべ妖精《ようせい》も一緒《いっしょ》だった。フィレンツェは隅《すみ》に横《よこ》たわり、回復《かいふく》しつつあったし、グロウプは壊《こわ》れた窓《まど》からのぞき込《こ》んでいた。そしてみんなが、グロウプの笑《わら》った口《くち》に食《た》べ物《もの》を投《な》げ込《こ》んでいた。しばらくして、疲労困憊《ひろうこんぱい》したハリーは、ルーナが同《おな》じベンチの隣《となり》に座《すわ》っていることに気《き》づいた。

「あたしだったら、しばらく一人《ひとり》で静《しず》かにしていたいけどな」ルーナが言《い》った。

「そうしたいよ」ハリーが言《い》った。

「あたしが、みんなの気《き》をそらしてあげるもン」ルーナが言《い》った。「『マント』を使《つか》ってちょうだいね」

ハリーが何《なに》も言《い》わないうちに、ルーナが叫《さけ》んだ。

「うわァー、見《み》て。ブリバリング・ハムディンガーだ！」

そしてルーナは窓《まど》の外《そと》を指差《ゆびさ》した。聞《き》こえた者《もの》はみな、その方向《ほうこう》を見《み》た。ハリーは「マント」をかぶり、立《た》ち上《あ》がった。

ハリーはもう、誰《だれ》にもじゃまされずに大広間《おおひろま》を移動《いどう》できた。二つ離《はな》れたテーブルに、ジニーを見《み》つけた。母親《ははおや》の肩《かた》に頭《あたま》を持《も》たせて座《すわ》っている。ジニーと話《はな》す時間《じかん》はこれから来《く》るはずだ。何時間《なんじかん》も、何日《なんにち》も、いやたぶん何年《なんねん》も。ネビルが見《み》えた。食事《しょくじ》している皿《さら》の横《よこ》に、グリフィンドールの剣《つるぎ》を置《お》き、何人《なんにん》かの熱狂的《ねっきょうてき》な崇拝者《すうはいしゃ》に囲《かこ》まれている。テーブルとテーブルの間《あいだ》の通路《つうろ》を歩《ある》いていると、マルフォイ家《け》の三人《にん》が、はたしてそこにいてもいいのだろうか、という顔《かお》で小《ちい》さくなっているのが見《み》えた。しかし、誰《だれ》も三人《にん》のことなど気《き》にかけていなかった。目《め》の届《とど》くかぎり、あちこちで家族《かぞく》が再会《さいかい》していた。そしてやっと、ハリーは一番話《いちばんはな》したかった二人《ふたり》を見《み》つけた。

「僕《ぼく》だよ」

ハリーは二人《ふたり》の間《あいだ》にかがんで、耳打《みみう》ちした。

「一緒《いっしょ》に来《き》てくれる？」

二人《ふたり》はすぐに立《た》ち上《あ》がり、ハリー、ロン、ハーマイオニーの三人《にん》は、一緒《いっしょ》に大広間《おおひろま》を出《で》た。大《だい》理石《りせき》の階段《かいだん》は、あちこちが大《おお》きく欠《か》け、手《て》すりの一部《いちぶ》もなくなっていたし、数段《すうだん》上《あ》がるたびに瓦《が》礫《れき》や血《ち》の跡《あと》が見《み》えた。

どこか遠《とお》くで、ピーブズが、廊下《ろうか》をブンブン飛《と》びまわりながら、自作自演《じさくじえん》で勝利《しょうり》の歌《うた》を歌《うた》っているのが聞《き》こえた。

やったぜ　勝《か》ったぜ　俺《おれ》たちは
ちびポッターは　英雄《えいゆう》だ
ヴォルちゃんついに　ボロちゃんだ
飲《の》めや　歌《うた》えや　さあ騒《さわ》げ！

「まったく、事件《じけん》の重大《じゅうだい》さと悲劇性《ひげきせい》を、感《かん》じさせてくれるよな？」

ドアを押《お》し開《あ》けてハリーとハーマイオニーを先《さき》に通《とお》しながら、ロンが言《い》った。

幸福感《こうふくかん》はそのうちやってくるだろう、とハリーは思《おも》った。しかし今《いま》は、疲労感《ひろうかん》のほうが勝《まさ》っていた。それに、フレッド、ルーピン、トンクスを失《うしな》った痛《いた》みが、数歩歩《すうほある》くごとに肉体的《にくたいてき》な傷《きず》のようにキリキリと刺《さ》し込《こ》んできた。ハリーは今《いま》、何《なに》よりもまず、大《おお》きな肩《かた》の荷《に》が下《お》りたことを感《かん》じ、とにかく眠《ねむ》りたかった。

しかし、その前《まえ》に、ロンとハーマイオニーに説明《せつめい》しなければならない。これだけ長《なが》い間《あいだ》、ハリーと行動《こうどう》をともにしてきた二人《ふたり》には、真実《しんじつ》を知《し》る権利《けんり》がある。一《ひと》つ一《ひと》つ事細《ことこま》かに、ハリーは「憂《うれ》いの篩《ふるい》」で見《み》たことを物語《ものがた》り、「禁《きん》じられた森《もり》」での出来事《できごと》を話《はな》した。二人《ふたり》が受《う》けた衝撃《しょうげき》と驚《おどろ》きをまだ口《くち》に出《だ》す間《ま》もないうちに、三人《にん》はもう、暗黙《あんもく》のうちに目的地《もくてきち》と定《さだ》めていた場所《ばしょ》に着《つ》いていた。

校長室《こうちょうしつ》の入口《いりぐち》を護衛《ごえい》する怪獣像《ガーゴイル》は、ハリーが最後《さいご》に見《み》たあと、打《う》たれて横《よこ》にずれていた。横《よこ》に傾《かたむ》いて、少《すこ》しふらふらしている様子《ようす》で、もう合言葉《あいことば》もわからないのではないかとハリーは思《おも》った。

「上《うえ》に行《い》ってもいいですか？」

ハリーは怪獣像《ガーゴイル》に聞《き》いた。

「ご自由《じゆう》に」

怪獣像《ガーゴイル》がうめいた。

三人《にん》は怪獣像《ガーゴイル》を乗《の》り越《こ》えて、石《いし》のらせん階段《かいだん》に乗《の》り、エスカレーターのようにゆっくりと上《うえ》に運《はこ》ばれていった。階段《かいだん》の一番上《いちばんうえ》で、ハリーは扉《とびら》を押《お》し開《あ》けた。

石《いし》の「憂《うれ》いの篩《ふるい》」が、机《つくえ》の上《うえ》のハリーが置《お》いた場所《ばしょ》にあった。それを一目見《ひとめみ》ると同時《どうじ》に、耳《みみ》をつんざく騒音《そうおん》が聞《き》こえ、ハリーは思《おも》わず叫《さけ》び声《ごえ》を上《あ》げた。呪《のろ》いをかけられたか、死喰《しく》い人《びと》が戻《もど》ってきてヴォルデモートが復活《ふっかつ》したか、と思《おも》ったのだ——。

しかしそれは、拍手《はくしゅ》だった。周《まわ》り中《じゅう》の壁《かべ》で、ホグワーツの歴代校長《れきだいこうちょう》たちが総立《そうだ》ちになって、ハリーに拍手《はくしゅ》していた。帽子《ぼうし》を振《ふ》り、ある者《もの》はかずらを打《う》ち振《ふ》りながら、校長《こうちょう》たちは額《がく》から手《て》を伸《の》ばし、互《たが》いの手《て》を強《つよ》く握《にぎ》りしめていた。描《えが》かれた椅子《いす》の上《うえ》で、飛《と》び跳《は》ねて踊《おど》っている。ディリス・ダーウェントは人目《ひとめ》もはばからず泣《な》き、デクスター・フォーテスキューは旧式《きゅうしき》のラッパ型《がた》補《ほ》聴器《ちょうき》を振《ふ》り、フィニアス・ナイジェラスは、持《も》ち前《まえ》のかん高《だか》い不快《ふかい》な声《こえ》で叫《さけ》んでいる。

「それに、スリザリン寮《りょう》がはたした役割《やくわり》を、特筆《とくひつ》しようではないか！　我《われ》らが貢献《こうけん》を忘《わす》れるなかれ！」

しかしハリーの目《め》は、校長《こうちょう》の椅子《いす》のすぐ後《うし》ろにかかっている一番大《いちばんおお》きな肖像画《しょうぞうが》の中《なか》に立《た》つ、ただ一人《ひとり》に注《そそ》がれていた。半月形《はんげつがた》のめがねの奥《おく》から、長《なが》い銀色《ぎんいろ》のあごひげに涙《なみだ》が滴《したた》っていた。その人《ひと》からあふれ出《で》てくる誇《ほこ》りと感謝《かんしゃ》の念《ねん》は、不死鳥《ふしちょう》の歌声《うたごえ》と同《おな》じ癒《い》やしの力《ちから》でハリーを満《み》たした。

やがてハリーは両手《りょうて》を上《あ》げた。すると肖像画《しょうぞうが》たちは、敬意《けいい》を込《こ》めて静《しず》かになり、ほほ笑《え》みかけたり目《め》をぬぐったりしながら、耳《みみ》を澄《す》ましてハリーの言葉《ことば》を待《ま》った。しかしハリーは、ダンブルドアだけに話《はな》しかけ、細心《さいしん》の注意《ちゅうい》を払《はら》って言葉《ことば》を選《えら》んだ。つかれはて、目《め》もかすんでいたが、最《さい》後《ご》の忠告《ちゅうこく》を求《もと》めるために、ハリーは残《のこ》る力《ちから》を振《ふ》りしぼった。

「スニッチに隠《かく》されていた物《もの》は――」

ハリーは語《かた》りかけた。

「森《もり》で落《お》としてしまいました。その場所《ばしょ》ははっきりとは覚《おぼ》えていません。でも、もう探《さが》しに行《い》くつもりもありません。それでいいでしょうか？」

「ハリーよ、それでよいとも」

ダンブルドアが言《い》った。ほかの肖像画《しょうぞうが》は、わけがわからず、何《なん》のことやらと興味《きょうみ》を引《ひ》かれた顔《かお》だった。

「賢明《けんめい》で勇気《ゆうき》ある決断《けつだん》じゃ。君《きみ》なら当然《とうぜん》そうするじゃろうと思《おも》っておった。誰《だれ》かほかに、落《お》ちた場所《ばしょ》を知《し》っておるか？」

「誰《だれ》も知《し》りません」

ハリーが答《こた》えると、ダンブルドアは満足《まんぞく》げにうなずいた。

「でも、イグノタスの贈《おく》り物《もの》は持《も》っているつもりです」

ハリーが言《い》うと、ダンブルドアはニッコリした。

「もちろんハリー、君《きみ》が子孫《しそん》に譲《ゆず》るまで、それは永久《えいきゅう》に君《きみ》のものじゃ！」

「それから、これがあります」

ハリーがニワトコの杖《つえ》を掲《かか》げると、ロンとハーマイオニーがうやうやしく杖《つえ》を見上《みあ》げた。ぼんやりした寝不足《ねぶそく》の頭《あたま》でも、ハリーはそんな表情《ひょうじょう》は見《み》たくないと感《かん》じた。

「僕《ぼく》は、欲《ほ》しくありません」ハリーが言《い》った。

「何《なん》だって？」ロンが大声《おおごえ》を上《あ》げた。「気《き》はたしかか？」

「強力《きょうりょく》な杖《つえ》だということは知《し》っています」

ハリーはうんざりしたように言《い》った。

「でも、僕《ぼく》は、自分《じぶん》の杖《つえ》のほうが気《き》に入《い》っていた。だから……」

ハリーは首《くび》にかけた巾着《きんちゃく》を探《さぐ》って、二つに折《お》れて、ごく細《ほそ》い不死鳥《ふしちょう》の尾羽根《おばね》だけでかろうじてつながっている柊《ひいらぎ》の杖《つえ》を取《と》り出《だ》した。ハーマイオニーは、これだけひどく壊《こわ》れた杖《つえ》は、もう直《なお》らないと言《い》った。ハリーは、もしこれがだめなら、もう望《のぞ》みはないということだけがわかっていた。

ハリーは折《お》れた杖《つえ》を校長《こうちょう》の机《つくえ》に置《お》き、ニワトコの杖《つえ》の先端《せんたん》で触《ふ》れながら唱《とな》えた。

「レパロ！　直《なお》れ！」

ハリーの杖《つえ》が再《ふたた》びくっつき、先端《せんたん》から赤《あか》い火花《ひばな》が飛《と》び散《ち》った。ハリーは成功《せいこう》したことを知《し》った。ハリーが柊《ひいらぎ》と不死鳥《ふしちょう》の杖《つえ》を取《と》り上《あ》げると、突然《とつぜん》、指《ゆび》が温《あたた》かくなるのを感《かん》じた。まるで杖《つえ》と手《て》が、再会《さいかい》を喜《よろこ》び合《あ》っているかのようだった。

「僕《ぼく》はニワトコの杖《つえ》を――」

心《こころ》からの愛情《あいじょう》と称賛《しょうさん》のまなざしで、じっとハリーを見《み》ているダンブルドアに、ハリーは話《はな》しかけた。

「元《もと》の場所《ばしょ》に戻《もど》します。杖《つえ》はそこにとどまればいい。僕《ぼく》がイグノタスと同《おな》じように自然《しぜん》に死《し》を迎《むか》えれば、杖《つえ》の力《ちから》は破《やぶ》られるのでしょう？　最後《さいご》の持《も》ち主《ぬし》は敗北《はいぼく》しないままで終《お》わる。それで杖《つえ》はおしまいになる」

ダンブルドアはうなずいた。二人《ふたり》は互《たが》いにほほ笑《え》み合《あ》った。

「本気《ほんき》か？」

ロンが聞《き》いた。ニワトコの杖《つえ》を見《み》るロンの声《こえ》に、かすかに物欲《ものほ》しそうな響《ひび》きがあった。

「ハリーが正《ただ》しいと思《おも》うわ」

ハーマイオニーが静《しず》かに言《い》った。

「この杖《つえ》は、役《やく》に立《た》つどころか、やっかいなことばかり引《ひ》き起《お》こしてきた」

ハリーが言《い》った。

「それに、正直《しょうじき》言《い》って――」

ハリーは肖像画《しょうぞうが》たちから顔《かお》をそらし、グリフィンドール塔《とう》で待《ま》っている、四本柱《よんほんばしら》のベッドのことだけを思《おも》い浮《う》かべ、クリーチャーがそこにサンドイッチを持《も》ってきてくれないかな、と考《かんが》えながら言《い》った。

「僕《ぼく》はもう、一生分《いっしょうぶん》のやっかいを充分味《じゅうぶんあじ》わったよ」

終　章　十九年後《ねんご》

その年《とし》の秋《あき》は、突然《とつぜん》やってきた。九月一日《がつついたち》の朝《あさ》はリンゴのようにサクッとして黄金色《こがねいろ》だった。小《ちい》さな家族《かぞく》の集団《しゅうだん》が、車《くるま》の騒音《そうおん》の中《なか》を、すすけた大《おお》きな駅《えき》に向《む》かって急《いそ》いでいた。車《くるま》の排気《はいき》ガスと行《い》き交《か》う人々《ひとびと》の息《いき》が、冷《つめ》たい空気《くうき》の中《なか》で、クモの巣《す》のように輝《かがや》いていた。父親《ちちおや》と母親《ははおや》が、荷物《にもつ》でいっぱいのカートを一台《だい》ずつ押《お》し、それぞれの上《うえ》に大《おお》きな鳥《とり》かごがカタカタ揺《ゆ》れていた。かごの中《なか》のふくろうが、怒《おこ》ったようにホーホーと鳴《な》いている。泣《な》きべそをかいた赤毛《あかげ》の女《おんな》の子《こ》が、父《ちち》親《おや》の腕《うで》にすがり、二人《ふたり》の兄《あに》のあとについてぐずぐずと歩《ある》いていた。

「もうすぐだよ、リリーも行《い》くんだからね」

ハリーが、女《おんな》の子《こ》に向《む》かって言《い》った。

「二年先《ねんさき》だわ」

リリーが鼻《はな》を鳴《な》らしながら言《い》った。

「今《いま》すぐ行《い》きたい！」

人混《ひとご》みを縫《ぬ》って九番線《ばんせん》と十番線《ばんせん》の間《あいだ》の柵《さく》に向《む》かう家族《かぞく》とふくろうを、通勤者《つうきんしゃ》たちが物《もの》めずらしげにじろじろ見《み》ていた。先《さき》を歩《ある》くアルバスの声《こえ》が、周《まわ》りの騒音《そうおん》を超《こ》えてハリーの耳《みみ》に届《とど》いた。息子《むすこ》たちは、車《くるま》の中《なか》で始《はじ》めた口論《こうろん》を蒸《む》し返《かえ》していた。

「僕《ぼく》、絶対《ぜったい》ちがう！　絶対《ぜったい》スリザリンじゃない！」

「ジェームズ、いいかげんにやめなさい！」ジニーが言《い》った。

「僕《ぼく》、ただ、こいつがそうなるかもしれないって言《い》っただけさ」

ジェームズが弟《おとうと》に向《む》かってニヤリと笑《わら》った。

「別《べつ》に悪《わる》いことなんかないさ。こいつはもしかしたらスリザ――」

しかし、母親《ははおや》の目《め》を見《み》たジェームズは、口《くち》をつぐんだ。ポッター家《け》の五人《にん》が、柵《さく》に近《ちか》づいた。ちょっと生意気《なまいき》な目《め》つきで弟《おとうと》を振《ふ》り返《かえ》りながら、ジェームズは母親《ははおや》の手《て》からカートを受《う》け取《と》って走《はし》りだした。次《つぎ》の瞬間《しゅんかん》、ジェームズの姿《すがた》は消《き》えていた。

「手紙《てがみ》をくれるよね？」

アルバスは、兄《あに》のいなくなった一瞬《いっしゅん》を逃《のが》さず、すばやく両親《りょうしん》に頼《たの》んだ。

「そうしてほしければ、毎日《まいにち》でも」ジニーが言《い》った。

「毎日《まいにち》じゃないよ」

アルバスが急《いそ》いで言《い》った。

「ジェームズが、家《いえ》からの手紙《てがみ》はだいたいみんな、一か月《げつ》に一度《いちど》しか来《こ》ないって言《い》ってた」

「お母《かあ》さんたちは去年《きょねん》、週《しゅう》に三度《ど》もジェームズに手紙《てがみ》を書《か》いたわ」ジニーが言《い》った。

「それから、お兄《にい》ちゃんがホグワーツについて言《い》うことを、何《なに》もかも信《しん》じるんじゃないよ」

ハリーが口《くち》を挟《はさ》んだ。

「冗談《じょうだん》が好《す》きなんだから。おまえのお兄《にい》ちゃんは」

三人《にん》は並《なら》んでもう一台《だい》のカートを押《お》し、だんだん速度《そくど》を上《あ》げた。柵《さく》に近《ちか》づくとアルバスはひるんだが、衝突《しょうとつ》することはなかった。そして家族《かぞく》はそろって、九と四分《ぶん》の三番線《ばんせん》に現《あらわ》れた。

紅色《くれないいろ》の「ホグワーツ特急《とっきゅう》」がもくもくと吐《は》き出《だ》す濃《こ》い白煙《はくえん》で、あたりがぼんやりしていた。その霞《かすみ》の中《なか》を、誰《だれ》だか見分《みわ》けがつかない大勢《おおぜい》の人影《ひとかげ》が動《うご》き回《まわ》っていて、ジェームズはすでにその中《なか》に消《き》えていた。

「みんなは、どこなの？」

プラットホームを先《さき》へと進《すす》み、ぼやけた人影《ひとかげ》のそばを通《とお》り過《す》ぎるたびにのぞき込《こ》みながら、アルバスが心配《しんぱい》そうに聞《き》いた。

「ちゃんと見《み》つけるから大丈夫《だいじょうぶ》よ」

ジニーがなだめるように言《い》った。

しかし、濃《こ》い蒸気《じょうき》の中《なか》で、人《ひと》の顔《かお》を見分《みわ》けるのは難《むずか》しかった。持《も》ち主《ぬし》から切《き》り離《はな》された声《こえ》だけが、不自然《ふしぜん》に大《おお》きく響《ひび》いていた。ハリーは、箒《ほうき》に関《かん》する規則《きそく》を声高《こわだか》に論《ろん》じているパーシーの声《こえ》を聞《き》きつけたが、白煙《はくえん》のおかげで立《た》ち止《ど》まって挨拶《あいさつ》せずにすみ、よかったと思《おも》った。

「アル、きっとあの人《ひと》たちだわ」

突然《とつぜん》ジニーが言《い》った。

霞《かすみ》の中《なか》から、最後部《さいこうぶ》の車両《しゃりょう》の脇《わき》に立《た》っている、四人《にん》の姿《すがた》が見《み》えてきた。ハリー、ジニー、リリー、アルバスは、すぐ近《ちか》くまで行《い》ってやっと、その四人《にん》の顔《かお》をはっきり見《み》た。

「やあ」

アルバスは心《こころ》からホッとしたような声《こえ》で言《い》った。

もう真新《まあたら》しいホグワーツのローブに着替《きが》えたローズが、アルバスにニッコリ笑《わら》いかけた。

「それじゃ、車《くるま》は無事《ぶじ》、駐車《ちゅうしゃ》させたんだな？」

ロンがハリーに聞《き》いた。

「僕《ぼく》は、ちゃんとやったよ。ハーマイオニーは、僕《ぼく》がマグルの運転試験《うんてんしけん》に受《う》かるとは思《おも》っていなかったんだ。だろ？　僕《ぼく》が試験官《しけんかん》に『錯乱《さくらん》の呪文《じゅもん》』をかけるはめになるんじゃないかって予想《よそう》してたのさ」

「そんなことないわ」

ハーマイオニーが抗議《こうぎ》した。

「私《わたし》、あなたを完全《かんぜん》に信用《しんよう》していたもの」

「実《じつ》は、**ほんとに**『錯乱《さくらん》』させたんだ」

アルバスのトランクとふくろうを汽車《きしゃ》に積《つ》み込《こ》むのを手伝《てつだ》いながら、ロンがハリーにささやいた。

「僕《ぼく》、バックミラーを見《み》るのを忘《わす》れただけなんだから。だって、考《かんが》えても見《み》ろよ、僕《ぼく》はそのかわりに『超感覚呪文《ちょうかんかくじゅもん》』が使《つか》えるんだぜ」

プラットホームに戻《もど》ると、リリーと、ローズの弟《おとうと》のヒューゴが、晴《は》れてホグワーツに行《い》く日《ひ》が来《き》たら、どの寮《りょう》に組分《くみわ》けされるかについてさかんに話《はな》し合《あ》っていた。

「グリフィンドールに入《はい》らなかったら、勘当《かんどう》するぞ」ロンが言《い》った。「プレッシャーをかけるわけじゃないけどね」

「ロン！」ハーマイオニーがたしなめた。

リリーとヒューゴは笑《わら》ったが、アルバスとローズは真剣《しんけん》な顔《かお》をした。

「本気《ほんき》じゃないのよ」

ハーマイオニーとジニーが取《と》りなしたが、ロンはそんなことはとっくに忘《わす》れ、ハリーに目配《めくば》せして、四、五十メートルほど離《はな》れたあたりを、そっとあごで示《しめ》した。一瞬《いっしゅん》蒸気《じょうき》が薄《うす》れて、移動《いどう》する煙《けむり》を背景《はいけい》にした三人《にん》の影《かげ》が、くっきりと浮《う》かび上《あ》がっていた。

「あそこにいるやつを見《み》てみろよ」

妻《つま》と息子《むすこ》をともなったドラコ・マルフォイが、ボタンをのど元《もと》まできっちりとめた黒《くろ》いコートを着《き》て立《た》っていた。額《ひたい》がややはげ上《あ》がり、その分《ぶん》とがったあごが目立《めだ》っている。その息子《むすこ》は、アルバスがハリーに似《に》ていると同《おな》じくらい、ドラコに似《に》ていた。

ドラコはハリー、ロン、ハーマイオニー、そしてジニーが自分《じぶん》を見《み》つめていることに気《き》づき、そっけなく頭《あたま》を下《さ》げ、すぐに顔《かお》を背《そむ》けた。

「あれがスコーピウスって息子《むすこ》だな」

ロンが声《こえ》を低《ひく》めて言《い》った。

「ロージィ、試験《しけん》は全科目《ぜんかもく》あいつに勝《か》てよ。ありがたいことに、おまえは母《かあ》さんの頭《あたま》を受《う》け継《つ》いでる」

「ロン、そんなこと言《い》って」

ハーマイオニーは半分厳《はんぶんきび》しく、半分《はんぶん》おもしろそうに言《い》った。

「学校《がっこう》に行《い》く前《まえ》から、反目《はんもく》させちゃだめじゃないの！」

「君《きみ》の言《い》うとおりだ、ごめん」

そう言《い》いながらもロンは、がまんできずにもう一言《ひとこと》つけ加《くわ》えた。

「だけど、ロージィ、あいつとあんまり親《した》しくなるなよ。おまえが純血《じゅんけつ》なんかと結婚《けっこん》したら、ウィーズリーおじいちゃんが、絶対許《ぜったいゆる》さないぞ」

「ねえ、ねえ！」

ジェームズが再《ふたた》び顔《かお》を出《だ》した。トランクもふくろうもカートも、もうどこかにやっかいばらいしてきたらしく、ニュースを伝《つた》えたくてむずむずしている。

「テディがあっちのほうにいるよ」

ジェームズは振《ふ》り返《かえ》って、もくもく上《あ》がる蒸気《じょうき》の向《む》こうを指《さ》した。

「今《いま》、そこでテディを見《み》たんだ！　それで、何《なに》してたと思《おも》う？　ビクトワールにキスしてた！」

たいして反応《はんのう》がないので、ジェームズは明《あき》らかにがっかりした顔《かお》で、大人《おとな》たちを見上《みあ》げた。

「あのテディだよ！　テディ・ルーピン！　あのビクトワールにキスしてたんだよ！　僕《ぼく》たちのいとこの！　だから僕《ぼく》、テディに何《なに》してるのって聞《き》いたんだ——」

「――二人《ふたり》のじゃまをしたの？」

ジニーが言《い》った。

「あなたって、ほんとうにロンにそっくり――」

「――そしたらテディは、ビクトワールを見送《みおく》りに来《き》たって言《い》った！　そして僕《ぼく》、あっちに行《い》けって言《い》われた。テディはビクトワールにキスしてたんだよ！」

ジェームズは、自分《じぶん》の言《い》ったことが通《つう》じなかったのではないかと、気《き》にしているようにくり返《かえ》した。

「ああ、あの二人《ふたり》が結婚《けっこん》したらすてきなのに」

リリーがうっとりとささやいた。

「そしたらテディは、ほんとうに私《わたし》たちの家族《かぞく》になるわ！」

「テディは、今《いま》だって週《しゅう》に四回《かい》ぐらいは、僕《ぼく》たちの所《ところ》に夕食《ゆうしょく》を食《た》べにくる」

ハリーが言《い》った。

「いっそ、僕《ぼく》たちと一緒《いっしょ》に住《す》むようにすすめたらどうかな？」

「いいぞ！」

ジェームズが熱狂的《ねっきょうてき》に言《い》った。

「僕《ぼく》、アルと一緒《いっしょ》の部屋《へや》でかまわないよ――テディが僕《ぼく》の部屋《へや》を使《つか》えばいい！」

「だめだ」

ハリーがきっぱり言《い》った。

「おまえとアルが一緒《いっしょ》の部屋《へや》になるのは、家《いえ》を壊《こわ》してしまいたいときだけだ」

ハリーは、かつてフェービアン・プルウェットのものだった、使《つか》い込《こ》まれた腕時計《うでどけい》を見《み》た。

「まもなく十一時《じ》だ。汽車《きしゃ》に乗《の》ったほうがいい」

「ネビルに、私《わたし》たちからよろしくって伝《つた》えるのを忘《わす》れないでね！」

ジェームズを抱《だ》きしめながら、ジニーが言《い》った。

「ママ！　先生《せんせい》に『よろしく』なんて言《い》えないよ！」

「だって、あなたはネビルと友達《ともだち》じゃないの――」

ジェームズは、やれやれという顔《かお》をした。

「学校《がっこう》の外《そと》ならね。だけど学校《がっこう》ではロングボトム教授《きょうじゅ》なんだよ。『薬草学《やくそうがく》』の教室《きょうしつ》に入《はい》っていって、先生《せんせい》に『よろしく』なんて言《い》えないよ……」

常識《じょうしき》のない母親《ははおや》は困《こま》る、とばかりに頭《かぶり》を振《ふ》りながら、ジェームズは気持《きも》ちのはけ口《ぐち》にアルバス目《め》がけてけりを入《い》れた。

「それじゃ、アル、あとでな。セストラルに気《き》をつけろ」

「セストラルって、見《み》えないんだろ？　見《み》えないって言《い》ったじゃないか！」

しかし、ジェームズは笑《わら》っただけで、母親《ははおや》にしぶしぶキスさせ、父親《ちちおや》をそそくさと抱《だ》きしめて、急《きゅう》に混《こ》みはじめた汽車《きしゃ》に飛《と》び乗《の》った。家族《かぞく》に手《て》を振《ふ》る姿《すがた》が見《み》えたのもつかの間《ま》、ジェームズはたちまち、友達《ともだち》を探《さが》しに汽車《きしゃ》の通路《つうろ》をかけ出《だ》していた。

「セストラルを心配《しんぱい》することはないよ」

ハリーがアルバスに言《い》った。

「おとなしい生《い》き物《もの》だ。何《なに》も怖《こわ》がることはない。いずれにしても、おまえは馬車《ばしゃ》で学校《がっこう》に行《い》くのではなくて、ボートに乗《の》っていくんだ」

ジニーが、アルバスにお別《わか》れのキスをした。

「クリスマスには会《あ》えるわ」

「それじゃね、アル」ハリーは、息子《むすこ》を抱《だ》きしめながら言《い》った。

「金曜日《きんようび》に、ハグリッドから夕食《ゆうしょく》に招待《しょうたい》されているのを忘《わす》れるんじゃないよ。ピーブズには関《かか》わり合《あ》いにならないこと。やり方《かた》を習《なら》うまでは誰《だれ》とも決闘《けっとう》してはいけないよ。それから、ジェームズにからかわれないように」

「僕《ぼく》、スリザリンだったらどうしよう？」
父親《ちちおや》だけにささやいた声《こえ》だった。アルバスにとって、それがどんなに重大《じゅうだい》なことで、どんなに真剣《しんけん》にそれを恐《おそ》れているかを、出発間際《しゅっぱつまぎわ》だからこそこらえきれずに打《う》ち明《あ》けたのだとハリーにはよくわかった。

ハリーは、アルバスの顔《かお》を少《すこ》し見上《みあ》げるような位置《いち》にしゃがんだ。三人《にん》の子供《こども》の中《なか》で、アルバスだけがリリーの目《め》を受《う》け継《つ》いでいた。

「アルバス・セブルス」

ハリーは、ジニー以外《いがい》は誰《だれ》にも聞《き》こえないようにそっと言《い》った。ジニーは、もう汽車《きしゃ》に乗《の》っているローズに手《て》を振《ふ》るのに忙《いそが》しいふりをするだけの気配《きくば》りがあった。

「おまえは、ホグワーツの二人《ふたり》の校長《こうちょう》の名前《なまえ》をもらっている。その一人《ひとり》はスリザリンで、父《とう》さんが知《し》っている人《ひと》の中《なか》でも、おそらく一番勇気《いちばんゆうき》のある人《ひと》だった」

「だけど、もしも――」

「――そうなったら、スリザリンは、すばらしい生徒《せいと》を一人獲得《ひとりかくとく》したということだ。そうだろう？　アル、父《とう》さんも母《かあ》さんも、どっちでもかまわないんだよ。だけど、もしおまえにとって大事《だいじ》なことなら、おまえはスリザリンでなく、グリフィンドールを選《えら》べる。組分《くみわ》け帽子《ぼうし》は、おまえがどっちを選《えら》ぶかを考慮《こうりょ》してくれる」

「ほんと？」

「父《とう》さんには、そうしてくれた」

ハリーが言《い》った。

ハリーはこのことを、どの子供《こども》にも打《う》ち明《あ》けたことはなかった。そのとたん、アルバスが感《かん》じ入《い》ったように目《め》を見張《みは》るのを、ハリーは見《み》た。しかし、その時《とき》、紅色《くれないいろ》の列車《れっしゃ》のドアがあちこちで閉《し》まりはじめ、最後《さいご》のキスや忠告《ちゅうこく》をするために子供《こども》に近《ちか》づく親《おや》たちの姿《すがた》が、蒸気《じょうき》で霞《かす》んだりんかくになって見《み》えた。アルバスは列車《れっしゃ》に飛《と》び乗《の》り、その後《うし》ろからジニーがドアを閉《し》めた。一番近《いちばんちか》くの車窓《しゃそう》のあちこちから、生徒《せいと》たちが身《み》を乗《の》り出《だ》していた。汽車《きしゃ》の中《なか》からも外《そと》からも、ずいぶん多《おお》くの顔《かお》が、ハリーのほうを振《ふ》り向《む》くように見《み》えた。

「どうしてみんな、じろじろ見《み》ているの？」

ローズと一緒《いっしょ》に首《くび》を突《つ》き出《だ》していたアルバスが、ほかの生徒《せいと》たちを見《み》ながら聞《き》いた。

「君《きみ》が気《き》にすることはない」

ロンが言《い》った。

「僕《ぼく》のせいなんだよ。僕《ぼく》はとても有名《ゆうめい》なんだ」

アルバスも、ローズ、ヒューゴ、リリーも笑《わら》った。

汽車《きしゃ》が動《うご》きだし、ハリーは、すでに興奮《こうふん》で輝《かがや》いている息子《むすこ》の細《ほそ》い顔《かお》をじっと見《み》ながら、汽車《きしゃ》と一緒《いっしょ》に歩《ある》いた。息子《むすこ》がだんだん離《はな》れていくのを見送《みおく》るのは、何《なん》だか生《い》き別《わか》れになるような気持《きも》ちだったが、ハリーはほほ笑《え》みながら手《て》を振《ふ》り続《つづ》けた……。

蒸気《じょうき》の最後《さいご》の名残《なごり》が、秋《あき》の空《そら》に消《き》えていく。列車《れっしゃ》が角《かど》を曲《ま》がっても、ハリーはまだ手《て》を挙《あ》げて別《わか》れを告《つ》げていた。

「あの子《こ》は大丈夫《だいじょうぶ》よ」

ジニーがつぶやくように言《い》った。

ハリーはジニーを見《み》た。そして手《て》を下《お》ろしながら、無意識《むいしき》に額《ひたい》の稲妻形《いなずまがた》の傷痕《きずあと》に触《ふ》れていた。

「大丈夫《だいじょうぶ》だとも」

この十九年間《ねんかん》、傷痕《きずあと》は一度《いちど》も痛《いた》まなかった。

すべてが平和《へいわ》だった。

完

J.K. ローリング 作

不朽の人気を誇る「ハリー・ポッター」シリーズの著者。1990年、旅の途中の遅延した列車の中で「ハリー・ポッター」のアイデアを思いつくと、全7冊のシリーズを構想して執筆を開始。1997 年に第1巻『ハリー・ポッターと賢者の石』が出版、その後、完結までにはさらに10年を費やし、2007年に第7巻となる『ハリー・ポッターと死の秘宝』が出版された。シリーズは現在85の言語に翻訳され、発行部数は6億部を突破、オーディオブックの累計再生時間は10億時間以上、制作された8本の映画も大ヒットとなった。また、シリーズに付随して、チャリティのための短編『クィディッチ今昔』と『幻の動物とその生息地』(ともに慈善団体〈コミック・リリーフ〉と〈ルーモス〉を支援)、『吟遊詩人ビードルの物語』(〈ルーモス〉を支援)も執筆。『幻の動物とその生息地』は魔法動物学者ニュート・スキャマンダーを主人公とした映画「ファンタスティック・ビースト」シリーズが生まれるきっかけとなった。大人になったハリーの物語は舞台劇『ハリー・ポッターと呪いの子』へと続き、ジョン・ティファニー、ジャック・ソーンとともに執筆した脚本も書籍化された。その他の児童書に『イッカボッグ』(2020年)『クリスマス・ピッグ』(2021年)があるほか、ロバート・ガルブレイスのペンネームで発表し、ベストセラーとなった大人向け犯罪小説「コーモラン・ストライク」シリーズも含め、その執筆活動に対し多くの賞や勲章を授与されている。J.K. ローリングは、慈善信託〈ボラント〉を通じて多くの人道的活動を支援するほか、性的暴行を受けた女性の支援センター〈ベイラズ・プレイス〉、子供向け慈善団体〈ルーモス〉の創設者でもある。

J.K. ローリングに関するさらに詳しい情報はjkrowlingstories.comで。

松岡《まつおか》佑《ゆう》子《こ》 訳

翻訳家。国際基督教大学卒、モントレー国際大学院大学国際政治学修士。日本ペンクラブ会員。スイス在住。訳書に「ハリー・ポッター」シリーズ全7巻のほか、「少年冒険家トム」シリーズ、映画オリジナル脚本版「ファンタスティック・ビースト」シリーズ、『ブーツをはいたキティのはなし』『とても良い人生のために』『イッカボッグ』『クリスマス・ピッグ』(以上静山社)がある。

静山社ペガサス文庫

ハリー・ポッター 20

ハリー・ポッターと死《し》の秘宝《ひほう》〈新装版《しんそうばん》〉7-4

2024年11月6日　第 1 刷発行

作者	J.K.ローリング
訳者	松岡佑子
発行者	松岡佑子
発行所	株式会社静山社 〒102-0073 東京都千代田区九段北1-15-15 電話・営業 03-5210-7221 https://www.sayzansha.com
装画	ダン・シュレシンジャー
装丁	城所 潤(ジュン・キドコロ・デザイン)
印刷・製本	中央精版印刷株式会社

ISBN 978-4-86389-879-0 Printed in Japan
Published by Say-zan-sha Publications Ltd.

「静山社《せいざんしゃ》ペガサス文庫《ぶんこ》」創刊《そうかん》のことば

小《ちい》さくてもきらりと光《ひか》る、星《ほし》のような物語《ものがたり》を届《とど》けたい――一九七九年《ねん》の創業《そうぎょう》以来《いらい》、静山社《せいざんしゃ》が抱《いだ》き続《つづ》けてきた願《ねが》いをこめて、少年少女《しょうねんしょうじょ》のための文庫《ぶんこ》「静山社《せいざんしゃ》ペガサス文庫《ぶんこ》」を創刊《そうかん》します。

読書《どくしょ》は、みなさんの心《こころ》に眠《ねむ》っている想像《そうぞう》の羽《はね》を広《ひろ》げ、未知《みち》の世界《せかい》へいざないます。読書体験《どくしょたいけん》をとおしてつちかわれた想像力《そうぞうりょく》は、楽《たの》しいとき、苦《くる》しいとき、悲《かな》しいとき、どんなときにも、みなさんに勇気《ゆうき》を与《あた》えてくれるでしょう。

ギリシャ神話《しんわ》に登場《とうじょう》する天馬《てんま》・ペガサスのように、大《おお》きなつばさとたくましい足《あし》、しなやかな心《こころ》で、みなさんが物語《ものがたり》の世界《せかい》を、自由《じゆう》にかけまわってくださることを願《ねが》っています。

二〇一四年《ねん》

静《せい》山《ざん》社《しゃ》